# 소설쓰기의 모든 것 4
## 대화

Write Great Fiction: Dialogue

Copyright © 2004 by Gloria Kempton
All rights reserved.
Korean translation Copyright © 2011 DARUN Publisher
Korean translation was published by arrangement with
Writer's Digest Books through PubHub Literary Agency, Korea.

이 책의 한국어판 저작권은 PubHub 에이전시를 통해 저작권자와 독점 계약한 다른에 있습니다.
저작권법에 의해 한국 내에서 보호를 받는 저작물이므로 무단 전재와 무단 복제를 금합니다.

# 소설쓰기의 모든 것

글로리아 켐튼 지음 | 김율희 옮김

## 4
## 대화

다른

## 차례

# 대화 쓰기를 어렵게 만드는 건 작가 자신이다

대화란 인물이 서로 이야기를 나누는 것이다. 그 이상도 그 이하도 아니다. 평소에 이야기를 나눌 때 자신이 무슨 말을 하고 있는지 열심히 생각하는가? 힘들여서 말을 하는가? 단어 하나하나를 정확히 발음하고, 뜻을 분명하게 전달하고, 진심을 드러내거나 감출 말투를 고르고, 말을 보완할 몸짓을 곁들이고, 직접 입을 열지 않아도 되도록 다른 사람에게 발언권을 넘기려 골치 아프게 머리를 쓰는가? 생각만 해도 진이 빠진다. 길가에 서서 이웃 사람과 간단히 대화할 때는 당연히 이런 식으로 기운을 빼지 않는다. 하지만 소설 속 대화를 쓸 때는 그렇게 하게 된다. 그래서 대화 쓰기가 그토록 어려워지는 것이다.

그러나 사실은 어렵지 않다. 어렵게 만드는 건 바로 작가 자신이다.

이 점이 이 책의 전제다. 이 책의 목표는 대화 쓰는 과정을 낱낱이 살펴봄으로써 이를 좀 더 자연스럽게, 즉 숨을 쉬고 말을 하듯이 자연스럽게 느끼게 하는 것이다. 이 두 가지는 세상에 태어

난 뒤 우리가 늘 해온 일이 아닌가. 그렇다. 우리는 숨을 쉬면서부터 말을 했다. 단어로 표현하지 못했을 뿐이다. 그러나 이제는 자연스럽게 숨을 쉬지 않거나(숨을 참고 다니는 사람이 많다) 본뜻과 어긋나게 말할 때가 많아졌다. 그래서 소설의 대화를 써보려고 자리에 앉으면 너무 생각에 골몰한 나머지 머리가 굳어버린다.

우리는 자라면서 일종의 '어법'을 배워 체득했다. 어법에 맞게 말하면 칭찬을 받았고 틀리게 말하면 야단을 맞았다.

"엄마, 소리 안 질러도 다 들리거든."
"이 녀석, 엄마한테 그게 무슨 말투야."

"감자 좀 더 먹어볼까요?"
"아니지, '감자 더 먹어도 돼요?'라고 말해야지."

"엄마, 걘 또라이야."
"그런 상스러운 말은 쓰지 마. 점잖지 못하게."

그래서 지금의 우리가 되었다. 올바로 말하는 법을 안다고 생각하기에 일상 속 대화에서는 별로 걱정하지 않는다. 그러나 막상 자리에 앉아 종이 위에 대화를 써보려고 하면 갑자기 자신감이 떨어지면서 자신의 불완전함에 직면한다. 어쩌면 진짜 문제는 우리가 무의식적으로 '대화를 쓸 수 있을까?' 하고 두려워하는 게 아니라, '내가 올바로 말하고 있나?' 하고 두려워하는 것일지 모른다. 내가 분명히 아는 사실은 '참선'하는 태도로 접근하면 이 과정이 좀 더 수월해진다는 것이다. 어떤 종류의 대화든, 그 대화를 쓰려는 순간에는 잊어버릴 줄 알아야 한다. 무엇을?

바로 대화를 쓰고 있다는 사실이다.

작가는 인물의 내면에 젖어들어 그 인물이 되어야 한다. 인물의 내면에서 말하기 시작해야 한다. 『작가의 목소리를 찾아서 Finding Your Writer's Voice』의 저자들은 이렇게 말한다. "위대한 배우는 자신의 말투를 내려놓고 다른 사람의 목소리로 말할 줄 안다. 인물에게 몰입해 그 인물을 다룰 때, 작가는 머릿속에 들어 있는 무의식적인 목소리, 즉 평소 자신의 말투를 나오게 하는 목소리를 버리고 그 인물의 목소리로 말한다." 이 말은 마치 빙의라도 하라는 것처럼 들린다. 참선에서 뉴에이지로 가버린 셈이다. 뭐라고 불러도 좋다. 어쨌든 효력이 있기 때문이다.

나는 오랫동안 대화문을 써왔다. 묘사, 배경, 플롯 때문에 고심은 했지만 대화문 때문에 골머리를 앓은 적은 거의 없다. 작가들을 지도하면서 대화문을 '올바로' 쓰지 못할까 봐 두렵다는 말을 듣기 전까지는, 그들이 대화문 때문에 고민한다는 사실을 몰랐다.

미리 말해두는데 '올바른' 방식은 없다. 다른 글쓰기 교사들에게 어떤 말을 들었건, 다른 작법서에서 어떤 내용을 읽었건 상관없다. 오직 '자신의' 방식이 있을 뿐이다. 자신의 방식이 '올바른' 방식이다. 그리고 작가로서 우리가 할 일은 특정한 대화를 쓰는데 필요한 내면의 목소리에 도달하는 법을 배우는 것이다. 어떤 목소리라도 좋다. 물론 자료를 조사하고, 작법서를 읽고, 영화를 보고, 거리를 지나가는 사람들이 어떻게 말하는지 엿들어볼 수도 있다. 그러나 궁극적으로 인물은 우리의 내면 어딘가에서 나타난다. 자기 자신에게, 그리고 꾸며냈든 실존하든 소설 속 인물에게 충실하고 싶다면 그에게 목소리를 만들어 줘야 한다.

이 책을 쓸 준비를 하며 내게는 왜 대화가 늘 쉽게 떠오르는지 곰곰이 생각해보았다. 알고 보니 아주 어린 나이에 소설을 읽기 시작했을 때부터 내가 소설 속 인물들이 되었기 때문이었다. 나는 그들의 머릿속에 들어갔다가 소설을 다 읽은 뒤에야 비로소 빠져나왔다. 감수성이 깊은 아홉 살 나이에 직접 이야기를 쓰기 시작했을 때, 나에게는 유용한 창작 습관이 갖추어져 있었다. 내가 쓰는 인물이 되는 것이었다. 나는 쉽사리 그 인물들이 되어 그들의 머릿속에서 말했다. 정상인에서부터 미치광이까지, 상냥한 사람에서부터 야만인까지, 지루한 인물에서부터 괴짜까지, 나는 그들 모두였다.

혹시 묻고 싶을지 모르겠다. "어떻게 하면 그럴 수 있는가? 인물의 내면에 들어가려면 어떻게 해야 하는가? 그런 현상은 구체적으로 어떻게 일어나는가?" 이 질문에 대해서는 앞으로 이어질 내용에서 대답할 것이다. 일단 인물이 우리 밖에 있지 않고 우리 속에 있다는 사실을 이해하면, 어떤 인물이건 대화를 쓰는 '방법'의 신비를 풀 수 있다. 인물을 외부에서 접근하는 대신 우리 내면에서 끌어내면, 대화 쓰기는 자연스러운 과정이 된다.

대화 쓰기는 다른 게 아니라 우리 안에 사는 인물에게 목소리를 만들어주는 것이다. 작가가 할 일은 '진짜 같은' 대화를 쓰려는 마음을 먹는 것뿐이다. 그리고 그렇게 하면 인물의 진실한 목소리를 담은 대화를 쓰며 뿌듯함을 느낄 것이다.

기쁘게도 대화 쓰기에는 '올바른' 방식이 없다. 또한 어려운 일만은 아닐뿐더러 사실 재미까지 느낄 수 있다.

이 책의 목표는 크게 두 가지다. 첫째, 특별한 문학적 도구들을 갖추게 해주는 것. 그 도구들이 있으면 대화를 쓰는 중이라는 것을 잊을 수 있고, 이로써 결국 긴장을 풀고 계획대로가 아닌, 인물 스스로에게서 대화가 절로 나오게 할 수 있다. 둘째, 대화 쓰기 기술이 매우 재미있다는 사실과 제한된 틀을 벗어나 자유롭게 쓸 때 그 기술을 배울 수 있음을 반복해서 일깨워주는 것.

이 책은 대화를 쓰는 중이라는 것을 잊어버리도록 곁에서 일깨워주고, 더는 고심하지 않고 내면의 수많은 목소리에 닿는 법을 재미있게 배우도록 도와줄 것이다.

1장

# 대화의 목적: 내면의 목소리

대화의 목적은 현재 상황에서 긴박감을 일으키고
앞으로 생길 일에 긴장감을 주는 것이다.
예외는 없다.

우리는 지금 서점에서 소설들을 뒤적이고 있다. 책 제목을 읽고, 책꽂이에서 책을 꺼내 뒤표지를 대충 훑어본 다음, 마침내 책장을 한 장씩 넘긴다. 의식적이든 무의식적이든 우리가 찾는 건 무엇일까?

바로 여백이다.

우리의 눈은 자연스럽게 여백에 이끌린다. 지면마다 흰 여백이 넘친다. 비소설 도서에서는 대개 소제목이나 별면 때문에 이런 빈 부분이 생긴다. 그러나 소설에서 여백은 다름 아닌 '대화' 때문이다.

고등학교 때 선생님이 읽으라고 했던 소설들을 기억하는가? 『위대한 유산Great Expectations』, 『마담 보바리Madame Bovary』, 『파리 대왕The Lord of Flies』 등등. 책장을 넘길 때마다 구구절절 이어지는 본문에다 지루한 서술뿐인 긴긴 문단이란.

대화는 지면에 여백을 만들어 시각적인 매력을 줄 뿐 아니라 인물에게 생명력을 부여해 감정적인 매력을 만든다. 대화 장면에 이르면 독자는 소설 속 공간에 더욱 관심이 생긴다. 대화는 인물의 동기와 그에 대립되는 상황을 드러낸다. 인물의 긴장된 말은 그의 내면이 어떤 상태인지 알리고, 앞으로 전개될 이야기에 긴장감을 만든다. 대화 장면이 시작되면 소설은 바로 가장 빠른 속도로 나아간다. 대화문은 소설 속 공간에 대해 생생한 현실감을 준다. 잘될 경우에 소설의 주제까지도 전달한다. 효과적인 대화문은 열망에 넘치는 독자에게 이 모든 것을 전한다. 이것이야말로 우리가 작가로서 써야 하는 대화다.

어떻게 할 수 있을까?

앞으로 이 모든 것을 이뤄줄 대화 쓰는 법을 탐구해볼 것이다. 지금 이 장에서는 독자를 대화 장면에 끌어들이기 위해 무엇을 해야 하는지 알아볼 것이다. 실제로 대화 쓰는 법을 배우기 전에, 우선 독자의 기대를 채워주는 대화에는 어떤 특징이 있는지 알아야 한다.

효과적인 대화문, 즉 독자의 마음에 가닿고 인물과 그의 분투에 관심을 갖게 만드는 대화문은 동시에 많은 목적을 달성한다. 지금부터 하나씩 살펴보자.

## 목적 1: 인물의 성격과 동기를 드러낸다

우리는 대화문을 통해 인물을 소개한다. 표정과 몸짓을 곁들인 대화문은 인물이 어떤 사람인지 알린다. 실생활에서 우리가 서로를 알게 되는 방법이기도 하다. 우리는 대화를 나눈다. 잘될 때도 있고 잘되지 않을 때도 있다. 작가는 대화문을 통해 좋아하는 인물과 싫어하는 인물을 결정한다. 독자 역시 똑같은 방법으로 인물을 좋아할지 싫어할지 결정한다. 독자는 인물들이 하는 말을 듣고 서로 대화 나누는 모습을 지켜보면서, 이 인물이 착한 사람인지 악한 사람인지, 아니면 두 성향이 섞인 사람인지 판단한다. 대화문을 통해 인물에 대한 긍정적인 감정, 부정적인 감정을 불러일으키는 건 작가인 우리의 권한이다.

어떤 인물이 절제된 어조로 단어를 하나하나 끊어가며 또박또박 말한다면, 그는 원래 균형 잡힌 사람이지만 마음속에 쌓인 엄청난 분노를 순간적으로 억누르고 있을 수도 있다. 이와는 달리 인물의 목소리가 따뜻하고 친근하다면, 마음속으로 안전과 행복을 느낀다는 표시일 수 있다. 빛보다 빠른 속도로 지껄이는 인물은 자기 자신에게서 달아나려는 사람일 수 있고, 괴로울 정도로 느릿느릿 말하는 인물은 우울증을 앓고 있거나 사교 기술이 부족해서 자신감이 없는 사람일지도 모른다.

우리가 만들어낸 인물은 누구나 무언가에 몰두한다. 모두 그 나름의 계획과 동기, 목표를 추구하는 이유가 있다. 어떤 의미에서 동기는 소설의 가장 중요한 요소다. 인물을 내면에서 이끌어내 원하는 것을 쫓도록 하기 때문이다. 동기는 인물이 쫓는 목표의 원동력이자 그 이유다. 동기가 없으면 이야기도 없다. 동기는 그만큼 중요하다. 예를 들어 어떤 아이에 대한 이야기를 쓰고 있다고 생각해보자. 주인공의 목표는 철자 맞추기 대회에서 우승하는 것이다. 동기는? 아빠의 칭찬을 받고 싶어서다. 이는 어른에 대한 이야기가 될 수도 있다. 목표는 다를지 몰라도 동기는 같을 수 있다.

인물의 동기를 드러내는 가장 효과적인 방법은 그 자신의 입을 통하는 것이다. 다시 말하지만 실생활에서 우리도 늘 그렇게 한다. 내 친구가 해준 말이 기억난다. 어떤 사람이 그 친구가 무례한 행동을 했다는 사실을 넌지시 일러주었다. 그 친구는 내게 "사람들이 내가 이상한 사람이라고 생각하지 않았으면 좋겠어"라고 말했다.

그 말을 듣는 순간, 내 친구에게 중요한 건 실은 자신이 좋은 사람인가 아닌가 하는 문제가 아니라는 것을 알 수 있었다. 내 친구가 신경 쓰는 건 다른 사람들의 시선이었다. 다른 사람들에게 어떤 인상을 주는지가 중요했던 것이다. 지금 가치판단을 하려는 게 아니다. 그럴 필요도 없다. 내 친구는 자신의 입으로 동기가 무엇인지 스스로 드러냈다. 다른 사람들이 자신을 좋게 생각해주기를 바라는 것이다. 인물은 입을 열 때마다 무엇이 자신을 움직이는지 진실을 말해야 한다. 이게 작가가 할 일이다. 이는 좋은 현상이다. 대화는 인물의 동기를 독자에게 전해야 한다. 다시 말하지만 독자는 대화를 표지 삼아 인물에 대한 인상을 결정한다. 동기는 행동보다도 인물의 내면 깊숙이 자리 잡은 것을 더욱 잘 드러낸다. 행동은 외적인 것이고 동기는 내적인 것이기 때문이다. 효과적인 대화는 인물이 어떤 사람인지 핵심을 보여준다. 즉, 대화는 강력한 글쓰기 도구다.

다음의 대화 장면은 잭 히긴스의 소설 『폭풍의 눈Eye of the

Storm』에서 주인공의 적대자 션 딜런의 동기가 무엇인지 보여준다. 딜런은 20년 동안 테러리스트로 살아왔으며, KGB 요원인 요제프 마케예프에 따르면 "교도소 구경을 한 번도 안 해봤다." 마케예프는 첩보 활동 중에 딜런을 붙잡는 데 실패하자, 한때 배우 생활을 했던 딜런에 대해 다른 KGB 요원인 마이클 아룬과 대화를 나눈다.

"내가 말한 대로, 그자는 단 한 번도 체포된 적이 없고 수많은 IRA 동료와 달리 언론의 환심을 사려 한 적도 없어. 그 이상한 어린 시절 스냅 사진 말고 다른 사진이 있는지도 모르겠단 말이야."

"배우 시절 사진은 없습니까?"

"있을지도 모르지만 벌써 스무 해나 지난 일이야, 마이클."

"제가 거액을 제의하면, 이 일에 착수할까요?"

"아니, 그 작자는 돈만으로는 안 돼. 늘 일 자체에 관심을 두니까. 뭐라고 설명하면 좋을까? 그래, 얼마나 흥미로운지를 중요하게 여기지. 그는 연기가 전부였던 남자야. 우리가 제의하는 건 새로운 배역인 셈이지. 무대가 거리로 바뀌었을 뿐, 여전히 연기를 하는 거야."

메르세데스가 개선문 주변의 교통에 합류했고, 그는 웃음을 지었다.

"기다려보자고. 라시드한테서 소식이 올 때까지 기다려."

인물이 다른 인물들과의 대화에서 반드시 자신의 동기를 인정하는 건 아니다. 대개는 현재 자신이 왜 그런 행동을 하는지 스스로도 알지 못하기 때문이다. 이는 특히 적대자에게 흔하다. 그러므로 다른 인물의 입을 통해 적대자의 동기를 언급하면 그 동기를 효과적으로 알려줄 수 있다.

## 목적 2: 소설의 분위기를 만든다

모든 소설은 장르에 상관없이 독자에게 어떤 감정을 불러일으킨다. 그렇지 않다 해도, 작가로서 독자의 관심을 끌고 싶다면 그렇게 되도록 만들어야 한다. 소설이 지닌 감정적 매력은 결국 소설의 분위기를 만든다. 분위기, 즉 감정은 독자를 계속 끌어당겨 꾸준히 책장을 넘기지 않고는 못 배기게 만드는 장치다. 배경은 분위기를 만든다. 인물과 그의 동기도 분위기를 만든다. 플롯이 진행되는 속도 역시 분위기를 좌우한다.

대화는 분위기를 만드는 도구다. 미스터리소설이나 스릴러소설에서 대화문은 독자에게 두려움을 일으켜야 한다. 로맨스소설이라면 막 싹튼 애정에서 우러난 따스하고 정감 있는 대화를 기대한다. 대중소설이나 문학소설이라면 대화 장면을 쓰면서 수많은 분위기 중 하나를 만들거나, 수많은 감정 중 하나를 불러일으킬 수 있을 것이다. 인물들은 의사소통을 하며 감정을 교환한다. 작가로서 우리는 이야기의 분위기를 만들어줄 책임이 있다. 물론 인물이 말을 꺼내면서 분위기가 저절로 형성되기도 하지만, 작가가 대화의 방향을 이끌어 분위기를 조절할 수도 있다.

애너 퀸들런의 1인칭 시점 소설 『단 하나의 진실One True Thing』에서 주인공 엘런 굴덴과 아버지이자 적대자인 조지 굴덴은 대립 관계다. 조지는 엘런을 설득해 암으로 죽어가는 엄마를 돌보게 한다. 엘런은 마지못해 동의하고, 이 임무에 대한 엘런의 태도가 곧 소설의 분위기가 된다. 다음 대화 장면에서 엘런이 어떤 태도를 지녔는지 서서히 드러난다.

"엘런, 우리 둘이 으르렁댈 까닭이 없다. 네 엄마는 도움이 필요해. 엄마를 사랑하잖느냐. 나도 마찬가지다."

"그럼 보여줘요." 내가 말했다.

"뭐라고?"

"보여달라고요. 증거를 대라고요. 마음이 아파요? 걱정 돼요? 울어본 적은 있어요? 애초에 어떻게 엄마가 이 지경이 되도록 내버려둔 거죠? 엄마가 처음 통증을 느꼈을 때, 왜 엄마를 억지로라도 의사에게 데려가지 않았어요?"

"네 엄마는 성인이다." 아빠가 말했다.

"물론 그렇죠. 하지만 실은 아빠의 작은 세상이 붕괴되는 게 싫어서가 아니었어요? 엄마가 곁에 있어야 모든 게 술술 굴러갈 테니까요! 이젠 엄마가 그럴 수 없으니 저를 끌어나 놓으려는 거잖아요. 아빤 절 여기 데려와서 이 난장판 한가운데 던져놓고는 제 성격과는 판이한 사람으로 변하길 기대하죠. 간호사, 친구, 상담인, 가정주부를 한데 모은 역할을 하라고 말예요."

"딸 역할도 잊지 마라. 넌 언제든 딸이 될 수 있다."

"제발, 아빠, 제게 죄책감을 줄 생각일랑 마세요."

이야기가 전개되면서 우리는 플롯에 따라 일어난 여러 사건 때문에 엘런이 변하는 모습을 보게 되며, 소설이 끝날 때쯤 엘런은 다른 사람이 된다. 그러나 소설 전체에는 앞에서와 같은 분위기가 퍼져 있다. 작가는 이런 분위기를 주로 대화를 이용해 끌어내고 있다.

## 목적 3: 갈등을 심화한다

작가는 대화문으로 주인공을 위기에서 구할 수도, 곤경에 빠뜨릴 수도, 이야기를 전개할 수도 있다. 인물에게는 목표가 있다. 무엇인가를 원한다. 그것도 아주 간절히. 영화 「이티ET」에 나오는 대화 한 줄을 우리는 생생히 기억한다. "이티 집에 전화할래." 단 세 단어로 이루어진 이 한 줄짜리 대화에는 이티가 어떤 존재인지 그 본질이 담겨 있다. 이 작은 생물은 집에 돌아가고 싶을 뿐이다. 아주 간절히.

주인공이 원하는 것을 쉽게 얻지 못하도록 장애물을 던지는 게 작가의 할 일이다. 이 장애물은 인물 안팎에서 생긴다. 즉 다른 인물들이 주인공과 대립한다. 또 주인공이 스스로를 방해한다. 이 점이 이른바 소설의 갈등이며, 작가는 대화를 통해 이를 드러내고 심화할 수 있다. 대화는 인물이 얼마나 절박한 상황에서 목표를 달성하려 하는지 줄곧 일깨워야 한다.

어떤 면에서 모든 대화 장면은 갈등을 심화해야 한다. 대화 장면이 끝났을 때 시작과 달라져 있어야 하는 것이다. 또한 인물들이 서로 대화하려 입을 열 때마다 상황은 계속 악화되어야 한다. 주인공은 더욱 절박해진다. 적대자의 승리는 더욱 확실해 보인다(그의 말투에 가득한 자신감으로 알 수 있다). 조연들은 주인공에게 그의 목표, 즉 '영웅의 여정'에서 어디를 향해가고 있는지를 끊임없이 일깨워준다. 이런 대화는 각 장면을 통해 이야기를 멈추지 않고 앞으로 나아가게 한다.

주드 데브루의 로맨틱서스펜스소설 『만조High Tide』에서 여주인공 피오나는 살인 용의자로 지목된다. 사업가인 그녀는 부유한 고객인 로이 허드슨을 만나려고 그의 배로 찾아가는데, 로이가 피오나에게 집적대기 시작한다. 피오나는 몸싸움을 벌여 그를 떼어내고 결국 녹초가 되어 배 위에서 잠드는데, 한밤중에 깨어보니 그의 몸에 짓눌려 있다. 다름 아닌 '죽은' 몸이다. 그다음 이어지는 대화 장면에서 남주인공 에이스 몽고메리는 피오나와 그 살인에 대해 이야기를 나눈다.

> 그녀는 심호흡을 했다. 최대한 차분하게 말했다. "대체 어찌된 영문인지 알고 싶어요. 제가 살인죄로 수배 중이더군요. 신문에서는—"
>
> "아니, 우리가 수배 중인 거지요." 그는 냉동식품 꾸러미들을 다시 냉장고에 집어넣고 이제는 찬장을 들여다보고 있었다. "팬케이크 만드는 법 알아요?"

그 말에 피오나는 두 팔을 양옆으로 늘어뜨리고 주먹을 쥔 채 입을 벌려 비명을 질렀다.

에이스는 피오나의 폐에서 공기가 새어나가기도 전에 손바닥으로 그녀의 입을 덮었다. 에이스가 물었다. "대체 뭘 하자는 거요? 누가 목소리를 들었으면 이상하게 여기고 살피러 왔을 거요." 에이스는 천천히 손을 떼고 부엌 조리대 쪽으로 고개를 까닥했다.

"내가 아침을 만드는 동안 앉아 있어요."

피오나는 꼼짝하지 않고 말했다. "그럼 좀 도와줘요. 무슨 영문인지 얘기해주지 않으면 목이 터져라 비명을 지를 테니."

"정말이지 화를 조절할 줄 모르는군요. 상담받아볼 생각 안 해봤어요?"

그 말에 피오나는 다시 입을 벌렸지만, 에이스는 움직이지 않았다. 대신 뭔가 가늠하려는 듯 바라보기만 했다.

피오나는 입을 다물고 그를 보며 눈살을 찌푸렸다. "그럼 대체 왜 경찰서에 가지 않은 거죠, 박애주의자 선생님? 몇 시간 전만 해도 처벌을 피할 수 없으니 경찰서에 가서 자수하라고 했잖아요. 그런데 이젠 당신마저 수배 중이고, 우린 이렇게 숨어 있군요."

"팬케이크에 블루베리, 괜찮겠소?"

"대답 좀 하라고요!" 그녀가 소리쳤다.

이 소설은 '로맨틱'스릴러이기 때문에 작가는 갈등을 심화하는 한편 모든 장면에서 두 가지 일을 해야 한다. 즉, 살인을 중심으로 한 플롯을 전개하고 더불어 남녀 주인공의 관계도 발전시켜야 한다. 이 장면은 두 가지 차원을 모두 만족시킨다. 피오나는 에이스에게 살인 사건에 대해 대답하라고 소리를 지르는데, 자신이 용의자가 된 탓에 죽을 만큼 두렵기 때문이다. 동시에 피오나는 좀 더 솔직하게 말하지 않는 남자에게 몹시 화가 난다. 흔히 로맨스소설에서 남녀 주인공은 처음에는 서로를 극도로 싫어한다. 그런 상황을 보여주는 대화 장면은 주인공이 머릿속에 있는 생각을 곧이곧대로 말하는 것보다 훨씬 재미있다.

## 목적 4: 긴박감과 긴장감을 일으킨다

나는 글쓰기 교사로서 오랫동안 작가 지망생 수백 명을 가르쳤는데, 그들이 쓴 대화문에서 가장 자주 보이는 문제는 긴박감과 긴장감이 없다는 것이다. 위기가 없다. 등장인물들은 이런저런 이야기를 늘어놓을 뿐이다. 잡담만 하고 있다. 다과회를 벌이고 있다. 아, 지루하다.

대화의 목적은 현재 상황에서 긴박감을 일으키고 앞으로 생길 일에 긴장감을 주는 것이다. 예외는 없다. 작가로서 이 점을 명심해야 한다. 어떤 장면을 쓰든, 장르가 무엇이든, 대개는 그 장면의 핵심에 긴박감과 긴장감이 있어야 한다. 성공한 작가들은 이 점을 알고 있다. 의학미스터리소설을 많이 쓴 로빈 쿡이 그런 작가다. 로빈 쿡의 소설에는 긴장감이 흐르는 대화 장면이 줄줄이 이어진다.

다음 인용문은 그의 소설 『치명적 치료Fatal Cure』의 한 장면이다. 이 대화 장면은 독자를 사로잡아서 손에서 책을 놓지 못할 정도로 긴박감과 긴장감을 안긴다. 주인공 안젤라는 살인마를 찾아야 한다는 개인적인 임무에 열을 올리고 있다. 개인적인 임무인 까닭은 남편 데이비드가 최근에 이사한 집 지하실에서 매장된 시신을 발견했기 때문이다. 이 장면에 앞서 안젤라는 용의자를 찾는 경찰이 무능력한 데다 시큰둥한 태도로 수사를 벌인다며 경찰국장에게 따진 상태다.

"날 히스테리 부리는 여자라고 몰아갈 생각은 하지 마." 안젤라는 차에 타며 말했다.

"지역 경찰국장의 화를 돋워봤자 좋을 게 없어." 데이비드가 말했다. "여긴 작은 마을이란 걸 명심해. 적을 만들면 안 된다고."

"사람이 잔인하게 살해돼서 우리 집 지하실에 버려졌는데, 경찰은 누가 범인인지 잡는 데 관심이 없어도 너무 없어. 그런데도 그냥 내버려 두라고?"

"호지스가 처참하게 죽은 건 사실이지만 우리와 상관없는 일이야. 관계당국에 맡겨야 할 문제라고." 데이비드가 말했다.

"뭐?" 안젤라가 외쳤다. "한 남자가 흠씬 두들겨 맞고 죽어서 우리 집, 우리 부엌에 있었어. 당신이 인정하든 말든, 이건 우리와 상관있는 일이고, 난 누가 그런 짓을 했는지 밝혀내야겠어. 살인자가 이 마을을 어슬렁거린다니, 생각만 해도 싫어. 난 뭐든 할 거야. 일단은 데니스 호지스라는 사람에 대해 더 알아봐야 해."

작가는 이 장면에서 안젤라와 데이비드가 다른 태도로 사건을 대하며 맞서 싸우게 해서 긴박감을 일으킨다. 긴장감은 마을을 어슬렁거리는 살인자 때문에 뭐든 해야겠다는 안젤라의 결심에서 나온다. 안젤라는 굳은 결심을 소리 내서 말했고, 우리는 그게 진심이라는 것을 알고 있다. 우리는 안젤라가 무슨 행동을 할지 궁금해서 계속 책장을 넘기게 될 것이다.

효과적인 대화문은 언제나 긴장감을 자아낸다.

> **대화 엿듣기**
>
> 공책을 들고 쇼핑몰이나 공원, 카페로 가서 사람들의 대화를 엿들어보자. 아마도 그저 그런 평범한 대화일 것이다. 이제 방금 들은 대화에 목표를 설정하고 대화 장면을 써보자.

## 목적 5: 장면의 속도를 높인다

소설가로서 우리가 자유롭게 쓸 수 있는 글쓰기 도구는 많다. 대표적으로 서술, 행동, 묘사, 대화다. 이 도구들로 이야기의 속도를 조절하고 싶다면 어떻게 할까?

서술과 묘사는 이야기를 천천히, 꾸준히, 편안하게 전개해 속도를 느리게 한다. 행동과 대화는 속도를 빠르게 한다. 행동보다는 대화가 훨씬 효과가 크다. 인물이 말을 하기 시작하면 이야기가 전개된다. 대개는 그렇다. 앞에서 언급한 지루한 잡담 장면도 필요할 때가 있다. 그러나 지금 다루는 건 효과적인 대화, 독자의 마음에 와닿는 대화다.

대화는 이야기의 속도를 조절한다. 다시 『치명적 치료』를 보자. 다음 장면에서 데이비드는 딸에게 지하실에서 발견한 시신에 대해 이야기하고 있다. 첫 단락은 서술인데, 뒤이어 나오는 대화보다 속도가 느리다.

> 일곱 시가 다 되었을 때, 안젤라는 데이비드에게 캐롤라인과 아니를 집으로 데려올 수 있겠느냐고 물었다. 데이비드는 기꺼이 그렇게 했고, 니키도 따라왔다. 데이비드는 두 아이들이 깜빡 잠이 든 후 잠시나마 니키와 단둘이 시간을 보낼 수 있어서 반가웠다. 처음에 둘은 학교와 니키의 새 담임 이야기를 나누었다. 그러다 데이비드가 지하실에서 발견된 시체가 많이 신경 쓰이느냐고 물었다.
>
> "조금요." 니키가 말했다.
>
> "기분이 어떤데?" 데이비드가 물었다.
>
> "다시는 지하실에 들어가고 싶지 않을 정도예요."
>
> "나도 그 기분 안다. 어젯밤에 장작을 가지러 갔는데 좀 섬뜩하더구나." 데이비드가 말했다.
>
> "아빠가요?"
>
> "그럼. 하지만 재미도 있고 도움도 될 만한 계획이 하나 있지. 관심 있니?" 데이비드가 말했다.
>
> "그럼요! 뭔데요?" 니키는 열광하며 말했다.
>
> "다른 사람에게 말하면 안 된다." 데이비드가 말했다.

"걱정 마시라고요." 니키가 장담했다.

함께 집으로 가며 데이비드는 계획을 대강 설명했다. 말을 마친 데이비드가 물었다. "어떠냐?"

"멋진데요." 니키가 대답했다.

"명심해라. 비밀이다." 데이비드가 말했다.

"맹세할 수 있어요."

이 장면 다음에 나오는 서술 문단에서 데이비드는 집에 들어가 전화를 걸고, 그가 예전에 죽은 두 환자 때문에 괴로움에 시달렸다는 사실이 밝혀진다. 이렇게 작가가 서술로 정보를 알려주기 시작하면서 이야기의 속도는 느려진다. 서술은 대화 장면 이후의 이야기를 다시 느리게 만든다. 대화가 서술보다 속도감이 더 빠른 까닭은 무엇일까? 라켓에 맞고 코트를 오가는 테니스공처럼 인물들 사이에서 빠르게 오가는 말 때문이다.

앞의 예시에서 더 빠르게 진행되는 부분이 어느 쪽인지는 분명하다. 물론 작가가 장면을 더 느리게 진행하고 싶을 때도 있으므로 대화가 반드시 최선이라고 할 수는 없다. 그러나 장면의 속도를 높여야 할 때는 대화문을 이렇게 쓰면 된다. 이게 대화문의 기능이다.

## 목적 6: 배경과 뒷이야기를 알린다

혹시 배경과 뒷이야기를 재미있게 설정하기 어렵다고 느낀 적이 있는가? 이번에도 대화가 해결해준다.

많은 작가가 인물이 뭔가 행동하기 전에 각 장면의 장소를 설정하기 위해 서술을 하는 경향이 있는데, 꼭 그럴 필요는 없다. 한 장면에서 어떤 행동이 순조롭게 일어나고 있다면 대화를 이용해 배경과 뒷이야기를 필요한 만큼 알릴 수 있다.

예를 들어 조이스 캐럴 오츠의 소설 『멀베이니 가족We Were the Mulvaneys』을 보자. 이 장면 속 시점인물인 패트릭과 그의 동생 매리앤은 몇 년 만에 만났다. 패트릭은 대학 공부가 어떠냐고 물었고, 매리앤은 두 과목을 이수하지 못해 다시 들어야 한다고 말했다. 매리앤이 현재 살고 있는 킬번이라는 마을을 어떻게 묘사하는지, 그리고 나중에 저자가 현재의 무대인 패트릭의 방에 대한 세부 사항을 어떻게 슬쩍 끼워 넣는지 살펴보자.

> "그게—" 매리앤은 삐죽삐죽한 머리카락을 잡아당기며 몸을 비틀었다. "일이 터졌어. 갑자기."
>
> "무슨 일?"
>
> "추수감사절이 지나자마자 협동조합에 비상 사태가 일어났어. 매장 부지배인인 아비바가 아팠고—"
>
> "매장이라니? 무슨 매장?"
>
> "참, 오빠. 내가 말했잖아— 아닌가? 그 마을 킬번에는 그런 아

일 아울렛이 있다니까. 잼이랑 피클이랑 병조림을 팔고, 여름에는 야채와 과일도 팔아. 빵 종류도 있고. 내 호박 호두 빵이 인기 만점이지. 난—"

"네가 그 매장에서 일한단 말이지? 일주일에 몇 시간이나?"

매리앤은 미심쩍어하는 패트릭의 시선을 피해 고개를 숙였다.

"정확히 말하면, 시간으로 따지진 않아." 매리앤이 말했다.

매리앤은 패트릭의 소파(집에서 가져온 물건이 아니라 아파트에 그나마 갖춰진 허름하고 칙칙한 가구 중 하나였다)에 앉아 있었고, 패트릭은 약간 위압적인 위치인 책상 의자에 앉아 느긋하면서도 공격적인 자세로, 오른쪽 발목을 왼쪽 무릎에 올리고 동생을 마주보고 있었다.

핀치 스타일로 '난 물을 권리가 있어. 내가 아니면 누가 묻겠어?' 라고 생각하면서.

"그럼 뭘로 따지는데?"

"그린 아일 협동조합은 기업처럼 공식적으로 운영되는 조직이 아니야. 그보다는 뭐랄까, 가족 같아. 서로서로 돕는 거지. 줄 수 있는 사람이 필요한 사람에게 주는 거야."

여기에서 독자는 그 마을이 어떤 곳인지는 물론이고, 물리적인 세부 사항까지 짐작할 수 있다. 대화 장면에 배경과 뒷이야기를 섞으면 무척 흥미로워진다. 독자는 시점인물의 눈을 통해 배경을 보게 되는데, 인물이 누구냐에 따라 이 시점은 정말 재미날 수 있다. 물론 긴장감이 존재한다는 조건에서.

## 목적 7: 주제를 전달한다

스티븐 킹은 『유혹하는 글쓰기On Writing』에서 이렇게 이야기한다. "글을 쓸 때 여러분은 나무들을 자세히 살펴보고 확인하며 하루하루를 보낸다. 그러나 글쓰기가 끝나면 뒤로 멀찍이 물러서서 숲을 봐야 한다. (……) 내 생각에 모든 책은, 그러니까 적어도 읽을 만한 책이라면, '그 무엇'을 다루어야 한다."

여기에서 말한 '그 무엇'을 더 유명한 표현으로 바꾸자면 '주제'다. 소설을 쓰고 있는가? 무슨 내용인가? 독자에게 무슨 이야기를 들려주고 싶은가? 간단히 말해서, 주제란 갈등과 해결이다.

주제는 작가가 조각조각 쪼개서 소설 속에 엮어 넣어야 하는 것으로, 여기저기에서 튀어나와 이 소설이 대체 무슨 이야기를 하고 있는지 드러내야 한다. 대화야말로 모든 것을 불쑥불쑥 던져주는 소설의 구성 요소다. 인물이 말하거나 속삭이거나 외치거나 씩씩대거나 투덜거리거나 코웃음 치거나 신음할 때 독자는 귀를 기울인다. 주제를 대화 속에 살그머니 끼워 넣으면 독자는 서술에서는 들리지 않는 방식으로 주제를 듣게 된다.

잠시 『단 하나의 진실』을 다시 보자. 이 소설의 작가는 노련하게 '그 무엇'에 대해 쓰고 있으며, 소설 내내 주제를 엮어 넣는다. 결말을 향해 가면서 엘런은 어머니를 죽였다는 의심을 받고 증언대에 서는데, 작가는 여기서 대화문을 이용해 주제를 한 번 더 끄집어낸다. 검사는 엘런에게 어머니를 사랑했느냐고 묻는다. 엘런의 대답은 다음과 같다.

"쉽게 대답하면 그렇다, 예요. 하지만 엄마에 대해서라면 우린 그렇다는 대답이 오히려 쉽게 나오지가 않아요. 엄마에 대한 마음은 사랑보다 훨씬 더한 거예요. 뭐랄까, 그건 전부라고요. 그렇지 않나요?" 모두가 고개를 끄덕이는 것만 같았다.

"누군가 고향이 어디냐고 묻는다면, 내 대답은 엄마예요." 내 두 손은 어느새 가슴에 포개져 있었고, 파란색 정장을 입은 여자는 반지를 마구 돌렸다.

"엄마가 세상을 뜨면, 우린 과거를 잃어버리는 거예요. 사랑보다 훨씬 더한 거죠. 사랑하지 않았다고 해도 인생의 그 어떤 것보다도 더한 거죠. 난 엄마를 진심으로 사랑했지만, 엄마가 세상을 떠날 때까지는 얼마나 사랑하는지 몰랐어요."

이 대화가 소설 전체의 주제는 아니지만 분명히 중요한 부분이며, 엘런이 이런 말을 할 때 독자는 그녀가 무슨 이야기를 하고 있는지 정확히 알게 된다. 보편적인 인생의 주제들이기 때문이다. 대화문은 주제를 전달하는 데 무미건조한 설명을 늘어놓은 긴 문단보다 빠르고 효과적인 방법일 뿐만 아니라 더 감정적이고 진솔하게 독자의 마음을 직접 건드린다. 물론 독자가 '작가의' 메시지를 놓치지 않게 만들려고 인물이 서로 설교나 훈계만 늘어놓지 않도록 주의해야 한다. 전하고 싶은 철학이나 사상이 있다면(마땅히 그래야 하지만), 인물이 그 의견을 나누게 하는 것이야말로 가장 자연스럽다. 주제가 소설 곳곳의 여러 장면 속에 다양한 방식으로 섞여 들어간다면, 인물이 이에 대해 나누는 대화는 어떤 장면에서든 자연스럽게 느껴질 것이다.

앞으로 나올 장에서 지금까지 언급한 모든 내용을 더 자세히 살펴볼 것이다. 대화문을 통해 독자의 감정을 끌어당기는 방법에 대해 많은 것을 배울 것이다.

그러나 대화 쓰기의 기본을 다루기 전에 우선 몇 가지 두려움을 버려야 한다. 그래야 인물을 무대 위로 올려 마음껏 자신다운 모습으로 뛰놀게 할 수 있다. 이 두려움들은 다음 장에서 살펴볼 것이다.

### 실전 연습 01

먼저 주인공과 적대자가 함께 있는 공간을 생각한다. 둘이 등장해서 원하든 원치 않든 대화를 나누는 장면을 쓴다. 이 장면에서 독자가 두 인물 모두에게 공감할 수 있도록 대화 속에 인물의 동기를 집어넣을 방법을 찾아보자.

### 실전 연습 02

소설의 분위기를 살려줄 공간에 두 인물을 등장시킨다. 공포소설에서는 어둡고 오싹한 뒷골목, 로맨스소설에서는 눈부신 해변이 적절하다. 아니면 이를 색다르게 뒤바꿔서 로맨스소설에 나오는 어두운 뒷골목이나 공포소설에 나오는 해변으로 설정해도 좋다. 소설을 통틀어 전달하고 싶은 분위기나 감정에 초점을 맞춰 대화 장면을 쓴다.

### 실전 연습 03

두 인물이 낙태 문제나 사형 제도, 안락사 등 주요 쟁점에 대해 도덕적 측면에서 논쟁하고 있다. 이들의 갈등을 심화할 대화 장면을 써보자. 논쟁이 계속되면서 갈등이 고조되는 양상을 보여주자.

### 실전 연습 04

두 인물이 접촉 사고를 냈다. 적대자는 아직 운전실습 허가증만 받은 상태고 보험도 들지 않은 상태인데, 질주를 해보려고 가족의 차를 몰고 나왔다. 주인공과 적대자 사이에 긴박감이 흐르고 무슨 일이 벌어질지 몰라서 긴장감이 팽팽한 대화 장면을 써보자.

### 실전 연습 05

직접 쓴 글에서(쓴 게 없으면 책장에서 다른 소설을 고른다) 한 장면을 골라 지루한 서술을 찾아 대화로 바꾸되, 장면의 속도를 더 빠르게 한다. 서술이나 행동을 쓰고 싶은 마음을 뿌리친다. 대화가 장면의 속도감을 얼마나 쉽게 높이는지 깨달을 수 있도록 대부분을 대화로 구성한다.

### 실전 연습 06

소설의 배경을 드러내는 대화 한 줄을 찾는다. 작가가 배경의 일부분을 대화 속에 어떻게 집어넣어 인물들 사이에 벌어지는 논쟁에 자연스럽게 섞이게 만들었는지 연구하자.

### 실전 연습 07

책장에서 소설을 세 권 이상 꺼내 주제를 전하는 대화를 찾는다. 전혀 찾지 못하겠다면 그 소설의 주제라고 생각하는 바를 분명히 전달하는 대화를 직접 쓴다.

2장

# 대화 쓰기가 두려운 이유: 인물이 말이 없다면

대화가 없는 소설은 지루하기 짝이 없다.

"소설에 대화를 쓰긴 쓸 생각입니까?"

글쓰기 교사로서 수업에 참여한 초보 작가에게 어쩔 수 없이 이런 질문을 던진 건 처음이었다. 흔히 대화문을 남발하지 전혀 쓰지 않는 경우는 드물기 때문이었다. "음, 물론이죠." 캐럴은 자신이 쓴 원고를 살피며 불편한 듯 자세를 바꿨다.

"지금 세 번째 장에 들어갔는데, 인물들이 모두 말도 없이 서로 스치기만 하네요." 캐럴이 쓴 소설의 첫 두 장을 읽었을 때 이미 눈치 챘지만, 우리는 다른 부분에 공을 들이고 있었고 나는 그것까지 건드릴 짬이 없었다.

"네, 저도 얼른 그걸 익혀야 한다는 건 알아요." 캐럴은 책장을 몇 쪽 넘겼다. "5쪽에 있는 이 문장에서 쉼표를 어디에 찍어야 할지 모르겠어요."

나는 심리치료사는 아니지만 캐럴이 대화문이라는 문제를 피하고 있다는 사실은 알았다. 그것도 또다시. 캐럴은 그 이야기를 하려 하지 않았다. 드디어 나중에 캐럴이 그 이야기를 꺼냈을 때

보니 그녀는 대화 쓰기를 두려워하고 있었다. 인물이 말을 하기 시작하면 어리석어 보일까 봐, 캐럴이 머릿속으로 상상하듯이 통찰력 있고 신비로운 존재와 동떨어진 모습이 될까 봐 겁내고 있었다. 캐럴은 인물들의 입을 열어 그들의 신비감을 없애버리고 그들을, 특히 캐럴 자신을 바보로 만들고 싶지 않았던 것이다. 내 앞에서 그 사실을 인정한 사람은 그녀가 처음이었지만, 내가 느끼기에 이는 소설과 비소설을 막론하고 작가라면 공통적으로 겪는 문제다. 내가 관찰한 바에 따르면 비소설 작가는 대화문을 쓰지 않으려 하는데 이를 활용할 필요를 느끼지 못하기 때문이다. 소설가는 대화문을 활용해야 한다는 것은 알지만 엄청 불안한 마음으로 쓴다.

대화 쓰기는 내가 늘 즐겁게 하는 작업이다. 짐작컨대 내가 즐거워하는 데에는 나와 상당히 닮은 인물들을 만드는 경향 탓도 있는 것 같다. 나는 소설을 쓸 때 큰 도박을 걸지 않는다. 내가 견딜 수 없는 이야기나 내가 될 수 없는 인물은 만들지 않는다. 나 역시 대화 쓰기가 얼마나 두려운지 알고 있다. 사투리를 쓰는 인물이나 언어 장애가 있는 인물, 또는 우리가 결코 경험하지 못했던 딴 세상에 사는 인물에 대해 써야 할 때면 특히 그렇다. 그 세상이 지구의 반대편처럼 실제적이든, SF소설이나 판타지소설에서처럼 아예 비현실적이든.

이 책의 목표는 작가 내면의 목소리를 해방시켜서 작가가 만드는 인물이 어떤 존재이건 간에 작가의 이야기를 독자에게 전하는 대화 쓰기를 배우는 데 있다. 따라서 우선 의식적인 것이든 무의식적인 것이든 그 작업에 선뜻 뛰어들지 못하게 하는 방해꾼부터 파악해야 한다. 우리는 대화문에 대한 두려움이 있어서 글을 쓰는 동안 불리한 입장이 되고 마음을 편히 갖지 못한다.

그 두려움은 '올바로' 써야 한다는 압박감을 주는 일종의 오해다. 그리고 바로 그 틈을 타서 캐럴이 경험했던 마비 상태가 자리를 잡는다. 다행인 점은 이런 두려움과 오해를 밖으로 끄집어내면, 이를 그대로 볼 수 있고 더는 끌려 다니지 않기로 결심할 수 있다는 것이다. 대화든 설명이든 행동이든 묘사든 무엇을 쓰든지, 좋은 글쓰기는 편안한 마음을 갖고 기교에 전전긍긍하지 않을 때만 가능하다. 이게 이 책의 목표다. 자기 자신의 목소리를 편안하게 받아들일 수 있다는 것을 일깨워서 긴장을 풀도록 도와주고, 연습을 거쳐 자연스럽게 나오는 기법을 가르쳐주는 것이다.

내털리 골드버그는 『뼛속까지 내려가서 써라Writing Down the Bones』에서 "생각하지 말라. 논리를 따지지도 말라"라고 말한다. 그리고 뒤이어 이렇게 말한다. "목표는 처음 떠오른 생각을 끝까지 불태우는 것이다. 사회적 체면이나 내적 검열에 방해받지 않는 곳에 이를 때까지, 보거나 느껴야 한다고 생각하는 게 아닌 우리 마음이 실제 보고 느끼는 것에 대해 쓰게 되는 지점에 이를 때까지 불을 활활 지피는 것이다."

두려움과 오해가 있으면 처음 떠오른 생각을 끝까지 불태울 수 없다. 두려움에 사로잡히면 그 두려움이 시키는 대로 글을 쓸 수밖에 없다. 그러면 "에너지 흐름"이 저지되며, 따라서 우리의 마음이 "실제로 보고 느끼는" 것에 대해 쓸 수 없다. 두려움을 없애는 방법은 오직 이를 공개적으로 끄집어내는 것뿐이다. 그러면 이제 시작해보자.

### 나는 무엇을 두려워하는 걸까?

대화 쓰기와 관련해 우리가 가장 흔하게 느끼는 두려움은 다음과 같다.

- 독자가 인물을 어리석다고 느끼면 어떡하지?
- 모두가 똑같은 말만 한다는 인상을 주면 어떡하지?
- 인물이 하는 말이 독자의 기대와 어긋나면 어떡하지?
- 대화문이 밋밋하고 지루하게 들리며 이야기를 조금도 전개하지 못하면 어떡하지?
- 대화문이 딱딱하고 형식적인 느낌이어서 독자가 '작가가 인물의 입을 통해 자연스럽게 말이 나오게 하지 못하는구나. 그저 대화문을 쓰려고 애쓰는구나' 하고 생각하면 어떡하지?
- 인물이 대화를 하다가 장면이 엉뚱한 데로 가버리면 어떡하지?
- 서술이 충분치 않아서 독자가 대화를 잘 이해하지 못하면 어떡하지? 또는 서술이 너무 많아서 대화가 늘어지면 어떡하지?

앞에 나열한 두려움은 모두 '~하면 어떡하지?'로 끝난다. 그게 두려움의 본질이다. 두려움은 혹시 일어날지도 모르는 일, 반드시 일어나지는 않을 일에 대한 것이다.

솔직히 말해보자. 대화 장면을 쓰려고 할 때 이런 두려움 중 최소한 하나는 느끼지 않는가? 이 책의 목표는 두려움이 파고들 틈이 없을 만큼 대화 쓰기를 편안하게 받아들이게 하는 것이다. 일단 마음이 편안해지면 더는 두려움이 자리 잡지 않는다는 걸 깨달을 것이다.

늘 발견하게 되는 사실이지만, 어떤 종류든 두려움에 대처하는 최고의 방법은 있는 그대로 마주하는 것이다. 그러니 앞에 나열한 두려움을 하나씩 살펴보면서 우리에게 미치는 영향을 없애 버리자.

**독자가 인물을 어리석다고 느끼면 어떡하지?**

어떻게 할까? 이런 일이 실제로 벌어졌을 때 문제를 바라보는 방식은 여러 가지가 있지만 일단 이런 현상이 나타나는 경우가 드물다. 인물의 말이 우리 생각만큼 어리석게 들리는 경우는 많지 않다. 대개는 그들의 말이 주는 느낌을 우리가 어떻게 인식하느냐가 문제다. 어쩌면 진짜 핵심은 우리가 말을 할 때 혹시 어리석어 보일까 두려워하며 그 두려움을 인물에게 투영하는 것일 수도 있다. 그러나 사람들은 그냥 말을 한다. 때로는 어리석은 말을 하고 때로는 영리한 말을 한다. 한순간도 빠짐없이 100퍼센트 똑똑한 말만 하는 사람을 알고 있는가? 아니면 100퍼센트 어리석은 말만 하는 사람은? 나는 때로 무척 심오한 말을 해서 스스로도 놀란다. 하지만 어느 때는 TV 코미디 쇼에 나오는 가장 멍청한 인물처럼 말하기도 한다. 요점이 뭐냐고?

바로 인물이 한 말이 어리석게 들리느냐 마느냐는 순전히 주관적인 문제이므로 어쨌든 계속 말을 해야 한다는 것이다. 인물이 할 일이 바로 그게 아닌가. 소설 속 인물은 말을 하기 마련이다.

작가는 인물을 잘 알아야 한다. 예를 들어 인물이 거친 남자라고 해보자. 작가는 그가 거칠다고 인식하고, 독자도 그렇게 봐주기를 바란다. 주인공과 독자가 이 인물을 무서워하기를 바란다. 그런데 그 남자가 무대에 등장하더니 엘머 퍼드(애니메이션「루니툰Looney Tunes」에 나오는 사냥꾼 캐릭터. 혀가 짧다)처럼 "그 토끼는 대테 어디 있디?"라고 말한다. 물론 이건 최악의 상황일 테지만 여기에서는 가능한 한 가장 안 좋은 시나리오를 예상해보려고 한다. 이제 우리의 선택지는 세 가지다. 첫째, 그 인물을 없애고 새로운 적대자를 만든다. 이번에는 정말 거친 남자로. 둘째, 그 인물에게 희극적인 면을 맡긴다. 셋째, 이 글은 쓰레기나 다름없으므로 글을 쓸 때 더 이상 술을 마시지 않는다.

더욱이 인물이 하는 말이 어리석게 들릴지도 모른다는 의심이 들지만 완전히 확신할 수 없다면 어떡할까? 우선 대화문을 소리 내서 읽어본다. 그래도 소득이 없으면 다른 사람에게, 되도록 다른 작가에게 읽어준다. 성격이 '냉정한' 작가가 좋다.

이 불안함은 심각한 문제지만 그렇다고 답이 없는 건 아니다. 개고(다시 쓰기)를 통해 이런 문제는 모두 고칠 수 있다. 글쓰기를 멈추지 말자.

**모두가 똑같은 말만 한다는 인상을 주면 어떡하지?**

이는 진짜 문제가 될 수 있다. 때로 나는 내가 배우여서 등장인물 중 한 명의 역할에만 몰입하고 싶다고 생각한다. 한꺼번에 열 명의 역할을 하려면, 그것도 가끔 한 장면 안에서 그렇게 하려면, 정말이지 정신분열이 일어날 것만 같고 자칫 잘못하면 인물들이 모두 똑같은 말만 늘어놓을 것 같다. 인물 하나하나를 제대로 알지 못한다면 말이다. 결국 소설을 쓰는 사람은 자기 자신이다. 그건 작가의 목소리다. 작가의 목소리는 단 하나뿐이다.

적어도 우리는 그렇게 생각한다. 혹시 아이들에게 화가 난 적이 있는가? 사랑을 나눈 적은? 기업에서 일해본 적은? 이 모든 상황에서 자신의 목소리는 늘 똑같은가? 그렇지 않을 것이다. 우리는 다양한 역할을 하고 때에 맞게 목소리가 조금씩 달라진다. 우리의 성격이 아니라 목소리가 그렇다. 다양한 인물을 창조하고 모두의 목소리가 똑같아지지 않게 하려면 이 점을 알아두어야 한다.

작가는 글을 쓰려고 자리에 앉으면 한 인물의 머릿속으로 들어가게 된다. 이때는 그 인물의 시점으로 쓰면 좋다. 하지만 실제로 글을 쓰는 중이라면 이리저리 뛰면서 그 장면에 있는 모든 사람의 역할을 해야 한다. 자기 자신에게 효과가 있는 방법을 써야 한다. 소설가 비버리 킹솔비가 「오프라 윈프리 쇼」에서 말하기를, 『포이즌우드 바이블The Poisonwood Bible』을 다섯 번 고쳐 썼는데 그 때마다 다른 인물의 시점에서 썼다고 한다. 그건 정말 엄청난 작업으로, 인물들 각각을 파악하고 그들이 소설 속 상황을 어떻게 바라보는지 알기 위해서였다. 누구나 그 정도까지 해야 한다는 뜻은 아니지만 뭐든 도움이 될 방법을 해보는 게 좋다. 인물의 머릿속으로 들어갈 수 없으면 그 인물과 비슷한 사람과 오랜 시간 어울리면서 자신의 목소리를 바꿔서 인물의 목소리를 제대로 체득하자. 그 장면에 나오는 모든 인물의 내면에 들어가 볼 수 있도록 다른 인물의 시점으로도 쓰고 싶어질지 모른다. 그리고 어쩌면 이런 과정을 여러 번 거친 후에야 인물마다 그 나름의 목소리를 '얻게' 될지도 모른다.

또한 잠시 글쓰기를 멈추고 새로운 종이에다가 골칫덩이 인물의 시점에서 미친 사람처럼 글을 써 내려갈 수도 있다. 지금 무엇을 쓰고 있는지 생각하지 말자. 닥치는 대로 쓰자. 조용히 쓰자. 잠시 멈추다가 마음껏 풀어놓자. 잠시 동안 그 인물이 되어보자. 인물이 경제 사정이나 옆집 사람, 바텐더 일, 포르노 중독 때문에 어떤 기분이 드는지 스스로 말하게 하자. 그런 다음 원래 쓰던 장면으로 되돌아오자. 장담컨대 이 인물이 하는 말은 다른 인물이 하는 말처럼 들리지 않을 것이다. 작가가 잠시나마 실제로 그 인물이 '되어보았기' 때문이다. 그 인물 안에 머물렀기 때문이다. 때로는 작가들이 적대자를 다룰 때 이런 작업을 더 자주 했으면 좋겠다는 생각이 든다. 그러면 적대자가 늘 평면적인 인물로 표현되지는 않을 것이다.

또 다른 방법은 인물의 직업과 일상을 다양하게 설정하는 것이다. 물론 늘 가능한 일은 아니다. 예를 들어 주인공이 초등학교 교사라고 해보자. 그럼 조연들은 대개 동료 교사일 것이다. 이런 경우에는 인물 개요로 돌아가서 인물들이 대화를 나눌 때 드러날 개성을 반드시 설정해야 한다. 소설 배경은 미국 서북부지만 어떤 인물은 남부에서 왔거나, 또 어떤 인물은 여가 시간에 재즈 음악가로 활동하거나 등등. 시간을 들여 인물을 발전시키면 서로 판박이가 될 일은 없다.

**인물이 하는 말이 독자의 기대와 어긋나면 어떡하지?**

인물이 등장하는 순간 독자는 즉시 머릿속에 그에 대한 그림을 그리기 시작하므로 되도록 빨리 말을 해야 한다. 너무 늦게 말하면 독자는 머릿속에 그 나름의 그림을 갖고 있다가 정작 그 인물이 말을 하기 시작하면 놀란다. 인물이 의사소통하는 모습이 상상한 것과 다른 탓이다. 실제로 우러러보던 어떤 사람이 실제로 말하는 것을 듣고는 기대와 달라 당혹스러운 적이 있지 않은가?

나는 고등학생일 때 어느 해병과 사랑에 빠졌다. 그는 외모가 준수했고 무척 낭만적인 편지를 쓸 줄 알았으며 애정 어린 선물을 보낼 줄도 알았다. 그가 휴가를 받아 집에 왔을 때(오, 생각만 해도 괴롭다) 그는 우리 집 현관에 나타나 말을 하기 시작했다. 그는 혀 짧은 소리를 냈는데 몹시 심각했다. 나는 그 사실을 까맣게 잊어버렸다가도 그가 말을 하면 즉시 환상이 와장창 깨지며 좌절하곤 했다. 정말 좋은 사람이었지만 도저히 그냥 넘길 수가 없었다.

어떤 인물을 생생하게 서술했는데 마침내 그가 입을 벌렸을 때 독자의 예상과 딴판이면 독자 역시 그때의 나처럼 느낄 것이다. 그러므로 앞서 말했듯이 인물을 등장시킨 후에는 최대한 빨리 인물이 말을 하게 해야 한다.

또한 반드시 인물이 말하는 방식과 관련된 신체적 묘사를 해야 한다. 정장에 넥타이 차림을 한 사람은 아마 농부처럼 말하지 않을 것이다. 마찬가지로 멜빵바지를 주로 입는 사람은 아마 마이크로소프트 윈도 최신판에 대해 이야기하지 않을 것이다. 여기서 '아마'라고 한 까닭은 짐작과 다를 수 있기 때문이다. 고정관념을 깰 생각이라면 어떻게든 암시를 해야 한다. 그래야 인물이 말을 하기 시작했을 때 독자가 의혹을 품을 염려가 없다. 신체적 특징 외에 통일성 있는 배경도 반드시 마련해야 한다. 인물은 조립식 세트나 마찬가지다. 그가 말할 때 조립 부품이 하나만 맞지 않아도 독자는 놀라고 만다.

**대화문이 밋밋하고 지루하게 들리며 이야기를 조금도 전개하지 못하면 어떡하지?**

충분히 이유 있는 두려움이다. 실생활에서도 대화를 나누다가 돌아서면서 원래 바라던 대로 상대방과 마음을 주고받지 못했다고 느낄 때가 있다. 다들 겪는 일이다. 그러나 또 어느 때는 자기 자신조차 놀랄 정도로 멋진 말을 한다. 실생활에서 벌어지는 대화는 늘 우리의 삶, 즉 우리의 '이야기'를 나아가게 만드는가?

실제로는 대화를 마치고 돌아선 다음에야 '이렇게 말할 걸' 하는 생각이 든다. 정말 답답한 일이 아닌가?

대화가 흥미롭고 이야기를 전개하길 원한다면 작가는 자신이 쓰고 있는 소설을 훤히 꿰고 있어야 한다. 인물의 목표점이 어디인지, 그리고 어떻게 그곳에 이르게 할지를 정확히 알아야 한다. 장면마다 인물의 의도가 무엇인지 알아야 하며, 대화를 이루는 각각의 단어가 인물 설정에 도움이 되지 않는다면 잘라내야 한다. 인물을 지나치면 플롯은 밋밋하고 지루해질 수 있다. 인물을 잘 그리고 이야기를 순조롭게 전개하려면 신경 써야 하는 부분이다.

너무 부담스럽다고? 사실 이건 개고 때의 문제다. 처음 쓴 초고에서 대화가 밋밋하고 단조롭게 느껴진다면 개고에서 그 대화를 다시 살펴보며 고치면 된다. 대화가 밋밋하고 지루하게 느껴질 때에야 비로소 인물이 무슨 말을 하고 싶어 하는지, 어떤 인상을 남기고 싶어 하는지 깨닫게 될 때도 많다. 때로는 그것으로 충분하다. 밋밋하고 지루하다고 세상이 끝나지는 않는다. 대화문을 살피고 인물에게 바라는 모습과 비교하자. 일단 비교할 대상이 생기면 어떻게 해야 할지도 알 수 있다. 그러므로 이런 의미에서 밋밋하고 지루한 대화문이 그렇게 나쁜 것만은 아니다.

**두려움이 있다면**

지금 소설을 쓰고 있다면 스스로에게 질문해보자.

- 나는 무엇을 두려워하는 걸까?
- 인물이 하는 말이 어리석게 들리거나, 죄다 같은 말만 하는 것 같거나, 밋밋하고 지루하거나, 딱딱하고 형식적이거나, 장면을 엉뚱하게 이끌 경우 벌어질 최악의 문제는 무엇일까?
- 최악의 문제가 생기면 내가 해결할 수 있을까? 어떻게?

이제 두려움을 뚫고 전진하자. 수전 제퍼스의 말을 빌리자면, '공포를 느끼자. 그리고 어쨌든 쓰자.'

**대화문이 딱딱하고 형식적인 느낌이어서 독자가 '작가가 인물의 입을 통해 자연스럽게 말이 나오게 하지 못하는구나. 그저 대화문을 쓰려고 애쓰는구나' 하고 생각하면 어떡하지?**

이는 많은 작가가 실제로 자주 느끼는, 몹시 심각한 두려움이다. 나 역시 딱딱하고 형식적으로 느껴지는 대화를 정말 많이 보는데 그 즉시 작가가 너무 열심히 노력하고 있다는 생각도 든다. 작가는 대화문을 쓰려고 노력 중인 것이다.

대화는 이야기를 들려주려는 작가의 욕구에서 나오는 게 아니라 인물의 됨됨이와 욕구에서 나와야 한다. 그 차이를 알겠는가?

작가가 소설의 목표를 생각하며 이를 이루려고 나서면 대화문은 딱딱해진다. 그러면 결국 대화는 인물이 현재의 장면에서 보이는 반응이 아니라 이야기를 들려주려는 작가의 욕심에서 나오게 된다. 힘을 빼고 이야기를 통제하려는 노력을 그만두면 분명히 바꿀 수 있는 부분이다.

혹시 인물이 말을 하기 전에 단어 하나하나를 꼼꼼히 생각하는 성향이라면 아마 이 문제가 대화 쓰기의 큰 어려움이 될 것이다. 내 친구 중에 최근에 글쓰기를 시작한 사람이 있다. 그는 몹시 계획적인 사람이다. 문장 하나하나를 미리 생각하고 말하기 때문에 대화 중에 그 친구의 머릿속에서 바퀴가 돌아가는 모습이 생생히 떠오를 정도다. 그 친구가 쓴 첫 소설의 대화문을 읽고 똑같은 현상을 발견했을 때 나는 놀라지 않았다.

글을 쓰려고 자리에 앉으면 압박감을 느끼는 사람이 많다. 그런 압박감을 털어버리는 방법 중 하나는 인물이 마음껏 행동할 수 있도록 이야기에서 손을 놓아버리는 것이다. 때로는 쓴 것을 다시 읽을 때에야 비로소 딱딱한 대화문이 눈에 띄기도 한다. 그럴 때 문제를 깨닫는데, 바로 그게 중요하다. 깨달을 수 있으면 고칠 수 있다.

**인물이 대화를 하다가 장면이 엉뚱한 데로 가버리면 어떡하지?**

생각만 해도 끔찍하지 않은가? 이러면 인물에 대한 통제력을 잃어버리고 결국 소설은 산으로 가버리지 않을까? 도대체 누가 우리에게 소설을 끊임없이 통제해야 한다고, 특히 초고에서는 그래야 한다고 말했단 말인가? 한 인물이 고작 단역에 불과한 다른 인물과 대화를 한다면 어떻게 될까? 이제 어떻게 해야 하나? 벌어질 수 있는 최악의 상황은 무엇일까? 아마 소설의 개요를 다시 쓰거나 이야기를 다시 구성하면서 막으려는 일이 벌어지는 건 아닌지 살펴봐야 할 것이다. 끔찍한 일이다.

대화는 이와 같은 식으로 벌어지는 경향이 있다. 사람들은 원래 계획과는 다른 말을 내뱉고, 상황은 걷잡을 수 없게 되며, 때로는 싸움으로 이어진다. 물론 소설에서는 나쁜 현상만은 아니다. 긴장과 갈등이 생긴다는 뜻이므로 대개는 좋은 현상이고, 소설에 그야말로 유익하다. 그러니 계속해보자. 인물이 알아서 말하도록 내버려두고 간섭은 그만두자. 만약 우리가 소설 속 인물이라면 누군가 수시로 어깨 너머에서 감시하며 '올바로' 말하고 있는지 확인하는 게 좋겠는가? 언행이 부자연스러워질 것이다. 인물이 자연스럽게 있도록 내버려두자. 인물을 알게 되는 방법 중 하나는 무대 위로 이끌어 대화 장면 속에 자유롭게 풀어놓는 것이다.

물론 작가에게는 큰 그림이 있고 인물이 이를 따르기를 바랄지도 모른다. 그러나 어떤 목적 없이 친구나 동료, 상사와 대화를 나누려 했는데 막상 예상에 없던 말을 한 적이 있지 않은가? 인물을 자유롭게 말하게 두면 때로는 도움이 되지만 그렇지 않을 때도 있다. 그러나 부인할 수 없는 사실은 그런 일이 일어난다는 것과 늘 원하는 대로 통제할 수는 없다는 것이다. 말은 우리가 주도권을 되찾기도 전에 나올 때가 많다. 가끔은 그럴 때 스스로를 통제하기도 하지만, 대부분은 그냥 이야기를 하며 자기 자신을 바보로 만들거나 전혀 기대하지도 않았던 멋진 말을 하기도 한다. 모두 그 순간 우리의 기분이 어떤지에 달렸다.

소설 속 인물도 마찬가지다. 그들의 기분이 곧 작가의 기분이다. 마음을 편히 하고 인물이 자연스럽게 상황에 맞게 행동하도록 놔두자. 필요하면 원고를 다시 살펴보며 얼마든지 주도권을 되찾을 수 있다.

**서술이 충분치 않아서 독자가 대화를 잘 이해하지 못하면 어떡하지? 또는 서술이 너무 많아서 대화가 늘어지면 어떡하지?**

속도감은 진짜 걱정거리가 될 수 있다. 서술이 너무 많은 부분이 어디인가? 좀 모자란 부분은? 8장에서 더 자세히 살펴보겠지만 속도감은 몹시 실제적인 두려움을 준다.

작가는 어느 정도면 충분한지, 어느 정도면 지나친지 알 수 있는 리듬감을 갖춰야 한다. 어떤 장면에는 대화만 필요하다. 서술이나 행동을 전혀 덧붙이지 않은 대화면 충분하다. 또 어떤 장면은 대화의 핵심을 파악할 수 있도록 추가 서술이 많이 필요하다. 또 어떤 장면은 대화가 늘어지지 않도록 행동이 필요하다. 완벽하게 균형을 잡기 힘들 때도 있지만 이 두려움은 극복할 수 있다. 연습을 많이 할수록 점점 몸에 익을 것이다. 약간 지나쳤다 해도, 즉 서술이나 행동이 너무 많이 들어갔거나 대화가 너무 많아졌다 해도 원고를 수정(고쳐쓰기, 퇴고)할 때 살피면서 집어낼 수 있다.

소설 속 대화는 현실 속 대화와 그 기능이 비슷하다. 우리는 말하고, 생각하고, 행동한다. 무의식적으로 그렇게 한다. 대화문을 쓸 때도 그렇게 해야 한다. 매순간 제대로 쓰고 있는지 걱정하면 대화문은 결국 변덕스럽고 딱딱하며 부자연스러운 인상을 풍길 것이다. 대화 쓰기를 편안하게 느끼면 결국 이런 질문조차 하지 않게 될 것이다. 장면을 쓰는 동안 여기에는 서술을 조금 넣고, 저기에는 행동을, 다른 곳에는 대화를, 또 다른 곳에는 화자를 밝히는 지문을 넣어야 한다는 사실을 직관적으로 알 것이기 때문이다.

앞서 이야기한 캐럴을 기억하는가? 캐럴이 대화문에 대한 두려움을 극복했는지 못 했는지 나는 알지 못한다. 캐럴은 소설 쓰기를 그만뒀다. 지겨워져서일 것 같은데, 얼마든지 이해할 수 있다. 대화가 없는 소설은 지루하기 짝이 없다. 그리고 대화 쓰기에 대한 두려움이 생길 수도 있다. 바로 '대화 쓰기가 두려워서 아예 쓰지 않으면 어떡하지?'다.

절망하지 말자. 모든 소설에는 독자에게 생동감을 줄 대화가 필요하고, 결국에는 대화문을 편안하게 받아들일 테니. 소설에 전념한다면 두려움을 극복할 수 있다.

다음 장에서는 인물을 진짜처럼 느끼게 만드는 다양한 대화문을 살펴볼 것이다. 그사이에 소설을 계속 읽자. 그리고 제발 쓰기를 계속하자.

### 실전 연습 01

'독자가 인물을 어리석다고 여기면 어떡하지?' 이런 두려움이 든다면 이렇게 연습하자.

현재 쓰고 있는 소설 속 인물을 한 명 떠올린다. 아예 새로운 인물을 생각해내도 좋다. 인물의 역할을 명확히 설정하자. 그를 주목시키자. 목표를 만들어주자. 중요한 건 이 인물을 독자가 어떻게 인식하면 좋을지, 작가로서 자신이 원하는 바를 알고 있어야 한다는 것이다. 이제 대화 장면을 쓰되 인물의 자연스러운 모습에 걸맞게 쓴다. 다 쓸 때까지는 그가 어리석게 말하든, 멋지게 말하든 생각하지 않는다.

이제 쓴 것을 읽어본다. 인물의 말이 어리석게 느껴지는가? 얼마나 어리석은가? 정말 어리석게 느껴진다면 그를 '버리고' 대신할 다른 인물을 만든다. 약간만 어리석게 느껴진다면 대화를 고치고 어리석게 보이는 부분을 편집한다. 어리석어 보이는 느낌이 자꾸 든다면 그가 어리석은 인물일지 모르니 그대로 진행하면 된다.

또한 문제가 자신에게 있을지 모른다는 점을 기억하자. 물론 당신이 어리석다는 뜻은 아니다. 다만 우리의 시각은 객관적이지 않을 수도 있다. 다른 사람에게 자신이 쓴 글을 보여주고 의견을 듣자. 어리석게 느껴진 인물들의 말이 실제로는 괜찮을 수도 있다.

말하기와 달리 글쓰기의 좋은 점은 기회가 또 있다는 것이다. 필요하면 얼마든지 고쳐 쓰고 또 고쳐 쓸 수 있다.

실전 연습 02

'모두가 똑같은 말만 한다는 인상을 주면 어떡하지?' 이런 두려움이 든다면 이렇게 연습하자.

인물을 파악한다. 주인공과 적대자, 모든 단역에 이르기까지. 그리고 아무리 호감 가지 않는 인물이라도 그 인물이 되어본다.

1인칭 시점에서 인물 개요를 쓰며 인물의 입으로 자신이 어떤 사람인지 말하게 한다. 현실에서 우리는 사람들을 어떻게 알게 되는가? 함께 시간을 보낸다. 보내는 시간이 많을수록 더 잘 알게 되며 어느새 그 사람을 몰랐던 때가 잘 기억나지 않는다. 인물 중 내면으로 들어가기 불가능한 인물이 있으면 그를 버리고 새로운 인물로 대체한다.

모든 인물이 등장하는 장면을 구상한다. 그런 다음 한 번에 한 명씩, 각 인물의 시점에서 그 장면을 쓴다. 오직 대화만으로 행동을 서술한다. 모든 인물을 한 장면에 모을 수 없다면(사는 시대가 다를 수도 있다) 어떤 독특한 인물이 다른 사람들이 경험한 것을 돌아보거나 예측하게 한다. 작가가 할 일은 모든 인물이 똑같은 행동을 하게 하되, 모두가 다른 방식으로 경험한다는 사실을 보여주는 것이다. 각 인물이 자신의 입으로 그 행동을 이야기하게 하자. 속어나 사투리, 아니면 다른 인물들은 쓸 생각조차 해본 적 없는 특정한 단어나 어구를 써도 된다.

이렇게 쓴 장면들을 읽어봤을 때 인물들이 모두 똑같은 말을 하는 것처럼 느껴지는가? 혹시 인물 개요를 작성해두었는가? 하지 않았다면 당장 만들자. 개요를 이미 작성했다면 외적·내적 특성 중 일부를 끄집어내서 비슷한 말을 하는 인물들의 말에 집어넣는다. 그러면 인물들의 차이를 어느 정도 대화에 표현할 수 있다. 인물에 대해 제대로 알 수 있을 때까지 인물 모두의 시점에서 장면을 여러 번 써본다.

### 실전 연습 03

'인물이 하는 말이 독자의 기대와 어긋나면 어떡하지?' 이런 두려움이 든다면 이렇게 연습하자.

이 문제는 인물이 등장하고 나서 되도록 빨리 말을 하면 쉽게 해결할 수 있다. 그러나 연습 삼아 다음과 같이 해보자.

한 인물이 있다. 하버드대학에서 공부한 이 여성은 물리학자이자 최근에 이혼을 했으며 아이가 둘 있다. 이 인물이 친구들과 점심을 먹으며 상사에 대해 불평을 늘어놓고 있다. 그녀는 "흥, 나한테 몽둥이 하나만 줘봐. 그럼 내가 머저리가 아니란 걸 기똥차게 보여주고 말테니"라던가 이와 비슷한 대화를 불쑥 던진다.

이상하지 않은가? 저런 대화가 어디에서 나왔을까? 물론 작가의 내면 어딘가에서 나왔을 것이다(입버릇 나쁜 상사나 남편, 아버지의 영향을 받았을지도). 이 대화는 이와 같은 인물에게서 흔히 들을 수 있는 말이 아니다.

소설 쓰기는 해결되지 않은 우리의 문제를 해결하는 일이기도 하다. 우리는 때로는 인물을 따라가야 하고 때로는 주도권을 행사해야 한다. 작가가 된다는 건 언제 그렇게 해야 하는지 아는 것이다.

위 인물의 경우 그녀가 주도권을 행사해야 한다. 지성인이 상사에 대해 불평을 한다고 보이도록 위의 대화를 고쳐 써보자. 예를 들어 "우리 모두 자기처럼 열두 시간을 꼬박 일하지 않으면 회사에 충성하지 않는다고 생각하는 모양이야. 다음 간부회의 때 그걸 말해야겠어"라고 할 수 있다. 아이디어는 작가의 몫이다.

### 실전 연습 04

'대화문이 밋밋하고 지루하게 들리며 이야기를 조금도 전개하지 못하면 어떡하지?' 이런 두려움이 든다면 이렇게 연습하자.

이 경우 인물에게 생동감을 주어야 한다. 그러나 사실 모든 대화 장면은 반드시 이야기를 전개해야 한다. 플롯 전개를 막는 대화를 쓰고 있다는 것을 깨닫기만 해도 이미 수많은 작가(즉 플롯을 전개하지 못하는 산만한 대화문을 쓰면서 아예 인식도 못 하는 작가들)를 앞선 셈이다.

현재 쓰고 있는 소설에서 플롯 전개에 도움이 되지 않는 인물을 찾아보자. 인물의 배경을 어느 정도 알려주고 그들이 어떤 사람인지 약간 드러냈어도 충분하지 않다는 느낌이 들 것이다. 모든 장면은 플롯을 계속 전개해야 한다. 이제 한 가지를 염두에 두고 그 장면을 다시 써보자. 바로 특색이 있고, 배경을 보여주며, 플롯을 전개하는 대화 쓰기다. 그러면서 대화 장면을 생동감과 긴장감으로 채운다. 지나친 요구는 아닐 것이다. 그렇지 않은가?

### 실전 연습 05

'대화문이 딱딱하고 형식적이어서 작가가 애쓴다는 생각을 들게 만들면 어떡하지?' 이런 두려움이 든다면 이렇게 연습하자.

이 두려움에서 벗어날 방법은 힘을 빼고 너무 열심히 노력하지 않는 것뿐이다. 바나나에 대해 생각하지 않으려고 너무 열심히 노력하면 어느새 그 생각을 하게 된다는 오래된 격언을 들어보았을 것이다. 대화 쓰기도 마찬가지다. 나쁜 대화문을 쓰지 않으려고 노력하면 할수록 더 나쁘게 쓰게 된다. 여기서 나쁘다는 뜻은 대개 인물이 직접 말하는 것처럼 느껴지지 않는다는 뜻이다. 다음은 대화 쓰기를 하면서 마음을 편히 갖는 연습이다.

현재 쓰고 있는 소설이나 그동안 썼던 소설에서 딱딱하게 느껴지는 대화 장면을 골라서 다시 쓴다. 이번에는 인물이 무슨 말을 하느냐에 집중하지 말고 글을 쓰는 동안 편안한 마음을 갖는 데 집중한다. 인물의 말이 어떤 인상을 주는지, 무슨 말을 하는지에 신경 쓰지 않기로 결심한다. 그건 나중에 고치면 된다. 물론 이 일은 다른 두려움을 일으킬 수 있다. 바로 인물이 어리석어 보이면 어쩌나 하는 것이다. 그러나 지금 하는 연습은 두려움을 한 번에 하나씩 떼어놓고 그로부터 벗어나 글을 더 잘 쓰기 위한 것이다.

'인물이 대화를 하다가 장면이 엉뚱한 데로 가버리면 어떡하지?' 이런 두려움이 든다면 이렇게 연습하자.

인물과 관련해 우리가 흔히 파악하지 못하는 사실은 그들이 우리의 연장선이 아니며, 그래서 혹시 우리가 예상하지 못한 말을 하거나 우리의 계획과 다른 말을 하더라도 억눌러서는 안 된다는 점이다. 이 두려움은 인물을 감시하지 않고 그가 진정한 자신을 표현하게 함으로써 벗어날 수 있다. 중요한 건 계속 글을 쓰는 것이다. 우리에게는 개고가 있다. 두 번도, 세 번도 고칠 수 있다. 너무 노골적이거나 허점투성이거나 허황된 대화는 나중에 고치면 된다.

현재 쓰고 있는 소설에서 통제 불가능한 인물을 고르거나 쓰고 싶은 소설에 어울리는 새 인물을 만든 뒤, 인물에게 아무 제약이 없는 장면을 써보자. 여기서 제약이란 그 인물에 대해 정해둔 작가의 계획을 뜻한다. 그냥 자유롭게 내버려두자. 자기 자신에게든 다른 인물에게든 하고 싶은 말은 뭐든 하게 한다. 그의 입에 말을 넣어주려 하지 말고, 그가 하고 싶은 말을 못 하게 막지도 말자. 그냥 그를 따른다. 그러면 새로운 착상이 떠오를 수도 있다. 더욱 깊이 있고 '진실'에 더욱 가까운 이야기가 떠오를 수 있다.

인물이 자신다워지면 그가 장면 또는 소설 전체를 엉뚱한 데로 가버리면 어쩌지 하는 두려움이 사라진다. 그냥 자연스럽게 내버려두고 인물에 걸맞게 떠오르는 소설을 써도 세상이 끝나지 않는다(이 말을 내가 이 장에서 얼마나 자주 하는지 주목하라). 그건 세상의 끝이 아닐 뿐 아니라 작가로서의 성숙도를 나타내는 것도 아니다.

### 실전 연습 07

'서술이 충분치 않아서 독자가 대화를 잘 이해하지 못하면 어떡하지? 또는 서술이 너무 많아서 대화가 늘어지면 어떡하지?' 이런 두려움이 든다면 이렇게 연습하자.

이 정도면 충분하다는 사실을 언제 알 수 있을까? 느낌으로 알 수 있다. 충분하다는 느낌이 들지 않더라도 걱정하지 말자. 곧 알게 된다. 하면 할수록 쉬워진다.

행동이나 서술, 지문이 전혀 없이 순전히 대화만으로 이뤄진 장면을 써보자. 다 쓰고 나면 훑어보면서 여기저기에 서술과 행동을 집어넣어 이야기 흐름을 만들자. 얼마나 많이 집어넣고 있는지 알고 있어야 한다. 혹시 너무 늘어지는가? 이 정도면 충분한가? 인물의 의도를 이해할 수 있도록 서술과 행동을 더 넣어야 할까? 필요한 만큼 조절하자. 절대규칙이란 없다.

3장

# 다양한 대화: 소설에 따라 어울리는 분위기 찾기

작가가 대화를 쓴다는 건 어떻게 보면
자신이 어떤 사람인지,
소설가로서 어떤 분야에 어울리는지
안다는 것이기도 하다.

'어디 보자, 화요일 오후까지 호머는 A 지점에서 B 지점으로 가야 하고, 그사이에 에이모스에게 훔친 물건을 숨겨둔 곳에서 만나자고 말을 해야 해. 훔친 물건을 화요일 저녁쯤에는 옮겨야 하니까 여기에선 시간이 많지 않아.' 이는 어느 작가가 자리에 앉아 다음 장면을 쓰려고 한 생각이다. '호머가 편의점 세븐 일레븐에서 에이모스와 마주치게 해야지.' 이윽고 그는 글을 쓰기 시작한다.

"여, 에이모스. 여기 있었군, 뭐 해?"

호머는 우유갑을 집어 들고 있던 장바구니로 툭 던졌다. 에이모스가 곧바로 대답하지 않자 호머가 말했다.

"주방 세제 말인데 '조이'를 쓰나, '도브'를 쓰나? 가만, 오늘밤 집에서 보낼 긴긴 밤을 위해 캐슈너트를 좀 사야겠군."

"오늘밤에 뭘 하는데?" 에이모스가 물었다.

"그야 물론 게임 시청이지. 자넨 아니야?"

에이모스는 투덜거렸다.

"확실히 몰라. 여자를 하나 만났어. 그 여자 집으로 갈지도 몰라. 정말 예뻐."

이걸 누가 궁금해할까? 우리는 이 소설이 어떤 장르인지 알고 있다. 그 누구도 캐슈너트나 게임, 에이모스의 여자에 대해 알고 싶어 하지 않는다. 우리가 궁금한 건 훔친 물건의 행방과 두 사람이 어떻게 시간에 맞춰 그 물건을 옮길 것인지, 호머가 어떻게 A 지점에서 B 지점으로 이동할지다.

이번 장의 주제는 '목소리'다. 자신의 목소리가 쓰고 있는 소설에 어울리는지 확인하는 방법을 알아보자.

모든 작가에게는 그 나름의 목소리가 있으며 소설에서 대화만큼 이 점이 잘 드러나는 부분도 없다. 우리가 인정하든 안 하든, 또 이젠 그런 수준을 뛰어넘었다고 생각하더라도, 우리가 쓴 모든 대화에는 우리의 일부가 들어 있다. 만약 아침에 배우자와 매듭짓지 못한 싸움을 벌이고 오후에 대화 장면을 쓰려고 자리에 앉는다면 무슨 일이 벌어질까? 인물들이 갑자기 마구 싸우게 될 것이다.

작가들은 "인물이 장면을 훔쳐갔다"고 자주 이야기한다. 사실 꼭 맞는 말은 아니다. 인물이 장면을 '훔쳐가는' 까닭은 우리 작가들이 문제를 해결해주지 않으니까 그 문제를 떠맡게 된 탓이다. 작가들이 실제 사건을 '소설화'하면서 진실을 숨길 수 있다고 굳게 믿는 모습을 볼 때면 웃음이 절로 난다. 이는 코끼리가 침대 밑에 머리를 쑤셔 넣고는 아무도 자신을 볼 수 없을 거라고 생각하는 것과 마찬가지다.

모든 작가에게 그 나름의 목소리가 있듯이, 소설에도 그 나름의 목소리가 있다. 이는 출판계가 모든 소설을 몇몇 범주로 나누는 이유 중 하나다. 소설은 크게 순수소설, 대중소설, 장르소설로 나뉜다. 또한 장르소설에는 몇 가지 하위범주가 있다. 판타지소설, SF소설, 미스터리소설, 스릴러소설, 액션모험소설, 서스펜스소설, 로맨스소설, 그리고 청소년소설이다.

간혹 대중소설과 순수소설의 차이가 뭐냐고 묻는 초보 작가가 많다.

대중소설은 제한된 독자가 아니라 일반 대중을 대상으로 하는 소설이다. 대중소설은 독자의 신념 체계에 도전하거나 새로운 미래상을 제시하거나, 도전적인 질문을 던지거나, 자아 성찰을 유도하거나, 전통 규범을 뒤흔든다. 또는 이 모든 역할을 하기도 한다.

순수소설은 전통과 관습에서 벗어난 문체와 기법을 쓰는 전위적이고 실험적인 소설이다. 흔히 플롯이 약하고 인물의 성격 묘사에 강하다.

이러한 차이를 염두에 두고 소설을 쓴 뒤 그 글에 어떤 특성이 있고 어떤 범주에 속하는지 파악하는 것이야말로 뛰어난 마케팅 감각을 키우는 일이다. 이렇게 하면 독자가 소설에서 무엇을 기대하는지, 더 구체적으로는 어떤 대화를 기대하는지 이해할 수 있다.

글쓰기 교사로서 수많은 작가를 가르치며 분명해진 것 중 하나는, 많은 초보 작가가 소설의 장르가 다양한 만큼 인물과 갈등,

속도감, 주제, 대화도 다양해야 한다는 사실을 '이해'하지 못한다는 것이다. 속도가 빠른 액션모험소설에는 장면마다 플롯을 빠르게 전개하는 속도감 넘치는 대화가 필요하다. 반면 순수소설에는 이보다 느린 대화가 필요하다.

독자는 각자 나름대로 이유가 있어서 특정 소설을 고른다. 어떤 독자는 쾌적한 기분으로 달리고 싶어 하지만, 어떤 독자는 느닷없이 이리저리 꺾이는 무시무시한 질주를 원한다. 어떤 독자는 (아마 무의식적이겠지만) 자기 자신을 알고 싶어서 소설을 읽는다. 또 어떤 독자는 그저 긴장을 풀기 위해 기분 전환으로 다른 사람의 문제를 다루는 소설을 읽고 싶어 한다. 독자가 원하는 것을 파악하지 못하면 자신이 선택한 장르에서 독자를 충분히 만족시키는 소설을 쓸 수 없다. 인물의 대화는 되도록 모든 면에서 소설의 리듬과 어울려야 한다.

이 장에서는 소설에 나오는 대화 유형과 작가가 소설에서 쓰는 다양한 목소리를 살펴볼 것이다. 도식적으로 느껴질지도 모르겠지만 소설의 대화 유형을 일곱 가지로 구분할 것이다. 독자가 소설에 거는 기대, 특히 대화에 거는 기대를 작가로서 더욱 잘 이해하기 위해서다. 이 일곱 가지 유형은 환상적인 대화, 중의적인 대화, 설명적인 대화, 미심쩍은 대화, 숨 막히는 대화, 도전적인 대화, 무검열 대화다.

## 환상적인 대화: 감정이 깃든

『호빗The Hobbit』, 『스타워즈Star Wars』, 『반지의 제왕The Road of the Rings』, 『스타트렉Star Trek』, 『오즈의 마법사The Wonderful Wizard of Oz』에 나오는 언어는 환상적인 이야기를 찾는 독자를 매료한다. "포스가 그대와 함께하길"이라는 말은 대중소설이나 순수소설에서는 우스꽝스럽게 들릴 것이다. 현실 속 사람들은 그런 식으로 이야기하지 않기 때문이다. 대중소설과 순수소설 독자는 현실과 비현실을 구분한다.

대중소설과 순수소설을 쓸 때는 현실적인 요소를 집어넣어야 한다. 반면 SF소설과 판타지소설 작가는 현실이 아닌 내용을 쓸 수 있다. 이는 겉보기만큼 쉬운 일이 아니다. 어떤 작가들은 환상적인 대화를 쓰는 능력이 있지만 어떤 이들은 그렇지 않다. J. R. R. 톨킨 같은 작가가 쓰는 환상적인 대화는 정말 진짜처럼 들린다. 그러나 홀든 콜필드(『호밀밭의 파수꾼The Catcher in the Rye』의 주인공)가 여동생에게 "포스가 그대와 함께하길!"이라고 말하는 모습을 상상할 수 있겠는가? 혹시 홀든이 그런 기색을 조금이라도 보였다면 이 소설의 작가는 오늘날처럼 유명해지지 못했을 것이다.

SF소설과 판타지소설에서만 환상적인 대화가 나오는 건 아니다. 실력 있는 로맨스소설 작가도 이런 대화를 쓸 수 있다. 환상적인 대화에는 아주 감상적인 흐름이 있다. 판타지소설과 SF소설, 로맨스소설의 작가는 그런 대화를 쓸 수 있을 뿐 아니라 멋지게 쓸 수 있을 때까지 연습해야 한다. 때로 장르 작가는 환상적인 대화를 쓰는 데 타고난 것처럼 보인다. 심지어 일상 대화에서도 환상적인 말로 이야기하는 작가도 있다.

나는 그런 작가가 아니다. 내가 그렇다는 사실을 알고 있다. 작가가 대화를 쓴다는 건 어떻게 보면 자신이 어떤 사람인지, 소설가로서 어떤 분야에 어울리는지 안다는 것이기도 하다. 자신이 판타지소설에 맞는지, SF소설에 맞는지, 로맨스소설이 맞는지 알고 있는가? 이 점을 생각해본 적이 있는가?

다음의 『반지의 제왕』 속 대화문을 살펴보자.

> 샘이 이끄는 호빗 열두 명이 하나같이 소리를 지르며 뛰어나가 악당을 바닥에 내팽개쳤다. 샘은 칼을 뽑았다.
>
> "안 돼, 샘!" 프로도가 외쳤다. "이렇게 됐지만 죽이면 안 돼. 그는 날 해치진 않았잖아. 그리고 어떤 경우든 이런 사악한 분위기에서 죽음을 맞게 할 순 없어. 그래도 한때는 위대한 존재였어. 우리가 감히 손을 들어 만질 수도 없는 고귀한 존재였지. 타락해버렸지만, 그걸 바로잡는 건 우리 능력 밖이야. 하지만 혹시 모르니 목숨은 살려주고 싶어."
>
> 사루만은 자리에서 일어나 프로도를 빤히 바라보았다. 놀라움과 존경, 증오가 뒤섞인 묘한 눈빛이었다. 사루만이 말했다. "자랐군 그래. 많이도 자랐어. 현명하면서도 잔인하군. 내게서 복수의 달콤함을 빼앗아버렸으니 이제 난 네가 베푼 자비를 등에 지고 괴롭게 살아야 한다. 정말 싫은 일이지! 너도 마찬가지다! 이제 사라져주마. 더는 괴롭히지 않겠다. 하지만 너의 행복을 빌어줄 생각은 없다.

너 역시 불행할 것이다. 내가 그러겠단 뜻은 아니다. 예언일 뿐."

사루만은 걸음을 옮겼고, 호빗들은 그가 지나가도록 길을 터주었다. 하지만 무기를 움켜쥔 호빗들의 손가락 마디는 하얘졌다. 뱀혓바닥 그리마는 머뭇거리다가 주인을 뒤따랐다.

이 대화 장면을 생생하게 만드는 건 무엇인가? 이 장면을 환상적이게 만드는 건 무엇인가?

당연히 '극적인' 분위기다. 첫 문장의 "악당을 바닥에 내팽개쳤다"라는 구절을 보자. 이 구절은 대화가 아니지만 대화로 만들 수도 있다. 정말 극적이다. 내팽개치다니! 그것도 악당을!

또한 이 장면은 '웅변적'이다. "내게서 복수의 달콤함을 빼앗아버렸으니 이제 난 네가 베푼 자비를 등에 지고 괴롭게 살아야 한다." 그리고 '직설적'이다. "하지만 너의 행복을 빌어줄 생각은 없다. 너 역시 불행할 것이다."

판타지소설이나 SF소설을 쓰고 싶다면 환상적인 대화문의 달인이 되어야 한다. 어떻게 하면 될까? 연습이 답이다. 판타지소설이나 SF소설을 읽고 또 읽자. 그리고 이 장 끝에 나오는 실전 연습으로 스스로를 단련하자.

로맨스소설의 환상적인 대화는 판타지소설이나 SF소설과는 약간 다르지만, 지금 시대의 평범한 사회에서 사람들이 서로에게 말하는 방식을 초월했다는 점은 똑같다. 마찬가지다. 내가 로맨스소설을 많이 읽지 않는 이유 중 하나는 많은 작가가 그런 초월적이고 환상적인 대화를 쓰지 못하기 때문이다. 노력은 하지만 결과를 보면 환상적이라기보다는 진부하다.

로버트 제임스 월러는 『매디슨 카운티의 다리The Bridges of Madison County』에서 환상적인 대화를 탁월하게 써냈다. 남주인공 리처드와 여주인공 프란체스카 사이에 오가는 다음 대화를 보자.

로버트는 대답하려 했지만 프란체스카가 말을 막았다.

"로버트, 내 말을 좀 더 들어봐요. 당신이 나를 품에 안고 트럭으로 데려가서 꼭 함께 가야 한다고 고집을 부리면, 난 불평 한마디 하지 않을 거예요. 당신이 그러자는 말만 해도 따를 수 있어요. 하지만 당신은 그러지 않겠죠. 너무나 섬세한 사람이고, 내 감정을 너무나 잘 아니까요. 그리고 난 이곳에 책임감을 느껴요.

그래요, 이렇게 사는 건 지겨운 일이죠. 내 인생 말이에요. 낭만도, 에로티시즘도 없고, 촛불 켠 부엌에서 춤출 수도 없고, 여자를 사랑할 줄 아는 남자를 황홀하게 쓰다듬어볼 수도 없어요. 그 무엇보다도, 당신이 없죠. 하지만 내겐 지독한 책임감이 있어요. 리처드에게, 아이들에게. 내가 떠나서 내 육체적인 존재만 사라져도, 리처드는 무척 힘들어할 거예요. 그것만으로도 망가져버릴지 몰라요.

하지만 그보다 훨씬 끔찍한 건, 이곳 사람들이 쑥덕거리는 소릴 들으며 여생을 살아야 한다는 사실이에요. '저 남자가 리처드 존슨이야. 부인은 화끈한 이탈리아 여자였는데, 몇 년 전에 장발의 사진사랑 눈이 맞아 달아났다지 뭐야.' 리처드는 괴로워할 테고, 아이들은 여기 사는 한 윈터셋 사람들의 조롱을 견뎌야 할 거예요. 그 애들도 무척 힘들겠죠. 그것 때문에 나를 무척 미워할 테고요.

정말이지 난 당신을 원하고, 당신과 함께 있고 싶고, 당신의 일부가 되고 싶어요. 하지만 이 책임감이란 현실을 박차고 나갈 수가 없어요. 육체적으로든 정신적으로든, 당신이 나에게 함께 가자고 고집을 부린다면, 아까 말했듯이 난 저항할 도리가 없어요. 힘도 없어요. 마음이 온통 당신에게 가버렸으니까요. 당신에게서 길을 빼앗지 않겠다고 말했지만, 내가 간다면 당신을 원하는 내 이기심 때문일 거예요."

솔직히 누가 이런 식으로 말을 하겠는가? 내가 아는 사람 중에는 없다. 즉흥적인 순간 치고는 무척 명료한 말이다. 명료할 뿐 아니라 무척 환상적이기도 하다. 완벽히 조리 있는 데다 사람의 마음을 뒤흔드는 언어로 표현한 환상적인 말이다. 그래서 우리는 놀라면서도 한편으로는 자신이 저런 상황에 처했다면 "안 돼요, 난 이제 당신이랑 어울릴 수가 없어요. 리처드한테 들키면 정말 곤란해져요" 따위의 진부한 말을 했으리란 사실을 똑똑히 인식하게 된다. 왜 그런지 로맨스소설의 환상적인 대화는 우리 안에 자리 잡은 낭만을 건드리므로, 우리는 프란체스카와 함께 그 자리에 서게 된다. 눈앞에 실제 그런 일이 벌어진 것처럼 느낀다.

프란체스카의 말을 생생하게 만들어 우리의 감성을 뒤흔드는 건 대체 무엇일까? 우선은 세부 사항이다. 작가는 단어로 그림을 그린다. 프란체스카는 "그는 험담을 들으며 여생을 살아야 해요"라는 말 대신 "그보다 훨씬 끔찍한 건, 이곳 사람들이 쑥덕거리는 소릴 들으며 여생을 살아야 한다는 사실이에요"라고 말한다. 이러면 독자의 마음에 이미지가 생기고, 마을 사람들이 로버트와 프란체스카를 두고 서로 쑥덕거릴 때 리처드가 받게 될 고통을 보고 느낄 수 있다. "당신이 나를 품에 안고 트럭으로 데려가서……", "부인은 화끈한 이탈리아 여자였는데, 몇 년 전에 장발의 사진사랑 눈이 맞아 달아났다지 뭐야" 같은 표현들도 마찬가지다.

또 환상적인 대화에는 은유가 들어 있다. "당신에게서 길을 빼앗지 않겠다고 말했지만……." 여기서 프란체스카는 로버트의 자유에 대해 이야기하고 있다.

환상적인 대화는 감정이 깃든 대화다. 프란체스카는 로버트가 함께 떠나자고 해주기를 간절히 바라는 마음과 가족들을 버리고 로버트와 함께 노을 속으로 떠나버렸을 때 괴로워할 남편, 아이들을 가엾게 여기는 마음을 명료하게 표현한다. 그녀는 이 두 감정을 동시에 품고 있으며 이 때문에 둘로 찢어진다. 정말 환상적이다.

앞에서 말했듯이 대부분의 작가는 이런 대화를 쓸 능력이 있거나 없거나 둘 중 하나다. 우리는 머릿속으로 환상적인 단어와 문장, 구문을 생각할 줄 알아야 한다. 나는 이런 식으로 글을 쓸 수 있는 작가를 보면 경외감이 우러나며, 그 경외감에 압도된 나머지 대개는 그런 글을 그들의 몫으로 맡긴다. 그러나 가끔은 노력한다. 혹시 자신에게 이런 능력이 있다고 여겨진다면 꾸준히 키우길 바란다. 그렇지 않더라도 노력을 멈추지는 말자. 자신 안에 존재하는 낭만을 결코 얕잡아보지 말자.

## 중의적인 대화: 다양한 해석이 가능한

순수소설과 종교소설의 대화는 추상적인 사상과 모호한 개념을 다룰 때가 많으며 독자가 읽고 곧바로 해독할 수 없는 중의적인 의미를 지닌다. 물론 꼭 그래야만 하는 건 아니다. 또 플롯상 비밀스러움이나 신비로움을 풍겨야 해서 중의적인 대화를 쓰는 소설도 있다. 이 경우 중의적인 대화는 소설의 주제를 전달할 뿐 아니라 복선이 된다(마지막까지 잘 끌고 가야 앞뒤가 맞아떨어진다). 어떤 작가들은 특히 이 부분에서 뛰어난 재능을 보인다. 척 팔라닉은 그중 한 명이다.

그의 소설 『파이트 클럽Fight Club』에서 발췌한 대화 장면 셋을 보자. 이 장면들은 읽을 때는 도무지 말이 되지 않는 것 같고 미친 사람이 떠들어대는 소리처럼 들리지만, 소설 속에 잘 짜여 들어가 결국에는 만족스러운 결과를 낸다. 첫 번째 대화에서 시점인물(이름은 나오지 않는다. 나중에 또 다른 자아인 타일러 더든과 동일인이라는 게 밝혀지므로)은 며칠 집을 비운 사이 자신의 아파트에서 폭발이 일어났다는 것을 알게 된다. 다음은 경비원이 시점인물에게 그 상황에 대한 자신의 관점을 이야기하는 장면이다.

> "요새 젊은이들은 세상에 흔적이라도 남기려는지 너무 많은 걸 산다니까요." 경비원이 말했다.
>
> 나는 타일러에게 전화를 걸었다.
>
> 페이퍼가에 있는 타일러의 임대주택에서 전화벨이 울렸다.

오, 타일러, 제발 날 구해줘.

신호음이 이어졌다.

경비원은 내 어깨 쪽으로 몸을 기울이며 말했다. "요새 젊은이들은 자기가 진짜 뭘 원하는지 몰라요."

오, 타일러, 제발 구해달라고.

신호음이 이어졌다.

"젊은 사람들은 온 세상을 다 갖고 싶다고들 생각하죠."

스웨덴제 가구에서 날 구해줘.

정교한 그림에서 날 구해줘.

신호음이 또 울렸고, 타일러가 응답했다.

"원하는 게 뭔지 모르면 결국 원하지 않는 것들에 둘러싸이고 만다니까요." 경비원이 말했다.

이 대목은 소설이 시작된 뒤 40쪽 즈음에 나오는 것으로, 독자는 경비원이 무슨 말을 하고 있는지 완전히 알 수가 없다. 공허한 소비문화에 대한 환멸과 답을 찾으려는 몸부림이 시점인물의 주된 갈등이라는 것을 이제 막 알아갈 뿐이다.

다음 대목을 보자. 시점인물의 골치 아픈 옛 여자 친구인 말라가 나온다. 그녀는 소비문화를 그토록 공허하게 만드는 요인이 무엇인지 끊임없이 일깨워주는 인물로 다음과 같은 중의적인 말을 던진다.

"그래, 콘돔은 이 시대의 유리 구두야. 낯선 사람을 만나면 그걸

신지. 밤새 춤을 춘 담엔 던져버리는 거야. 콘돔 말이야. 낯선 사람이 아니고."

그 후 말라가 최근에 굿윌 자선바자회에서 건진 옷 이야기가 나오고 사람들이 죽은 크리스마스트리를 내버린다는 이야기가 장황하게 이어진 다음 이런 대화가 나온다.

"동물통제센터에 가보면 참 좋아. 강아지며 고양이며, 사람들이 사랑했다가 버린 온갖 애완동물들이 있는 곳 말이야. 제아무리 늙은 동물이라도 주의를 끌려고 폴짝폴짝 뛰고 난리를 피워. 사흘이 지나면 치사량에 이르는 페노바르비탈 나트륨 주사를 맞고 커다란 애완동물 오븐에 던져지고 마니까." 말라가 말한다.

"깊고 깊은 잠이지. '개들의 계곡' 스타일로."

"목숨을 구해줄 만큼 사랑해주는 주인이 있더라도, 결국 거세를 하고 마는 곳이야, 거긴." 말라는 내가 섹스 상대라도 되는 듯 나를 바라보았다. "당신이랑 난 잘 안 되겠지?"

이 지점에서 말라의 이야기는 독자를 설득하지 못하는데, 그녀가 무슨 말을 하고 있는지 실마리를 찾을 수 없기 때문이다. 하지만 나중에는 모든 게 맞아떨어지면서 타일러가 인생에서 추구하는 것과 바로 연결된다.

다음 대목을 보자. 형사가 아파트 폭발에 대해 물어보려고 시점인물에게 전화를 건다. 둘은 통화를 하는데, 형사가 사제 다이

너마이트를 만들 줄 아는 사람을 아는지 물은 참이다. 타일러는 시점인물의 어깨 너머에서 나직하게 조언한다.

"재난은 내 진화의 자연스러운 부분이야. 비극과 해체를 향한 진화이지만." 타일러가 속삭였다.

나는 형사에게 아파트를 날려버린 건 냉장고였다고 말했다.

"난 육체적 힘과도 소유와도 연결을 끊는 중이야." 타일러가 다시 속삭였다. "자기파괴를 통해서만 내 영혼의 더 큰 힘을 발견할 수 있기 때문이지. (……) 내 소유물을 파괴하는 해방자는 내 영혼을 구하기 위해 싸우는 거야. 내 앞길에서 소유물을 모두 치워주는 스승은 날 자유롭게 해주는 셈이지."

이 장면에서는 도무지 앞뒤가 맞지 않는 말이지만, 나중에 시점인물이 자신의 일부분인 자아를 받아들이게 되면서 그 자아가 자기파괴에 몰두하고 있다는 게 밝혀진다.

중의적인 대화가 다른 대화와 구분되는 특징은 암시적이고, 미묘하며, 모호한 점이다. 그 예시를 놀라울 정도로 잔뜩 보고 싶다면 성경에 나오는 예수의 말을 살펴보자. 마태복음과 마가복음, 누가복음, 요한복음은 중의적인 대화로 가득하다. 중의적 의미를 지닌 이야기들이다. 독자가 듣고 싶은 이야기가 무엇이냐에 따라 다양한 방식으로 해석할 수 있다.

중의적인 대화를 쓰려면 흑백논리로 사고하면 안 된다. 세상을 여러 가지 관점으로 볼 줄 알아야 한다. 그 이유는 무엇인가?

그리고 중의적인 대화가 순수소설과 종교소설, 심지어는 일부 대중소설에서도 효과를 발휘하는 이유는 무엇인가? 이런 소설에는 메시지가 있기 때문이다. 또한 이런 소설의 독자는 무엇을 믿어야 하며 어떻게 생각해야 하는지 설교를 듣고 싶어 하지 않기 때문이다. 그러나 대개는 현재의 신념 체계가 시험대에 올라도 개의치 않는다. 중의적인 대화는 곧이곧대로 보여주지 않고 구체적으로 말하지 않으며 숨은 뜻이 있다. 소설의 주제에 대해 스스로 결론에 이를 수 있는 독자의 지성과 능력을 존중하는 셈이다. 인물이 서로의 머릿속에 교훈을 쑤셔 넣지 않고 주제를 넌지시 흘리면 독자는 진실을 훨씬 잘 받아들일 것이다.

한발 물러서서 현실의 문제를 에둘러 말하는 대화, 한 가지 이상으로 해석될 수 있는 대화를 쓰는 연습을 하자.

중의적인 대화는 잘 쓰기가 어렵다. 주의하지 않으면 결국 모든 독자에게 외면을 당할, 설교로 가득하고 틀에 박힌 독단적인 고철 덩어리를 쓰게 될지도 모른다. 그러나 중의적인 대화를 잘 써서 플롯에 엮어 넣으면, 소설 전체를 의미 있게 만드는 자산이 될 것이다.

## 설명적인 대화: 늘어지지 않도록

순수소설, 대중소설, 역사소설은 흔히 역사, 배경, 묘사의 상당 부분을 대화에 의존한다. 아니 적어도 이 소설들은 그래야 한다. 너무 많은 소설이 길고 지루한 서술로 가득하다. 독자는 플롯을 파악하기 위해 이 서술 문단들을 헤치고 나아가야 한다. 이런 소설에서는 플롯이 전개되고 있는데도 작가가 더 길고 지루한 서술 문단을 집어넣어 행동을 가로막기도 한다. 소설의 시대적 배경을 연구한 작가의 열의는 고맙지만 서술 말고 이를 알려줄 더 재미난 방법이 있다.

가장 매력적인 방법은 바로 대화다. 설명적인 대화의 목표는 소설 속 공간과 시대적 배경을 바탕으로 인물과 줄거리를 이해하는 데 필요한 정보를 제공하는 것이다. 이는 작가의 목표이기도 하다. 하지만 작가의 목표를 위해 인물의 목표를 희생시켜선 안 되는데 이 지점에서 많은 작가가 잘못을 저지른다. 설명적인 대화에도 긴박감과 긴장감이 있을 수 있다. 필요한 정보를 알려주면서도 이야기가 늘어지지 않도록 행동을 집어넣을 수 있다.

바버라 킹솔버의 『포이즌우드 바이블』에 나오는 설명적인 대화 장면을 살펴보자. 리어가 남아프리카의 오두막집 밖에 있는 그네에 막내 동생을 태우고 머리를 빗겨주고 있는데 마을학교 교사인 아나톨이 다가온다. 그는 리어에게 당시 콩고가 처한 상황을 설명해주려 하지만 성공하지 못한다.

> 나는 빗 꼬리 부분으로 루스 메이의 머리를 가운데에서 아래쪽으로 천천히 빗어 내리며 조심스럽게 가르마를 탔다. 아빠는 독립 이후엔 미국의 원조로 레오폴드빌 외부의 빈민가가 정돈될 거라고 말했었다. 그 말을 믿은 내가 바보일지 모른다. 여기에도 조지아, 그러니까 애틀랜타 변두리만큼이나 가난에 찌든 오두막들이 있었

다. 애틀랜타에서는 흑인과 백인이 차별받았다. 미국 한복판에서 일어나는 일이었다.

"선생님도 할 수 있겠어요? 저들이 한 일 말이에요. 분리 독립을 선언한 것 말예요." 내가 물었다.

"루뭄바 총리는 안 된다고, 절대 안 된다고 했어. 단일 국가를 회복하려고 유엔에 군사력 투입을 요청하셨다."

"전쟁이 일어날까요?"

"내 생각엔, 전쟁이라고 할 수 있는 건 진작 일어났다. 모이세 촘베 주지사는 벨기에인들과 용병들을 고용했어. 전투도 벌이지 않고 떠나진 않을 것 같다. 그들이 돌을 던지고 있는 곳은 카탕가뿐만이 아니야. 마타디, 타이스빌, 보엔데, 레오폴드빌에서도 저마다 전쟁이 벌어지고 있지. 사람들은 유럽인들에게 몹시 화가 났어. 여자와 어린아이들까지 해치고 있으니."

"거기 사람들은 왜 그렇게 백인을 미워하죠?"

아나톨은 한숨을 쉬었다. "대도시잖니. 보아뱀과 암탉이 뒤엉켜 있으면 말썽이 일어날 뿐이지. 사람들은 유럽인과 그들이 가진 것을 너무 많이 봤어. 독립하고 나면 즉시 공평하게 살 수 있다고 상상한 거지."

"좀 참고 기다릴 순 없나요?"

"너라면 그럴 수 있겠니? 뱃속은 텅 비었고 창문 저편에선 빵이 가득한 바구니들이 보이는데 끈기 있게 기다리기만 할 수 있겠니, 비니? 아니면 돌을 던지겠니?"

이 부분에 나오는 설명적인 대화는 행동을 늘어지게 만들지 않으면서도 시대적 배경과 정황을 드러낸다. 행동이 늘어지는 현상은 작가가 이런 정보를 전해주기 위해 서술만 할 때 나타난다. 순수소설, 역사소설, 대중소설에서 인물들 사이에 오가는 설명적인 대화를 경쾌하게 만들면 이야기는 꾸준히 전개된다.

배경과 플롯을 독자가 더욱 잘 이해하도록 뒷이야기를 많이 집어넣고 싶을 수 있다. 그러나 그러기 위해 서술만 늘어놓으면 독자는 다큐멘터리를 보는 기분이 든다. 이런 소설을 쓰는 중이라면 독자가 이야기에 매력을 느낄 수 있도록 대화를 통해 역사와 배경을 설명하고 문화적 상황을 '보여줄' 방법을 찾아야 한다.

물론 설명적인 대화 곳곳에 시점인물의 사고와 반응을 서술로 넣어야 하겠지만, 길고 지루한 문단만 나열하는 대신 대화 속에 서술을 엮어 넣으면 독자가 훨씬 쉽게 몰입할 수 있다.

설명적인 대화의 함정은 때로 배경 전체를 설명하고 싶은 나머지 인물이 너무 오래 말하게 만든다는 것이다. 또한 조사한 내용을 죄다 넣고 싶다는 생각에 사로잡혀서 몇 쪽에 걸쳐 계속 대화 장면을 쓰려 들 때도 있다.

내 생각에 순수소설의 독자층이 유독 얇은 까닭은 길게 이어지는 서술적 묘사 때문이다. 순수소설 작가와 대중소설 작가, 역사소설 작가 들이 서술적 묘사를 줄이고 설명적인 대화 장면을 더 많이 집어넣는다면 더 넓은 독자층을 확보할 수 있지 않을까? 소설을 장르에 끼워 맞추기 위해 매력적인 대화문을 포기할 필요는 없다.

### 장르소설의 대화 쓰기 연습

1. 지금 쓰고 있는 소설의 장르를 바꿔서 인물들의 대화를 세 쪽가량 써보자. 결코 의도하지 않았고, 어쩌면 절대 원하지 않는 방식으로 그들을 알게 될 것이다.
2. 인물을 세 명 만들자. 한 명은 로맨스소설의 인물, 한 명은 SF소설의 인물, 한 명은 공포소설의 인물로 하자. 이 셋을 똑같은 장면에 집어넣고 세 쪽짜리 대화를 써보자.
3. 한 번도 써보지 않은 장르로 단편소설을 한 편 써보자. 주인공의 대화에 특히 주의를 기울이자.

## 미심쩍은 대화: 위험의 징조가 보이는

공포소설과 미스터리소설 작가의 목표는 독자를 깜짝 놀라게 하는 것이다. 대중소설에서도 미심쩍은 대화가 어울리는 무섭고 수수께끼 같은 장면이 나올 때가 있다.

대화 단락의 목표를 확실히 정해두면 대화가 그저 자리를 채우기 위한 부분이 아니라는 것을 인식하며 좀 더 창의적으로 글을 쓸 수 있다. 미심쩍은 대화에서 인물의 역할은 독자가 긴장감과 공포감을 억누르며 책장을 넘기도록 하는 것이다(물론 작가가 주기적으로 긴장을 주었다 풀었다 하겠지만). 이는 대개 긴장감을 불러일으키는 불길한 분위기를 통해 또는 앞으로 벌어질 일을 암시하며 이루어진다. 앞으로 벌어질 일이란 예컨대 공원을 거니는 것보다 훨씬 강렬한 사건, 끔찍하기 짝이 없는 악몽에서 보았던 장면, 공격과 폭행과 살인처럼 오싹하고 소름끼치는 일들이다. 미심쩍은 대화에는 반드시 주인공에게 드리운 위험의 징조가 보인다.

예를 들어 스티븐 킹의 『샤이닝The Shining』을 보자. 다음은 냉혹한 주인공 잭의 아들 대니가 상상 속 친구 토니와 나누는 대화다. 대니는 토니가 미친 아버지에게 맞서며 살고 있다고 상상해왔다. 현실(스티븐 킹의 소설에서는 무엇이 현실이고 무엇이 현실이 아닌지 결코 알 수 없다)에서 토니는 사실 몇 년 후의 대니다. 그는 대니와 아버지 잭 사이에 머무는 인물이다. 즉 모두 대니의 상상이다. 이 장면에서 토니는 대니에게 어머니에게 닥친, 어쩌면 죽음에까지 이를지 모르는 위험을 알려주려 한다.

그는 몸부림치기 시작했고, 어둠과 복도가 흔들리기 시작했다. 토니의 형체는 비현실적으로 흐릿해졌다.

"안 돼! 안 돼, 대니! 그러지 마!" 토니가 외쳤다.

"엄만 죽지 않을 거야! 안 죽어!"

"네가 엄마를 도와야 해, 대니…… 넌 지금 네 의식 깊은 곳에 들어와 있어. 내가 있는 곳이지. 난 네 일부야, 대니."

"넌 토니야. 내가 아니라고. 난 엄마가 필요해…… 엄마가 필요해……."

"내가 널 여기로 끌어들인 게 아니야, 대니. 네가 날 불러낸 거야. 너도 알고 있었어."

"아니야—"

"넌 늘 알고 있었어."

토니는 이렇게 말하며 가까이 다가오기 시작했다. 처음으로, 토니가 가까이 다가오고 있었다.

"여긴 그 무엇도 통과할 수 없는 깊고 깊은 네 맘속이야. 당분간 이곳엔 우리 둘만 있을 거야, 대니. 오버룩에서 여기 들어올 수 있는 존재는 없어. 여기엔 시계가 없어. 문을 열어젖힐 열쇠도 없어. 이 문은 절대 열린 적이 없고, 이 방에 머문 사람도 없어. 하지만 너도 오래 머물 순 없어. 그게 다가오고 있기 때문이야."

"그것……," 대니는 두려운 목소리로 속삭였다. 불규칙적으로 쿵쿵거리는 소리가 더 가까이, 더 크게 들리는 것 같았다. 조금 전까지만 해도 냉담하게 멀찍이 떨어졌던 두려움이 금방이라도 나타날 듯 바싹 다가왔다.

위 대목에서 미심쩍은 대화문이 효과를 발휘하는 까닭은 토니가 친구처럼 보이긴 해도 확신할 수는 없기 때문이다. 토니는 조지프 캠벨이 말한 '영웅의 여정'(신화 속 영웅은 출발, 입문, 시련, 귀환의 과정을 거친다는 이야기 구조)의 원형에 속하는 변신 가능한 인물로, 도대체 주인공 편인지 반대편인지 아리송한 인물이다. 주인공은 그를 완전히 신뢰할 수 없으며, 따라서 그가 말을 할 때 독자는 진실인지 아닌지 늘 의심하게 된다. 여기에서 토니는 나쁜 소식을 전하고 있다. 대니는 그 말을 믿어야 할까? 이 대화가 효과를 발휘하는 또 다른 이유는 미심쩍기 때문이다. 독자는 토니가 도대체 무슨 말을 하고 있는지 알아내려고 계속 소설을 읽어나갈 수밖에 없다. 그리고 이 대화가 효과를 발휘하는 마지막 이유는 토니가 '대니의 세계가 전복되고 대니를 영영 바꿔버릴 수도 있는' 일이 일어날 거라는 불길한 메시지를 분명히 전하고 있기 때문이다. 미심쩍은 대화의 효과는 대개 인물의 말투에서 나오지만 오싹함을 더하기 위해 배경과 행동을 덧붙일 수도 있다.

미스터리소설과 공포소설에 쓰이는 미심쩍은 대화의 목표는 최대한 음산한 분위기를 만드는 것이다. 공포소설과 미스터리소설을 읽는 독자는 어둡고 불가사의한 일에 흥미를 보이는데 두 가지가 한꺼번에 있으면 더 좋아한다. 인물은 대개 의식과 어둠이 깃든 무의식 사이의 어느 지점에 존재한다. 그곳에서는 독자도 인물과 마찬가지로 빛과 어둠 사이에서, 현실과 가상 사이에서 흔들린다. 사람들은 누구나 무서운 일이 계속 벌어지는 상황을 상상하곤 한다. 공포소설과 미스터리소설을 쓰는 작가는 이런 상상의 순간을 실제보다 더 실제처럼 느껴지는 광경으로 발전시켜 소설을 읽는 독자에게 공포를 불러일으킨다. 그리고 이런 분위기는 인물의 대화에도 반영되기 마련이다.

## 숨 막히는 대화: 긴장감이 핵심

숨 막히는 대화의 목표는 독자가 소설에 푹 빠져서 날이 새는 줄도 모르고 계속 책장을 넘기게 만드는 것이다. 여기서 중요한 건 '긴장감'이다. 숨 막히는 대화의 핵심은 긴장감을 일으키는 것으로, 모험소설이나 스릴러소설을 읽는 독자는 긴장감을 기대한다.

지면마다 등골이 오싹하고 섬뜩하며 조마조마한 느낌이 가득하기를 바란다. 인물이 열을 올리며 감정을 표출함으로써 독자가 긴장감을 느끼도록 하는 것, 바로 이게 작가가 해야 할 일이다. 인물이 옥신각신 열을 올리게 하자.

마이클 크라이튼의 『쥬라기 공원Jurassic Park』을 예로 들어 스릴러소설에서 대화가 어떻게 쓰이는지 살펴보자. 현재 세 인물은 공룡 중에서도 가장 위험한 티라노사우루스에게 들키지 않고 호수 이편에서 건너편으로 이동하려는 중이다. 그런데 렉스가 기침을 한다. 그리고 또 기침을 한다.

렉스는 큰 소리로 폭발하듯 기침을 해댔다. 팀의 귀에는 그 소리가 호수 건너편까지 총알처럼 핑 날아간 것만 같았다.

티라노사우루스는 느릿느릿 하품을 하고 개처럼 뒷발로 귀를 긁었다. 그리고 다시 하품을 했다. 음식을 잔뜩 먹은 뒤라 몽롱한 상태였는데, 서서히 정신을 차리고 있었다.

배 위에선 렉스가 조용히 왝왝거리고 있었다.

"누나, 입 다물어!" 팀이 말했다.

"어쩔 수가 없어." 렉스는 이렇게 속삭인 다음 다시 기침을 했다. 그랜트는 죽어라 노를 저었고, 뗏목은 석호 한가운데로 힘차게 나아갔다.

호숫가에서 티라노사우루스가 비틀비틀 일어섰다.

"어쩔 수 없었다니까, 티미! 어쩔 수가 없었어!" 렉스는 애처롭게 외쳤다.

"쉿!"

그랜트는 할 수 있는 한 빨리 노를 젓고 있었다.

"어쨌든 이젠 상관없어. 거리가 충분해. 저 공룡은 수영 못 해." 렉스가 말했다.

"당연히 수영할 수 있어, 이 바보!" 팀이 소리쳤다. 호숫가에서 티라노사우루스가 둑에서 발을 떼더니 물에 첨벙 뛰어들었다. 아이들을 뒤쫓아 힘차게 석호 속을 이동했다.

"내가 어떻게 알았겠니?" 렉스가 말했다.

"티라노사우루스가 수영할 수 있단 걸 모르는 사람이 어디 있어? 책에 다 나와 있다고! 어쨌든 파충류는 다 수영할 수 있어!"

"뱀은 못 하잖아."

"뱀도 수영할 수 있어, 이 바보!"

이 소설의 작가는 곳곳에서 이런 숨 막힐 듯한 대화를 선보인다. 더 안 나오는 듯싶다가도 금세 다시 나온다. 개인적으로 나는 이 소설이 베스트셀러가 된 이유 중 하나가 이런 대화라고 생각한다. 실제로 있을 것 같은 사람들이 실제 같은 곤경에 빠진다. 그것도 몇 번이나 반복해서. 스릴러소설과 모험소설의 독자는 이런 긴장감을 원한다.

그렇다면 '숨 막히는 대화'란 정확히 무슨 의미일까? 어려운 상황에 처했는데 앞일을 통 알 수 없다면 두려움과 분노, 슬픔이 커지면서 숨이 가빠진다. 이럴 때의 대화가 바로 숨 막히는 대화다. 이를 멋지게 쓰는 비결은 다음과 같다.

- 묘사와 설명적 서술 대부분을 잘라내고 장면을 대화 위주로 구성한다.
- 조금씩 행동을 집어넣어 장면을 계속 전개하되 인물의 말이 묻힐 정도로 지나치게 넣지 않는다.
- 장황한 연설이나 명상적이고 사색적인 언어보다는 감정이 실린 말을 짤막짤막 싣는다.
- 위험이 무엇인지 명료하게 밝힌다.
- 대화를 통해서는 정보를 많이 전달하지 않음으로써 장면 내내 긴장감을 유지한다.

단편소설이든 장편소설이든 모든 소설의 모든 대화에는 일정 수준의 긴박감과 긴장감이 필요하지만, 스릴러소설과 모험소설의 경우에는 이게 핵심이다.

## 도전적인 대화: 자극과 충격을 주는

월리 램의 소설 『조금 가볍고 조금은 무거운She's Come Undone』을 두고 일간지 「테네션」은 이렇게 평했다. "월리 램은 문학적인 사자들과 자유자재로 뒹굴 줄 아는 재능이 있다. (……) 이 소설은 좋은 소설의 역할을 충실히 해낸다. 인생살이의 '단순한' 행동에 깃든 복잡성을 우리의 머리뿐 아니라 가슴에도 전해준다."

이 말은 사실 대중소설과 순수소설에 대한 매우 정확한 정의다. 그의 소설은 지면마다 무엇인가에 '대한' 대화로 가득하다. 물론 대중소설이나 순수소설의 모든 대화가 꼭 무엇에 대한 것이어야 하는 건 아니지만 대개는 그러기 마련이다. 장르소설이 거의 플롯 중심인 데 반해, 대중소설과 순수소설은 인물 중심이며 무언가에 대한 이야기이기 때문이다.

대중소설과 순수소설의 독자는 자신의 생각을 시험대에 올리고자 하며, 세상을 보는 시각에 변화를 줄 자극을 원하고, 신념 체계가 뒤흔들리기를 원한다. 이 같은 소설에서는 일종의 보편적 진리가 중심이 되어야 한다. 그 예가 하퍼 리의 『앵무새 죽이기To Kill a Mockingbird』다. 이 소설이 다루는 보편적 진리란 '모든 인간은 평등하게 창조되었다'이며 소설 내내 그 진리를 보여준다.

모든 작가가 한 문장, 한 문장에 주제가 드러나도록, 더 위대한 진리를 전하도록 소설을 공들여 쓰는 건 아니다. 그러나 그렇게 쓰고 싶어 하는 작가도 있다. 그러려면 시점인물의 대화 대부분을 다른 인물들뿐 아니라 결국 독자까지 변화시킬 수 있게 써야 한다. 이런 소설의 인물은 자기 자신보다 더 큰 문제에 대해 생각한다. 그 큰 문제를 두고 서로 이야기하며 대화 중에 질문을 던진다.

예를 들어 『앵무새 죽이기』에서 인종차별과 불평등을 이야기한 대목을 보자. 작가는 이를 위해 무척 노련하게 대화를 이용한다. 여기에서 애티커스 핀치는 로빈슨과 이웰 사건에서 최종 변론을 하고 있다.

"그녀는 범죄를 저지르지 않았습니다. 그저 오랫동안 엄격하게 지켜온 우리 사회의 규범을 깨뜨렸을 뿐입니다. 그 규범은 너무 엄격해서 깨뜨린 사람은 누구든지 함께 살기에 부적당하다며 사회에서 추방됩니다. 그녀는 냉혹한 가난과 무지의 희생자지만, 저는 그녀를 동정할 수가 없습니다. 그녀가 백인이기 때문입니다. 자신의 잘못이 얼마나 큰지 잘 알고 있었지만, 그녀가 깨뜨리고 있는 사회규범보다도 욕망이 훨씬 강했기 때문에, 고집스럽게 그 규범을 깨뜨린 것입니다. 그녀는 고집을 부렸고, 그 결과로 그녀가 보인 반응은 모두 한 번쯤은 경험해본 것입니다. 그녀는 어린애들이나 할 만한 행동을 했습니다. 잘못의 증거를 없애려고 한 것입니다. 그러나 이 사건에서 그녀는 훔친 물건을 숨긴 어린아이가 아닙니다. 자신의 희생자에게 타격을 가했습니다. 그를 반드시 떼어놓아야 했기 때문입니다. 자신의 곁에서, 이 세상에서 없애버려야 했기 때문입니다. 자신이 저지른 죄의 증거를 인멸해야 했기 때문입니다.

그 죄의 증거란 무엇일까요? 한 인간인 톰 로빈슨입니다. 그녀는 톰 로빈슨을 곁에서 없애버려야 했습니다. 톰 로빈슨은 그녀가 저지른 짓을 매일 떠올리게 하는 존재였습니다. 그녀는 무슨 짓을 했을까요? 흑인을 유혹했습니다."

애티커스는 이런 식으로 얼마간 더 이야기하다가 변론을 마무리한다.

"…… 하지만 이 나라에는 모든 인간에게 평등하게 적용되는 한 가지가 있습니다. 거지를 록펠러와 동등하게 대하고, 바보를 아인

슈타인과 동등하게 대하고, 무지한 사람을 대학 총장과 동등하게 대하는, 인간이 만든 제도 기관이 있습니다. 배심원 여러분, 그것은 바로 법원입니다. 그 법원은 미국의 대법원일 수도 있고, 지방의 가장 허름한 치안법원일 수도 있고, 여러분이 봉사하고 있는 이 고결한 법정일 수도 있습니다. 우리의 법정은 인간이 만든 모든 제도와 마찬가지로 결점이 있습니다. 그러나 이 나라에서 우리의 법원은 위대한 제도로서, 법정에서는 모든 인간이 평등합니다."

대중소설과 순수소설의 대화는 흔히 주제를 전달한다. 애티커스는 이 소설에 숨은 큰 진리를 말하고 있다. 독자는 이 대목을 읽고 일상생활보다 더 큰 문제에 대해 생각하지 않을 수가 없다. 도전적인 대화는 때로 독자를 몸부림치게 만들고 머릿속을 마구 뒤흔들며, 때로는 독자에게 충격과 놀라움을 안겨 안전지대에서 벗어나게 한다. 대중소설이나 순수소설의 작가라면 그 이상의 몫을 해내는 대화를 써야 한다.

## 무검열 대화: 떠오르는 대로

청소년소설의 대화는 실제 청소년이 하는 말이어야 한다. 그렇다고 유행어, 속어, 기이한 표현으로 가득해야 한다는 뜻은 아니다. 나는 이를 무검열 대화라고 부른다. 성인들은 흔히 말을 할 때 자기 자신을 검열하지만 청소년들은 아직 그런 기술을 익히지 못했기 때문에 좀 더 거칠고 신랄하며 솔직하게 대화하기 때문이다.

청소년소설의 독자는 현실성을 기대한다. 따라서 청소년인 인물이 성인처럼 언어를 정화해 쓰지 않는다는 점에 유의해야 한다.

청소년소설의 대화에서 중요한 점은 다른 소설에서처럼 현실성이 있어야 한다는 것이다. 다른 소설보다 특별히 현실성이 중요한 건 아니다. 다만 모든 일에 '그냥 쿨한 게 최고지'라는 식으로 말하는 인물을 만들지 않도록 경계해야 한다. 이러면 전혀 청소년 같지 않은 말투보다 오히려 현실성이 떨어지고 만다. 이런 식으로 과장되게 표현하면 되레 비현실적으로 느껴진다.

앤 브래셰어즈는 청소년소설 『청바지 돌려 입기The Sisterhood of the Traveling Pants』에서 무검열 대화를 훌륭하게 써낸다. 다음은 십대 소녀인 에피와 레나의 대화다. 이 대화에서 에피는 레나가 어떤 소년과 사랑에 빠졌다는 사실을 꼬집는다.

"언니는 코스토스 오빠를 좋아해." 에피가 비난하듯 말했다.

"아니, 아니야." 예전에는 레나가 코스토스와 사랑에 빠졌다는 걸 몰랐더라도, 이제는 알 수 있었다. 거짓말을 하고 있다는 기분이 들었기 때문이다.

"맞다니까! 근데 안타깝게도, 언닌 겁쟁이처럼 아무것도 못하고 우울해하고만 있잖아."

레나는 다시 이불 속으로 들어갔다. 언제나처럼 에피는 레나의 복잡하고 괴로운 정신 상태를 단 한 문장으로 요약해버렸다.

"그냥 인정하시지." 에피가 말했다.

레나는 그럴 생각이 없었다. 잠옷 위로 고집스레 팔짱만 끼고 있었다.

“알았어, 그만둬. 어쨌든 난 언니 맘이 뭔지 아니까.” 에피가 말했다.

“쳇, 틀렸어.” 레나는 어린애처럼 소리쳤다.

에피는 침대 위에 앉았다. 이제는 진지한 표정이었다. “언니, 내 말 좀 들어봐, 응? 이곳에서 보낼 시간이 얼마 남지 않았어. 언닌 사랑에 빠졌고. 이런 언니 모습은 처음 본단 말이야. 용기 좀 내, 응? 코스토스 오빠한테 가서 언니 마음을 고백해. 장담하는데 안 그럼 평생 왜 그렇게 겁을 냈을까, 후회하게 될 거야.”

레나는 모두 맞는 말이란 걸 알고 있었다. 에피는 노골적으로 정곡을 찔렀고, 레나도 굳이 반박하지 않았다. “하지만 에피.” 레나의 목소리에서 괴로움이 고스란히 전해졌다. “날 좋아하지 않으면 어떡하지?”

에피는 생각에 잠겼다. 레나는 동생이 자신 있게 대답해주길 바라며 기다렸다. 에피가 ‘코스토스 오빠도 언니를 좋아할 거야. 당연한 얘기 아니야?’라고 말해주기를 바랐다. 하지만 에피는 그런 말을 하지 않았다.

에피는 대신 레나의 손을 잡았다. “그래서 용기를 내라고 하는 거야.”

이 대화가 효과적인 이유는 무엇이며, 이런 대화를 무검열 대화라고 부르는 까닭은 무엇일까? 십 대들은 머릿속에 떠오른 대로 말하기 때문이다. 그에 비해 어른들은 대개 곧이곧대로 “날 좋아하지 않으면 어떡하지?"라고 말하지 않는다. 또한 십 대들은 늘 '문제'가 뭔지 소리 높여 이야기하지만("겁쟁이처럼 아무것도 못하고 우울해하고만 있잖아") 어른들은 세련되게 처신하려고 애를 쓴다.

무검열 대화 쓰기는 자유롭다. 인물이 불쑥 말하는 것들을 받아 적기만 하면 된다. 무검열 대화 쓰기는 진실을 쓰는 일이며, 작가에게 기분 좋은 일이다. 긴장을 풀고 쓰기만 하면 된다.

어떤 범주의 소설에 어떤 유형의 대화를 써야 하는지 엄격하게 정해진 건 아니다. 때로는 다양한 유형의 대화가 장르마다 중복되고 엇갈린다. 예를 들어 공포소설의 인물이라 할지라도 다른 인물과 관련되어 있다는 사실을 밝히면서 갑자기 설명적 언어를 쓸 수도 있다. 앤 라이스의 소설에서는 미심쩍은 대화와 설명적인 대화가 둘 다 나오며, 도전적인 대화도 찾을 수 있을지 모른다. 그녀는 공포소설을 쓰기 때문이다. 따라서 대화 쓰기에 엄격한 규정을 적용할 수도 없거니와 그렇게 하려고 해서도 안 된다. 그러나 절대 간과하면 안 되는 사실이 있다. 독자가 왜 소설을 읽는지 그 이유를 이해해야 한다는 점이다. 독자는 박진감과 긴박감이 넘치는 이야기를 기대할 수도 있고, 사색적이고 생각을 이끄는 이야기를 기대할 수도 있다. 이런 욕구를 충족시키는 대화문을 보여주는 것이야말로 작가로서 우리가 끝없이 맞닥뜨리는 도전 과제다.

물론 소설의 장르가 대화의 종류를 결정한다. 이는 아이디어를 발전시킨 후에 먼저 결정해야 할 사항 중 하나다. 장르 때문에 이미 정한 속도감을 거스르거나 인물에게 어울리지 않는 대화를 쓰면서 이야기를 너무 빨리 전개하면 안 된다.

다음 장에서는 독자가 책장을 점점 빨리 넘길 수밖에 없도록 대화로 이야기를 전개하는 방법을 살펴볼 것이다.

### 실전 연습 01

환상적인 대화 쓰기를 연습하자.

장르(로맨스소설이든 SF소설이든 판타지소설이든)를 선택하고 즉 남자와 여자 두 인물을 정원에 등장시킨다. 러브신(사랑을 표현하는 장면)을 한 번도 써본 적 없다면 마음을 단단히 먹자. 정원에 황홀한 산들바람을 날리고 싶다면 그렇게 하자. 자, 우리는 많은 연인이 사랑을 나누는 동안 서로 말을 하지 않는다는 것을 알지만 이 인물들은 다르다. 둘은 서로에게 놀랍기 그지없는 말, 심지어 자기 자신들마저 놀랄 만한 말을 한다. 환상적인 대화를 세 쪽(또는 참을 수 있는 만큼 많이) 쓰자. 연인에게 해주고 싶은 말이나 듣고 싶은 말을 용기 내어 써본다. 여기서 목표는 현실감 있게 쓰는 것이지만 진부한 대화는 안 된다. 앞에서 살펴본 예시들에서 환상적인 대화가 어떤 느낌과 인상을 풍겼는지 기억하자. 환상적인 대화는 극적이고, 격식이 있고, 감동적이고, 직설적이고, 세부적이고, 은유적이고, 감정이 깃들어 있다.

### 실전 연습 02

중의적인 대화 쓰기를 연습하자.

한 가족인 인물 네댓 명이 그 자리에 없는 다른 가족에 대해 이야기하고 있다. 누군가가 그 가족이 성범죄를 저질렀다고 고소했기 때문이다. 시점인물이 보기에 가족들은 좀 더 거창한 문제를 거론한다. 이 문제를 무엇으로 할지 정한 다음, 중의적인 대화 장면을 다섯 쪽 써보자. 인물들이 논의하고 있는 내용을 곧이곧대로 드러내거나 언급하지 않는 대화여야 한다. 은유나 비유, 과장법을 써도 좋다. 즉 인물들이 거창한 문제 또는 가족에 대한 사랑을 이야기하지만, 고소당한 그 인물이 왜 고소를 당했는지, 그게 가족에게 어떤 의미인지는 절대로 입에 올리지 않는 것이다. 중의적인 대화는 간접적이고, 애매모호하다는 사실을 기억하자. 그런 대화에는 두 가지 이상의 의미가 있다.

### 실전 연습 03

설명적인 대화 쓰기를 연습하자.

등장인물은 두 여자다. 한 명은 부동산 중개인이고 다른 한 명은 집을 팔려는 사람으로, 둘은 매매하려는 오래된 빅토리아풍 집을 살펴보고 있다. 둘은 집을 살 사람에 좀 더 매력적으로 보이게 하려면 집을 어떻게 꾸며야 하며 손볼 데는 어디인지 의견을 나누는 중이다. 부동산 중개인은 자신도 모르게 계속 집주인을 모욕하고, 둘 사이의 긴장감은 커지고 있다. 둘 중 한 사람을 시점인물로 선택해서 집의 세부적인 특징을 드러내는 데 중점을 둔, 긴박한 설명적인 대화를 세 쪽 써보자(혹시 빅토리아풍 집에 익숙하지 않은데 조사를 하고 싶지 않다면 다른 스타일의 집으로 바꾼다). 설명적인 대화를 쓸 때는 인물의 말에 주변 환경과 배경을 구체적으로 집어넣어서 독자가 현장감을 느낄 수 있게 해야 한다.

### 실전 연습 04

미심쩍은 대화 쓰기를 연습하자.

두 인물, 즉 아버지와 아들이 뒷마당의 텐트 속에서 잠을 자고 있는데 갑자기 불가사의한 존재가 가까이 있다는 것을 아버지가 느낀다. 이번이 처음은 아니지만 혼자 있을 때만 느끼던 존재다. 아버지는 아들을 보호해야 한다는 사실을 알고 있다. 그 존재의 정체가 순간순간 좀 더 생생하고 음산하게 드러나는 와중에 아버지와 아들 사이에 오가는 미심쩍은 대화를 두 쪽 써보자. 이런 대화에서는 분위기에 중점을 두어야 한다는 사실을 기억하자. 미심쩍은 대화에는 닥쳐오는 위험, 즉 아버지와 아들이 둘 다 느끼기는 하지만 실제인지 아닌지 알 수 없는 위험이 담겨야 한다.

### 실전 연습 05

숨 막히는 대화 쓰기를 연습하자.

한 여성이 누군가 집에 침입한 것을 깨닫고 119에 전화를 걸고 있다. 이 인물의 관점에서 숨 막히는 대화 두 쪽을 쓰자. 행동과 긴장감이 커질 뿐 아니라 인물의 생각도 읽을 수 있는 대화여야 한다. 이런 대화에서 강조해야 하는 점은 속도감과 감정이다(공포든 화든 슬픔이든 상관없다). 짤막짤막한 대화문으로 장면을 전개하자.

### 실전 연습 06

도전적인 대화 쓰기를 연습하자.

남자와 여자가 골프 경기를 막 끝내고 음료수를 마시러 휴게실로 가고 있다. 고등학교 교사인 두 사람은 요즘 청소년들의 성적 행동에 대해 이야기를 나누고 있다. 두 교사는 남학생들과 여학생들의 잡담을 엿듣는데, 특히 여교사는 학생들의 무심한 태도를 걱정한다. 남교사는 남자애들은 원래 그런 행동을 하기 마련이고 여자애들도 딱히 싫어하지 않는다고 생각해서 별로 걱정하지 않는다. 두 인물과 독자의 생각을 뒤흔들 도전적인 대화 장면을 세 쪽 쓰자. 이런 대화에서 중요한 것은 말 자체다. 말에서 소설의 주제가 드러난다.

실전 연습 07

무검열 대화 쓰기를 연습하자.

세 소녀가 학교에서 집으로 걸어가며 남자아이들에 대해 수다를 떨고 있다. 그러다 갑자기 두 소녀가 똑같은 남자아이에게 관심이 있다는 것을 알게 된다. 두 소녀는 제 나름대로 그 남자아이가 자신에게 특별한 호감이 있다고 느낄 만한 사정이 있다. 서로 상대편에게 위협감을 느끼면서 긴장이 고조되기 시작한다. 한 소녀의 관점에서 무검열 대화를 세 쪽 쓰되, 소녀의 짜증이 심해지는 모습을 보여주자. 이때 무검열 대화의 목표는 현실성을 나타내는 것임을 잊지 말자. 소녀들은 머리가 아니라 가슴에서 우러난 말을 해야 한다. 감정은 가슴에 있으며, 십 대 소녀가 얼마나 감정에 충실한지는 모두가 아는 사실이기 때문이다.

4장

# 대화의 기능: 반드시 이야기를 전개할 것

대화 장면은 어떻게든 반드시 이야기를 전개해야 한다.
이 목표를 달성하지 못한다면
제아무리 창의적이거나 재치 있거나 재미있거나
멋진 대화일지라도 쓰기를 보류해야 한다.

나는 한숨을 쉬며 원고를 내려놓았다. 대체 이 작가는 어떻게 독자가 이 소설에 빠져들 거라고 생각하는 걸까? 두 인물이 아침 식탁에 앉아 날마다 해야 할 일에 대해 주절주절 늘어놓으면서 시리얼만 퍼먹고 있다. 시점인물은 콘플레이크를 오도독 씹고 집 뒤편에 펼쳐진 들판을 멍하니 내다보며 “진저에게 홍역 예방접종을 맞힐지 고민이야”라든지 “오늘밤에 그 드라마 재방송 해주려나?”와 같은 심각한 이야기를 하고 있다. 오도독 오도독. 이 작가에게 대화를 손봐야 한다는 사실을 친절하게 말해주려면 어떻게 해야 할까?

나는 매주 만나는 소설 쓰기 수업 학생들에게 이 대화에 생동감을 주려면 어떻게 하면 좋을지 묻기로 했다.

“여자가 뒤뜰을 바라보고 있는 동안 우주선이 착륙하면 돼요.” 한 학생이 제안했다.

“여자가 쓸데없는 이야기를 하고 있는데 남편이 지금 바람을 피우고 있다거나, 이혼을 하고 싶다거나, 실은 자신이 복장도착자라고 차분하게 말하는 거죠. 아내는 계속 떠들어대느라 남편이 한 말을 듣지도 못하고요." 다른 학생이 말했다.

"여자는 오늘도 그저 그런 날이려니 생각하고 재잘대느라 남편의 얼굴이 시리얼 그릇에 처박힌 걸 몰라요. 남편은 심장발작으로 죽었고요."

꽤 멋진 아이디어들이었다. 학생들이 자랑스러웠다. 학생들은 대화에 '내용'이 있어야 한다는 사실을 잘 알고 있었다. 대화문은 어떻게든 플롯을 전개해야 하며 그렇지 않으면 쓸모가 없다.

글쓰기 교사로서 무의미하고 쓸모없는 대화를 얼마나 자주 보는지 모른다. 계속 지적하는 것도 껄끄러운 일인데, 초보 작가들은 자신이 쓴 대화가 왜 제 기능을 못하는지 늘 '이해'하는 것도 아니다. 대화가 주제와 플롯에 이어지지 않고 긴박감과 긴장감을 일으켜 이야기를 전개하지도 못한다면 왜 힘들게 대화를 쓰는 걸까? 애초에 왜 소설을 쓰려고 하는 걸까?

## 기능 1: 플롯을 전개한다

제자리를 맴도는 이야기를 쓰면 작가로서의 명성은 땅에 떨어질 수도 있다. 플롯을 전개하는 대화를 쓰는 게 얼마나 중요한지는 아무리 강조해도 지나치지 않는다. 대화는 목표를 이룰 수단일 뿐이다. 목표 자체가 아니다. 대화는 소설의 구성 요소이자 소설을 전개하는 데 쓰는 도구일 뿐이다. 다시 말해 인물을 갈등에 빠뜨린 다음에는 대화를 이용해 인물의 분투를 심화해야 한다.

이 장에 나오는 예시에서 알 수 있겠지만 인물의 분투는 주제와 플롯 모두를 통해 드러난다. 주제는 내적인 것이고 플롯은 외적인 것이다. 내 수업에 들어오는 작가들은 가끔 "왜 주제를 정해야 하나요? 그냥 재미있고 멋진 이야기를 쓰면 안 되나요?"라고 말한다. 심지어 플롯에 대해 질문하는 작가도 있다. "플롯이요? 왜 플롯이 필요하죠?"

소설에는 주제와 플롯이 모두 필요하다고 설득하려 애쓰는 내 모습이 얼마나 애처로운지! 물론 이 두 요소를 빠뜨려도 된다. 혼자만 읽을 소설을 쓰고 싶다면 말이다. 내 짐작이 틀릴 수도 있겠지만 과감히 추측해보건대 이 책을 읽고 있는 독자라면 아마 언젠가는 자신이 쓴 단편소설과 장편소설을 출간하려고 생각할 것이다. 정말 그럴 생각이라면 앞으로 쓸 소설은 주제와 플롯 모두를 갖춰야 한다.

대화는 플롯을 전개하고 주제를 각 장면에 끼워 넣는 데 쓸 수 있는 소설의 구성 요소다. 이렇게 하려면 인물을 활발한 토론 장면에 등장시키면 되는데, 이때의 장면은 다음 기능 중 하나 이상을 해야 한다. 인물에게 갈등과 관련된 새로운 정보를 줄 것. 시점 인물이 목표를 달성하기 위해 극복해야 할 새로운 장애물을 드러낼 것. 장면 속 인물들 사이에 소설의 주제를 심화할 역학 관계를 형성할 것. 인물을 변화시킬 플롯상의 결정적 순간을 만들 것. 인물이(그리고 독자가) 상황을 파악하거나 목표를 떠올릴 만한 토론을 벌일 것. 긴장감을 고조하고 더 급박한 상황을 만들 것.

물론 무리한 요구처럼 느껴질 것이다. 어떻게 대화를 이용해 이 모든 것을, 그것도 모든 장면에서 할 수 있단 말인가? 일단 대화의 목표를 잘 파악해야 하고, 대화 장면에 목표가 있어야 하며, 대화를 통해 이야기를 전개해야 한다는 사실을 명심하면 그렇게 어려운 일은 아니다.

좋은 대화문이란?

플롯을 전개하는 대화의 기준은 무엇일까? 대화가 이야기를 앞으로 이끄는지 아닌지 어떻게 알 수 있을까? 답을 찾으려면 스스로 다음 질문을 던져보자.

- 이야기를 전개하지 않는 것 같은 대화가 있는가? 이를 지우면 허전할까? 그 대화가 없어도 이야기가 잘 이어질까?
- 장면을 구성하는 다른 주요 요소를 빼고 오직 대화만으로 이야기를 전개할 수 있을까?
- 대화가 소설의 주제를 심화하는가?
- 대화가 주인공에게 닥친 위험을 극대화하면서 앞으로 벌어질 일에 대한 긴장감을 높이는가?
- 대화가 주인공이 원하는 것을 더욱 명료하게 보여주는가?
- 대화가 주인공에게 닥친 내적·외적 장애물을 드러내는가?
- 대화가 인물의 변화 즉 인물이 뭔가를 원했다가 포기했다가 새롭게 결심하는 과정에서 얼마나 중요한 기능을 하는가?

이 질문들에 답하다 보면 대화가 제 몫을 다하는지 아닌지 판단할 수 있다. 모든 대화 장면은 어떤 식으로든 인물이 처한 상황

> 을 변화시켜서 인물이 개인적 목표에 가까워지거나 멀어지게 해야 한다. 주제가 분명하면 인물은 중요한 일에 대해서면 대화를 나누게 되어 있다. 그리고 이 명료한 통로 즉 대화를 통해 주제가 드러난다.

## 기능 2: 새로운 정보를 밝힌다

최근에 12년 지기 친구 부부에게 전화를 걸어 생일선물을 보내줘서 고맙다는 말을 하며 언제쯤 다 함께 만날 수 있는지 물었는데, 내 입에서 말이 다 나오기도 전에 엘런이 이렇게 말하는 것이었다. "우린 함께 만날 수 없어. 곧 헤어질 거야."

편안한 마음으로 누군가에게 말을 하고 있는데 대화 중에 그 사람이 깜짝 놀랄 말이나 어떤 식으로든 자신의 인생을 바꿔버릴 말을 불쑥 내뱉은 적이 있는가?

대화 단락은 바로 이런 식으로 시작해야 좋다. 밋밋해 보이는 순간에 재치 있는 말을 불쑥 던져 플롯을 전혀 다른 방향으로 이끌어가는 것이다. 이때 시점인물은 다른 모든 인물을 다른 관점으로 보거나 상황을 다르게 인식하게 하는 새로운 정보를 얻는다. 앨버트 저커먼은 『블록버스터 소설 쓰기Writing the Blockbuster Novel』에서 이를 '중추적 장면pivotal scene'이라고 부르며 보통 소설 하나에는 그런 장면이 적어도 12개는 있어야 한다고 말한다. 모두 그럴 필요는 없지만 대화 장면을 중추적 장면으로 삼으면 대화가 분명 이야기를 전개할 것이다.

존 그리샴은 소설 『가스실The Chamber』에서 주인공의 세상을 금방이라도 뒤집어버릴 듯한 중추적 대화 장면을 집어넣는다. 애덤은 젊고 순진한 신입 변호사로 이제 막 요령을 터득하는 중이고, 경험 부족 때문에 나이가 더 많고 경험이 풍부한 동료 변호사들을 곤란하게 하는 행동만 한다. 이 대화 장면에서 애덤은 이야기를 전개하는 새로운 정보를 얻고, 할아버지에게 예고된 사형 집행을 유예하려는 목표에 심각한 위기를 맞는다.

"들어오게, 들어와." 굿맨은 애덤을 사무실로 불러들이고 문을 닫았다. 아직은 웃음기가 없는 얼굴이었다.

"여기에서 뭘 하고 계신 겁니까?" 애덤은 서류 가방을 털썩 내려놓고 책상으로 다가갔다. 둘은 서로 마주보았다.

굿맨은 깔끔하게 손질한 회색 턱수염을 쓰다듬고 나비넥타이를 매만졌다. "안됐지만, 긴급 상황이네. 나쁜 소식일 수도 있어."

"네?"

"앉게나, 앉아. 시간이 좀 걸릴 거야."

"아닙니다, 괜찮습니다. 무슨 일입니까?" 앉아서 들어야 하는 얘기라면 끔찍한 소식인 게 분명했다.

굿맨은 나비넥타이를 만지작거리고 턱수염을 문지른 다음 말했다. "흠, 오늘 아침 아홉 시에 벌어진 일일세. 알겠지만 인사위원회는 열다섯 명으로 구성되었는데, 대부분 젊은 사람이야. 물론 전체 인사위원회 아래에 소위원회가 몇 개 있지. 직원 모집 및 고용 소위원회, 교육 소위원회, 분쟁 소위원회 등등. 그리고 짐작하겠지만, 해고를 담당하는 소위원회도 있네. 해고 소위원회가 오늘 아침 열렸네만, 누가 그걸 진두지휘했는지 알겠지?"

"대니얼 로센이겠죠."

"그래, 대니엘 로센이었네. 자네를 해고할 표를 모으려고 열흘 전부터 해고 소위원회에 작업을 했던 게 분명해."

이 장면은 한 인물이 다른 인물에게 그가 지금까지 열심히 노력해온 모든 일이 중단될지도 모른다는 사실을 알린다. 덕분에 이야기가 전개된다. 회사에서 해고당하면 애덤은 할아버지의 목숨을 구하기 위해 뭔가를 할 수 있는 힘을 잃어버린다. 말 그대로 생사가 걸린 문제다.

그리샴은 이런 면에 탁월하다. 대화 장면 중간에 주인공의 목표 달성을 방해하는 장애물을 던져 넣는다. 아직 해본 적 없다면 그리샴의 소설들을 읽고 어떻게 하는지 연구하자.

## 기능 3: 새로운 장애물을 드러낸다

대화에서 인물의 목표 달성을 가로막는 장애물은 시점인물이 하는 일을 막고 곧바로 갈등을 일으킨다. 즉 새로운 정보와 똑같은 작용을 한다. 시점인물은 이때의 불안을 말로 표현할 수도 있고 그렇지 않을 수도 있지만 '무엇이든 해야' 하고 그래야 이야기가 전개된다. 시점인물이 불안을 말로 표현할 경우에는 장애물을 준

인물과 즉시 갈등을 일으키면 된다. 시점인물이 그 인물을 좋아하는지 안 좋아하는지는 중요하지 않다. 그가 목표 달성을 방해할 만한 것을 알려줬다는 사실 자체가 싫은 것이다.

앞에서 본 『가스실』을 다시 보자. 이 대화에는 중간에 즉시 갈등이 일어난다. 대화가 흐를수록 애덤은 점점 더 동요하고 장애물을 더욱 뚜렷이 인식하게 된다. 이때 굿맨은 이성의 목소리다.

장면 중간에 주인공에게 장애물을 제시할 때 중요한 점은 주인공에게 그 사실을 인식시키는 것이다. 장애물은 극복할 수 있는 것일 수도, 없는 것일 수도 있지만, 주인공이 이를 극복할 수 없는 대상으로 '여기면' 적어도 그 순간에는 그렇게 된다. 이때 주인공은 다른 인물과 대화를 한참 주고받아야 한다. 그래야 긴박감과 긴장감이 일어나면서 이야기가 앞으로 나아가기 때문이다.

한편 장애물이 제시되면 인물은 저마다 다른 반응을 보일 것이다. 어떤 인물은 왈칵 울음을 터뜨리겠지만 어떤 인물은 장애물을 도전 과제로 보고 소매를 걷어 올리며 문제를 해결하러 나설 것이다. 다른 이에게 책임을 떠넘기는 인물이 있는가 하면 묵인하는 인물도 있을 것이다. 어떤 인물은 대화 중간에는 당장 이런저런 조치를 취해야겠다고 말하지만 결국에는 가만히 두고 보기만 할 것이다. 겁을 먹고 문제로부터 달아나고 싶어 하는 인물, 절망하며 포기하는 인물도 있을 것이다. 그리고 마구 화를 내며 부모와 주변 사람들을 탓하는 인물도 반드시 있기 마련이다. 이런 까닭에 인물을 잘 아는 게 절대적으로 중요하다. 인물을 잘 알아야만 대화 장면에 장애물이 제시되었을 때 각 인물이 어떤 반응을 보이는지 알 수 있고, 결국 이야기가 나아갈 방향을 정할 수 있다.

## 기능 4: 긴장감을 고조한다

이야기가 전개될수록 인물을 둘러싼 상황은 더욱 어려워져 긴장감이 계속 고조되어야 한다. 이런 면에서 대화는 무척 유용하다. 인물이 위험을 목전에 두고 갑자기 교착 상태에 빠져 있는 동안 독자는 인물의 눈앞에서 위험이 커지는 것을 지켜볼 수 있기 때문이다. 이 위험은 독자에게 분명히 보이고 때로 인물에게도 분명히 보인다.

마거릿 애트우드는 『도둑 신부The Robber Bride』에서 멋진 솜씨를 보여준다. 이 소설의 주인공은 토니다. 적대자인 지니아는 매우 똑똑하고 사람을 잘 다루는 인물로, 늘 음모와 계략을 꾸며 다른 인물들의 허점을 파고든다. 지니아는 늘 뭔가에 몰두해 있는데 결코 좋은 의도가 아니다. 이 소설은 인물이 플롯을 이끌며 독자는 지니아의 모든 움직임을 면밀히 지켜볼 수 있다. 하지만 다른 인물들은 이를 조금밖에 눈치 채지 못한다. 지니아 같은 인물은 늘 가장 친한 친구인 제하기 때문이다. 그래서 오랫동안 기만을 당해오면서도 실은 그 친구가 최악의 적이라는 사실을 믿지 못한다.

다음 대화에는 지니아의 전형적인 모습이 잘 나타나는데, 지니아는 이렇게 다른 인물을 조종하며 이야기를 전개한다.

"넌 어떤 일이 생기면 자살할 거야?" 지니아가 묻는다.

"자살하다니?" 토니는 그런 생각은 해본 적도 없다는 듯 놀란 목소리로 묻는다. "몰라. 난 안 할 것 같은데."

"암에 걸렸다면 어쩔 거야?" 지니아가 다시 묻는다. "참을 수 없는 고통에 시달리며 서서히 죽게 될 거란 걸 알았다면? 네가 마이크로필름이 있는 곳을 아는데, 상대편이 그걸 알고 널 고문해서 털어놓게 만든 다음 널 죽일 작정이라면? 이런 상황에서 네 입에 청산가리가 들어 있다면? 그 청산가리를 쓸 거야?"

토니는 지니아가 바로 눈앞에서 자신의 남자 친구를 빼앗아갔음을 드디어 깨닫고는 그 '친구'와 나누었던 다른 대화를 기억해낸다.

예전에 두 사람이 크리스티 커피숍에서 함께 커피를 마시며 지니아가 정말 친구 같았던 그 시절에 나누었던 대화가 토니의 머릿속에 떠오른다.

"넌 뭘 받고 싶어? 다른 사람들한테서. 사랑, 존경, 아니면 두려움?" 지니아가 물었다.

"존경. 아니, 사랑." 토니가 말했다.

"난 아니야. 난 두려움을 택할래." 지니아가 말했다.

"왜?" 토니가 물었다.

"그게 잘 먹히니까. 힘이 있는 건 그것뿐이야." 지니아가 말했다.

짧은 회상(플래시백) 장면에서 얼마나 많은 일이 일어나는지 보자. 지니아가 한 말은 다른 사람들이 자신을 두려워하기를 바란다는 뜻이며, 다른 사람들이 자신을 두려워하게 만들 수 있으면 그들을 조종해 원하는 것을 얻을 수 있다는 뜻이다. 이것이야말로 이 소설의 내용이다. 한 사람이 어떻게 많은 사람을 조종하고 그 모든 이 위에 군림할 수 있는지 말이다. 지니아가 어떤 짓을 하고 있는지 다른 인물들이 깨닫지 못하는 이상 지니아는 여왕이다. 이 소설의 작가는 몇 번이고 대화 장면을 이용해 지니아의 세력이 커지고 있다는 것을 보여줌으로써 긴장감을 일으키고 이야기를 전개한다. 토니는 결국 눈을 뜨게 되겠지만 지니아가 믿기지 않는 해를 끼친 다음이다. 이 과정을 이끌어가는 작가의 방식에서 마음에 드는 점은 토니가 장면이 끝날 때마다 지니아를 분석하지 않는 것인데 만약 그랬다면 섬뜩함이 약해졌을 것이다. 토니는 그저 상황을 관찰하고 약간 이상하게 여기며 꺼림칙하다고 느끼지만 그대로 지나간다. 지니아가 또다시 기묘한 질문을 던질 때까지.

대화에서 긴장감은 시점인물이 어느 장면에서 다른 인물에 대해 '이상한 낌새'를 챌 때 생긴다. 또는 실제 상황이 겉보기와 다르다는 사실을 문득 깨달을 때나 원하는 것을 얻을 수 없다는 것을 알려주는 새로운 정보를 얻게 될 때도 생긴다. 다른 인물의 계획이 원래 생각했던 것과 다르다는 사실을 알게 될 때도 마찬가지다. 인물이 급작스레 결정을 내려 플롯이 다른 방향으로 진행될 때도 긴장감이 생긴다. 아니면 대화 장면에서 인물이 입 밖으로 말을 꺼내면 안 될 것 같다고 생각할 때도 생긴다. 이처럼 긴장감은 인물이 놀라거나, 위협이나 공격을 받을 거라 느끼거나(인물이 느낀다면 그런 위협이 실제인지 아닌지는 전혀 중요하지 않다), 무언가를 잃어버리거나, 부당한 일을 당했다고 판단할 때 생긴다. 긴장감을 만드는 방법은 수없이 많다. 긴장감이 생긴 순간을 플롯 또는 주제와 정교하게 얽을 수만 있다면 대화를 통해 이야기를 전개할 수 있다.

## 기능 5: 주제를 심화한다

"때로는 항로를 제대로 따라가려면 해적질을 할 수밖에 없지." 이 말은 영화 「캐리비안의 해적Pirates of the Caribbean」에서 바르보사 선장이 한 대사다. 영화의 주제에 대해 따분하게 이야기할 생각은 없다. 그러나 영화의 주제가 인물의 대사로 분명히 드러나는 장면을 보면 흥분이 된다. 소설가인 나는 같은 소설가든 시나리오 작가든 다른 이의 작업을 관찰하는 게 무척 재미있다.

대화 장면에서 인물이 소설의 주제를 말하면 다른 인물들도 반응을 보이고 어느 쪽으로든 행동을 하게 된다. 이는 매우 효과적인 장치다. 이 말을 듣는 순간 독자는 깨달음을 얻고(주제를 인식하지는 못하더라도) 잠재의식에 그 장면을 각인시키며 숨을 멈춘 채 다른 인물들의 반응을 지켜보기 때문이다.

니콜라스 스파크스는 『노트북The Notebook』에서 조연을 활용해 황혼기에도 변함없는 사랑이라는 주제를 절절히 전한다. 인물들은 요양원에 살고 있으며 노아의 아내 앨리는 알츠하이머병을 앓고 있다. 사랑하는 아내는 이제 남편을 알아보지 못하지만 노아는 늘 앨리 곁에 앉아 있다. 어느 날 앨리는 옆에 있는 노아에게 겁을 먹고 저리 가라고 비명을 지른다. 그 즉시 직원들이 나타나 노아에게 이제 면회는 안 된다고 말한다.

다음은 노아가 복도를 살금살금 걸어 앨리의 방으로 가다가 야간 근무 간호사에게 들키는 장면이다.

"노아 할아버지, 뭐 하시는 거예요?" 간호사가 말한다.

"그냥 산책. 잠이 안 와서." 내가 말한다.

"이러시면 안 되잖아요."

"알지."

하지만 나는 움직이지 않는다. 이미 마음을 정했으므로.

"실은 산책 아니시죠? 앨리 할머니 만나러 가시는 거잖아요."

"응." 내가 대답한다.

"지난번에 밤중에 할머니 만나러 오셨을 때, 무슨 일이 일어났는지 아시죠?"

"기억나고말고."

"그럼 이러시면 안 되죠."

난 그 말에 대답하지 않는다. 대신 이렇게 말한다. "아내가 보고 싶은데."

"저도 알아요. 하지만 만나게 해드릴 순 없어요."

"우리 결혼기념일이라서." 내가 말한다. 사실이다. 1년만 있으면 금혼식이다. 오늘로 마흔아홉 번째 기념일이다.

"그렇군요."

"그럼 가도 되나?"

간호사는 잠시 딴 곳을 보더니 목소리가 달라진다. 부드러운 목소리라서 나는 놀란다. 감상적인 성격은 아닌 것 같았는데.

"할아버지, 전 이곳에서 5년 동안 근무했고, 그 전엔 다른 요양원에 있었어요. 수많은 부부가 슬픔과 괴로움으로 힘들어하는 모습을 봤지만, 할아버지처럼 행동하는 분은 처음 봤어요. 의사든, 간호사든, 여기 있는 사람들 모두 이런 모습은 처음 봤대요."

간호사는 잠시 말을 멈추고, 이상하게도 눈에 눈물이 차오르기 시작한다. 간호사는 손가락으로 눈물을 닦고 말을 잇는다.

"할아버지 기분이 어떠실까, 하루하루 어떻게 견디실까, 생각해봤지만 짐작도 할 수가 없어요. 어쩜 이렇게 하실 수 있는지 모르겠어요. 가끔은 할머니의 병도 할아버지를 이길 수 없단 생각이 들어요. 의사들은 모르지만, 저희 간호사들은 알아요. 사랑 때문이죠. 바로 그거예요. 전 이렇게 놀라운 걸 본 적이 없어요."

이 대화는 어떻게 이야기를 전개하는가? 대단히 심오하지는 않지만 조연인 간호사는 노아가 10년 동안 변함없이 간직해온 아내를 향한 깊은 사랑을 보았고, 이 장면은 그 사실을 독자에게도 고스란히 전해준다. 몇 쪽만 넘기면 이 소설은 끝난다. 독자는 그동안 소설을 읽었으므로 노아의 사랑을 분명히 알고 있었겠지만 간호사는 이를 말로 표현하고는 노아가 아내에게 가는 동안 등을 돌린다. 이 대화는 소설의 주제, 즉 변함없는 사랑을 요약하며 장면과 소설을 마지막 결론으로 이끈다.

## 기능 6: 인물의 변화를 보여준다

인물은 소설이 전개되는 내내 미묘하게나마 변해야 한다. 이는 우리가 소설을 쓰는 이유 중 하나다. 인물이 어떻게 더 나은 사람이 되는지, 또는 어떻게 더 나쁜 사람이 되는지 보여주는 것이다. 그중에서도 인물이 단번에 바뀌고 독자가 그 사실을 알게 될 만큼 큰 변화가 일어나는 대화 장면은 쓰기가 쉽지 않다. 그런 일이 일어나려면 인물이 서로 심오한 대화를 나눠야 한다.

팻 콘로이의 『위대한 산티니The Great Santini』에 나오는 다음 장면에서 벤 미첨을 정말로 변화시킨 건 대화보다는 행동이지만, 행동에 뒤따르는 대화는 인물에게 얼마나 큰 변화가 일어났는지 나타낸다. 벤뿐만이 아니라 미첨 가족 모두에게 실제로 변화가 일어난다. 이 장면에서 불 미첨은 아들 벤에게 농구 경기를 하자고 도전하는데, 크게 이겨서 다른 가족들 앞에서 벤에게 창피를 주려는 심산이다. 불은 평소에 이런 식으로 다른 사람들을 모욕하며 기쁨을 누리므로 이 장면에서 특이한 점은 전혀 없다. 정말 특이한 사실은 이번에는 불이 이기지 못하고 다른 모든 인물, 특히 불의 아내인 릴리언이 그에게 맞선다는 점이다. 그리고 독자는 불이 다시는 가족 누구에게든 예전처럼 군림할 수 없다는 것을 알게 된다.

그러자 불이 벤에게 외쳤다. "야, 이 원숭아, 두 골을 넣어야 이긴 거야."

뒷마당은 다시 조용해졌다. 벤은 아버지를 보며 말했다. "한 골이라고 하셨잖아요."

"마음이 변했어. 다시 해봐." 불은 농구공을 들며 말했다.

"아니, 안 돼요, 불." 릴리언이 남편 쪽으로 급히 걸어가며 말했다. "그런 속임수로 저 애의 승리를 빼앗을 순 없어요."

"대체 누가 당신한테 참견하랬어?" 불은 아내를 노려보며 말했다.

"누가 뭐라고 했든 말든 상관없어요. 저 앤 정정당당하게 당신을 이겼고, 당신에게 승리를 빼앗기는 건 두고 보지 않겠어요."

"이리 와라, 마마보이야. 나랑 이 경기를 끝마쳐야지." 불은 벤에게 손짓하며 말했다.

벤은 아버지 쪽으로 움직이다가 엄마가 외치는 소리를 들었다. "거기 가만히 있어, 벤 미첨! 꼼짝도 하지 마."

"엄마 치마 뒤에 숨지 그러냐, 마마보이야?" 불이 말했다.

주도권은 다시 불에게 돌아가고 있었고, 불은 릴리언이 해석할 수 없는 불길하고 차분한 분위기를 풍겼다.

"엄마, 다시 할게요." 벤이 말했다.

"아니, 안 돼." 릴리언은 엄격하고 단호하게 대답한 다음 남편에게 말했다. "저 애가 이겼어요, 몸집 큰 해병 양반. 저 앤 모두가 볼 수 있는 이 야외에서 몸집 큰 해병을 이겼고, 아름다운 광경이었어요. 아름답고말고요. 몸집 큰 해병은 농구 코트에서 어린 아들에게 찍소리도 못 하고 졌다는 사실을 인정할 수 없는 거죠."

"집으로 들어가, 릴리언. 내가 처넣기 전에."

"겁주지 마요, 몸집도 크고 성질도 사나운 해병 양반. 크고 사나운 해병씩이나 되면서 자기 아들이 더 멋진 남자가 된 날 가족을 꼭 괴롭혀야겠어요?"

이 소설의 주제는 더 작아지는 남자와 더 커지는 가족의 이야기다. 물론 내적으로. 결국 이 소설은 용서에 대한 이야기다. 지켜보는 동안에는 괴롭지만, 불이 발을 헛디디고 벤과 다른 가족들이 한걸음 더 성장하게 되었을 때 독자는 감동한다. 이 농구 장면에서 불은 계속 벤을 비웃지만 우리는 뭔가 달라졌음을 안다. 느낄 수 있다. 이 대화 장면은 소설의 중추적 장면이다. 작가가 인물의 변화된 모습을 무척 노련한 솜씨로 보여주기 때문에 나는 늘 이 부분을 좋아하는 소설 장면으로 손꼽는다.

## 기능 7: 목표를 드러낸다

장면을 쓸 때 가장 중요한 점은 주인공의 목표가 무엇인지 알고 행동과 대화를 통해 이를 '보여주는' 것이다. 소설에서 주인공은 원하는 게 있으며 장면마다 이를 얻기 위해 뭔가를 한다. 작가는 주인공을 어려움에 빠뜨리고 장애물을 던지면서 그의 목표와 의도가 무엇인지 알린다. 그렇게 이야기를 전개한다.

예를 들어 앤 타일러의 『세인트 메이비Saint Maybe』를 보자. 다음 대화에서 주인공 이안은 부모에게 끔찍한 죄라고 생각하는 것을 고백하려고 한다. 그러나 어머니는 들이주려 하지 않고 대신 피해자인 자신의 처지에만 초점을 맞춘다. 이안은 형 대니의 자살이 자신의 탓이라고 생각하는데, 대니가 콘크리트 벽에 차를 들이박고 자살하기 직전에 이안에게 한 말 때문이다. 이제 이안은 대학을 중퇴하고 가구 만드는 법을 배우기로 했다. 형수마저 죽고 난 뒤 형의 의붓자식까지 떠맡은 어머니를 돕기 위해서다. 이안은 어떻게든 죗값을 치러야 한다고 느낀다. 이 장면에는 이안의 목표와 의도, 즉 속죄 행위와 용서가 나타나며 그가 무엇을 원하는지 다시 한번 드러난다.

"난 못 믿겠다. 도무지 믿을 수가 없어. 엄마라는 이름으로 긴긴 세월을 살아왔는데, 자식이란 것들이 아직도 새롭고 기막힌 얘기를 꺼내다니." 이안의 어머니가 말했다.

"엄마한테 그러는 게 아니에요! 왜 늘 모든 걸 엄마랑 연결하세요? 저에 대한 이야기라고요! 그렇게 생각해줄 수 없어요? 이건 제가 저를 위해 해야만 하는 일이에요. 용서받기 위해서요."

"무슨 용서를 받는단 말이냐, 이안?" 아버지가 물었다.

이안은 침을 삼켰다.

"넌 열아홉 살이다, 아들아. 넌 훌륭하고 사려 깊고 정직한 아이야. 네가 어떻게 네 온 존재를 뒤흔드는 그런 죄를 지을 수가 있단 말이냐?"

에메트 목사는 이안에게 부모님에게 털어놓아야 한다고 말했었다. 그 길밖에 없다고 했다. 이안은 그 말이 부모님에게 얼마나 큰 상처를 줄지 설명해보았지만 에메트 목사는 단호했다. 때로는 상처를 긁어내야만 치료할 수 있다고, 목사는 말했다.

이안이 말했다. "대니 형이 죽은 건 바로 저 때문이에요. 형은 작정하고 그 벽에 차를 박았어요."

아무도 입을 열지 않았다. 어머니의 얼굴은 아무런 감정도 찾아볼 수 없을 만큼 새하얗게 질렸다.

"제가 형한테, 루시 형수가, 음, 깨끗하지 않다고 말했어요." 이안이 말했다.

이안은 질문이 나올 거라고 생각했었다. 부모님이 더 자세히 말해보라고 하면서, 이안이 건넨 실 한 가닥을 잡아당겨 결국 추악한 사연 전체가 데굴데굴 굴러 나오게 할 거라고. 그러나 부모님은 말없이 앉아 이안을 우두커니 바라볼 뿐이었다.

"죄송해요! 정말 죄송하다고요!" 이안이 외쳤다.

이안의 어머니는 입술을 달싹거렸다. 입술은 유별나게 주름진 것처럼 보였다. 입술에서는 아무런 소리도 새어 나오지 않았다.

잠시 후 이안은 어색하게 일어서서 식탁을 떠났다. 혹시 부모님이 돌아오라고 소리칠지 몰라서 식당 입구에서 잠시 걸음을 멈췄다. 그러나 그런 일은 없었다. 이안은 복도를 가로질러 계단을 오르기 시작했다.

이 장면은 이안이 마음 깊은 곳에 있는 비밀을 부모에게 털어놓았지만 아무런 반응도 얻지 못함으로써 중추적 장면이 되었다. 이안이 "이건 제가 저를 위해 해야만 하는 일이에요. 용서받기 위해서요"라고 말할 때 독자는 소설에서 이안의 의도가 무엇인지 생각하게 된다. 이는 소설의 내용이기도 하다. 이안은 자신의 '죄'를 용서받기 위해 열심히 노력하고 있다.

작가는 모든 장면에서 주인공의 목표를 상기시켜야 한다. 그래야 독자의 관심을 끌고 이야기를 전개하는 동안 계속 붙잡아둘 수 있다. 이때 특히 효과적인 수단이 대화다. 인물이 자신의 목표를 소리 내서 곧장 말하기 때문이다.

물론 주인공은 가만히 앉아서 자신의 목표를 생각할 수도 있고 아니면 대화와 행동이 있는 장면에서 주인공이 다른 인물들과 함께 나오면서 그 자신이 얼마나 열성적으로 목표를 이루려 하는지 보여줄 수도 있다. 대화를 활용하면 된다.

## 기능 8: 인물의 사회적 배경을 만든다

한 장면에 인물이 두 명 이상 나와야 대화로 이야기를 전개할 수 있다. 인물들을 따로 떨어뜨려놓으면 말상대가 없어진다. 대화도 없다. 물론 가끔은 인물이 혼자 있는 상황을 피할 수가 없다. 그러나 인물이 혼자 있는 장면이 너무 오래 이어지면 이야기가 지루해지기 시작한다.

이는 많은 대중소설과 순수소설의 문제인 것 같다. 주인공이 자기분석을 하며 혼자 있는 장면이 너무 자주 잇달아 나온다. 잠깐은 괜찮겠지만 자기분석을 장황하게 늘어놓으면 이야기의 속도가 처지고, 그 상황이 오래 지속되면 독자를 잃을 위험이 있다.

그러므로 장면을 구상할 때는 대개 인물이 두 명 이상 나와야 하고, 대화와 행동을 웬만큼은 보여주어야 독자가 즐거워한다는 점을 명심하자.

대화 장면은 어떻게든 반드시 이야기를 전개해야 한다. 예외는 없다. 이 목표를 달성하지 못한다면 제아무리 창의적이거나 재치 있거나 재미있거나 멋진 대화일지라도 쓰기를 보류해야 한다.

혹시 소설 구성의 세 요소 즉 대화와 서술, 행동을 모두 활용해 안정되고 목표에 충실한 장면을 만들 순 없을까 생각해본 적이 있는가? 이는 다음 장에서 우리가 다룰 내용이다.

### 실전 연습 01

대화는 새로운 정보를 밝힌다. 이를 연습해보자.

부부인 스테파니와 피터는 함께 마을 남쪽에 그리스 식당을 열었다. 둘은 지금 몇 시간째 가게 문을 열고 손님들을 응대하고 있다. 부부의 오랜 꿈이 실현된 것이다. 그런데 갑자기 누군가 들어와 두 사람에게 이게 실은 꿈이 실현된 게 아니라 악몽의 시작일지도 모른다는 사실을 알려준다. 긴박감과 긴장감이 가득하고 플롯을 전혀 다른 방향으로 틀어버릴 새로운 정보를 알려주는 대화 장면을 세 쪽 써보자.

### 실전 연습 02

대화는 새로운 장애물을 드러낸다. 이를 연습해보자.

머리끝까지 화나게 만드는 문제를 생각해본다(가장 훌륭한 소설 아이디어는 우리가 직접 겪었거나, 겪어보고 싶은, 아니면 절대 겪기 싫거나 겪어본 적이 없는 그런 사건에서 나온다). 허구지만 직접 주인공이 되는 것이다. 인생의 목표를 설정하고 스스로를 다른 인물과 함께 있는 장면에 집어넣는다. 잘 아는 인물이어야 한다. 장면이 시작되면 이 인물의 목표에 장애물이 생겼음을 알린다. 이 대화 장면을 세 쪽 써보자. 기분이 어떤가? 뭐라고 말할 텐가? 목표를 가로막는 어마어마한 장애물을 만나게 되리라는 걸 안 순간 어떻게 행동할 것인가?

### 실전 연습 03

대화는 긴장감을 고조한다. 이를 연습해보자.

모든 소설의 모든 장면에는 긴장감이 있어야 하지만, 대화가 이야기를 전개해야 한다는 측면에서 보면 긴장감은 플롯 또는 주제와 관련되어야 한다. 모험소설이든 로맨스소설이든 대화는 긴장감을 일으키기 위해 써야 한다. 다음 주제 중 하나를 골라 세 쪽짜리 대화 장면을 쓰되, 인물이 겪는 갈등과 소설이 끝날 때까지 고조되는 긴장감을 보여주자.

- 전쟁
- 안락사 논쟁
- 수감제도 개혁
- 인종차별주의
- 동성애자 부모
- 노숙자 문제

### 실전 연습 04

대화는 주제를 심화한다. 이를 연습해보자.

자신에게 절실한 주제, 잘 쓸 수 있는 주제를 선택한다. 주제를 한 문장으로 요약한다. 갈등이나 문제가 무엇이며, 혹시 해결책이라고 생각하는 게 있다면 그 내용을 집어넣는다. 그리고 입장이 다른 두 인물을 한 장면에 등장시킨다. 자신의 이야기를 쓰게 되면 해결책이 곧 드러난다. 세 쪽짜리 장면을 쓰되, 인물들이 대립하며 대화하다가 결국 장면이 끝날 때는 둘 다 처음과 생각이 달라진 모습을 보여주자.

### 실전 연습 05

대화는 인물의 변화를 보여준다. 이를 연습해보자.

다음 예시에서 각 주인공은 인생에 변화를 일으킬 상황이나 어려움에 직면한다. 이 예시들은 더 큰 주제를 다루는 더 큰 이야기의 일부일 뿐이다. 대화 장면을 세 쪽 쓰되, 주인공이 어려움에 맞서고 대응하는 동안 내면을 들여다보게 되는 모습을 보여주자.

- 남편(주인공)이 부부의 친구인 미혼 여성에게 끌리고 있으며 함께 시간을 보내기 시작했다는 사실을 아내가 알게 된다. 아내는 남편에게 맞서며 최후통첩을 전한다.
- 상사가 부하 직원(주인공)에게 휴식 시간을 너무 자주 갖고 있으며 점심시간을 너무 길게 쓰는 데다 전화기를 너무 오래 붙들고 있다고 지적한다.
- 엄마(주인공)가 이십 대 딸이 성매매를 하고 있고 일이 있는 한 계속할 생각이라는 사실을 알게 된다.

### 실전 연습 06

대화는 목표를 드러낸다. 이를 연습해보자.

다음 예시 중 하나를 골라 목표를 열정적으로 이루려는 인물의 관점에서 두 쪽짜리 장면을 쓴다. 이 연습의 목적은 주인공의 목표나 의도를 장면에 분명히 드러내는 것이다.

- 열네 살 소녀가 열일곱 살 소년과 데이트를 하고 싶어 한다. 첫 데이트인 셈인데 소녀의 부모가 반대한다.
- 삼십 대 남자가 낡은 자동차를 수리해서 이윤을 남기며 팔기를 즐겨한다. 일단 수리를 시작하면 부품이란 부품은 죄다 마당에 늘어놓는다. 이웃 주민들의 불안이 점점 커진다. 주민들은 완벽한 집과 마당을 가진 사람들이다.
- 상점 주차장에서 매우 난폭한 젊은 여성이 어느 부인에게 향수 한 쌍을 강매하려 한다.

### 실전 연습 07

대화는 인물의 사회적 배경을 만든다. 이를 연습해보자.

두 쪽짜리 장면을 쓰되 한 인물이 홀로 내적인 갈등을 겪는 모습으로 시작한다. 그런 다음 다른 인물을 그 장면에 등장시켜 내적으로뿐만 아니라 외적으로도 갈등을 전개한다. 다음 배경 중 한 곳을 선택한다.

- 산길
- 감방
- 병실
- 어두운 뒷골목
- 교회 예배당

5장

# 대화, 서술, 행동: 소설 구성의 3요소

말할 때가 있는가 하면 보여줄 때가 있다.

엮는 법을 배우면 언제 무엇을 해야 하는지 알 수 있다.

초보 작가일 때 내가 쓴 소설은 대부분이 대화문이었다. 인물들이 몇 쪽에 걸쳐 말을 늘어놓았다. 나는 대화 쓰기가 참 좋았다. 소설에 다른 것도 필요하다는 생각을 하긴 했는지 모르겠다. 초등학교 4학년 때 처음으로 이야기란 걸 썼다. 대화와 몇 가지 무대 지문으로만 구성된 인형극 대본이었다. 그 후로 촌극 대본과 연극 대본을 많이 썼다. 대화문은 예전에도 그랬고 지금까지도 내가 이야기를 쓸 때 가장 좋아하는 부분이다.

그러다 어느새 글을 쓸 때 꼭 필요한 다른 요소들이 있다는 것을 깨달았다. 바로 행동과 서술이다. 묘사도 소설의 일부지만 서술의 다른 형태일 뿐이다. 대화는 이야기와 인물이 지면 위에서 숨 쉬도록 생명력을 주지만, 행동은 움직임을 만들고 서술은 이야기에 깊이와 본질을 만든다. 대화는 인물의 말이고, 행동은 인물의 신체적 움직임이며, 서술은 주변에서 벌어지는 일에 대한 인물의 생각이다. 서술은 다른 인물을 관찰하거나 소설 속 상황을 골똘히 생각하는 형태로 드러낼 수 있다. 입체감이 있는 소설을 쓰려면 소설 구성의 세 요소 즉 대화와 행동, 서술이 모두 필요하다.

소설을 쓰는 과정은 이 요소들을 하나로 엮는 것이다. 퀼트를 만드는 사람이 퀼트의 다양한 무늬를 엮거나 아이스스케이트 선수들이 얼음 위에서 안팎으로 이동하며 어우러지는 것과 마찬가지다. 제대로만 하면 대화와 서술과 행동을 엮어서 아름다운 태피스트리를 만들 수 있다.

## 대화, 서술, 행동을 왜 엮어야 할까?

노련한 작가는 대화와 서술, 행동을 무의식적으로 엮는다. 일단 어떻게 하는지 터득하면 누구나 의식하지 않고 할 수 있다. 운전할 때 클러치와 브레이크, 액셀을 언제 밟을지 생각하지 않는 것과 마찬가지다. 스토리텔링의 어떤 요소를 활용하고 있는지 생각하지 않고 인물이 이끄는 대로 따라간다. 자연스럽게 말이다. 독자가 소설을 읽을 때 작가가 이 요소들을 엮고 있는지 아닌지 인식하지 못하면 제대로 한 것이다. 제대로 하지 못하면 티가 난다. 물론 내 이야기다. 내 눈에는 그런 게 보인다.

재능 있는 작가 중에는 서술만 하고 행동과 대화를 거의 배제한 회고록과 소설을 써내는 이들도 있다. 아주 훌륭히 쓴 작품들의 경우 독자는 대개 누군가 지적해주기 전까지는 무엇이 빠졌는지 알지도 못한다. 그리고 부족한 점을 알게 된 후에는 이미 감동을 받은 뒤라 개의치 않는다. 하지만 이는 예외다. 너무나 많은 초보 작가가 자신을 이 예외라고 생각하던데 그렇지 않은 경우가 태반이다.

물론 모든 소설에는 서술만, 또는 대화만, 아니면 행동만 써야 효과적인 장면들이 있다. 글을 많이 쓸수록 어떤 장면들이 이에 속하며 왜 이 세 요소 중 하나만 써야 가장 효과적인지 알게 될 것이다. 그렇게 되기까지는 의식적으로 세 요소를 엮는 연습을 하는 편이 좋다. 이 장에서는 바로 이 점을 중점적으로 살펴볼 것이다.

잠시 자신의 인생에서 한 '장면'을 떠올려 보자. 아이들과 밖에서 노는 장면, 또는 체육관이나 직장에 있는 장면일 수 있다. 이 장면 속에서는 우리는 무언가를 하고 있거나(행동), 생각하고 있거나(서술), 말하고 있거나(대화), 때로는 동시에 이 모두를 하고 있다. 우리는 언제 이 세 가지를 모두 하며, 우리가 다른 사람에게 가장 큰 관심이 생길 때는 언제인가?

생각은 당연히 읽을 수 없으므로, 우리는 다른 사람이 생각을 하고 있는지 어떤지 알 수 없다. 또한 행동은 다른 사람들이 하고 있을 때 알아차리기도 하고 못 알아차리기도 한다. 그러나 대화는, 다른 사람이 재미난 이야기를 하고 있을 때 우리는 그 대화에 귀를 기울인다. 귀가 저절로 그쪽을 향한다. 작가는 아마 이 점에서 누구보다도 죄책감을 크게 느낄 것이다. 사람들은 다른 사람들의 재미난 이야기를 엿듣는 경향이 있다. 여기서 핵심은 '재미'다.

작가가 대화, 서술, 행동 이 세 요소를 엮는 까닭은 우리의 인생이 그러하기 때문이다. 우리의 하루하루는 서로 엮인 것들로 가득하다. 우리는 잠자리에서 일어나고, 해야 할 업무를 생각하고, 남편이나 아내에게 오늘 특별한 일이 있느냐고 묻고, 아침을 먹고, 아이들을 학교에 데려가고, 이웃과의 갈등 때문에 고민하고, 직장에 가고, 퇴근길에 들러야 할 곳을 헤아려보는 등 잠자리에 들기까지 수많은 일을 계속한다. 이게 우리의 인생이다. 매일, 종일토록 생각과 행동과 말이 줄줄이 이어진다. 우리는 허구의 이야기가 삶을 모방하기를 바라므로 인물의 삶에서 모든 면을 보여줘야 한다. 그것도 한꺼번에. 물론 지루한 부분이 아니라 중요한 부분, 플롯과 연관되고 플롯을 심화하는 부분을 보여줘야 한다.

대화로만 구성된 소설을 상상할 수 있겠는가? 행동만 있는 소설은? 서술로만 구성된 소설은? 나는 대화문을 무척 좋아하므로 위험을 무릅쓰고 말하겠다. 혹시 잘못을 저지를 작정이라면 대화를 너무 적게 쓰느니 차라리 너무 많이 쓰는 게 낫다.

엮는다는 건 소설의 두세 가지 요소를 뒤섞어 독자에게 편안한 승차감을 선사하는 것이다. 실제로 어떻게 이루어지는지 살펴보자.

## 행동에 대화 엮는 법

대부분이 행동으로 이루어진 장면에서 곳곳에 넣은 대화는 장면에 입체감을 불어넣는다. 다시 말하지만 실생활과 비슷하다. 우리는 어떤 행동에 정신이 팔리면 말을 완전히 안 하지는 않더라도 지금 무슨 행동을 하는지, 그 행동에 따른 감정이 무엇인지에 따라 말을 더 적게 하기도 한다. 하지만 초보 작가는 행동 장면을 쓰면서 대화를 아예 배제해버리는 실수를 흔히 한다. 짐작컨대 인물을 A 지점에서 B 지점으로 옮기는 데 몰두한 나머지, 인물이 짤막한 한두 마디 말일지라도 어쨌든 말을 할 수 있다는 사실을 싹 잊어버리는 것이다. 인물은 대화할 상대가 없는 장면에서도 소리 내어 혼잣말할 수 있다는 것을 잊지 말자.

군중이 모인 장면이나 파티 장면처럼 인물이 많은 행동 장면에 대화를 엮어 넣으면 매우 효과적이다. 장면이 눈앞에서 생생하게 벌어지고 있으며, 다른 한편으로는 시점인물이 군중과 떨어져 자신만의 극적인 사건을 전개한다는 느낌을 줄 수 있다. 특히 군중 장면일 때 대화를 엮어 넣자. 현실을 모방하려면 인물이 많은 상황에서는 반드시 사건을 두 가지 이상 일으켜야 하기 때문이다.

스티븐 킹은 『자루 속의 뼈Bag of Bones』에 나오는 행동 장면에서 이 작업을 멋지게 완성한다. 여기서 작가는 어느 축제를 묘사하고 있는데 특유의 환상적인 문체로 꿈인 듯 현실인 듯 장면을 써 내려간다. 주인공 마이크는 머릿속으로 꿈과 현실을 오가며 축제 인파 사이를 헤매고 있다. 마이크는 좋아하게 된 여자 매티의 어린 딸 키라와 갑자기 마주치고, 둘은 잠시 레드 탑스의 공연을 구경한다. 그런데 키라가 무대 위의 여자가 엄마의 드레스를 입고 있다는 것을 깨닫는다. 이 순간까지 장면은 대부분 서술과 행동으로 짜여 있다. 마이크와 키라가 축제 장소에서 빠져나오려 할 때 대화가 어떻게 활용되는지 살펴보자.

“그 여자가 왜 엄마의 드레스를 입고 있을까요?” 키라는 내게 물으며 몸을 떨기 시작했다.

“모르겠구나. 나도 모르겠어.” 아니라고 할 수가 없었다. 매티가 공원에서 늘 입고 있었던 하얀 민소매 드레스였다. 그 드레스가 맞았다.

무대 위에서 일어나는 행동이 몇 문단 더 나오고 그 뒤에 다음 장면이 이어진다.

사람들은 신나게 함성을 질렀다. 키라는 내 품에서 애처로울 만큼 와들와들 떨고 있었다. 키라가 말했다. “무서워요, 아저씨. 저 여자가 맘에 들지 않아요. 무서운 여자예요. 엄마의 드레스를 훔쳤잖아요. 집에 가고 싶어요.”

이 소설의 작가는 무대 위의 여인(스티븐 킹이 자주 사용하는 무서운 소재다)에 대해 서술과 행동으로 이루어진 문단을 한참 나열한다. 그런 다음 장면을 순조롭게 이어나간다.

맞든 틀리든, 이 정도면 충분했다. 나는 몸을 돌려 손으로 키라의 뒷머리를 감싸고 그 애의 얼굴을 내 가슴에 묻었다. 키라는 어느새 두 팔로 내 목을 껴안고 있었다. 겁에 질려 힘이 잔뜩 들어가 있었다.

작가는 환상인지 현실인지 애매한 어느 인물을 묘사한 다음 이렇게 쓴다.

"실례합니다." 나는 그를 스치고 지나가며 말했다.

"취하긴 누가 취했다고 그래, 쓸데없는 오지랖 하고는." 그는 나를 쳐다보지도 않은 채 한 치의 망설임도 없이 말을 내뱉었다. "다들 순서를 기다리는 거야."

마이크와 키라는 술에 취한 세 농부를 피해 계속 움직이다가 군중에게서 벗어난다. 집에 가려고 거리로 향하며 다른 인물의 말이 또 나온다.

"거의 다 됐어, 아일랜드 양반!" 새러가 내 등에 대고 날카롭게 외쳤다. 화난 목소리였는데, 그래도 웃음기가 남아 있는 듯했다. "자긴 원하는 걸 얻게 될 거야. 자기에게 필요한 안락함 말이야. 하지만 내 일부터 끝마치게 해줘. 내 말 들려, 아저씨? 저리 가 있으라고! 내 생각 좀 해줘!"

마이크는 키라를 안고 있으며 둘은 더 빨리 움직인다.

우리 왼쪽에서는 야구 시합이 벌어지고 있었는데 남자아이들 몇몇이 외쳐댔다. "윌리가 친 공이 담장을 넘었어, 야호! 윌리가 친 공이 담장을 넘었어!" 단조롭게 되풀이되는 골치 아픈 소리였다.

둘은 계속 움직인다.

“집은 멀었어요?” 키라는 신음하듯 말했다. “집에 가고 싶어요, 아저씨. 제발 엄마가 있는 집으로 데려다주세요.”

“그럴게. 다 괜찮아질 거야.” 내가 말했다.

앞의 대화 장면 사이사이에 내가 써넣은 서술 문장은 사실 이 소설의 작가가 행동을 몇 문단씩 삽입한 부분이다. 마이크는 지나가면서 다양한 인물과 맞닥뜨리고 키라를 안심시키려 하는데, 그러는 동안 모든 상황은 축제를 즐기지도 못하고 집에 가지도 못하도록 키라를 몰아간다. 대화 덕분에 한꺼번에 많은 일이 일어나는 느낌이 든다는 것을 알겠는가?

대화가 없으면 비록 행동이 있고 인물이 이리저리 움직이고 있더라도 장면이 침체되어 있고 정지되어 있는 것처럼 느껴진다. 마이크가 그 장소에서 벗어나는 데 집중하면서도 키라를 자상하게 돌보는 모습에서 볼 수 있듯이 대화는 장면에 탄력을 준다. 대화가 빠진 행동은 때로 본질이 없거나 부족하다. 물론 앞서 말했듯이 소설에는 대화만 필요하거나, 행동만 필요하거나, 서술만 필요한 순간이 있기 마련이다. 하지만 대부분은 이 세 요소를 함께 엮어야 한다.

### 인물은 뭔가 해야 한다!

오래전에 리포터들이나 앵커들이 TV에 나와 입만 움직이며 소식을 전하던 때를 기억하는가?(그 시절을 기억하지 못하는 사람이 얼마나 많은지 생각하면 기운이 빠진다. 그들이 어린 건지) 우리는 자리에 앉아 몇 시간이고 귀를 기울였다. 당시에는 그거면 충분했다. 록 스타들도 그냥 무대 위에 서서 노래만 했다. 아, 물론 엉덩이를 스리슬쩍 흔들어 모두를 경악시킨 엘비스 프레슬리를 빼고. 어쨌든 당시에는 노래면 충분했다.

이젠 그렇지 않다. 요즘에는 다큐멘터리를 보든 록 콘서트에 가든 우리의 주목을 받는 이들은 이리저리 움직인다. 록 스타들은 우리의 관심을 붙잡아두려 폴짝폴짝 뛰고, 무대 소품에 불을 지르고, 관중에게 물건을 던진다. 뉴스조차 그런 행위에 동참해버렸다. 이제 입만 움직이는 리포터는 없다. 뉴스 앵커들이 스튜디오 밖에서 사람들을 만나 수중 스포츠에 참여하거나 밧줄을 몸에 걸고 절벽을 하강하면서 사람들과 대화를 주고받을 때, 우리는 그 앵커의 모습을 따라간다. 이제 앉아만 있거나 가만히 서서 말하는 사람이 없는 이유는 뭘까? 시청자들이 뭔가 '벌어지고' 있는 곳으로 채널을 돌려버리거나 역동적인 콘서트장으로 가버리기 때문이다.

대화 장면을 쓸 때는 반드시 인물이 뭔가를 하게 해야 한다. 극적이지 않은 장면이라 할지라도 인물은 이혼이나 고집불통 사춘기 자녀에 대해 이야기하면서 어떤 행동이든 해야 한다. 독자가 그런 것에 흥미를 보이기 때문이다. 대화는 인물에게 생기를 불어넣는다. 행동과 대화를 결합하면 입체적인 인물과 배경을 만들 수 있다.

> 자신이 쓴 소설에서 인물이 말만 하는 장면, 또는 행동이 없어 입체적이지 않은 장면을 찾아보자. 그리고 입만 움직이는 리포터가 아니라 지면 위에서 생생히 살아 움직이는 인물에게 독자가 빠져들게끔 장면에 행동을 넣자.

## 대화에 서술을 엮는 법

서술은 거의 모든 작가가 좋아하는 방식인 듯하다. 그도 그럴 것이 대화를 너무 많이 쓴 소설은 거의 없지만 서술을 너무 많이 쓴 소설은 흔하다. 서술은 '말하기'이고 대화는 '보여주기'다. 말할 때가 있는가 하면 보여줄 때가 있다. 엮는 법을 배우면 언제 무엇을 해야 하는지 알 수 있다.

서술은 소설의 일부분으로, 서로 대화하는 인물들을 보여주는 것을 뺀 수많은 일을 한다. 인물이나 배경을 묘사하거나, 뒷이야기를 드러내거나, 과거를 회상하거나, 인물의 머릿속에 들어가 생각을 나타내거나, 특징을 설명하거나, 진지하게 분석할 때 쓴다. 특히 1인칭 소설이나 순수소설에서 소설의 분위기는 서술에서 가장 효과적으로 나타난다. 플롯보다는 인물이 소설을 끌어가는 데다 주인공에게는 매우 개인적인 이야기가 있기 때문이다. 이런 소설에서 주인공은 독자의 신뢰를 얻으며 더 긴밀한 관계를 쌓게 되고, 서술을 통해 독자에게 좀 더 직접적으로 말할 수 있다.

문제는 서술만 쓰면 소설이 지루해진다는 것이다. 행동과 대화가 많이 있는 한, 독자는 흥미로운 인물을 따라 어디든 갈 것이다. 작가가 해야 할 일은 장면 속 상황에 서술을 최대한 많이 고정시켜 서술이 허공을 떠돌지 않게 하는 것이다. 서술을 통해 전하고 싶은 중요한 내용이 있다면 장면을 구성해 인물들을 대화하게 한 다음에 서술을 엮자.

따라서 이번에는 반대쪽에서 접근해볼 것이다. 서술 속에 대화를 엮어 넣는 대신 대화 속에 서술을 엮어 넣는 것이다. 다음 대화 장면을 유심히 살펴보자. 첫 번째는 서술이 없고 두 번째는 서술이 있다.

• **서술이 없을 때:**

"여보, 이젠 정말 차를 세우고 도버가가 어딘지 물어봐야 할 것 같아."

"그럴 필요 없어. 내가 길을 안다니까."

"그럼 왜 이 주변을 45분이나 빙빙 돌고 있는 거지? 지난번에 밥과 수의 초대를 받고 저녁 먹으러 갔을 땐 20분밖에 안 걸렸잖아."

"그거야 그땐 종이에 찾아오는 길을 적어줬으니까."

"왜 이렇게 고집을 부려? 저기 있는 세븐일레븐에 들러 길을 좀 물어보면 어디가—"

"세븐일레븐 직원들은 우리말을 못해. 그 정도 이유면 충분하잖아? 시간 낭비라고."

"이렇게 빙빙 도는 건 시간 낭비 아니고?"

"아니지. 점점 가까워지고 있으니까."

"우린—조심해! 일방통행로로 들어왔잖아, 바보같이!"

"저기 집이 있네. 내가 찾을 거랬지."

• 서술이 있을 때:

"여보, 이젠 정말 차를 세우고 도버가가 어딘지 물어봐야 할 것 같아." 벌써 세 번째 하는 말이다.

"그럴 필요 없어. 내가 길을 안다니까."

"그럼 왜 이 주변을 45분이나 빙빙 돌고 있는 거지? 지난번에 밥과 수의 초대를 받고 저녁을 먹으러 갔을 땐 20분밖에 안 걸렸잖아." 이게 웬 똥고집이람? 남자는 길을 물어보지 않는다는 고정관념을 확인시켜주려고? 예상과 달리 행동하면 어때서?

"그거야 그땐 종이에 찾아오는 길을 적어줬으니까."

"왜 이렇게 고집을 부려?" 또 엘름가를 지났다. 역시 이번이 세 번째다. "저기 있는 세븐일레븐에 들러 길을 좀 물어보면 어디가—"

"세븐일레븐 사람들은 우리말을 못해. 그 정도 이유면 충분하잖아? 시간 낭비라고."

"빙빙 도는 건 시간 낭비 아니고?" 주니퍼가가 또 나왔군.

"아니지. 점점 가까워지고 있으니까."

가까워지고 있다고? 맞는 말씀이다. 우린 밥과 수가 사는 동네 경관을 구경하며 이 똑같은 교차로를 적어도 다섯 번은 지나가고 있다. 사실 난 여기가 그 둘의 동네인지조차 확실히 알 수가 없었다. 남편이랑 계속 입씨름을 해야 할지, 아니면 자정이 되도록 빙빙 돌아다니도록 내버려 둬야 할지도 알 수가 없었다.

"물론 우린— 조심해! 일방통행로로 들어왔잖아, 바보같이!"

눈은 뜨고 있는 거야?

"저기 집이 있네. 내가 찾을 거랬지."

장면에 대화가 너무 많아져서 서술 속에 엮어야 할 때에는 자신을 인물의 상황에 집어넣고 그 인물이 그 순간 무슨 생각을 하고 무엇을 관찰하고 있을지 상상해보면 된다. 작가는 영화 속의 배우이며 모든 배역을 담당해야 한다. 서술을 대화 장면에 끼워 넣으면 무조건 장면의 속도가 느려진다는 사실을 잊지 말자. 그리고 서술 한두 줄 때문에 긴장감이 약해지지 않을 자리에 전략적으로 서술을 배치하자. 바로 앞에서 본 '서술이 있을 때'의 예에서 우리는 대화만 있는 장면에서는 알지 못했던 여성 인물의 속마음을 알게 되었다.

## 대화, 서술, 행동 한꺼번에 엮는 법

대부분의 작가는 세 요소, 즉 대화와 행동과 서술을 모두 활용해 장면의 균형을 잡고 싶어 한다. 그러기 위해서는 한 인물이 다른 인물들과 함께 있는 장면을 최대한 많이 구성해야 한다. 세 요소를 엮어 만든 장면들은 세 요소 중 하나만 있는 장면보다 독자의 감정을 훨씬 강하게 끌어당긴다.

예를 들어 수 몽 키드의 『벌들의 비밀 생활The Secret Life of Bees』

을 보자. 이 작품은 민권운동을 다룬 순수소설로, 다음 장면에서 작가는 진정한 양봉가가 되려면 '벌에 쏘일' 위험을 감수해야 한다고 이야기한다. 세상에 변화를 일으키고 싶으면 위험을 감수해야 하고, 사랑한다면 그 일을 할 이유는 충분하다고. 여기서 작가는 서술만으로 '설교'하지 않고 대화, 서술, 행동을 혼합한 장면을 구성해 독자의 마음을 끌어당긴다.

> 벌들을 구하느라 아침이 다 가버렸다. 우리는 길도 제대로 없는 깊고 깊은 숲속까지 들어가서, 잃어버린 작은 도시처럼 널빤지 위에 웅크린 벌통 스물다섯 개를 찾아냈다. 덮개를 들어 올리고 먹이통에 설탕물을 가득 부었다. 주머니에 아까 퍼 담은 마른 설탕을 보너스 삼아 가장자리에 뿌려주었다.
>
> 나는 벌통 덮개를 제자리에 끼워놓다가 손목을 쏘이고 말았다. 오거스트가 벌침을 살살 빼주었다.
>
> "난 벌들에게 사랑을 보내고 있었단 말이에요." 나는 말하면서 배신감이 느껴졌다.
>
> 오거스트가 말했다. "무더워서 벌들도 제정신이 아닌가 봐. 네가 벌들에게 사랑을 얼마나 보내든지 상관없이 말이야." 오거스트가 헐거운 주머니에서 올리브유와 꽃가루가 든 작은 병을 꺼내 손목에 발라주었다. 오거스트의 전매특허 치료법이었다. 내가 실험 대상이 될 줄이야.
>
> "이제 첫걸음을 뗀 거라고 생각해. 벌에 쏘이지 않고 어떻게 진정한 양봉가가 되겠니?" 오거스트가 말했다.

진정한 양봉가. 그 말에 가슴이 부풀어 올랐다. 바로 그때 가까운 공터에서 찌르레기 떼가 땅을 박차고 세차게 날아올라 온 하늘을 덮었다. 나는 마음속으로 '놀라운 일은 정말 끝이 없구나!'라고 생각했다. 장래 희망 목록에 하나를 더 추가해야지. 작가, 영어 선생님, 그리고 양봉가.

"저도 언젠가는 벌을 칠 수 있을까요?" 내가 물었다.

오거스트가 말했다. "지난주에 벌과 꿀을 사랑한다고 말하지 않았니? 음, 그렇다면 훌륭한 양봉가가 될 거야. 사실은 릴리, 재능은 없을지 몰라도 그 일을 사랑한다면, 그걸로 충분하단다."

벌에 쏘인 통증이 팔꿈치까지 올라왔다. 이토록 작은 생물이 이토록 큰 고통을 줄 수 있다니 놀라울 뿐이었다. 자랑스럽게 말하건대 나는 불평하지 않았다. 이미 벌에 쏘인 이상, 제아무리 칭얼대봐야 통증이 사라지지는 않으니까. 난 다시금 벌들을 구출하는 격랑 속으로 뛰어들었다.

이 소설의 작가는 언제 어디에 무엇을 집어넣어야 하는지 어떻게 알았을까? 이는 아주 직관적인 과정인지라 짐작컨대 초고를 쓰는 동안에는 이 요소들을 어떻게 엮어 넣을지 수없이 고민하지 않았을 것이다. 이를 위해선 인물의 내면으로 들어가야 한다. 하지만 적어도 초고를 쓰는 동안에는 어떻게 해야 할지 잘 모른다. 초고를 쓰고 난 뒤 다듬는 과정에서 소설 전체를 다시 읽으면 대화나 서술, 행동 때문에 장면이 불안정해진 부분이 눈에 더 잘 들어온다. 완벽하게 균형 잡힌 장면은 그 나름의 리듬이 있다. 그런 리듬을 알아보는 법은 곧 터득하게 될 것이다.

물론 리듬이 없을 때도 균형 잡힌 장면은 단박에 알아볼 수 있다. 대화를 너무 길게 늘어놓아 무거워진 장면은 비현실적으로 느껴진다. 입만 뻥긋하는 리포터의 말을 듣고 있을 때와 마찬가지다. 활기찬 이미지가 없거나 인물이 배경 또는 분위기를 관찰한 내용이 없으면 음향 효과가 빠진 라디오 인터뷰와 비슷한 느낌이 든다. 마찬가지로 행동에 치우친 장면 역시 비현실적인 느낌을 준다. 그게 뭐든 행동을 하고 있는 인물은 행동 도중에 말을 하지 않을 가능성이 거의 없기 때문이다.

마지막으로 서술에 치우친 장면은 앞서 살펴보았듯이 지루해질 뿐이다. 실생활에서 누군가 한 가지 주제에 대해 주절주절 말을 늘어놓을 때와 마찬가지다. 아무리 관심 있는 주제라고 해도 장황하게 늘어지는 서술은 독자를 잠재우고 만다.

그러니 대화와 서술, 행동 이 세 요소 중 하나만으로 이루어진 장면이 있으면 주의해야 한다. 그 장면에 현실감이 있으며 독자의 마음을 끌어당기는지 살펴보자.

**엮는 연습, 빼는 연습**

자신이 쓴 소설로 다음 연습을 해보자.

1. 아무 장면 또는 덧붙이고 싶은 장면을 고른다. 똑같은 장면을 여러 차례 반복해 쓰는 연습을 한다. 처음에는 대화만으로, 다음에는 서술만으로, 다음에는 행동만으로 쓴다. 그리고 마지막

으로 입체적 효과를 내기 위해 세 요소를 모두 엮어 넣어 쓴다.

2. 서술이나 대화, 행동만으로 이루어졌거나 이 중 하나에 치우친 장면을 고른다. 어떤 요소가 너무 많이 들어갔는가? 아니면 어떤 요소가 너무 적게 들어갔는가? 입체감을 좀 더 살리기 위해서 세 요소를 모두 엮을 방법이 무엇인지 고민하자.
3. 대화, 서술, 행동 이 세 요소를 엮어서는 안 되는데 엮은 장면이 있을 수 있다. 즉 한 요소만으로 써야 하는 장면이 있다. 여러 요소를 엮은 장면 중에서 대화만으로 속도감을 높일 수 있는 장면이 있는지 찾아보자. 아니면 서술만 남겨서 속도감을 늦출 수 있는 장면이 있는지 살펴보자. 외적 플롯을 전개하기 위해 행동만 남겨두어야 하는 장면도 있을 것이다.

## 엮지 말고 하나로만 써야 할 때가 있다

대화와 서술, 행동 이 세 요소를 엮는 법을 배우는 것만큼이나 엮지 않는 법을 배우는 것도 중요하다. 대화만으로 이루어진 장면에도 장점이 있을까? 서술만으로 이루어진 장면은? 행동만으로 구성한 장면은?

이 세 요소를 엮지 않아야 하는 이유 중 하나는 시점인물의 독특한 성격을 강조하거나 인물이 말하고 있는 특별한 것에 집중해야 하기 때문이다. 행동이나 서술 때문에 장면이 어수선해지거나 딴 길로 새거나 속도가 느려지면 안 된다. 누군가의 이야기를 듣다가 주변과 사람들, 모든 게 흐릿해지며 상대방이 하는 말에만 몰입한 적이 있지 않은가? 행동과 서술을 잘라내고 대화만 남겨두면 이와 비슷한 효과가 난다.

인물이 영화에 출연하고 있으며 카메라가 점점 가까이 다가가 그들을, 그들의 표정을, 그들의 존재 자체를 집중 촬영한다고 생각해보자. 대화만으로 장면을 구성하면 이와 똑같은 효과를 낼 수 있다.

찰스 백스터의 『사랑의 향연The Feast of Love』에 나오는 다음 장면을 살펴보자. 시점인물인 브래들리는 지터스라는 커피숍에서 일한다. 동료인 클로에가 그에게 지금까지 겪은 일 중 가장 불쾌한 일이 무엇인지 묻는다. 이때까지 작가는 대화와 서술, 행동을 엮어서 멋지게 균형 잡힌 장면을 써왔는데, 이제는 속도를 올릴 때가 되었다. 브래들리는 클로에에게 친구들과 함께 파리의 노트르담 대성당에 간 이야기를 들려주기 시작한다. 이야기가 길어지자 클로에는 빨리빨리 이야기해달라고 한다. 브래들리가 살면서 저지른 최악의 실수가 대성당에 늘어선 촛불을 넘어뜨린 것이라고 생각한다. 여기서 작가는 이 사실을 강조하고 있다. 대화가 그것만 중점적으로 다루기 때문이다.

"이야기를 마치지……. 난 손이 떨려서 받침대 쪽으로 손을 내렸는데 그건 고정이 안 된 받침대인지, 나뭇가지 모양 촛대인지, 봉헌 촛불인지 그랬고, 아무튼 어떻게 그런 일이 벌어졌는지 모르겠지만 내 손 때문에 그 촛불 받침대와 그 작은 불꽃과 그 모든 영혼이 넘어져버렸어. 그게 넘어졌단 건 어딘가에 있는 영혼을 위해 켜

진 촛불이, 아마 그런 영혼이 수백 명쯤 될 텐데, 그 영혼이 촛불과 함께 모두 바닥으로 넘어졌단 뜻이야. 바로 나 때문에 그 불이 다 꺼져버린 거지. 그리고 수녀, 거기 서 있던 수녀가 어떻게 했는지 아니, 클로에?"

"프랑스어로 말했나요?"

"아니, 할 수 있었겠지만 말하지 않았어. 아니, 그 수녀는 비명을 질렀어."

"이야."

"그래, 내 얼굴에 대고 비명을 지르더군. 난 기분이……."

"기분이 몹시 나빴겠네요, 사장님. 틀림없이 그랬을 거예요. 하지만 사장님, 알다시피 그건 그냥 촛불이었어요. 진짜 영혼이 아니었어요. 그 영혼 어쩌고 하는 건 다 미신이에요."

"오, 나도 알아."

"농담이 아니에요, 사장님. 그렇게 강박관념을 가질 필요 없어요. 난 사장님이 지금까지 저지른 최악의 일을 말해준다고 했을 때, 눈먼 사람을 때려눕혔거나 그 사람의 자동차를 훔친 일인 줄 알았어요."

"아니, 그런 짓은 한 적 없어."

"오스카는 그랬어요, 한 번이지만. 그에게 말해달라고 하세요."

"알았어."

"하지만 술에 취해서 그런 거예요." 클로에는 완벽한 머리칼을 귀엽게 만지작거렸다. "그리고 그 남자는 사실 눈이 멀지도 않았어요. 사람들을 자기편으로 만들려고 제 입으로 맹인이라고 말했을 뿐이죠. 그건 말하자면, 사기였어요. 오스카는 그걸 다 꿰뚫어봤죠. 벌써 아홉 시예요, 사장님. 가게 문 열어야죠."

"그래야지." 나는 커튼을 풀고 스위치를 누르고, 커튼을 천천히 올리며 장사를 시작했다. 클로에에게 촛불은 아무것도 아니었다. 그냥 촛불일 뿐이었다. 기분이 곧바로 나아졌다. 클로에에게 축복이 임하길.

위에서 작가가 대화 곳곳에 행동과 서술을 엮었다면 이와 똑같은 효과를 내지 못했을 것이다. 브래들리는 신경과민이다. 여기서 빠른 속도로 이루어지는 대화는 특히 '촛불은 그저 촛불일 뿐'이라는 클로에의 설명과 대비되면서 브래들리의 신경증이 어느 정도인지 보여준다. 이 대목이 대화만으로 이루어진 덕분에 독자는 남자의 신경증이 어느 정도이며 삶에서 어떤 형태로 드러나는지 분명히 알 수 있다. 작가가 인물의 대화만 따로 보여주면 독자는 인물의 성격과 동기를 공유할 수 있다. 여러 요소가 엮였다면 너무 많은 작용이 일어나서 불가능했을 방식으로 말이다.

속도감은 대화와 서술, 행동을 언제 엮고, 엮지 않을지 생각할 때 가장 주의해야 할 점이다. 인물이 둘 이상인, 속도가 빠른 갈등 장면을 쓰고 있을 경우 일부라도 대화만으로 구성하면 효과가 좋다.

그렇다면 인물들이 이제 막 논쟁을 시작해 장면의 속도를 올리고 싶을 땐 어떻게 하면 좋을까? 월리 램의 『조금 가볍고 조금은 무거운』을 예로 들어보자. 어린 시점인물인 돌로레스는 어머니에게 진절머리를 친다. 어머니는 4년이 넘도록 아기를 잃은 슬픔에 잠겨 있고 온갖 강박증을 앓고 있으며, 가장 최근에 발병한 강박증은 새로 산 앵무새 피티에게 집착하는 것이다. 돌로레스는 이미 그런 모습을 여러 차례 서술했지만 이제는 감정을 행동으로 옮길 때다.

다음 장면은 대화만으로 이루어져 인물(돌로레스)이 우리에게 무엇을 '말하려' 하는지 재빨리 '보여준다'.

> 나는 피티가 싫었다. 그 앵무새가 우연히 창밖으로 날아가거나 선풍기 속으로 들어가서 엄마에게 걸린 마법이 깨지는 상상을 했다. 더는 엄마에게 키스하지 않겠다는 결정은 일부러 상처를 주기 위해 어느 날 밤 잠잘 시간에 내린 것이었다.
>
> "어머, 오늘 밤엔 인색하시네." 잘 자라고 키스하려는 엄마에게서 내가 얼굴을 돌리자, 엄마가 말했다.
>
> "이젠 엄마에게 키스하지 않겠어요. 꽝꽝. 엄만 종일 저 앵무새의 지저분한 부리에 키스하잖아요." 내가 말했다.
>
> "내가 언제?"
>
> "그랬어요. 엄만 저 새의 병이라도 옮길 바라는 모양인데, 난 아니에요."
>
> "피티의 입은 내 입과 네 입을 합친 것보다도 깨끗할 거야, 돌로레스." 엄마의 주장이었다.
>
> "웃음이 다 나네요."
>
> "어머, 사실이야. 새를 다룬 책에서 읽었어."
>
> "이젠 저 새랑 프렌치키스라도 할 기세네요."

"프렌치키스도 상관없어. 근데 그런 건 어떻게 알았니? 입조심 해라, 아가씨야."

"안 그래도 그러고 있다니까요." 내가 말했다. 나는 손으로 입을 꽉 막고 얼굴 전체를 베개에 파묻었다.

이 장면에는 이야기를 늘어지게 하는 서술 덩어리가 없어서 효과적이다. 이 대화는 피티에 대한 돌로레스의 진짜 태도를 '보여주는' 동시에 그보다 중요한 엄마에 대한 태도를 보여준다. 인물은 자신의 생각을 서술로 길게 말할 수 있지만, 직접 소리 내어 대화를 함으로써 더 빨리 '보여줄' 수도 있다. 서술은 설명하고 대화는 내뱉는다. 속도에 대해서는 8장에서 더 자세히 다루겠다.

물론 인물이 혼자 있다면, 혼잣말을 많이 하는 사람이 아닌 다음에야 이 요소들을 엮을 수 없다. 그러니 앞서 말했듯이 두 명 이상 등장하는 장면을 쓰려고 노력해야 한다. 인물이 생각을 하고 독자가 그 생각을 읽기만 할 때보다는 인물이 서로 대화할 때가 독자 입장에서는 더 재미있기 마련이다.

서술이나 행동만으로 장면을 쓸 때도 마찬가지다. 인물의 머릿속 생각에 초점을 맞추고 싶거나, 대화로 표현하면 부자연스러워질 내용을 묘사하고 싶다면 직접적인 서술을 하자. 아니면 행동으로 장면을 전개해도 좋다. 행동은 격렬하고 감정적이며, 인물은 이런 행동을 하는 동안 말을 하지 않는다. 때로는 실생활에서처럼 말이 필요 없는 순간이 있다. 언제나, 언제나, 언제나 인물이 이끄는 대로 따라가자.

## 대화, 서술, 행동의 리듬 찾기

세 가지 요소를 언제 엮어야 하고 언제 엮지 말아야 하는지 절대 규칙은 없다. 이를 잘 엮으려면 소설의 리듬을 찾아내야 한다. 다음 질문을 스스로 해보며 고쳐쓰기 단계에서 자신이 쓴 장면에 어떤 요소가 가장 필요한지 생각해보도록 하자.

- 이야기가 너무 늘어지는데 속도를 올려야 할까?(그렇다면 대화를 활용한다)
- 인물의 뒷이야기를 조금 알려서 공감대를 더 형성해야 하지 않을까?(그렇다면 서술이나 대화를 활용하거나 둘을 섞는다)
- 한 번에 대화 장면을 너무 많이 넣은 게 아닐까?(그렇다면 행동이나 서술을 활용한다)
- 인물이 다른 인물에게 머릿속으로만 고민해야 할 문제를 계속 털어놓고 있는 건 아닐까?(그렇다면 서술을 활용한다)
- 인물이 좀 더 효과적이고 생생한 대화를 나눠야 하는데 머릿속으로만 생각하고 있는 건 아닐까?(그렇다면 대화를 활용한다)
- 소설 전체가 한 요소에만 치우쳐 있는 게 아닐까? 대화가 너무 많거나, 서술이 너무 많거나, 행동이 너무 많은 게 아닐까?(그렇다면 부족한 요소를 좀 더 집어넣는다)
- 인물이 뒷이야기를 너무 자세히 풀어내고 있는 게 아닐까?(그렇다면 서술을 활용한다)

대화와 서술, 그리고 행동은 소설을 선개하는 일 말고도 다른 기능을 한다. 바로 인물의 동기를 드러내는 것이다. 인물의 동기를 파악하려면 인물을 파악해야 한다.

다음 장에서는 대화를 통해 자연스럽고 현실감 있게 동기를 드러내는 방법을 알아볼 것이다. 사람들은 자각을 하든 못 하든 일상생활에서 늘 자신의 동기를 드러내기 때문이다.

## 실전 연습 01

행동에 대화를 엮는 법을 연습해보자.

다음은 대화나 서술 없이 행동으로만 이루어진 장면이다. 카슨은 외향적인 남자지만 이 장면에서 보여주는 대로라면 알 수가 없다. 이 장면에 카슨의 외향적 성격을 보여줄 적절한 대화를 엮어 넣자.

카슨은 오토바이를 보도 가장자리에 세우고 왼쪽 핸들에 헬멧을 조심스럽게 걸었다. 가죽옷을 입은 근육질 폭주족 두 명이 문간에 서서, 경멸하는 눈빛을 숨기지 않고 카슨의 혼다 450을 쏘아봤다. 카슨은 그 둘을 무시하고 청바지 주머니에 두 손을 깊이 찔러 넣은 채 선술집으로 성큼성큼 들어갔다. 폭주족들이 따라왔다.

카슨은 카운터로 가서 맥주를 주문했다. 카운터 끝에 홀로 앉은 금발 여인이 동석하자는 손짓을 보냈다. 카슨은 그 여자 옆에 앉았다가 뒤쪽 탁자에서 재떨이를 가져와야겠다고 생각했다. 카슨이 일어서서 탁자 쪽으로 가는데, 갑자기 두 폭주족 중에서 몸집이 더 큰 남자가 길을 가로막았다. 카슨은 오른쪽으로 걸음을 옮겼다. 폭주족도 따라 움직였다.

카슨은 어깨를 으쓱 하고는 폭주족을 피해 가다가 어깨를 꽉 붙잡는 손을 느꼈다. 카슨은 몸을 홱 뺐다. 무슨 일인지 파악할 틈도 없이 폭주족 여러 명이 현관에서 카슨 쪽으로 다가왔다.

카슨은 잽싸게 상황을 판단하고 몸을 돌려 자신을 붙잡은 폭주족에게 맥주병을 내던진 다음 밖으로 달려 나갔다.

## 실전 연습 02

대화에 서술을 엮는 법을 연습해보자.

다음은 행동이나 서술 없이 순전히 대화만으로 구성된 장면이다. 두 시점인물 입장에서 각각(또는 한 명만 선택해서) 장면에 서술을 엮어 넣자. 독자가 시점인물의 머릿속에 들어가면 장면의 입체감이 얼마나 풍부하게 살아나는지 살펴보자.

"이봐요, 잔돈 좀 없어요?"

"아뇨, 하지만 나에겐 예수 그리스도의 복음이 있습니다. 예수님께 당신의 마음속에 들어오셔서 노숙에서 벗어나게 해달라고 부탁드리면 어떨까요?"

"뭐요? 나도 예수님에게 내 맘에 들어와 달라고 한 적이 있지. 그 덕분에 이 꼴이 됐지만."

"설마요."

"맞소. 난 목사요, 아니, 목사였소. 아내는 교회 집사와 달아나더니 결국 나와 이혼했고, 난 모든 걸 잃었지."

"그렇다고 이런 노숙자가 되다니, 말이 안 됩니다. 예수님은 자녀들을 거리로 내몰지 않으십니다."

"내 생각엔 그럴 때도 있는 것 같은데. 비는 정의로운 자와 부정한 자 위에 똑같이 내리지. 성경에 있는 말이오."

"부인과 이혼했을 때, 하느님께 등을 돌렸습니까?"

"아니, 아직도 유니온 가스펠 미션이라는 곳에서 예배를 드린다오."

"술에 빠져 있군요. 맥주와 위스키로 슬픔을 달래고 있어요."

"돈이 있으면 가끔 맥주를 사지. 오늘은 커피 한잔 마시고 싶군."

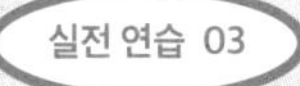


대화, 서술, 행동을 한꺼번에 엮는 법을 연습해보자.

다음은 인물이 처하게 될 여섯 가지 상황이다. 각 상황에 뒤따르는 문장은 소설의 구성 요소 하나만으로 이루어져 있다. 각 문장에 다른 두 요소를 덧붙여 세 가지가 모두 엮인 문단을 만들자. 상황마다 인물을 원하는 수만큼 등장시켜도 좋다.

**상황:** 쉴라는 공항에서 어떤 여자가 걸음이 꼬여 넘어지며 떨어뜨린 서류 가방에서 100달러짜리 지폐 뭉치들이 쏟아져 나온 광경을 본다.

**행동:** 여자가 발을 잘못 디뎌 넘어지며 서류 가방이 붕 날아가 100달러짜리 지폐 뭉치들을 쏟아내자, 쉴라의 입이 딱 벌어진다.

**대화:** 쉴라가 외친다. "어머나! 제가 도와드릴게요—"

**서술:** 혹시 이게 쉴라의 기도에 대한 응답, 쉴라가 기다려온 기적일까? 무슨 해가 될까? 고작해야 한 묶음인데? 저 여자는 알지도 못할 것이다.

**상황:** 개가 사다리에 부딪혀 사다리가 집과 멀리 넘어지면서 홈통을 청소하던 조는 지붕에 갇힌다.

행동: 조는 지붕 가장자리로 슬금슬금 디기가 아래를 본다.

상황: 캐롤린은 교통 체증에 걸려서 남편에게 늦을 거라고 전화하고 싶지만 휴대폰 신호가 잡히지 않는다.
대화: "이 망할 놈의 전화기 같으니!" 캐롤린은 투덜거린다.

상황: 앨리슨은 새로 온 동료 카일과 저녁 데이트를 하기로 했지만, 카일이 도착하기 직전에 믿을 만한 정보원에게서 카일이 유부남이라는 정보를 입수한다. 카일이 초인종을 누르고 있다.
서술: 앨리슨은 유부남과는 절대로 데이트를 하지 않겠다고 마음속으로 다짐한다.

상황: 라이언과 그의 아내는 이혼하려고 한다. 라이언이 여행 가방에 옷가지를 던져 넣고 있다. 여섯 살 난 아들 애론이 그 모습을 지켜보고 있다.
행동: 라이언은 옷장에서 골프공을 꺼내 가방 한쪽에 조심스럽게 집어넣는다.

상황: 콜린은 직장에서 지난 몇 달 동안 친하게 지낸 데이비드를 해고해야 한다는 사실을 지금 막 알았다.
대화: "재니스, 데이비드를 내 사무실로 보내줄래요?"

상황: 메건과 친구가 쇼핑몰에서 나와 자동차로 가고 있다. 메건은

어떤 여자가 아들의 등을 몇 번이나 두들겨 패더니 아이를 SUV로 밀어 넣는 광경을 본다.

**서술:** 어른이 아이를 학대하는 장면을 보면 자신이 어떤 행동을 할지, 메건은 늘 궁금했다.

6장

# 대화와 말투: 인물의 동기를 전하는

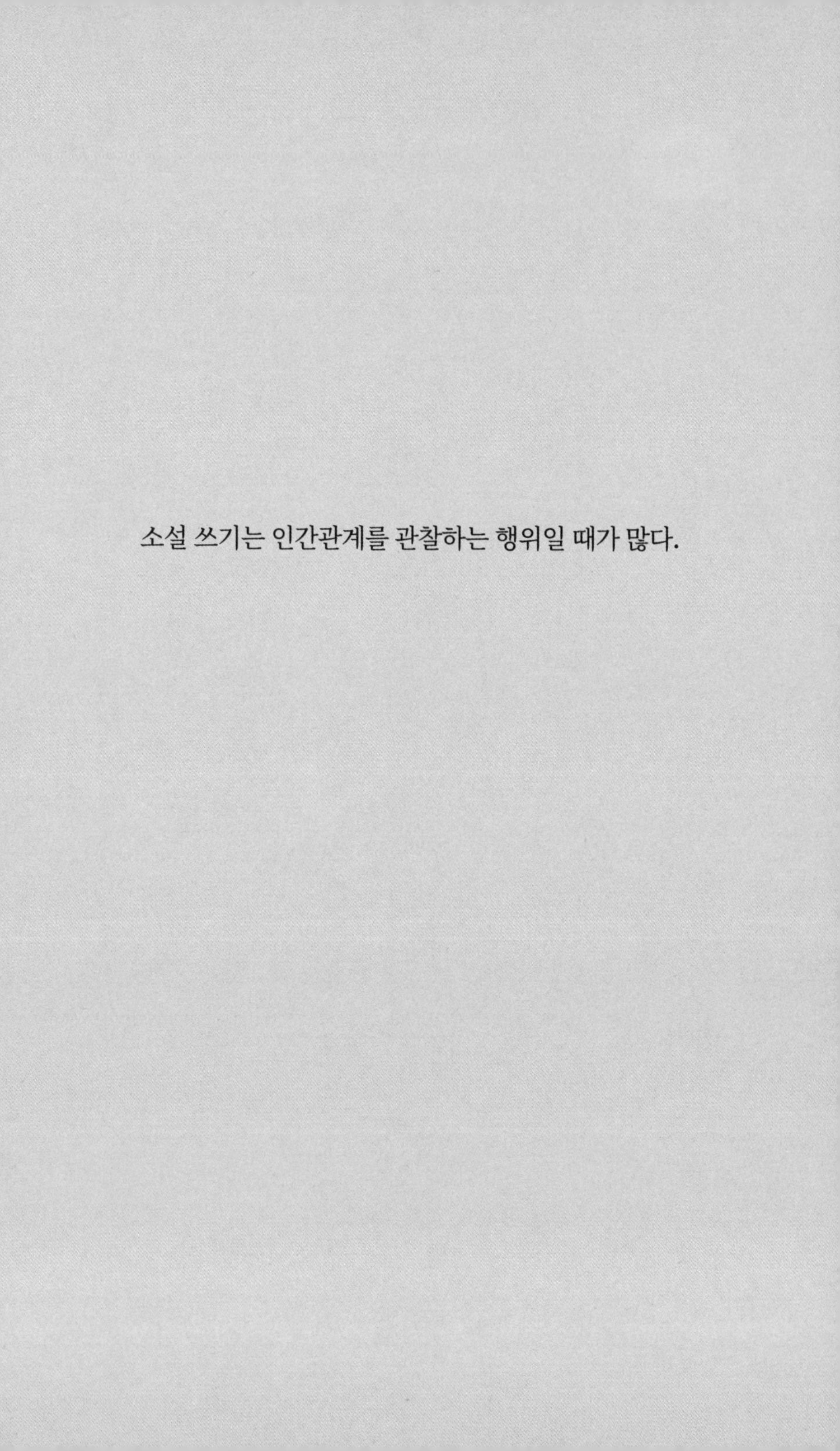

소설 쓰기는 인간관계를 관찰하는 행위일 때가 많다.

나는 오랫동안 작가들을 지도해왔는데 어느 날 TV 채널을 돌리다가 한 토크쇼에 영화배우 조니 뎁이 인터뷰하는 것을 보았다. 신인 시절에 가장 큰 영향을 받은 사람이 누구냐는 질문에, 조니 뎁은 지금은 세상을 뜨고 없는 연기 교사 스텔라의 이름을 꺼냈다.

"그분은 배우가 맡은 인물이 마음속으로 가장 중요하게 여기는 것을 생각하며 모든 장면에 임해야 한다고 얼마나 강조했는지 모릅니다. 그 인물이 그 장면에서 원하는 것 말이죠. 그는 무엇을 원하는가? 얼마나 원하는가?"

나는 의자에서 펄쩍 뛰어오를 뻔했다. 그 말은 내가 오랫동안 작가에게 가르쳐왔고 작법서에서 수없이 읽은 내용이었다. 어떤 인물을 알고자 할 때 가장 중요한 건 그가 원하는 것이다. 몹시 원하는 것. 아니 그 정도를 넘어서 간절히 원하는 것.

인물을 잘 알게 되면 그가 소설 속에서 그리고 각 장면에서 무엇을 원하는지도 알게 된다. 인물에게는 목표가 있어야 한다. 그게 소설의 재료다. 작가에게는 인물이 원하는 것을 최대한 자연스럽게 알릴 임무가 있다. 설혹 인물이 원하는 게 무의식에 자리 잡고 있어서 그가 자각하지 못하더라도 그래야 한다. 소설을 전개하기 위해서는 더더욱 그래야 한다. 인물이 스스로 원한다고 생각하는 것과 실제 원하는 게 완전히 반대인 경우도 있는데 그럴 때는 플롯으로 진실이 드러난다.

어떻게 하면 될까? 인물이 원하는 것을 어떻게 알릴 수 있을까? 특히 그 인물이 조연이어서 그의 생각을 읽을 수 없는 상황이라면? 인물은 당연히 행동을 하지만 말도 한다. 인간은 늘 말을 통해 자신을 드러낸다. 사람들은 대부분 제아무리 노력해도 입을 꼭 다물고 있지 못한다. 혹시 우리의 말을 열심히 귀담아듣는 사람이 있다면(물론 걱정하지는 말자. 대부분의 사람은 듣기보다 말하기를 더 좋아하므로 귀담아듣지는 않을 테니) 그 사람은 아마 우리가 입을 연 순간 우리의 동기를 파악할 것이다. 이는 소설 속 인물도 마찬가지다. 소설 쓰기는 인간관계를 관찰하는 행위일 때가 많다.

핵심은 대화다. 인물이 누구고 동기가 무엇인지 드러내줄 멋진 도구가 아닌가! 인물이 어떤 사람인지 대화를 통해서 드러낼 방법은 많다.

지난 몇 년 동안 나는 소설 속 인물이 어떤 사람인지 드러내기 위해 대화에 어떤 도구를 결합해서 사용해왔다. '에니어그램'이라는 것인데, 이 도구 덕분에 인물을 발전시키는 전략에 대변혁이 일어났다. 『나를 찾는 에니어그램 상대를 아는 에니어그램The Enneagram Made Easy』은 에니어그램을 다음과 같이 정의한다.

에니어그램은 인간의 아홉 가지 기본 유형을 연구한 것이다. 우리가 어떤 행동을 하는 이유를 설명하고, 개개인이 성장할 수 있게 명확한 방향을 제시한다. 가족, 친구, 직장 동료와의 관계를 개선하는 데 유용하게 쓸 수 있는 도구다.

에니어그램의 기원은 수세기 전으로 거슬러 올라간다. 정확한 기원은 알 수 없지만 이슬람교의 신비주의 분파인 수피교 교도들 사이에서 구전된 것으로 알려져 있다. 러시아의 신비주의 사상가 구지예프가 1920년대에 유럽에 소개했고 미국에는 1960년대에 유입되었다.

에니어그램의 기원에 대해 알 수 있는 사실은 이게 전부다. 개인적으로는 이 사실로 충분한데, 에니어그램을 연구하고 어떻게 적용되는지 관찰한 결과 그밖에 더 필요한 내용이 없었다. 다른 사람이나 나 자신이 왜 그렇게 행동하는지 이해하기 위해 에니어그램을 적용하고 떠올릴 때마다 고개를 끄덕이게 되었다. 나 자신의 동기조차 파악할 수 없는 수많은 순간에 '아, 난 에니어그램 4번 유형인 예술가잖아'라고 생각한다. 그러면 많은 게 이해된다.

인물을 발전시킬 도구로 이 에니어그램을 추천한다. 이번 장의 목표는 대화에서 에니어그램을 활용해 인물이 어떤 사람이고 동기가 무엇인지를 드러내는 법을 배우는 것이다. 인물을 발전시키는 방법은 많다. 나는 대부분의 방법을 써봤지만 인물이 어떤 사람인지 알려고 열 쪽에 달하는 긴 인물 개요를 작성하는 것보다 에니어그램이 훨씬 재미있었다. 일단 에니어그램 유형을 각각 구분할 줄 알게 되면 길고 긴 인물 개요와 영영 이별할 수 있다. 인물에게 어떤 성격이 필요한지 정한 다음 에니어그램을 보고 이에 속하는 유형을 찾으면 된다. '아하! 이 인물은 이런 사람이고, 이런 동기에서 움직이는구나.' 그러면 대화는 인물의 진짜 성격에서 나오고, 그 결과 그의 말이 실제처럼 들리는지 아닌지 고민할 필요가 없다.

## 에니어그램의 아홉 가지 성격 유형으로 보는 인물의 대화법

이 장에서는 에니어그램의 아홉 가지 성격 유형을 각각 간단히 요약하고, 각 유형의 인물에 맞는 대화를 쓰는 법을 소개하겠다. 이로써 말을 할 때마다 자연스러운 생생한 인물을 창조하는 법을 알아보자. 각 성격 유형에는 번호가 매겨져 있고 명칭이 있다. 명칭 뒤에 나오는 간략한 정의는 『나를 찾는 에니어그램 상대를 아는 에니어그램』에서 인용했다.

### 1번 유형: 개혁하는 성향

1번 유형의 인물은 개혁가다. 이 인물의 동기는 올바르게 살고 싶고, 자기 자신과 주변 세상을 더 나아지게 만들고 싶은 욕구다.

최근에 열 살쯤 된 소녀가 등장하는 영화를 봤는데 그 아이는 그야말로 개혁가였다. 그 소녀는 교실 맨 앞줄에 앉는데 이는 1번 유형의 인물에게서 볼 수 있는 전형적인 모습이다. 즉, 다른 인물들에게 영향을 미치기를 좋아하고 주목받기를 좋아한다. 영화에서 소녀는 교사가 질문을 던질 때면 가장 먼저 손을 든다. 소녀의 대화는 인물의 동기가 무엇인지 명료하게 보여준다. 소녀가 말을 할 때면 언제나 그렇다. 소녀가 임시 교사에게 하는 말을 몇 가지만 살펴보자.

"숙제에 점수를 매기지 않는다니 무슨 말이에요? 점수가 없으면 그걸 제대로 했는지 어떻게 알 수 있죠?"

"선생님의 파격적인 교수법은 최적의 학습 환경을 만드는 데 도움이 안 되고 있어요."

"이 교실에서 무슨 일이 벌어지고 있는지, 저는 교장 선생님께 말씀드려야겠어요."

이 소녀는 분명히 수재지만 1번 유형인 것도 분명하다. 소녀는 뭔가를 하는 '올바른' 방법을 알고 있으며, 교사에게 그의 방법이 절대 '올바르지' 않다는 사실을 반드시 말해야 한다고 생각한다.

1번 유형의 인물은 대화를 할 때 자신이 옳다고 믿는 것을 두려움 없이 소리 높여 말한다. 부끄러워하지도 수줍어하지도 않으며, 맞서기를 좋아하고, 자신이 동의할 수 없는 행동을 다른 사람들이 할 때면 이를 바로잡아주는 게 자신의 임무라고 생각한다. 이런 인물이 소설에 등장한다면 그가 하는 말, 즉 올바른 게 무엇인지 안다는 생각과 자신과 주변 사람 모두가 그렇게 행동해야 한다는 확신이 내면 깊숙한 곳에서 나와야 한다.

### 2번 유형: 도와주는 성향

2번 유형의 인물은 조력자다. 이 인물의 동기는 사랑받고 싶고, 소중한 존재가 되고 싶고, 다른 사람들에게 호의를 표현하고 싶은 욕구다. 전통적으로 남성보다 여성에게 2번 유형의 태도를 더 요구하는 경향이 있다.

나에게는 늘 조언을 해주는 제리라는 친구가 있다. 오랫동안 제리는 싱글맘으로 다섯 아이를 키우는 내게 경제적으로 많은 도움을 주기도 했지만, 대화를 나눌 때면 내가 청하든 청하지 않든 반드시 조언을 해주고야 만다. 제리는 그런 식으로 자신이 소중하고 사랑받는 존재라고 느낀다. 그런 태도가 제리를 '이끌어가는' 까닭은 그가 조력자이기 때문이다. 나는 이 점을 깨닫고 나선 제리가 청하지 않은 조언을 할 때도 전처럼 귀찮지가 않았다.

소설에서 2번 유형의 인물은 행동으로든 대화로든 이런 모습을 보인다. 늘 뭔가를 베푼다. 순수한 마음에서 우러나 베풀 때도 있지만, 다른 사람들의 애정과 관심을 얻기 위해 베풀기도 한다.

2번 유형의 인물이 하는 전형적인 말은 다음과 같다.

"네 아이들을 봐줄 수 있으면 나도 물론 좋지."

(마음속으로는 '아니, 나한테 그 말썽꾸러기들을 또 맡기겠단 말이야?'라고 생각할지언정)

또한 2번 유형의 인물은 흔히 진짜 원하는 것을 말하지 못해 에둘러 말한다. 순교자 역할을 자청하며 원치 않는 일을 하고 언짢아하기도 한다.

"빵 바자회에서 쿠키 굽는 거야 기분 좋게 할 수 있는 일이지."
('어쨌든 우리 모임에 진심으로 신경 쓰는 사람은 나뿐이라니까')

소설의 대화에서 2번 유형의 인물은 다른 인물을 끌어당기기 위해서 무슨 수단을 써서든 유혹하기도 한다. 성적 매력이나 재물, 상담 등 뭐든 수단이 될 수 있다. 이런 인물은 소설 속에서 애정과 관심을 받으려는 욕구에 따르며, 이 욕구를 충족시키는 것이라면 뭐든 하려는 마음으로 움직인다. 그리하여 절박한 상황에서는 자신의 영혼마저 희생시킬 수 있다. 의식적이든 무의식적이든 이 인물은 말할 때마다 주는 것과 받는 것에 관심을 집중한다. 이 인물의 주는 입장일지 받는 입장일지는 흔히 대화 장면에서 그가 현재 자신의 모습에 얼마나 만족하느냐에 좌우된다.

**3번 유형: 성취하는 성향**

3번 유형의 인물은 성취자다. 이 인물의 동기는 성과를 내고 싶은 욕구, 실패하지 않고 성공하고 싶은 욕구다.

3번 유형에 속하는 내 친구들은 모두 비상한 재주가 있다. 이루어놓은 일이 많다. 3번 유형의 인물은 목표를 설정하고, 일정을 빠듯하게 짜고, 달력을 빽빽하게 채우며, 긴 할 일 목록에 따라 살아간다. 대화를 할 때조차 해야 할 일에 대한 생각뿐이다. 성취자는 때로 현재에 충실하게 살기가 어렵다.

샌드라 브라운의 『침대에서 아침을Breakfast in Bed』의 한 장면을 보자. 이제 막 서로를 알아가며 서로에게 끌리는 카터와 슬론은 샌프란시스코의 부둣가에 있다. 카터는 슬론에게 그녀가 운영하는 민박집에서 정확히 몇 시간 정도 일하는지 묻고 있다.

"외출은 얼마나 자주 합니까? 그러니까, 페어차일드 하우스와 관련된 용무 말고, 그냥 기분 전환 삼아서 말입니다." 아이스크림 가게 안쪽에 있는 작고 둥근 탁자에 앉아서, 그는 남의 눈을 의식하지 않고 끈적거리는 선데이아이스크림을 후루룩거렸다.

"뭐, 별로요." 슬론은 무시하듯이 말했다.

"얼마나 자주 나옵니까?" 카터는 집요했다.

슬론은 사탕 포장지를 만지작거렸다. "전 페어차일드 하우스의 유일한 사장이자 지배인이에요. 관리인이자 안주인이자 회계사이자 주방장이자 심부름꾼이죠. 당신 말처럼 기분 전환 같은 걸 할 시간은 많지 않아요."

"하루도 안 쉰단 말인가요? 저녁 시간도요? 영화도 안 보고요? 아무것도 안 해요?"

"사람을 힘 빠지게 만드시네요." 슬론은 화제를 돌리려고 필사적으로 애쓰며 말했다. 그녀의 삶은 축제와는 거리가 멀었고, 그게 얼마나 지루한지 카터에게 알리고 싶지 않았다.

"슬론, 말도 안 되는 일이에요." 카터는 숟가락을 한쪽에 내려놓고 당혹스러울 정도로 빤히 슬론의 얼굴을 바라보았다.

"도와줄 일손이 없으니 말이 안 될 이유도 없죠."

"도와줄 사람을 고용해요."

슬론은 심술궂게 말했다.

"그럴 여유가 없어요. 전에 말했잖아요." 카터가 날카롭게 응수했다.

"그 집에 숨어서 절대 나오지 않을 이유도 없죠." 괴로운 듯한 슬론의 표정을 보고, 카터는 목소리를 낮췄다.

"미안해요. 물론, 제가 상관할 일은 아니죠. 그냥 당신처럼 아름다운 여자가 왜 다른 사람들을 만나러 나오지 않고 숨어만 있는지 이해가 안 돼요."

슬론처럼 아름다운 여자가 다른 사람들을 만나지 않고 숨어 있는 까닭은, 그녀가 3번 유형이기 때문이다. 다른 사람들이 놀 때 그녀는 바쁘게 일한다. 앞 장면에서 슬론이 3번 유형이라는 것을 알 수 있는 까닭은 그녀가 일에 집착하기 때문이기도 하지만 자신의 삶이 실은 얼마나 따분한지 카터에게 들키고 싶어 하지 않기 때문이다. 3번 유형의 인물은 자신의 이미지와 다른 사람들의 눈에 비치는 자신의 모습에 신경 쓴다. '이렇게 따분하게 살고 있다는 사실을 카터가 알게 되면 나를 어떻게 생각할까?'

실생활에서 3번 유형인 사람들은 지루하게 살지 않는다. 언제나 뭔가를 하고 있으며 늘 신나는 활동이나 새로운 계획에 참여하면서 다른 사람들보다 더 흥미진진하게 산다.

이런 성격이 대화문에 어떻게 드러날까? 3번 유형의 인물은 성공해야 하므로 논쟁에서 이기고 싶어 하고, 말문이 막힌 모습을 절대 보여줄 수 없다고 생각하거나 뭔가 모르는 것을 싫어한다. 그러니 대화문에서 3번 유형의 인물은 말을 빨리 할 것이다. 다른 인물에게 정신 차릴 틈을 주지 않고 어느새 어떤 주제에 대한 이야기를 마구 쏟아놓는다. 3번 유형은 좀 더 섬세한 5번 유형(사색가)이나 9번 유형(중재자)을 쉽게 압도한다. 그리고 '인맥 관리' 방법을 제대로 안다. 여러 사람이 대화를 나누는 장면에서 3번 유형의 인물은 이 사람 저 사람 찾아다니며 관계를 맺고 정보를 교환하며 다른 사람들에게 자신의 능력으로 깊은 인상을 주려고 열심히 노력할 것이다.

**4번 유형: 낭만적인 성향**

4번 유형의 인물은 예술가다. 이 인물의 동기는 감정을 느끼며 이해받고 싶은 욕구, 의미 있는 삶을 추구하고 평범함을 거부하고 싶은 욕구다.

내가 4번 유형인 까닭에 이 유형은 객관적으로 말하기가 약간 어렵다. 다른 에니어그램 성격 유형에 대해서는 부정적인 면을 찾아낼 수 있지만 이번 유형에서만은 그렇지 않은 듯하다. 왜 그럴까? 최근에 한 친구에게 4번 유형이 어떤 면에서 골치 아픈지 말해달라고 했다. 그 친구는 내가 4번 유형이라는 걸 알았지만 그렇다고 잠자코 있지는 않았다.

친구가 말했다. "오, 4번 유형은 나이가 들수록 더욱 모든 게 드라마 같아야 한다고 생각하지. 그리고 너무 근시안적이야."

나는 침을 꼴깍 삼켰다. "근시안적이라니?"

"자기 자신에게 너무 집중하잖아. 모든 걸 자신과 관련된 일로 생각해."

"아, 그래……."

"그리고 현재에 만족하지 못하는 것 같아. 늘 갖지 못한 걸 생각하며 아쉬워하지."

"알았어, 그만하면 됐어." 나는 우울한 마음으로 말했다.

제인 페더의 『우연한 신부The Accidental Bride』에는 4번 유형의 인물이 나온다. 주인공 피비는 그야말로 감성적인 여자며 갓 남편이 된 케이토로서는 다루기 벅찬 상대다. 둘의 결혼은 정략적인 것이었기 때문에 피비는 특별하다는 기분을 조금도 느끼지 못한다. 하지만 4번 유형의 인물은 특별하다는 기분을 느껴야 한다. 아래 장면에서 피비는 결혼식 피로연에서 웨딩드레스에 적포도주를 쏟은 직후다. 케이토가 피비에게 드레스를 거칠게 문질러 얼룩이 더 심해졌다고 꾸짖자 피비의 분명하고도 극적인 4번 유형 기질이 표출된다.

"뭐가 더 심해졌다는 말씀인지 모르겠군요, 후작님. 어차피 흉측한 드레스였고 저에겐 어울리지 않아요." 피비는 쌀쌀 맞게 대답했다.

"대체 그게 무슨 말이오? 이건 굉장히 우아하고 값비싼 드레스요. 당신의 언니라면—" 케이토는 눈살을 찌푸리며 말했다.

"네, 그랬겠죠!" 피비가 말을 잘랐다.

"다이애나 언니가 입었다면 매우 아름다웠을 거예요! 제가 입으면 꼴사나워요. 저와 어울리는 색이 아니에요."

"오, 바보 같은 소리요, 피비. 이건 정말 아름다운 색깔이오."

"어떤 사람들에게는요."

그동안 케이토는 피비가 복도에 나타났을 때 스치듯 보기만 했을 뿐이었다. 케이토는 이제야 피비를 찬찬히 바라보았다. 피비는 무척 흥분한 나머지 안절부절못했고, 신경 써서 손질한 머리에서 머리카락이 삐져나오고 있었다. 왜 그런지 목에 걸린 진주 목걸이마저 마구잡이로 꼬여 있었다. 다이애나와 달리 피비에게는 그 드레스가 어울리지 않을지 몰라도, 그런 꾀죄죄한 모습은 용납할 수 없었다. 피비는 그의 눈앞에서 흐트러지기 시작한 것 같았다.

피비는 격한 어조로 말을 이었다. "물론 새 드레스들을 사는 건 쓸데없는 돈 낭비라고 생각하실 테죠."

케이토는 이상하게도 변명을 하고 싶었다. "전쟁 중이잖소, 피비. 당신 아버님께서는—"

피비는 또다시 말을 잘랐다.

"제 아버님께서는요, 후작님, 돈이란 창과 소총과 가죽조끼에 쓰는 거라고 생각하세요. 그러니 제가 이 섬뜩한 아이보리색 드레스를 입어야 한다면, 어쩔 수 없는 일이겠죠."

"사소한 일을 심각하게 과장하고 있군." 케이토가 단언했다.

바로 이거다. 이런 인물이 4번 유형이다. 4번 유형의 인물은 별일도 아닌 것을 심각하게 과장하기를 좋아하며, 상황이 분명 심각한데 왜 다른 사람들은 사소하다고 하는지 정말로 이해하지 못한다. 이 책의 좀 더 뒤에 나오는 대화 장면에서 케이토는 피비에게 승마를 가르치려 하는데, 피비가 법석을 떠는 바람에 승마 교습은 금세 재앙이 되어버린다. 결국 피비는 케이토를 '진저리나는 선생'이자 '지독한 폭군'이라고 부르면서 그에게서는 도무지 아무것도 배울 수 없으니 승마 교사를 바꾸고 싶다고 직설적으로 말한다. 피비의 감정 폭발에 케이토는 당황한 기색이지만, 나는 조금도 놀랍지 않다.

그렇다. 성공하고 싶어 하는 3번 유형이나 결론짓기를 좋아하는 8번 유형(지도자), 아니면 뒤로 물러서서 생각해보기를 좋아하는 5번 유형(사색가)에게는 이 소란스러운 감정과 불필요한 극적인 사건은 당혹스러운 일일 수도 있다.

대화 장면에서 4번 유형의 인물을 어떻게 활용하면 좋은지는 여기서 굳이 설명하지 않아도 될 것 같다. 이 유형의 인물은 창의적인 아이디어로 가득하고 다른 사람들에게 따뜻하게 말하는 반면, 사소한 일에도 왈칵 눈물을 쏟으며, 감정을 억제하지 못하고 사나운 말을 내뱉거나, 겁낼 게 조금도 없는 상황에서 두려움을 표현한다. 그들의 마음 한구석에서는 늘 종잡을 수 없는 돌풍이 일고 있다. 이런 인물을 소설에 어떻게 활용할지 생각해보자. 무척 재미있는 인물이 될 수 있다. 솔직히 약간 귀찮은 존재일지도 모르지만.

**아홉 가지 성격 유형의 인물들이 한자리에 있다면?**

문제가 많은 어느 가족의 가족 모임 장면을 써보자. 어머니, 아버지, 형제, 자매, 장성한 자녀, 손자손녀, 이모, 삼촌, 사촌 등등. 이 가족은 신앙심이 투철한 가족이다. 대대손손 독실한 장로교 집안이다(다른 종교로 정해도 된다). 가족들이 식탁에 앉아 저녁을 먹으려는데 한 인물이 수녀가 되겠다고 선언하고, 다른 인물은 동성애자임을 밝힌다. 에니어그램의 각 성격 유형을 대표하는 인물 아홉 명이 식탁에 앉아 옥신각신하는 장면을 써보자.

### 5번 유형: 관찰하는 성향

5번 유형의 인물은 사색가다. 이 인물의 동기는 모든 것을 알고 이해하고 싶고, 어리석게 보이지 않고 싶고, 자부심을 느끼며 살고 싶은 욕구다.

5번 유형의 인물은 소설에서 파티의 주요 인물도 아니고 관심을 한 몸에 받는 사람도 아니다. 사색가는 한쪽으로 물러나서 지켜보고 관찰하고 메모하고 책을 읽고 생각하고 혼자서 심리전을 즐긴다. 누군가 이 인물을 대화에 끌어들이면, 신중하게 말을 고르기 때문에 생각을 정리해 말로 표현하기까지 시간이 걸리기도 한다. 대화 장면에서 이런 인물은 수줍어하거나 무심하거나 심지어는 거만하게 보일 때가 많다. 그야말로 내성적인 사람이다.

5번 유형인 내 친구는 여럿이 함께 만났을 때 우리가 뭐라고 떠들든 가만히 앉아 보고 듣기만 했다. 그는 생각이 깊은 사람이며 조언을 해줄 수 있는 사람이지만 반드시 내가 부탁해야만 했다. 그리고 그가 입을 열면 재미있고 의미 있는 말이 나왔으며 모두가 귀를 기울였다.

로빈 리 해처의 『나와의 약속Promised to Me』에 나오는 야콥은 내 생각에 5번 유형인 것 같다. 헛간이 불에 타버린 후 아내 카롤라와 함께 있는 다음 장면에서 그의 전형적인 기질이 드러난다. 야콥은 화가 났고, 아내의 도움을 원하지 않으며, 진심으로 그녀가 자리를 피해주기를 바라는 마음에서 캐롤라를 거부한다.

"쉴 여유 따윈 없어, 캐롤라." 그는 다시 허리를 폈다. 이번에는 캐롤라를 쏘아보고 있었다.

"상황이 얼마나 심각한지, 통 모르는군."

"그럼 말해줘요."

"걱정시키고 싶지 않아."

캐롤라가 발끈했다.

"당신이 이런 모습을 보이는데 어떻게 걱정을 안 해요?"

"당신은 몰라."

캐롤라는 갑자기 치민 화를 가라앉히려 심호흡을 했다. 야콥은 막무가내로 고집을 피우고 있었다. 늘 그렇듯이, 이번에도 그녀를 밀어내고 있었다. 늘 문제를 마음속에 꼭꼭 담아놓고 그녀를 들여놓지 않았다.

캐롤라는 또 한 번 심호흡을 했다. "장갑 가져와서 도울게요. 둘이 하면 더 빨리 끝낼 수 있어요."

"당신은 도움이 안 돼." 야콥은 거절의 뜻으로 손을 저었다. "남은 불씨가 치맛자락에 옮겨 붙을지 몰라."

"치맛자락을 허리춤에 쑤셔 넣으면 돼요."

"아니."

"그럼 당신 바지를 입고 할게요."

야콥이 고개를 저었다. "캐롤라, 나 혼자 하는 게 좋아."

"하지만 당신은 혼자가 아니에요. 내가 함께 있고, 하느님도 우리와 함께 계시죠. 이런 불행이 찾아왔다고 우리를 거부하진 말아요."

"당신과 하느님이 새 헛간을 주진 못해." 야콥은 새까매진 장갑으로 가슴을 툭툭 쳤다.

"내가 어떻게든 방법을 찾아낼 거야."(……)

캐롤라는 마음이 아프면서도 화가 나서 남편을 빤히 쳐다보았다. "야콥 히르쉬, 그리스도가 당신을 위해 무슨 일을 하셨는지 그토록 빨리 잊어버린 건가요? 당신은 그분을 너무 작은 존재로 보고 있어요. 교만하고 무례하게 굴지 말아요. 그분께 도와달라고 해요. 기도하고 간구해요."

"기도는 당신이 할 거잖아, 캐롤라. 우리 부부 중에서 경건한 사람은 당신이잖아. 난 문제를 해결해야 해."

캐롤라가 '경건한' 모습을 보인다면 그건 자신이 1번 유형(개혁가)으로 스스로 생각하기에 옳고 그른 것을 늘 지적하기 때문이다. 이 점은 책을 읽고 연구하며 현재 상황에서 어떤 조치를 취해야 하는지 안다고 생각하는 5번 유형에게는 짜증나는 모습일 수 있다. 앞 장면에서 야곱은 할 일이 분명한데 가만히 앉아 기도나 하는 건 어리석은 짓이라고 생각한다.

앞의 예시를 통해 우리는 소설에서 5번 유형의 인물을 어떻게 활용하면 좋을지 알 수 있다. 이 유형의 인물은 대화 중에는 가만히 앉아 상황을 관찰하며 긴 시간 동안 철저하게 생각한 후에야 당면한 문제에 대한 의견을 표명한다. 그러니 다른 인물을 이용해 5번 유형의 인물에게서 말을 이끌어내야 한다. 이 인물은 다른 인물들이 정말로 듣고 싶어 한다고 생각하면 의견을 말할 것이고, 일단 시작하면 쉽게 멈추지 않을 것이다.

**6번 유형: 충성하는 성향**

이 유형의 인물은 충성가다. 그리고 의심이 많다. 이 인물의 동기는 안전해지려는 욕구다. 이 유형 중 공포증(대수롭지 않은 일을 늘 크게 생각해 불안을 느끼고 자기통제를 하지 못하는 병적 증상)이 있는 경우는 겉보기에 두려움이 많고 칭찬을 갈구한다. 역공포증(자발적으로 무서운 상황에 놓여 자신을 다치게 하고 위험에 빠지게 하는 병적 증상)이 있는 경우는 그 두려움에 맞선다. 이 두 가지 측면은 동시에 나타날 수 있다.

짐작컨대 대부분의 작가는 인물을 만들 때 에니어그램을 특히 염두에 두지 않는 것 같다. 그래도 이 기술은 어느 정도 직관적으로 쓰이는 것 같다. 노련한 작가는 에니어그램의 핵심과 일치하는 인물을 만들어내기 때문이다. 그 예로 앤 타일러의 『바너비 스토리A Patchwork Planet』를 보자. 이 소설의 주인공인 바너비의 어머니는 명백히 6번 유형으로 보인다. 바너비는 인습에 얽매이지 않는 젊은 남자로 내털리와 결혼한 지 얼마 안 되어서 딸 오팔을 얻었다. 다음 장면에서 바너비와 내털리는 오래전에 이혼을 한 상태다. 아버지를 찾아온 오팔을 데리고 바너비는 담당 구역을 돌아보러 간다. 그는 렌터백이라는 심부름센터에 다니는데, 기력이 쇠한 노인 또는 장애인이 혼자 할 수 없는 허드렛일과 심부름 등을 도와준다. 이 장면에서 그는 오팔을 데리고 양로원에 다녀온 이야기를 어머니와 나누고 있다. 6번 유형인 그의 어머니는 이를 못마땅해한다.

"바너비 게이틀린, 너 대체 생각이 있는 거야, 없는 거야?" 어머니가 말했다.

"네?"

"아홉 살짜리를 양로원에 데려가다니!"

"왜요? 뭐가 잘못됐어요?" 내가 말했다.

"오팔이 그러는데 사방이 휠체어를 탄 사람들뿐이었다고 하잖니. 노인들 말이야! 코에 고무관을 꽂은 여자도 있고!"

"어머니도 참, 그게 뭐 어때서요? 노인들은 뭐 숨겨놓고 절대 보여주면 안 된단 말씀이에요?" 내가 말했다.

그래, 분명 그런 모양이었다. 어머니가 의미심장한 눈빛으로 오팔을 힐끗거리는 모습을 보니. 오팔은 고개를 숙이고 샐러드를 뒤적이고 있었다. "오후엔 내가 오팔을 데리고 있어야겠다. 할아버지 할머니 댁에 데려가야겠어." 어머니가 말했다.

"아니, 왜 그렇게 야단이신지 모르겠어요." 내가 말했다.

바너비의 어머니가 그토록 '야단'을 부리는 까닭은 두렵기 때문이다. 노인을 두려워하는 걸까? 누가 알겠는가! 때로는 6번 유형의 인물이 무엇을 두려워하는지 알 수가 없다. 6번 유형 자신도 모를 때가 많다. 그냥 두려울 뿐이다.

바로 다음에 나오는 장면에서 어머니는 바너비가 오팔을 돌보며 음식을 제대로 먹이지 않을까 봐 걱정한다.

우리가 친구 집에서 저녁을 먹겠다고 말하자 어머니는 발끈 성을 냈다. "친구라고? 어떤 친구? 남자냐, 여자냐? 미리 말을 했어야지! 그 친구는 요리란 걸 할 줄 아는 사람이야? 햄버거 따위 말고, 신선한 채소를 내올 줄 아는 사람이냐고!"

"5대 영양소를 모두 먹여줄 수 있는 친구예요." 내가 장담했다.

"암튼, 오팔이 배탈이라도 나면 네 탓이니까 그런 줄 알아라." 어머니가 말했다.

몇 장면이 지나고, 바너비의 새 여자 친구가 바너비의 부모님에게 "아드님을 이렇게 자상하게 키우셨으니 정말 뿌듯하시겠어요"라고 말하자 바너비의 어머니는 놀란 기색으로 말한다.

"어머, 고마워요, 소피아." 어머니가 말했다.

"그렇게 말해주니 고맙군요." 어머니는 식탁 저편에 앉은 아버지를 쳐다보았다.

"그렇다고 옛날에 바너비가 우리에게 통 걱정을 끼치지 않았단 말은 아니지만."

6번 유형의 인물은 '늘' 걱정을 하며 그 어떤 호의적인 말과 친절한 말을 들어도 그 말에 어린 진심을 믿지 않고 의심한다. 소피아가 바너비는 무척 자상한 사람이며 어머니가 그렇게 키운 덕분 이라고 말할 때 바너비의 어머니는 그 말을 믿지 않는 것 같은 느낌을 준다. 흠, 어쩌면 이 소설의 작가는 인물을 발전시키는 데 에니어그램을 이용했을지도 모르겠다.

어떤 경우든 6번 유형의 인물이 하는 말은 두려움이나 의심에서 나오는데 불안할 때는 특히 그렇다. 이런 인물을 소설에 등장시키면 매우 재미있다. 대화 장면에서 곧잘 흥분하며 다른 인물의 행동이나 말에 무조건 의문을 품고 상황을 액면 그대로 받아들이지 않으며 모든 사람의 동기를 늘 의심하기 때문이다. 이런 인물의 두려움은 끝이 없다. 어떤 대화 장면에서든, 지진 대비에서부터 핵전쟁에 이르는 주제까지, 그리고 바너비의 어머니처럼 끼니를 제대로 챙겨먹지 못하는 문제에 이르기까지 무슨 이유로든 애를 태울 수 있다.

**7번 유형: 모험적인 성향**

이 유형의 인물은 모험가다. 이 인물의 동기는 행복해지고 싶고, 즐거운 활동을 계획하고 싶고, 세상에 기여하고 싶고, 아픔과 고통을 피하고 싶은 욕구다.

7번 유형의 인물과 나누는 전형적인 대화는 다음과 같다.

"또 비가 오려나 봐."

"와, 신나겠다!" (우산과 장화를 가지러 달려간다) "반가운 비구나. 난 비가 정말 좋아. 비가 오면 기분 좋은 냄새가 가득하고 세상이 촉촉해지잖아?"

"스노호미시강이 또 범람하려고 해. 지난주에 강이 넘쳐서 집들이 죄다 물에 잠긴 거 알지?" (이 인물은 의심이 많은 6번 유형이 아닐까?)

"응, 뉴스에서 보니까 이웃 사람들이 서로 인사하고, 가족들은 함께 시간을 보내더라. 동네를 돌아다니려면 배를 타야 하니까 말이야. 참 감동적이지 않니?" (코를 훌쩍인다)

"머리가 어떻게 된 거 아니야?"

"가끔은 제아무리 나쁜 상황이라도 신나는 모험이 될 수 있잖아! 모두 힘을 합칠 기회가 생기고. 나 아프리카로 선교 여행 갈 건데, 내가 말했나? 아무튼, 파일을 항목별로 구분해두고 이스라엘에서 보낸 휴가를 스크랩북으로 만든 다음에 갈 거야."

7번 유형의 인물은 수많은 계획과 모험으로 다른 이들의 마음을 어지럽게 만들 수 있다. 예를 들어 TV 토크쇼에 자신이 이런 저런 일을 하고 있다며 시시콜콜 떠들어대는 사람이 나온다고 해보자. 그러면 누군가는 '나는 세상을 구하기 위해 하는 일이 너무 없다'는 생각에 낙심하다 곧 이렇게 깨닫는 것이다. "그래, 저건 7번 유형이 하는 말이잖아. 저 사람처럼 해야만 자긍심이 생기는 건 아니야."

7번 유형의 인물을 대화 장면에 넣으려면 자신이 하고 있는 많은 프로젝트나 중요하게 여겨지는 문제에 대해 마구 떠들게 해야 한다. 이 인물은 대화할 때 산만해지기 쉽다. 그러므로 가끔은 다른 인물의 도움을 받아 자신의 감정을 파악하고 잠시 숨을 고른 뒤 자신의 감정을 말하도록 해야 한다.

대화 장면에서 7번 유형의 인물에 대해 알아야 할 요점은 늘 낙천적인 생각에 따라 움직인다는 것이다. 그는 뭐든 부정적으로 보려 하지 않으며 삶에 일어나는 일을 부정적으로 보는 사람들을 무시하거나, 개인적으로 겪고 있는 부정적인 일이나 힘든 일을 일어나지 않는 셈 친다. 이런 인물은 소설에서 재미난 역할을 할 수 있는데, 늘 '지금 여기'와 동떨어진 일종의 환상에 사로잡혀 있기 때문이다. 9번 유형(중재자)처럼 '지금 여기'를 절대적으로 중요하게 생각하는 인물에게는 몹시 짜증나는 존재가 될 것이다.

### 8번 유형: 도전하는 성향

이 유형의 인물은 지도자다. 이 인물의 동기는 독립적이고 강해지고 싶은 욕구, 나약하거나 의존적이라는 기분을 느끼지 않고 싶은 욕구다.

8번 유형의 인물은 타인을 과잉보호를 할 때도 많다. 또한 존 그리샴의 『거리의 변호사The Street Lawyer』에 나오는 다음 장면에서 명백히 드러나듯 사회 정의를 위해 힘써 싸우기도 한다. 이 장면의 인물은 부유한 변호사들을 인질로 잡고, 기부는 얼마나 하고 자신을 위한 저축은 얼마나 하는지 실토하게 하고 있다. 8번 유형의 인물에게는 중요한 문제이므로 그의 말을 잘 살펴보자.

그는 천천히 고개를 저었다. "그럼 가난한 사람들에게는 얼마나 주었나?"

"총액이 18만 달러입니다."

"총액은 필요 없어. 나 같은 사람들을 음악회에 다니고 유대교 회당에 드나드는 귀하신 몸들과 동급으로 여기지 마. 곱상한 당신네 백인들이 다니는 클럽도 안 가지. 거기선 와인과 자필 원고를 경매에 붙이고 보이스카우트에 몇 달러쯤 보내잖아? 난 먹을 것 얘기를 하고 있는 거야. 당신네들이 있는 이 도시에 함께 사는, 굶주린 사람들에게 주는 음식 말이야. 어린 아기들이 먹을 음식. 바로 여기, 바로 이 도시에, 수백만 달러를 벌어들이는 당신네들 옆에, 배가 고파서 울다가 밤이면 굶어죽는 어린 아기들이 있었어. 먹을 걸 얼마나 기부했지?"

그는 나를 보고 있었다. 나는 내 앞에 있는 서류를 보고 있었다.

거짓말을 할 수가 없었다.

그가 말을 이었다. "이 도시 곳곳마다 무료 급식소가 있어. 집도 돈도 없는 사람들이 와서 먹을 걸 그나마 얻을 수 있는 곳이지. 당신들은 무료 급식소에 돈을 얼마나 기부했지? 낸 적이라도 있나?"

"직접 낸 적은 없습니다. 하지만 몇몇 자선단체에—" 내가 말했다.

"닥쳐!"

그가 빌어먹을 총을 다시 휘둘렀다.

"노숙자 보호 시설은 어떻고? 밖이 영하 12도일 때 우리가 자는 곳이지. 그 서류에 노숙자 보호 시설은 몇 개나 되지?"

둘러댈 수가 없었다. "없습니다." 나는 작은 소리로 말했다.

그가 벌떡 일어나는 바람에 우리는 깜짝 놀랐다. 둘둘 두른 은색 배관용 테이프 사이로 붉은 막대기들이 훤히 보였다. 그는 의자를 뻥 찼다.

"진료소는 어떻고? 자그마한 진료소에 가면 의사 선생들, 그러니까 한때 떼돈을 벌었던 훌륭한 의사들이 와서 시간을 기부해 아픈 사람들을 도와줬지. 돈은 조금도 안 받고 말이야. 정부에서는 건물 임대료를 내주고 의약품과 물품을 사도록 도와줬고. 이제 뉴트가 정부를 이끌게 된 탓에 돈이 다 거덜나버렸어. 진료소에는 얼마나 기부하지?"

8번 유형은 정의를 좋아한다. 주변을 보호해야 한다고 느끼며 대의를 위해 운동을 벌인다. 앞 장면에서 적대자는 그런 운동에 미친 나머지 자신의 뜻을 이해시키기 위해 다른 사람을 죽이는 행동도 마다하지 않는다.

심리치료사인 내 친구가 말하길, 이런 사람들 중 많은 이가 결국 교도소에 가기도 하는데 사랑하는 사람들과 주변 환경을 보호해야 한다는 격한 충동에 정신없이 빠져든 탓이라고 한다. 물론 이 성향이 8번 유형의 전부는 아니지만 동기의 많은 부분을 차지한다. 에니어그램을 다루는 어떤 책에서는 이 유형을 지도자가 아니라 '상사'나 '두목'으로 정의하기도 한다.

에니어그램은 인물을 틀에 짜 맞추는 절대적인 방법은 아니다. 예를 들어 영화 「히트Heat」에서 로버트 드니로와 알 파치노가 맡은 인물은 둘 다 분명 이 유형이다. 그런데 한 명은 범죄자고 다른 사람은 경찰이다. 이상하지 않은가!

인간은 복잡한 존재며 다양한 요소의 영향을 받는다. 그러나 소설에 필요한 인물이 명분을 위해 싸우며, 책임자가 되려 하고, 다른 사람들에게 가까이 다가가기를 좋아하지만 때로는 공격적인 성향 때문에 다른 사람들이 그를 피해버리는 그런 인물이라면 8번 유형을 선택하자. 이 인물의 말에서는 공격성이 보여야 한다. 그리샴의 소설에 나오는 적대자만큼이나 공격적일 필요는 없지만 그가 무엇을 언제 원하는지는 확실히 해야 한다. 그러나 주의하지 않으면 이 인물이 다른 인물들을 제치고 장면을 장악해버릴 수도 있다. 8번 유형의 인물은 평범하지 않지만 한편으로는 온화하며, 자신의 일에 몰두하고, 『거리의 변호사』에 나오는 적대자처럼 미치지만 않는다면 모든 인물 중에서도 사랑이 넘치는 존재가 될 수 있다.

### 9번 유형: 평화적인 성향

이 유형의 인물은 중재자다. 이 인물의 동기는 평화를 유지하고, 타인과 조화롭게 어울리고, 갈등을 피하고 싶은 욕구다. 특히 이 유형의 인물은 다른 여덟 가지 성격 유형의 기질을 웬만큼 갖고 있어서, 유순하고 온화한 모습에서부터 독립적이고 단호한 태도에 이르기까지 다양한 성격을 나타낸다.

9번 유형인 사람들은 자신과 관련이 많지 않은 일에도 대개 상냥한 말씨로 대화하며, 듣는 사람을 기쁘게 해주려는 태도를 갖고 있다. 또한 흔히 말을 듣고 다른 사람이 원하는 것을 파악하려 하며 자신의 마음속 욕구는 잊어버린다.

소설에 등장하는 전형적인 9번 유형의 인물은 갈등을 피하기 위해서라면 뭐든 한다. 위기에 빠진 다른 인물을 진정시키기 위해 모든 노력을 기울이고, 상황이 극적으로 보이거나 갈등이 금방 일어날 듯해도 그 심각성을 부정한다. 이런 인물에게는 '어떤 대가를 치르더라도 평화가 제일'이며 때로는 자신의 목표를 희생하는 것과 같은 무거운 대가를 치른다.

지금 나는 복수에 단호하게 매진하는 1번 유형(개혁가)이 주인공인 소설을 쓰고 있다. 누군가 그녀의 딸을 죽였고, 그녀는 살인자가 반드시 정의의 심판을 받게 만들겠다는 일념에 빠져 있다. 나는 그녀의 남편을 9번 유형의 인물로 설정해야 한다고 생각한다. 그래야 둘의 갈등이 최고조에 이를 것이기 때문이다. 혹시 그녀가 8번 유형(지도자)과 결혼했다면 그는 그녀와 같은 목표를 추구할 뿐이고, 심지어 어느 날 밤 어두운 뒷골목에서 그 살인자를 직접 칼로 찔러버릴 수도 있다. 혹시 남편이 3번 유형(성취자)이라면 범인을 정의의 심판대에 세운다는 목표를 이루기 위해 전략적으로 활동할 것이다. 즉 3번, 8번 유형인 인물은 1번 유형인 주인공과 뜻을 같이 할 가능성이 크지만 9번 유형의 인물은 그렇지 않다. 그는 모든 상황이 정리되기를 바랄 뿐이다. 누군가와 장기적으로 싸우는 것에는 관심이 없다. 법정에서라고 해도 말이다. 그는 슬픔에 잠겨 내면을 파고들며 싸우기보다는 절망할 뿐이다. 따라서 주인공은 미치도록 화를 낼 것이며 이들 부부의 대화에서는 갈등이 수없이 드러날 수밖에 없다.

이 둘 사이에 오갈 전형적인 대화는 다음과 같다.

"경찰은 그 괴물을 찾는 데 왜 그리 오래 걸리지?" 두 달 전 악몽이 시작된 후로, 린다가 이 말을 한 게 벌써 100번째였다.

"사건이 많은가 보지." 댄은 조용히 대답했다.

린다가 이렇게 나오면 어떻게 대해야 하는지 그는 정확히 알 수가 없었다. "그러니까, 경찰은 분명 최선을 다하고 있—"

"최선을 다해?" 린다는 날카롭게 외쳤다. "어쩜 그런 말을 할 수가 있어? 난 전화를 걸 때마다 내가 누구인지 처음부터 다시 설명하느라 시간을 다 보내야 해! 바보들 같으니."

"그 사람들도 분명 좌절감을 느낄 거야. 그런 짓을 한 범인을 찾고 싶지만, 틀림없이—"

"왜 늘 경찰 편만 들어? 당신은 신경도 안 쓰는 것 같아—" 린다가 소리쳤다.

그 말에 댄은 입을 다물었다. 열아홉 살 난 딸의 살아 있는 모습을 다시는 볼 수가 없는데, 어떻게 신경도 안 쓴다는 말을 할 수 있는 걸까? 도저히 참을 수 없는 말이었다. 댄은 의자에 몸을 깊이 파묻고 눈을 감았다.

댄은 공격적인 개혁가 아내에게 대처할 줄 모른다. 그저 절망과 무기력감과 당혹감을 느낀다. 미쳐 날뛰는 아내의 폭언은 바로잡을 수 없는 문제를 해결해야 한다는 압박감을 줄 뿐이다. 이처럼 9번 유형의 인물은 소매를 걷어붙이고 문제를 해결하는 것을 좋아하지만 그럴 수 없을 때면 그 열정이 절망으로 변한다.

**에니어그램을 활용한 고쳐쓰기**

소설을 한번 쭉 읽어보고 각 인물의 에니어그램 성격 유형을 정리한다. 그러고 나서 각 인물의 동기를 명료하게 이해하고, 각 인물이 속한 에니어그램 성격 유형에 따라 대화를 수정한다.

## 에니어그램을 활용한 소설 쓰기

에니어그램의 아홉 가지 성격 유형 가운데 어떤 유형을 소설에 쓰면 좋을지 고민할 가장 적합할 때는 언제일까? 바로 소설을 쓰기 전이다. 물론 이는 플롯이나 아이디어가 이끄는 소설일 때 그렇다. 인물이 이끄는 소설을 쓰고 있다면 인물이 어떤 유형인지는 글을 쓰기 시작해서 그를 좀 더 알게 된 후에야 드러난다.

예를 들어 플롯이 이끄는 살인 미스터리소설을 쓴다고 해보자. 형사나 살인범은 아마 2번 유형(조력자)도 9번 유형(중재자)도 아닐 것이다. 이런 유형의 인물은 범죄자를 뒤쫓거나 범죄를 저지르려는 공격성이 충분하지 않기 때문이다. 2번 유형이나 9번 유형은 형사나 범죄자를 돕는 역할로 설정하면 된다. 그러면 잘 어울릴 것이다. 단 이들에게 책임을 맡으려는 성향은 없다.

나는 대개 인물이 이끄는 소설을 쓰는데, 인물을 구상할 때 저마다 어떤 유형으로 설정할지 미리 생각한다. 그런 다음 1인칭 시점으로 인물 개요를 써서 인물이 직접 내게 이야기하게 만든다. 그러면 인물과 교감하는 것처럼 느껴진다. 어떤 인물이든 작가가 맨 처음에 알아야 하는 가장 중요한 점은 인물이 무엇을 '원하는가'이다. 인물의 에니어그램 성격 유형은 이를 가르쳐준다. 때문에 어떤 유형인지 알고 나면 소설을 순조롭게 쓸 수 있다. 즉 소설에서 인물이 할 행동이 보인다. 인물이 어떤 유형인지 꼼꼼히 연구하면 그가 어떤 사람이고 성격이 어떠한지 질문할 필요가 없다. 이미 알고 있기 때문이다. 그리고 이 한 가지 사실만으로도 대화 쓰기가 훨씬 재미있어진다.

이제 에니어그램이 소설의 인물과 그들의 대화를 만들어나갈 때 도움이 될지 안 될지 알았을 것이다. 앞에서 말했듯이, 이는 우리가 소설가로서 쓸 수 있는 여러 도구 중 하나일 뿐이다. 이 장에서 나는 에니어그램의 일부만 소개했다. 에니어그램을 진지하게 공부하고 싶다면 인터넷 사이트나 관련 도서를 참고하길 바란다. 잘 쓴 소설에서는 모든 게 연결된다. 대화, 성격 묘사, 관점, 플롯, 주제, 그리고 동기까지.

다음 장에서는 인물의 대화에 자연스럽고도 현실감 있게 '배경'을 엮어 인물이 어떤 장소에 있는지는 물론, 그 배경을 통해 인물이 어떤 사람인지 드러내는 방법을 살펴볼 것이다.

## 실전 연습 01

**상황:** 어느 남녀가 은행 주차장에서 나이 든 여자(아니면 남자)에게 사기를 치려고 한다. 다음 내용을 중심으로 피해자의 시점에서 에니어그램 성격 유형별로 대화 장면을 한 쪽 써보자.

- **1번 유형:** 주차장에서 사기 행위의 도덕적 의미에 대해 그 남녀에게 설교하기 시작한다.
- **2번 유형:** 도와주고 싶은 마음에 사기를 당해주려 한다(자신도 모르는 사이에).
- **3번 유형:** 남녀에게 더 나은 사기 방법, 성공률이 더 높은 방법을 가르치기 시작한다.
- **4번 유형:** 소란을 일으키며 다치지 않으려 비명을 지른다.
- **5번 유형:** 사기꾼들이 그럴듯하게 떠들어대는 동안 보고 듣고 기다리며 생각한다.
- **6번 유형:** 의심한다. 사기꾼들에게 왜 접근했느냐며 질문을 많이 던진다.
- **7번 유형:** 그 만남을 좋은 쪽으로 생각하거나 일어나지 않은 일인 셈 친다.
- **8번 유형:** 상황을 장악하거나 그 남녀에게 어떻게 살아야 하는지 훈계를 늘어놓는다.
- **9번 유형:** 문제를 일으키고 싶지 않아서 친절하게 대하며 안 된다고 말하지 못한다.

7장

# 대화와 배경: 장소를 드러내는 대화 쓰기

행동으로 하는 묘사는 정적인 묘사를 능가한다.
대화에도 마찬가지 원리가 적용된다.
대화로 하는 묘사는 정적인 묘사를 능가한다.

소설의 모든 요소 중에서 '배경'은 내게 늘 가장 어려운 요소였다. 그 이유는 내가 인간의 본성은 잘 관찰하면서도 주변 환경을 눈여겨보는 습관은 없기 때문이다. 가끔 친구와 산책을 하는데, 그 친구는 딱따구리의 재잘거림(그걸 대체 어떻게 알까?)을 듣고 그 새와 대화를 나누고 싶다며 한없이 멈춰 서곤 한다. 나무나 덤불을 지나칠 때면 그걸 만져보려고 걸음을 멈춘다. 곁에 그 친구가 없으면 나는 그런 것들이 눈에 들어오지 않는다.

내가 정말 좋아하는 일은 사람들의 이야기를 듣는 것이다. 그러니까 엿듣는 것. 소설 쓰기에서 내 특기는 대화 쓰기다. 언제인지 기억나지 않지만, 소설에서 대화문으로 공간을 드러낼 수 있다는 것을 알게 되자 신이 나서 짜릿할 정도였다. 더 이상은 애초에 '눈에 보이지도' 않았던 것들을 묘사하려고 긴 서술을 늘어놓지 않아도 된다는 뜻이었다. 그때부터 배경과 관련해서 내가 할 일은 인물이 보는 만큼만 보는 것이었다. 퍽 쉬운 일이었다. 내가 주로 창조하는 인물은 나와 그다지 다르지 않았기 때문이다.

물론 배경이 누구에게나 문제가 되는 건 아니다. 배경 묘사를 무척 좋아하며 몇 쪽에 걸쳐 쓱쓱 써나갈 수 있는 작가도 있다. 그러나 그것 역시 문제다. 순수소설을 쓰는 게 아닌 이상 몇 쪽에 걸친 묘사는 대개 독자가 원하는 게 아니며 독자는 그런 묘사를 자꾸 건너뛸 수도 있다. 물론 어떤 장르의 소설을 쓰느냐에 따라 다르다. 순수소설과 대중소설은 배경이 이야기를 이끌어가는 경우도 있지만 다른 장르에서는 단순히 이야기의 공간적 장소에 그치는 경우가 많다. 그리고 대화는 이를 나타내는 유용한 도구다.

물론 대화로 배경을 드러내기 위해서는 일단 인물을 잘 파악해야 한다.

## 배경 파악 전에 인물 파악이 먼저

우리는 인물의 대화가 각 성격에 맞게 자연스럽게 들리기를 바라는 만큼 소설의 배경 역시 현실처럼 느껴지기를 원한다. 그래서 이야기를 풀어놨을 때 독자가 관심을 보이며 소품이나 배경 등 모든 것을 진짜처럼 느끼기를 바란다. 그러려면 무엇보다도 먼저 인물을 파악해야 한다. 인물이 어떤 사람이며 어떤 기분을 느낄지 아는 상태에서 인물이 있는 배경을 묘사할 때 비로소 장면에 현실감을 불어넣을 수 있다. 다시 말해 작가는 인물이 배경에 대해 대화할 때 어떤 감정을 느끼는지 자연스럽게 이해할 만큼 인물을 잘 알아야 한다.

예를 들어 존이라는 인물이 폐소공포증이 있는데 소개팅을 한

답시고 북적북적한 시장 한복판에 갔다고 하자. 존은 노점에 들어가 가죽벨트에 감탄하는 따위의 행동은 하지 않을 것이다. 그러나 존이 오토바이 폭주족이라는 걸 보여주기 위해 가죽 벨트를 언급해야 한다면? 배경을 설정해야 한다는 필요에 휘둘리지 말고 현실감을 살리도록 해야 한다. 즉, 폐소공포증이 있지만 폭주족이기도 한 존이 대화를 통해 장면을 이끌게 해야 한다.

"와, 벨트 참 멋지군." 존은 노점 주인에게 고개를 끄덕이고 로리의 옆구리를 찌르며 말했다.

"전 벨트가 10개뿐이라서요."

나이 많은 남자가 몸을 부딪치자 존은 욕을 내뱉었다.

"정말이지 너무 덥지 않습니까?" 존은 바지 뒷주머니에서 손수건을 꺼내 머리에 동여맸다. "여긴 사람이 많아서 바깥보다 기온이 20도는 높을 겁니다." 존은 사람들 틈으로 몇 걸음 밖에 있는 텅 빈 보도를 간절하게 바라보았다.

이제 방법을 알았을 것이다. 행동과 서술을 일치시키면서 배경의 세부 사항을 대화 속에 엮어 넣어야 한다. 그래야 입체감이 살아난다.

작가가 인물을 아는 건 중요하다. 시애틀에 사는 인물이 과연 아침 출근길에 스페이스니들(시애틀의 랜드마크인 초고층 전망대)을 눈여겨볼까? 나는 시애틀에 사는데 그 건물이 워낙 눈에 띄는 데다 무척 높아서 가끔은 보지만 눈여겨보진 않는다. 아, 새해 전

날과 7월 4일 독립기념일에 꼭대기에서 불꽃놀이가 펼쳐질 때는 예외다. 그때는 밖에 나온 시애틀 시민이라면 누구나 시선이 갈 수밖에 없다.

한번 생각해보자. 휴가를 갔을 때 가족이나 친구와 둘러앉아 주말 동안 빌린 호텔 방에 대해 활기차게 의견을 교환하는가? 직장에서 동료들과 사무실 건물이나 벽 색깔, 책상 배열 방식, 칙칙한 깔개 등에 대해 자주 열띤 토론을 펼치는가? 아이들을 공원에 데려갔을 때 눈길이 느릅나무에 가는가, 아니면 아이들에게 가는가? 연못의 오리들을 보는가, 아니면 아이들을 보는가? 거기서 아이들을 데리고 나온 낯선 사람과 대화를 나누게 된다면 운동장 설비에 대해 이야기를 나눌까, 아니면 아이들에 대해 이야기를 나눌까?

무슨 말인지 알 것이다. 배경의 세부 사항을 장면에 끼워 넣는 작업은 약간 까다롭다. 실제 사람이든 소설 속 인물이든 자신이 있는 그 공간을 대화 화제로 삼지는 않기 때문이다.

그러나 구체적인 장소만 소설의 배경이 될 수 있는 건 아니다. 집이나 미용실이나 공원만이 아니라 어떤 산업, 직업, 조직도 소설의 배경이 될 수 있다. 인물들이 둘러앉아 장소에 대해 이야기를 주고받든지 그렇지 않든지, 작가가 그 배경을 속속들이 알고 인물을 잘 파악했다면 그 세부 사항을 대화 장면에 끼워 넣을 방법은 많다.

잠시 존의 이야기로 돌아가 보자. 대화 장면에 입체감을 불어넣기 위해 이런 대화를 넣으면 어떨까? "와, 이 멋진 정원 장식물 좀 봐요. 오, 수제 키친타월을 파는 노점도 있군요." 설마 폭주족 존이 이런 말을 할까? 그럴 일은 없을 것이다. 나는 사람들을 정형화하는 것을 무척 싫어하지만 이 폭주족을 정원 장식물과 수제 키친타월을 좋아하는 인물로 만들려면 시장에 오는 장면 전에 미리 이 점을 설정해 독자를 납득시켜야 한다. 그리고 그럴듯한 이유도 있어야 한다. 여기서 존은 오히려 "저기요! 저기 맥주 노점이 있는데요"라고 말하며 상대의 손을 붙잡고 정원 장식물과 수제 키친타월로 가득한 노점들을 죄다 지나쳐버릴 가능성이 높다.

인물을 잘 파악하자. 그러면 그가 시장 한복판이나 서커스장, 식료품 가게에서 무엇을 눈여겨볼지 알게 될 것이다. 그가 무엇을 볼 것이며, 본 것에 대해 뭐라고 말할지도 파악해두자. 보기는 했지만 별다른 말없이 지나쳐버릴 건 무엇인지도. 인물을 속속들이 알아두면 대화 장면은 생생한 현실감을 뿜어내는데 그거야말로 작가에게 가장 중요한 점이다.

## 초반에 배경을 설정하자

글로 쓴 이야기는 배우들이 스크린에서 연기하는 장면을 볼 수 있는 영화와 비슷하다. 작가는 독자가 인물을 '보기' 위해, 그리고 인물을 둘러싼 배경을 상상하기 위해 애쓰게 만들어서는 안 된다. 다시 말해 각 대화 장면 초반에 반드시 배경을 설정해야 한다. 대화로 장면을 시작한다면 배경의 세부 사항을 최대한 빨리 묘사해 인물의 모습과 대화가 오가는 장소가 독자의 머릿속에 떠오르게 해야 한다. 이러면 장면에 입체감을 불어넣어 인물의 대화가 허공에서 오가는 느낌을 주지 않는다.

배경을 묘사할 때는 상황이나 주제, 인물의 갈등을 심화시킬 세부 사항만 보여준다. 일단 대화에 어울리는 배경이 설정되면 한숨 돌려도 좋다. 단, 장면 속에 세부 사항을 꾸준히 끼워 넣어 인물이 물리적으로 어떤 환경에 있는지 독자가 줄곧 생생하게 떠올릴 수 있게 해야 한다.

### 대화문의 문제를 찾아라

직접 쓴 소설에서 배경이 조금이라도 주목받는 골치 아픈 대화 장면을 찾아 유심히 살펴보자. 그 장면을 늘어지게 하는 건 무엇인가? 다음 몇 가지 질문을 던지면 문제의 근원을 파헤치고 바로잡는 데 도움이 될 것이다.

- 세부 사항이 장면 속에 자연스럽게 스며들어 있는가? 자연스러움을 살리기 위해 장면을 어떻게 수정하면 될까?
- 혹시 그 장소에 가본 적이 없고 머릿속에 생생한 그림이 떠오르지 않아서 인물의 입으로 그 장소를 묘사하는 데 자신이 없는가? 좀 더 자신감 있게 대화문을 쓰기 위해 무엇을 할 수 있을까? 그 장소 또는 비슷한 곳을 찾아가야 할까?
- 인물이 무엇을 눈여겨보는지, 본 것을 어떻게 표현하는지 알 정도로 인물을 잘 파악하지 못한 건 아닌가? 좀 더 공을 들여 인물 개요를 작성해야 할까?

## 세부 사항은 너무 많아도 금물

대화문을 쓸 때 다음을 기억해두면 굉장히 도움이 된다. 바로 소설 속 대화가 현실 속 대화와 그다지 다르지 않다는 사실이다. 이 점을 염두에 두고 생각해보자. 최근에 다른 건 모두 배제하고 장소만을 화제로 삼아 대화한 적이 언제인가?

"오, 우린 서커스를 보러왔어. 저 팝콘 냄새 좀 맡아봐, 응? 참, 내가 좋아하는 건 솜사탕인데, 피에로를 보고 싶어 못 견디겠어. 어렸을 땐 피에로가 제일 좋았거든. 바닥에 깔린 톱밥이 정말 뽀드득거리네."

"무슨 말인지 알아. 코끼리들이 온다. 예쁜 조련사들이 코끼리의 목둘레 장식과 어울리는 분홍색 의상을 입고 있구나. 공중곡예사들은 어쩜 늘 저렇게 몸이 탄탄할까? 매일 몇 시간씩 운동을 하는 게 분명해."

"와, 저 폭스바겐에서 기어 나오는 피에로를 세는 중인데, 벌써 열한 명이야. 어떻게 저럴 수 있지?"

이 글은 전혀 매력이 없는 글이다. 장소에 대한 온갖 세부 사항이 대화에 들어가 있다. 대화는 장소를 설명하는 훌륭한 방법이지만 모든 것을 독자에게 한꺼번에 쏟아부으면 효과가 없다. 앞의 글은 이른바 '정보의 무덤'이며 절대 원하는 효과를 낼 수가 없다. 사람들이 실제로 말하는 방식과 달리 작위적이고 부자연스럽기 때문이다.

그럼 실제로 서커스장에 있는 듯 현장감을 주되 자연스러운 방식으로 대화에 세부 사항을 엮어 넣고 싶다면 어떻게 할까? 모든 건 장면이 전개되는 상황에 좌우된다. 작가로서 하고 싶은 말이 무엇이든 이에 따라 장면을 이끌어서는 안 된다. 반드시 인물의 욕구가 장면을 이끌어야 한다.

자, 그럼 이혼 위기에 처한 어느 부부가 네 살 난 아들을 데리고 마지막으로 함께 데이트를 하러 서커스장에 왔다고 해보자. 아내를 1인칭 시점인물로 설정하자. 중요한 건 행동이지만 장소에 현실감을 주어야 한다. 정보의 무덤을 만들면 안 된다.

"솜사탕 먹어도 돼요, 엄마?" 제이슨이 주변 광경에 놀라 눈을 휘둥그레 뜬 채 나를 보며 말했다.

"물론이지, 아가." 나는 솜사탕을 파는 남자에게 다가가 2달러를 내밀었다.

"하나 주세요."

"나도 하나 부탁해." 애런이 나를 보며 말하자, 그가 솜사탕을 얼마나 좋아하는지 기억이 났다.

우리가 관람석으로 가는 동안 발밑에서 톱밥이 뽀드득거렸다. 애런이 앞장서서 호랑이와 사자들이 갇힌 우리를 지나며 말했다.

"천막 속에서 서커스를 하던 시절 생각나?"

지난 10년 동안 서커스를 보러 왔을 때마다 그가 한 말이었다.

대말을 탄 피에로가 지나가다가 제이슨에게 웃음을 지으며 걸음을 멈추고 악수를 청했다.

"저 아저씨 키가 엄청 커요, 엄마." 제이슨이 말했다.

제이슨이 왜 모든 소감을 애런이 아니라 나에게만 얘기하는지 도무지 알 수가 없었다. 애런이 아들과 대화한 적이 거의 없기 때문일까?

먼저 나온 장면보다 이 서커스 장면이 왜 더 효과적인지 그 이유는 분명하다. 첫 번째 장면에 나오는 세부 사항은 장소를 부각하는 게 작가의 목표인 듯 작위적이다. 반면 두 번째 장면에서 세부 사항은 이야기의 정황에 녹아들어 있다. 장소가 배경막처럼 그려져 있기 때문이다. 그래서 훨씬 자연스럽다.

세부 사항을 최대한 빨리 장면에 끼워 넣으려는 생각은 잘못된 게 아니다. 오히려 좋다. 대화가 시작되면 독자는 이 대화가 어디에서 오가는 건지 머릿속으로 상상할 수 있어야 하기 때문이다.

## 배경의 세부 사항을 십분 활용하는 법

대화든, 행동이든, 서술이든 세부 사항이 생생해야 독자는 보고 듣고 만지고 맛보고 냄새 맡을 수 있다. 간단히 말해 독자가 소설을 감각으로 느껴야 한다.

대화를 쓸 때 기억해야 할 점이 있다. 인물이 다른 무언가를 묘사하기 위해 반드시 세부 사항을 풍부하게 쓸 필요는 없다는 것이다. 대부분의 작가는 사실 감각적인 세부 사항을 쓰는 데 창의력을 잘 발휘하지 못한다. 그러므로 무엇보다 인물의 말이 실제처럼 들리는 게 중요하다.

여러 번 강조했듯, 모든 건 어떤 장르의 소설을 쓰는지와 인물이 누구인지에 달려 있다. 그 예로 앤 라이스의 『뱀파이어와의 인터뷰Interview with the Vampire』를 살펴보자. 이 소설의 작가는 흡혈귀의 목소리를 통해 대화에서 배경의 세부 사항을 꽤 진지하게 묘사하고 있다.

흡혈귀인 루이스는 한 소년에게 딸 클라우디아와 다녀온 여행에 대해 이야기를 들려주고 있다. 이 대목에서 그는 수도원에 갔던 일을 묘사한다. 이 짧은 문단에서 얼마나 풍부하게 세부 사항을 이용하는지 자세히 살펴보자. 이는 배경의 극히 일부분에 불과하다.

> "얼마 후 우린 몸이 비집고 들어갈 만한 틈을 찾아냈는데, 커다란 구멍이었어. 주변의 벽보다 훨씬 시커멓고, 포도 덩굴이 뒤덮인 모습이 마치 돌을 제자리에 붙들어 두려는 것만 같았어. 널찍한 공간에선 눅눅한 바위 냄새가 코를 찔렀고, 저 높은 곳에선 줄무늬 구름 너머로 희미하게 반짝이는 별들이 보였지. 모퉁이에서 모퉁이까지 거대한 계단이 이어졌는데, 그 끝에는 계곡을 굽어보는 좁다란 창문이 있었어. 그리고 어둠 속에서 솟아오른 첫 번째 계단 밑으로, 수도원의 다른 방들로 이어지는 넓고 컴컴한 입구가 모습을 드러냈지."

이 대목은 독자의 시각과 후각에 가닿는다. 독자는 '포도 덩굴이 뒤덮인 커다랗고 시커먼 구멍'과 '반짝이는 별들'을 볼 수 있다. 눅눅한 바위 냄새도 맡을 수 있겠는가?

작가는 여기에서 멈추지 않는다. 이야기를 이어가는 루이스의 입을 통해 감각적인 세부 사항 묘사를 계속한다. 이번에는 독자의 청각에 호소한다.

"낮은 바람 소리만 배경이 되어줄 뿐이었어……. 그곳에 평평한 돌이 보였는데, 그 애가 뒤꿈치로 부드럽게 두드리자 속이 빈 듯 텅텅 소리가 났지."

클라우디아는 동작을 멈추고 귀를 기울이며 루이스에게도 그 소리를 들었느냐고 묻는다.

"너무 나직해서 인간이라면 절대 들을 수 없는 소리였지……. 바스락바스락 벅벅. 스치고 긁는 소리 같았지만 끊임없이 들려왔어. 그러더니 기운차게 쿵쿵대는 발소리가 점점 뚜렷해지는 거야……. 쿵쿵 걸음소리가 점점 커졌어. 매우 날카로운 발소리가 앞서 걷고, 질질 끄는 걸음이 뒤따르고 있다는 걸 알 수 있었지.

감각적 소리를 강조하는 와중에 작가는 촉각도 끼워 넣는다.

"클라우디아는 내 손을 꼭 잡았고, 살며시 힘을 주며 기울어진 계단 아래로 조용히 이끌었어……. 몸에 닿는 내 셔츠의 질감과 칼라의 빳빳함, 단추가 망토를 스치는 느낌까지 고스란히 전해졌지."

우리 모두 긴장감이 가득한 이야기, 독자가 숨을 죽이고 장면의 순간순간을 강렬하게 느낄 감각적인 세부 사항으로 이루어진 그런 이야기를 들려줄 수 있다면 얼마나 좋겠는가.

이 소설의 작가는 흡혈귀의 목소리를 통해 긴장감이 가득한 이야기를 쓰는 데 성공했다. 아마 폭력배나 배관공인 인물의 대화였다면 이런 세부 사항을 묘사할 수는 없을 것이다. 세부 사항의 수준은 같을지 모르지만 표현 방법은 다를 것이다.

대화로 배경의 세부 사항을 드러낼 때는 너무 흥분해서 쓸데없고 자질구레한 것을 잔뜩 집어넣어 대화를 복잡하게 만들면 안 된다. 분위기를 강조하거나 인물의 감정을 전달하거나 플롯을 전개하는 배경의 세부 사항만 넣자. 사실 각 세부 사항은 적을수록 더 눈에 띈다. 그리고 세부 사항이 예리할수록 배경은 더욱 부각된다.

대비는 배경의 세부 사항을 두드러지게 하는 또 다른 방법이다. 첫 번째 단락에서 '줄무늬 구름'과 '반짝이는 별들'이 눈에 띄는 까닭은 작가가 이미 독자의 머릿속에 '검은' 벽과 '컴컴한' 입구를 박아두었기 때문이다.

혹시 배경을 설정하려 하는데 대화에서 세부 사항이 부족해 문제라면 이미지를 시각화하는 연습을 해보자. 자신이 소설 속 배경에 있는 인물이라고 상상하자.

• 눈앞에 무엇이 보이는가?

• 어떤 냄새가 나는가?

• 손을 내밀어 무엇을 만질 수 있는가?

• 주변에서 무슨 소리가 들리는가?

• 뭔가 맛볼 수 있는 게 있는가? 무엇인가?

• 감각적 세부 사항에는 어떤 것들이 있는가?

## 대화로 배경 묘사하는 법

소설의 배경을 묘사할 수 있는 기술은 다양하다.

1. 인물이 특정한 배경에 등장할 때 전지적 시점에서 서술적으로 묘사하기

2. 인물이 어느 배경에 있을 때 그 배경에 대해 드는 생각을 서술하기

3. 뭔가 행동하거나 서로 추격하는 등 인물이 가능한 한 모든 방법으로 상호작용할 때 배경의 세부 사항 끼워 넣기

4. 대화

1번처럼 배경의 세부 사항을 서술적으로 묘사하면 정적으로 느껴질 때가 많다. 집 안의 가구나 도시 중심가를 설명한 문단이 몇 차례 이어지면 금세 싫증이 난다. 2번처럼 인물이 배경 한복판에 서서 주변을 둘러보며 '이게 뭐야!' 하고 생각해도 마찬가지

다. 하지만 장소를 묘사할 때 대개는 이 방법을 가장 먼저 떠올린다. 3번처럼 행동을 이용하는 건 썩 괜찮은 방법이다. 인물의 이동에 따라 작가가 배경의 세부 사항을 여기저기에 조금씩 분배할 수 있기 때문이다.

그러면 4번처럼 대화를 이용하면 어떨까? 생생하고 호기심을 자극하는 방식으로 독자의 관심을 끄는 인물의 입을 통해 배경을 보여주면 효과만점이다.

테리 굿카인드의 『마법사의 첫 번째 규칙Wizard's First Rule』에서 케일런은 다른 인물인 리처드에게 미래에 대한 긴장감까지 자아내며 배경을 설명한다. 그 배경을 향해해 목적지에 이르려면 그곳을 잘 알아두어야 하기 때문이다.

> 케일런은 불꽃을 물끄러미 바라보았다. "경계는 암흑세계의 일부예요. 암흑세계는 죽은 자들의 영토죠. 그들은 마법으로 이 세계에 들어와 있어요, 세 나라로 나눈 거죠. 우리 세계에 드리워진 커튼과 마찬가지죠. 산 자의 세계에 생긴 틈."
>
> "그럼 경계 속으로 들어가는 건, 뭐랄까, 다른 세계로 통하는 틈으로 떨어지는 것과 마찬가지란 뜻이오? 암흑세계로 말이오?"
>
> 케일런은 고개를 저었다. "아니, 우리 세계는 그 자리에 있어요. 암흑세계는 같은 시간 같은 장소에 존재하죠. 경계, 그러니까 암흑세계의 영토까지는 걸어서 이틀 걸리는 거리예요. 하지만 경계가 있는 땅을 걷는다면, 암흑세계를 걷는 셈이기도 해요. 거긴 황무지죠. 암흑세계에 닿은 생명이나 그 세계가 손을 댄 생명은 뭐든 죽

음과 닿은 거예요. 그래서 아무도 그 경계를 건널 수가 없어요. 거기 들어가는 건 곧 죽은 자들의 땅으로 들어가는 거예요. 죽은 자들의 세계에서 돌아올 수 있는 사람은 없어요."

"그럼 당신은 어떻게 돌아온 거죠?"

케일런은 불꽃을 바라보며 침을 삼켰다. "마법 덕분이죠. 마법으로 경계가 이곳으로 이동했고, 마법사들은 마법의 도움과 보호력으로 나를 안전하게 데려올 수 있으리라고 생각한 거예요. 마법사들에게도 주문으로 마법을 걸기란 무섭도록 어려운 일이었어요. 완전히 알지도 못하는 위험한 것을 상대하고 있었고, 마법을 부려 경계를 이 세계에 끼워 넣은 장본인이 아니었으니까 정말 효력이 있을지도 확실히 몰랐어요. 우리 중 누구도 어떻게 될지 알지 못했죠." 케일런의 목소리가 가늘고 희미해졌다. "난 거길 통과했지만, 그곳에서 완전히 벗어날 수 없을까 봐 두려워요."

여기서 작가는 '암흑세계, 죽음, 커튼, 틈, 황무지, 마법, 주문, 위험' 같은 단어를 사용해 독자가 잘 알지 못하는 배경인데도 그곳을 생생하게 보여준다. 이제 독자는 그곳이 온갖 무시무시한 것들로 가득한 흥미로운 세계란 걸 알게 되었으므로 그곳의 이야기가 어서 나오기를 고대한다.

여기에서 배경을 알리는 대화가 효과를 일으키는 까닭은 독자가 케일런을 믿기 때문이다. 그녀는 권위와 확신을 보여주며 말을 하고 있다. 그런데 독자가 케일런을 믿는 건 사실 이 장면의 시점이 리처드에게 있기 때문이기도 하다. 리처드는 케일런을 믿고 있고 그는 신뢰할 만한 인물이다.

다시 말하지만 대화문으로 묘사를 할 때는 인물을 잘 파악해서 그들이 배경을 설명할 때 어떤 세부 사항을 말할지를 생각해두어야 한다. 보다시피 케일런은 배경을 묘사할 때 심리적인 면을 깊이 파고든다. 케일런은 경계나 암흑세계의 물리적 외관만 묘사하지 않는다. 마법을 부린 마법사들과 그 행동의 의미를 설명하는데, 이는 물리적 외관만 설명하는 내용보다 훨씬 흥미롭다.

## 개성 있는 말투로 배경을 알릴 수 없을까?

내 학생들이 대화문으로 공간을 묘사한 원고를 읽어보면 인물의 말이 콘도회원권 판매원의 설명처럼 들릴 때가 있다. "그리고 이쪽 구석을 보시면 대리석 화로가 딸린 가스 벽난로가 설치되었고, 천장에는 스트로보 조명이 달려 있습니다." 대화로 배경을 묘사할 때 기억할 점은 인물의 목소리에 내내 개성이 있어야 한다는 것이다.

조이스 캐럴 오츠는 소설 『중년Middle Age』에서 꽤 멋진 솜씨를 보여준다. 로저와 열다섯 살짜리 딸 로빈은 자동차에 앉아서 죽은 삼촌 이야기를 하고 있다. 대화 속의 배경은 소설에서 비중 있는 부분은 아니지만 죽은 삼촌 애덤의 성격 묘사에는 중요한 역할을 한다.

로빈은 머뭇거리며 말했다. "엄마가 그러는데요, 거기 친구들한테서 들은 얘기라는데, 애덤 삼촌네 집에 뭐가 있었다면서요? 사람들이 보고 깜짝 놀랐다던데요?"

"뭐 말이냐?"

"오, 전 몰라요."

"어떤 거 말이냐?"

"그냥 소문이에요. 엄마 아시잖아요. 사람들이 해준 얘기 죄다 털어놓는 거."

"얘야, 뭘 말하는 거냐? 아빤 애덤의 재산 관리인이야. 그러니 알아야겠다."

"엄마가 들은 말로는, 애덤 삼촌이, 그러니까, 돈을 잔뜩 숨겨뒀다면서요? 상자 속이었나? 그러니까, 지하실에 묻어뒀다더라고요? 수백만 달러쯤?" 로빈은 아빠를 빤히 바라보았다. 아빠의 찡그린 얼굴을 보며, 로빈은 말했다. "전 그 말 안 믿어요. 애덤 삼촌에게 그런 돈이 있었음 왜 숨겨뒀겠어요? 아니, 대체 누가 그런 짓을 하겠어요? 은행에 넣지, 맞죠? 엄마한테도 그렇게 말했어요. 엄만 귀가 얇아서 탈이라니까요."

둘이서 잠시 그게 얼마나 터무니없는 이야기인 대화하다가 로빈이 말을 잇는다.

"전 삼촌의 지하실에 몇 번 가봤어요. 우리 다 같이 놀러 갔을 때요. 아마 제가 열 살 때였을 걸요. 아주 오래전이죠."

"그래?"

"낡은 지하실이었어요. 오싹할 정도였죠. 애덤 삼촌은 거기 시체가 묻혀 있을지도 모른다고 했어요. 아주 오래된 시체 말이에요! 그러니까, 오래전에 그 집은 선술집이었으니까 그때 살해되어서 지하실에 묻혔을 거라고요. 정말 그랬을까요?"

작가는 애덤의 괴벽을 보여주려고 배경의 세부 사항을 활용한다. 독자는 이로써 애덤이 낡은 집에 돈을 숨기고 조카에게는 지하실에 시체가 묻혀 있을지도 모른다고 둘러댔을 가능성이 있다는 것을 알 수 있다. 로빈은 삼촌과 그의 오싹한 집과 지하실에 대해 이야기한다. 그러나 로빈이 많은 부분을 질문으로 표현한다는 점에 주목하자. 로빈은 소설에서 내내 이런 식으로 말하는데, 이는 말끝을 올리며 질문으로 말을 마무리하는 십 대의 전형적인 말투다.

이처럼 인물이 장소를 묘사할 때는 그의 성격을 반드시 기억하고 개성 있는 목소리를 내도록 해야 한다.

## 다양한 장르, 다양한 배경

소설의 장르와 배경, 인물은 다양하다. 특정한 장르에서 특정 인물이 특정한 배경에 대해 이야기할 때는 다른 장르의 다른 인물이라면 생각하지 못하는 내용을 말해야 한다. 다음 예시를 보자. 서로 다른 장르의 세 소설에서 전혀 다른 세 인물이 서로 다른 배경에 대해 이야기한다.

먼저 조앤 K.롤링의 판타지소설 『해리 포터와 마법사의 돌Harry Potter and the Sorcerer's Stone』의 한 단락을 보자. 해리의 이모부인 더즐리는 뉴스를 보고 있다. 지역 아나운서와 일기예보관이 그날따라 영국에 일어난 기이한 일을 보도하며 배경의 일면을 묘사한다.

두들리를 재우고 난 후, 그는 거실로 때맞춰 돌아와 저녁 뉴스의 마지막 보도를 볼 수 있었다.

"마지막 소식입니다. 영국 전역의 조류 관찰자들에게서 오늘 곳곳의 올빼미들이 매우 기이한 행동을 했다는 보고가 올라왔습니다. 올빼미는 대개 밤에 사냥을 나가며 낮에는 거의 모습을 드러내지 않는데, 날이 밝은 이후 사방에서 올빼미 수백 마리가 날아가는 광경이 포착되었습니다. 전문가들은 올빼미들이 왜 급작스러운 수면 양상 변화를 보이는지 설명하지 못하고 있습니다."

아나운서는 일기 예보관에게 마이크를 넘겼고 대화는 이어진다.

"네, 테드 씨." 일기 예보관이 말했다. "그 점에 대해서는 잘 모릅니다만, 오늘 이상 행동을 보인 건 올빼미뿐만이 아닙니다. 켄트와 요크셔, 던디와 같이 먼 지역의 시청자들에게서 제가 어제 예보했던 비가 아니라 유성이 쏟아지고 있다는 제보가 들어오고 있습니다!"

올빼미와 유성은 더즐리네에 해리가 도착했다는 증표다. 그리고 이 소설의 작가는 창의적인 방법 즉, 저녁 뉴스를 통해 이 판타지소설의 배경을 묘사하고 있다.

다음은 팻 콘로이의 대중소설 『정의의 사관The Lords of Discipline』의 한 대목이다. 주인공 윌은 오랜 친구 애비게일에게 사관학교에 대한 느낌을 말하고 있는데, 사관학교는 이 소설의 가장 중요한 배경으로 장미를 보는 애비게일의 느낌에 비유된다.

> "나는 사관학교가 동일함을 표방한다고 생각했어. 모두 똑같은 옷을 입고, 똑같은 표정을 하고, 똑같은 규칙에 따르는 등등. 하지만 우리는 저마다 달라. 난 이 정원에 오면 장미가 모두 똑같아 보이는데 넌 사관학교의 열병식을 보면서 사관생도 2,000명이 모두 똑같다고 생각하겠지. 하지만 주의 깊게 보면 그 생도들도 네 장미와 똑같아. 모두가 달라. 저마다 놀랍고 비범한 존재야."

이 작품은 대중소설이므로 대화와 묘사, 행동마저도 소설의 주제를 드러내는 보편적 진술문이어야 한다. 여기서 윌은 말하면서 배경을 묘사하고 있지만 동시에 자신이 믿는 인간이 지닌 진실에 대해 진술하고 있다. 보다시피 그의 목소리는 『해리 포터와 마법사의 돌』에 등장하는 아나운서의 목소리와 다르다.

마지막으로 패니 플래그의 순수소설 『프라이드 그린 토마토Fried Green Tomatoes at the Whistle Stop Cafe』의 한 대목을 보자. 이 장면에서 에벌린 카우치와 나이 많은 스레드굿 부인은 로즈 테라스 요양원 면회실에 앉아 있는데, 이제 들어줄 상대가 생긴 스레드

굿 부인은 자신이 살아온 인생 이야기를 끊임없이 풀어놓는다. 당연히 그녀의 목소리는 『해리 포터와 마법사의 돌』에 나오는 아나운서나 『정의의 사관』에 나오는 윌의 목소리와 매우 다르다.

> "철도가 뒤뜰을 가로질렀는데, 여름날 밤이면 그곳에 반딧불이가 가득했고 철로를 따라 마구 자란 인동덩굴 냄새가 코를 찔렀다우. 아버진 집 뒤편에 무화과나무와 사과나무를 심었고, 엄마에게 정말 아름답고 하얀 격자무늬 정자를 지어주었다우. 등나무 덩굴이 탐스럽게 뒤덮인 정자였고…… 집 뒤에선 사방에 앙증맞은 분홍 장미가 자랐지. 오, 댁도 그걸 봤어야 하는데 말이우!"

이 소설은 대부분 회상으로 이루어지기 때문에, 이런 대화는 그 장소가 나오는 장면에 이르기 전에 미리 배경을 소개하는 창의적인 방법이다. 독자는 휘슬스톱 마을의 유명한 주민이 노인 특유의 목소리로 들려주는 이야기를 통해 그 마을에 정감을 느끼게 된다.

## 배경 서술을 대화에 엮는 법

앞서 6장에서 우리는 서술을 대화에 엮는 방법을 살펴봤다. 이제는 특히 배경 서술을 대화에 엮는 방법을 알아보려 한다. 제대로 하면 이야기를 전개하는 동안 장면 곳곳에 배경을 드러낼 수 있다. 사실 당연히 그래야만 한다. 그렇지 않으면 행동과 대화는 진공 상태에서 일어나는 느낌을 준다. 화면에서 입만 뻥긋하는 사람들만 잔뜩 만들어서는 안 된다. 인물이 어딘가에 있는 모습을 독자가 상상할 수 있게 해야 한다.

배경 서술을 대화에 엮으면 정보의 무덤으로 빠질 위험에서도 벗어날 수 있다. 뒷이야기와 성격 묘사, 세부 사항들로 가득한 긴 문단이 줄줄이 이어지면 쓰기도 지루할뿐더러(작가인 우리도 뭔가 잘못되었다고 느낀다) 그보다는 읽기에도 지루하므로 좋지 않다. 그러므로 장면 속에 배경의 세부 사항을 대화에 끼워 넣기 위해 최대한 노력해야 한다.

로나 랜드비크의 『불타는 호수 위 당신의 오아시스Your Oasis on Flame Lake』의 다음 단락은 어떻게 하면 되는지 모범이 되어줄 것이다.

> 달시는 명연주가라도 되는 듯 기타 치는 시늉을 하며 「곁에 있는 사람을 사랑해요」라는 노래에 맞춰 엉덩이를 흔들어댔고, 나는 전구를 돌려 소켓에 끼우려고 애쓰며 웃고 있었다. 그때 세르지오가 가스가 폭발한 듯 요란하게 우당탕 문을 박차고 들어왔다.
>
> "끝내주는데." 세르지오는 내가 린에게 사줬던 보석상자 속의 작은 플라스틱 발레리나처럼 빙글빙글 돌았다. 난 사다리에 별로 높이 올라가지도 않았는데 세르지오를 볼 수가 없었다. 빙빙 도는 모습에 눈이 핑핑 돌 정도로 어지러웠으니까.
>
> "와." 세르지오를 따라 들어온 프래니가 말했다. 프래니는 소파에 쿵 주저앉아 베개를 가슴에 끌어안았다. "꼭 나이트클럽 같아."

달시는 기타 연주 흉내를 집어치우고 프래니 옆으로 몸을 휙 날렸다.

여기서 밑줄 친 부분은 눈여겨보라는 뜻으로 내가 표시한 것이다. 이 단락은 배경에 큰 비중을 둔 장면은 아닌데 필요하다면 훨씬 다양하게 바꿀 수 있다. 예를 들어 인물이 부유하다는 점을 나타내고 싶으면 시점인물이 평범한 전구를 소켓에 꽂는 대신 '크리스털 촛대'의 전구를 갈아 끼우면 된다. 소파를 '밍크 담요가 걸쳐진 커다란 검은 가죽 소파'로 바꿔도 좋다. 정반대로 '천장에 매달린 25와트짜리 백열전구'와 '한 귀퉁이가 쭈글쭈글하고 개 냄새를 풍기는 낡은 담요가 깔린, 추레한 붉은 매트리스'라고 해도 좋다. 대화 장면을 이용해 배경을 묘사하는 방법은 인물에 대해, 또는 이야기에 대해 무엇을 전달하고 싶은지에 따라 달라진다.

## 배경을 합치는 방법

배경을 합치는 가장 효과적인 방법은 소설 구성의 세 요소 즉 대화, 서술, 행동을 활용하는 것이다. 그러면 공간은 곧 소설의 배경이 된다. 다른 인물과 마찬가지로 늘 그 자리에 있어주는 것이다. 재능 있는 작가만이 이 일을 해낼 수 있고 자연스러움을 보일 수 있다.

캐서린 던은 그런 작가다. 그는 자신의 충격적인 소설(충격적이란 말은 진심이다. 정말이지 얼마나 큰 충격을 받았는지!) 『어느 유랑극단 이야기Geek Love』에서 한 장면에 모든 것을 보여준다. 이 소설은 순회 서커스단 가족의 이야기다. 주요 인물은 부모와 다섯 자녀다. 팔다리가 물갈퀴라서 수중 소년으로 유명한 아르투로, 엉덩이가 붙은 샴쌍둥이인 엘렉트라와 이피게니아, 주인공인 곱사등 올림피아, 물체를 옮기는 염력을 지닌 포르투나토, 그리고 살충제에다 비소, 방사성동위원소 등 아기들을 좀 더 '특별하게' 만들어주는 약이라면 뭐든 삼키는 어머니 릴 비뉴스키. 그녀가 약을 먹은 까닭은 삶의 터전이기도 한 순회 서커스로 남편과 먹고살기 위해서다. 이 장면에서 아버지는 자녀들에게 이제는 매우 친숙해진 이야기, 즉 자식들을 서커스의 인기 스타로 이용하는 '비뉴스키 기형아 쇼'를 어떻게 착안하게 되었는지를 들려주고 있다. 이야기는 올림피아의 1인칭 시점으로 서술된다.

> "오리건주 포틀랜드였지. 사람들이 로즈시티라고도 부르는 곳이었는데, 도무지 되는 일이 없다가 1, 2년 후에 포트로더데일에 머무르게 됐어."
>
> 그때 아빠는 하루도 맘 편히 쉬지 못하고 별 쓸모도 없는 일로 골치를 앓고 있었다. 아빠는 산 중턱에 있는 공원으로 차를 몰고 가서 산책을 했다. "그곳에서는 몇 킬로미터 밖까지 훤히 보였어. 그리고 정자와 격자 울타리와 분수가 있는 커다란 장미 정원이 하나 있었지. 벽돌로 만든 길이 굽이굽이 이어졌고." 아빠는 한쪽 테라스에서 다른 쪽 테라스로 이어지는 계단에 앉아서 실험용 장미

를 무심히 바라보았다. "실험용 정원이었고, 색깔은 인위적으로 만들어낸 거였어. 줄무늬가 있고 꽃잎이 여러 겹이었지. 꽃잎 속 색깔과 바깥 색깔이 서로 달랐어……."

(……) 그렇게 장미를 보며 아빠는 생각하기 시작했다. 그 괴이함이 얼마나 아름다운가, 그 괴이함 덕분에 장미의 가치가 얼마나 높아질까.

"정신이 번쩍 들었다. 분명하고도 확실하게! 더는 따져볼 필요도 없이." 아빠는 아이들도 인위적으로 만들어낼 수 있다는 걸 깨달았다. "그래서 난 마음속으로 생각했지. 사람의 관심을 끌 장미 정원을 만들자!"

우리 아이들은 웃음을 지으며 아빠를 껴안았고 아빠는 우리를 둘러보고 히죽 웃곤 했다. 그리고 쌍둥이들에게는 음료 마차에서 코코아가 든 병을 가져오라고 하고 나에게는 팝콘 자루를 가져오라고 했는데, 빨간 머리 여자아이들은 구내매점 문을 닫고 나서 그걸 아무렇게나 밖에 내던져 놓기 때문이었다. 그리고 우리 모두 따뜻한 짐마차 칸에 아늑하게 둘러앉아 팝콘을 먹고 코코아를 마시며 아빠의 장미가 된 기분에 젖곤 했다.

이 소설의 작가는 과거와 현재를 오갈 뿐 아니라 대화와 서술과 행동을 번갈아 사용하며 이야기가 일어나는 장소를 느끼게 하고, 동시에 이야기의 주제로 향하는 문을 연다. 참 마음에 드는 방식이다. 달필이다. 이런 일을 해낼 수 있다면 누구나 달필의 경지에 오를 수 있다.

내가 온라인 작가 워크숍에서 하는 비소설의 기초 강의에서 특히 즐겨 쓰는 장소 관련 표어가 있다. '행동으로 하는 묘사는 정적인 묘사를 능가한다.' 대화에도 마찬가지 원리가 적용된다. 대화로 하는 묘사는 정적인 묘사를 능가한다. 시점인물이 배경을 화제 삼아 다른 인물과 활발하게 논의하는 장면이 있다면 절대 서술로 배경을 묘사하지 말자. 이게 이번 장의 요점이다.

앞에서 우리는 대화를 통해 소설을 전개하는 법, 대화와 서술과 행동을 엮는 법, 대화를 성격 묘사의 도구로 쓰는 법을 배웠다. 그리고 이 장에서는 대화를 통해 소설의 배경을 나타내는 법을 배웠다.

다음 장에서는 대화가 장면과 속도감에 어떤 영향을 미치는지 살펴볼 것이다. 대화를 이용하면 상황을 빠르게 전개할 수도 느리게 전개할 수도 있다. 계속 읽어나가면서 소설을 더욱 능숙하게 통제하는 법을 터득하자.

## 실전 연습 01

인물을 파악하는 방법을 연습해보자.

제리는 컴퓨터광으로, 저수지 인근의 큰 공원에서 열리는 아내의 직장 야유회에 따라가는 중이다. 아내는 공중위생국에서 일한다. 장소에 초점을 맞춘 대화 장면 두 쪽을 써보자. 제리는 장소의 어떤 점을 눈여겨보며 입 밖으로 무슨 말을 꺼낼까?

## 실전 연습 02

초반에 배경을 설정하는 방법을 연습해보자.

다음 장소 중 한곳에서 일어나는 두 인물의 대화 장면을 두 쪽 쓰되, 장소를 조금 수정해도 좋다. 장면의 처음부터 끝까지 배경의 세부 사항을 끼워 넣는 데 중점을 두자. 그리고 배경을 본 인물의 소감이나 대화, 행동을 통해 세부 사항을 드러낼 수 있음을 기억하자.

- 록 콘서트
- 알코올 의존자 모임
- 회사 사무실
- 쇼핑몰
- 자동차 안

## 실전 연습 03

세부 사항을 적절하게 넣는 법을 연습해보자.

등장인물들이 겨울 유원지로 들어가고 있다. 둘은 첫 데이트 중이며, 도시를 뒤로하고 그날은 스키장에 가서 스키를 타기로 했다. 두 인물 중 여자는 캘리포니아 출신으로 눈은 어렸을 때 딱 한 번 본 게 전부다. 여자의 시점에서, 차에 같이 탄 남자에게 하는 말로 배경을 묘사하자. 목표는 정보의 무덤을 만드는 게 아니라 배경의 특색을 서서히 드러내는 것이다. 너무 빨리, 너무 많이는 금물이다.

배경의 세부 사항을 십분 활용하는 법을 연습해보자.

시애틀 중심가에는 파이크 플레이스 마켓이라는 곳이 있다. 음식을 팔거나 수제 의복, 보석, 가죽 제품 및 별의별 것을 탁자에 올려두고 파는 노점들이 야외에 줄지어 있다. 한쪽에서는 상인들이 손님들을 즐겁게 해주려고 물고기를 주거니 받거니 던져댄다. 이곳에서는 떠올릴 수 있는 모든 종류의 생선을 살 수 있다. 이곳은 생기와 활력이 넘치는 곳, 오감을 만족시키는 곳이다. 도시 외부에서 찾아온 두 인물의 대화 장면을 두 쪽 써보자. 오감이 모두 드러나는 설명적인 대화로 이 장소를 묘사하자.

### 실전 연습 05

대화로 배경 묘사하는 법을 연습해보자.

등장인물인 제이니는 맹인 친구인 달시를 데리고 생전 처음 라스베이거스에 가고 있다. 제이니는 아이오와의 작은 도시에 살면서 초등학교 2학년 부담임을 맡고 있다. 라스베이거스에 가본 적은 딱 한 번이다. 제이니의 3인칭 관찰자 시점으로, 제이니가 그 도시의 광경과 소리를 묘사하는 한 쪽짜리 대화 장면을 쓰자. 묘사적이고 활동적이고 구체적인 동사를 가능한 한 많이 활용하자.

### 실전 연습 06

개성 있는 말투로 배경을 알리는 법을 연습해보자.

다음 인물 중 한 명, 또는 모든 인물이 할리데이비슨 박람회를 묘사하는 한 쪽짜리 대화 장면을 쓰자.

- 불교 수도승
- 어린아이
- 선거 입후보자
- 닌자오토바이광
- 정신병원 탈주자

### 실전 연습 07

다양한 장르에 따라 다양한 배경을 설정하는 법을 연습해보자.

지금 쓰고 있는 소설이 장르소설인지 대중소설인지 순수소설인지를 정한다. 그런 다음 한 인물이 다른 인물과 대화하는 한 쪽짜리 장면을 쓰되, 배경을 묘사하면서 장르에 맞는 목소리를 유지하자.

현재 쓰고 있는 소설이 없다면 장르를 골라 주인공이 다른 인물에게 배경에 대해 이야기하는 장면을 쓴다. 아니면 다음 중 하나를 고르자.

- **로맨스소설:** 여주인공이 남자에게 하와이 해변을 묘사한다.
- **공포소설:** 두 등장인물이 텅 빈 창고 안에서 모퉁이를 돌다가 그 곳이 사실 텅 빈 곳이 아니라는 것을 알게 된다.
- **모험소설:** 한 인물이 다른 인물에게 다음 범행 계획을 들려주며 그를 가담시키려 한다.
- **SF소설, 판타지소설:** 한 인물이 다른 인물에게 초자연적인 장소를 묘사한다.
- **스릴러소설:** 두 인물이 시신이 계속 발견되는 도시의 한 구역에 대해 이야기를 나눈다.
- **미스터리소설:** 한 여자가 친구에게 의심스러워 보이는 집에 대해 이야기한다.
- **순수소설:** 한 여자가 할머니의 농장에서 보낸 시간을 머릿속에 떠올리며 다른 인물에게 이야기를 들려준다.

### 실전 연습 08

배경 서술을 대화에 엮는 법을 연습해보자.

다음 공간에서 일어나는 대화 장면을 한 쪽 쓰되, 등장인물들의 대화에 서술적 세부 사항을 엮는다.

• 도시 변두리의 우중충한 술집
• 해변 도시의 제과점
• 공터
• 복장도착자의 옷장
• 동물원

실전 연습 09

배경을 합치는 방법을 연습해보자.

한 아버지가 열 살짜리 아들을 데리고 어린 시절을 보낸 고향으로 휴가를 갔다. 아버지의 생각과 말, 행동을 활용해 서술적 대화 장면을 두 쪽 쓰자.

8장

# 대화의 속도: 빠르게 갈까, 느리게 갈까?

소설은 어딘가를 향해 나아가야 한다.
그러려면 속도를 내야 한다.
작가가 사용할 수 있는 모든 도구 중에서
대화야말로 가장 재빨리 현장감을 줄 수 있다.

"어디 봅시다." 말이 느린 소도시 경찰이 내 자동차 창 밖에 서서 말했다. 사실 말이 느리든 빠르든, 아예 말을 못하든 상관은 없다. 경찰만 보면 겁을 먹는 내가 문제다.

"시속 90킬로미터 구간을 약 110킬로미터로 운전하셨군요. 흠, 딱지를 떼야겠습니다."

맘대로 하시라고요. 얼른 도로로 돌려보내 주기만 해요. 이렇게 차에 앉아 당신이랑 이야기를 나누고 있는 이 모욕적인 순간에서 벗어날 수 있게 서둘러만 달라고요.

그가 딱지를 끊으려 경찰차로 돌아가자 나는 '말도 안 돼'라고 마음속으로 투덜거렸다. 딱지 한 장 없이 거의 스무 해를 운전했는데 이렇게 되다니. 다시 말하면 정말 1년 정도만 더 있으면 딱 20년을 기록할 뻔했다.

"좋습니다, 110킬로미터 대신 104킬로미터로 해드리죠. 그럼 벌금이 좀 줄어들 겁니다."

"전 거의 20년 동안 딱지를 뗀 적이 한 번도 없어요." 나는 이

사소한 정보라도 주면 그가 나 때문에 한껏 자부심을 느낄까 싶어 이렇게 말했지만, 돌아온 건 쭉 찢은 딱지뿐이었다.

"대단하지 않아요?"

"그럼요, 대단하고말고요." 그가 딱지를 건네며 대답했다. "이 근처를 지날 때는 조심하십시오. 저희 소도시 경찰은 차에 앉아 있다가, 부인처럼 목적지로 가는 도중에 저희 도시를 쌩 통과하는 사람들을 잡는 일 말고는 달리 할 일이 없답니다."

이는 내가 겪은 실제 이야기다. 아직도 그때의 고통이 느껴진다. 이 이야기의 요점이 뭐냐고? 그때 내 차는 과속했을지 몰라도, 지금 내 이야기는 소도시 경찰 아저씨가 나온 순간 곧바로 느려졌다. 우리의 대화는 빠르지 않았다. 그리고 그건 단순히 그 경찰관이 조금도 서두르지 않은 탓이었다. 속도가 느린 인물을 빨리 움직이게 할 수는 없다. 그런 인물은 두 가지 속도로만 움직인다. 느리거나, 되감거나. 속도가 빠른 인물도 마찬가지다. 빠르거나, 앞으로 돌리거나. 그러므로 등장인물의 말을 얼마나 느리게 할지, 얼마나 빠르게 할지 결정하려면 그를 잘 파악해야 한다.

## 이야기 속도는 어떻게 조절할까?

모든 이야기에는 그 나름의 속도가 있다. 대부분의 순수소설과 많은 대중소설은 시작부터 끝까지 천천히, 편안한 속도로 전개된다. 이 소설들은 인물의 철학과 인생 전략을 장황하게 늘어놓으며 때로는 대화로 전개 속도를 느리게 만들기도 한다. 물론 이는 작가가 자신이 하는 작업의 의미를 정확히 알 경우에 그렇다. 느리게 전개되는 대화를 읽는 편이 긴 문단으로 이루어진 철학적 서술을 읽는 것보다 낫다.

장르소설은 대개 빨리 전개되면서 대화와 행동이 더 많이 나오고 속도가 느린 서술은 더 적게 나온다. 순수소설이나 대중소설처럼 인물이 아니라 대개 플롯이 이야기를 끌어가기 때문이다. 인물을 성장시키는 서술보다는 플롯을 전개하는 행동에 주안점을 둔다.

어떤 소설을 쓰든 작가는 속도를 의식해야 한다. 인물이 이야기를 이끄는 순수소설은 당연히 액션소설보다 더 사색적으로 전개된다. 소설에서 대화는 대개 속도를 높이지만, 여기에도 물론 예외는 있다. 예를 들어 느리게 말하는 인물이 있어서 그가 나타나는 장면마다 행동과 인물이 정지 상태라고 할 지경일 수 있다. 그러나 이건 예외다. 여기서 우리는 일반적인 규칙을 살펴봐야 한다.

대화는 대개 모든 속도를 높인다. 어떤 소설을 쓰느냐에 따라 그에 맞는 리듬을 만들도록 빠른 장면과 느린 장면을 둘 다 활용해 이야기를 엮으면 된다.

지금 스릴러소설을 쓰고 있는데 이야기를 계속 진개헤야 한다고 해보자. 그럼 이때 초점은 속도감 있는 대화와 행동에 맞춰지며 서술은 필요할 때만 삽입된다. 인물들은 곤경에 처했다는 것을 깨닫고 빠져나올 방법을 궁리할 때를 빼고는 생각을 많이 하지 않는다. 생각을 하는 장면은 극적이지 않기 때문에 시점인물이 숨을 돌릴 수 있도록 가끔씩 전략적으로 배치된다. 그때를 빼면 이야기는 계속 나아간다. 그리고 속도감 있는 부분은 대개 대화가 차지한다.

우리가 터득해야 하는 건 대화로 이야기 속도를 조절하는 방법이다. 이 방법을 알지 못하면 독자가 졸게 될지 아니면 눈을 번쩍 뜨고 빨리 책장을 넘기게 될지 감을 잡을 수 없다. 말이 나온 김에 하는 말인데, 핵심이 깃든 대화를 쓸 줄 알게 되면 순수소설이나 대중소설에서도 독자가 책장을 빨리 넘기게 만들 수 있다.

작가가 이야기 속도를 조절하지 못하는 이유는 단 하나, 아무 생각 없는 태도 때문이다. 글을 쓰면서 속도를 생각하지 않는 이가 많다. 이제부터는 속도를 생각하자. 소설을 다 쓴 뒤 비평가의 하품과 멍한 눈을 마주한 후에야 후회하지 말고 말이다. 대부분의 소설은 너무 빨라서가 아니라 너무 느려서 문제다. 초고를 쓰는 동안이야말로 속도를 생각할 때다.

이 장에서 우리의 목표는 두 가지다. 첫째, 이야기의 속도를 의식적으로 생각하는 것. 둘째, 속도를 조절하는 수단으로 대화를 활용하는 법을 익히는 것.

## 대화로 이야기에 가속도 올리는 법

이야기는 전개되면서 가속도가 붙는다. 글을 쓰다 보면 상황이 나아질 거라 생각하며 처음에는 천천히 시작해도 된다는 말은 아니다. 우리에게는 그런 사치를 누릴 여유가 없다. 대화가 오가는 동안 장면의 배경에 인물을 넣어 갈등을 만들고 감정을 끌어내야 한다. 현실 속에서 대화를 하다 보면 이리저리 꼬일 때도 있고 가끔은 대체 왜 그런 대화에 말려들었는지 의아해질 때도 있다. 왜일까? 대화에는 그 나름의 가속도가 생기는데 이를 만드는 것은 다름 아닌 인물이다. 우리는 인물들이 서로 필요한 대화를 나누도록 내맡길 만큼 그들을 신뢰해야 한다. 쉽지만은 않은 일이다. 우리는 작가로서의 계획이 있고 그 계획을 인물에게 강요하기 마련이기 때문이다. 그러나 그렇게 하면 인물은 연설을 늘어놓게 되고 그들이 하고 싶은 말이 아니라 작가가 하고 싶은 말을 대신하면서 온갖 삼천포로 빠지고 만다.

존 케네디 툴의 코믹소설 『바보들의 결탁Confederacy of Dunces』에 나오는 다음 장면을 보자. 주인공 이그네이셔스 라일리는 핫도그를 팔려고 어느 여성 예술인 단체의 그림 전시회에 간다. 이 장면은 이그네이셔스가 그림에 다가가며 천천히 시작되다가 그가 그림을 꽤 노골적으로 비평하기 시작하면서 속도가 붙는다.

> 골목길은 커다란 모자를 쓰고 옷을 잘 차려입은 여자들로 만원이었다. 이그네이셔스는 수레 머리를 그 인파 속으로 들이밀고 앞으로 나아갔다. 한 여자가 빅치프에 쓰인 문구를 읽고 비명을 지르더니 동료들을 불러 모아, 이 전시회에 나타난 소름끼치는 망령에게서 비켜서게 했다.
>
> "핫도그 드시겠습니까, 숙녀 분들?" 이그네이셔스가 쾌활하게 물었다.

여자들의 눈이 문구와 귀걸이, 스카프, 단검을 훑어보더니 저리 가달라고 애원했다. 비만 와도 전시회에 큰일이 날 텐데, 이 무슨 봉변이람!

"핫도그요, 핫도그!" 이그네이셔스가 살짝 짜증이 난 목소리로 말했다. "위생적인 파라다이스 주방에서 만든 진미라고요."

곧이어 정적이 흐르는 가운데, 이그네이셔스가 힘차게 트림했다. 여자들은 하늘과 대성당 뒤편의 작은 정원을 바라보는 척 딴청을 피웠다.

이제 이 소설의 작가는 이그네이셔스가 잠시 수레를 버려두고 여자들의 꽃 그림을 세밀히, 그러니까 비판적으로 뜯어보는 서술 문단을 삽입한다.

"오, 맙소사!" 이그네이셔스가 울타리를 따라 이리저리 어슬렁거리다가 고함을 질렀다. "이 허접한 것들을 사람들 앞에 내놓을 생각을 하다니!"

"부탁인데, 비켜주시죠, 선생님." 한 대담한 여인이 나섰다.

이그네이셔스는 단검을 들고 눈에 거슬리는 목련 파스텔화를 찌를 듯이 가리키며 말했다.

"목련은 저렇게 생기지 않았습니다. 숙녀 분들께선 식물학 수업을 들으셔야 하겠군요. 가능하면 기하학 수업도요."

"우리 작품을 꼭 봐줄 필요는 없는데요." 무리 속에서 감정이 상한 목소리가 들렸는데, 바로 문제의 목련을 그린 여자의 목소리였다.

"아니, 봐야죠!" 이그네이셔스는 빽 소리쳤다. "여러분에겐 취향과 품위를 갖춘 비평가가 필요합니다. 세상에! 이 동백꽃은 대체 어느 분이 그렸습니까? 말을 해보세요. 이 수반에 담긴 물은 꼭 자동차 기름 같군요."

"상관 말고 가주세요!" 날카로운 목소리가 말했다.

"차나 브런치를 내오는 일 따윈 그만들 두시고 그림 그리는 법이나 제대로 배우셔야겠습니다!" 이그네이셔스가 격렬하게 고함쳤다.

대화 장면에 가속도가 생기고 이야기가 진정으로 전개되는 것은 인물 한두 명이 감정이나 견해를 표현하기 시작할 때부터다. 즉 인물들의 계획이 충돌하기 시작할 때, 한 인물이 다른 인물들에게서 원하는 것을 얻지 못할 때 이야기는 나아간다. 앞 장면에서 이그네이셔스는 방식이 좀 별날 뿐이지 실은 자신의 일을 하고 있었는데, 그래도 본성은 어쩔 수 없는지라 입을 다물고 있지 못하고 자신의 의견을 마음속에만 담아두지 못한다. 물론 그녀가 입을 열고 예술이라는 이름으로 눈앞에 펼쳐진 행위가 얼마나 소름끼치는지 표현하기 시작한 순간 장면에는 속도감이 붙는다. 또한 다른 인물들은 그녀가 그만 사라져주길, 그들의 예술 작품이 더 이상 그토록 부정적인 말을 듣지 않길 바란다.

소설은 어딘가를 향해 나아가야 한다. 그러려면 속도를 내야 한다. 대화는 그 일을 해줄 수 있다. 작가가 사용할 수 있는 모든 도구 중에서 대화야말로 가장 재빨리 현장감을 줄 수 있다.

## 속도 높이기: 감정이 있어야 전개가 빠르다

장면을 질질 끄는 건 작가가 저지르는 최악의 실수 중 하나다. 변명의 여지가 없다. 둘 이상의 인물들이 모여 별 의미도 없이 떠들어대게 만드는 건 용납할 수 없는 일이다. 문제는 자신이 만든 인물들이 그렇게 하고 있는데 그 사실을 알지도 못하는 작가가 많다는 사실이다. 바로 눈앞에서 벌어지고 있는 일인데도 말이다. 작가는 자리에 앉아 소설을 쓰면서, 목적지도 없이 달려가는 대화 때문에 독자를 지루해 죽을 지경이라는 것을 깨닫지 못한다.

대화 장면이 늘어지는 원인은 많다. 주된 이유는 서술과 행동을 너무 많이 덧붙여 어수선하게 만든 탓에 거추장스러운 방해물을 헤치며 읽어야 하는 상황이다. 때로는 장면의 긴박감과 긴장감이 약해서 입이 찢어져라 하품을 할 정도로 지루하기까지 하다. 인물들은 별 의미 없는 이야기만 늘어놓기도 한다. 그것도 아주 오랫동안. 예를 들어 이렇다.

> "엄마, 저예요." 돌로레스가 수화기에 대고 크게 말했다. 엄마는 귀가 안 좋았다.
>
> "돌로레스, 너니?"
>
> "네, 저예요, 엄마. 잘 지내세요?"
>
> "그럼, 잘 지내지. 등이 다시 말을 안 들어서 그렇지."
>
> "병원에 가보셨어요?"
>
> "응, 그래. 하지만 의사가 뭘 해주겠니. 처방전이나 또 써주겠지.

이젠 약에 하도 찌들어서, 깨어 있을 수도 없다니까."

"잠은 좀 주무셨어요?"

"그럼, 잘 자지."

"필요한 건 없고요?"

"필요한 거? 어떤 거 말이니? 우유나 달걀……."

"아무거나요. 뭘 갖다 드릴까요?"

"오, 아니야, 괜찮아. 애들은 잘 크고?"

"네, 잡초처럼 잘 크고 있어요."

"빌은 어떠니?"

"괜찮아요. 직장에서 해고됐지만요."

"잘됐구나, 얘야. 그래, 전화해줘서 고맙다."

"끊어요, 엄마."

"그래, 돌로레스."

인정하고 싶지 않지만 정말 자주 이런 장면을 보게 된다. 길고 느리고 지루하다. 긴박감이 없다. 극적이지 않다. 긴장도 되지 않는다.

은유적으로 말해 대화는 본래 액셀, 즉 가속 장치다. 이야기나 장면이 전개되어야 할 때는 대화를 넣자. 인물들을 빨리 대화하게 할수록 장면은 더 빨리 움직인다. 필요 이상의 서술이나 행동을 잘라내면 이야기는 쭉쭉 뻗어나간다. 대화가 핵심을 파고들도록 화자를 밝히는 지문마저 잘라내도 된다. 또한 장면에 감정을 많이 넣을수록 전개는 더 빨라진다.

감정이 이야기 속도를 빠르게 만드는 이유는 긴박감과 긴장감이 높아지기 때문이다. 감정을 표현하는 인물은 예측할 수 없으며 통제 불가능한 경우가 많다. 어떤 일이든 일어날 수 있으므로 위험성이 높아진다.

혹시 속도감 있는 영화를 보던 중에 스토커가 피해자에게 가까이 다가갈 때 팝콘을 무시무시한 속도로 입에 던져 넣은 경험이 있는가?

인물들이 말을 더듬을 정도로 빨리 전개되는 감정적인 대화 장면을 넣으면 소설의 독자도 그런 반응을 보인다. 그 감정이 공포든 분노든(둘은 긴밀히 연결되어 있다) 슬픔이든 대화에 폭발력이 생기고 장면은 빠르게 전개된다.

앤 타일러의 『때로는 낯선 타인처럼Ladder of Years』에 나오는 다음 장면을 보자. 아내이자 엄마인 주인공 델리아는 가출을 한다. 언니인 엘리자는 혹시 델리아가 정신 차리도록 타이를 수 있을까 해서 그녀를 찾아온다.

> "앉아. 차 좀 마실래?" 델리아가 엘리자에게 말했다.
>
> "오, 아니…… 괜찮아." 엘리자는 가방을 더욱 꼭 쥐었다. 이런 환경에 있다니, 어울리지 않는 곳이라는 느낌이 들었다. 집 나온 사람이 집에 있는 사람처럼 겸손하고 희멀건 얼굴을 하고 있었다. 엘리자가 말했다. "일단 내가 이 상황을 이해하고 있다는 건 알아둬."
>
> "물은 금세 끓어. 침대에 잠깐만 앉아 있어."
>
> "우리를 영영 떠나겠단 거니?" 엘리자는 꿈쩍도 않고 말했다.

"베이버로에 영원히 머물 생각이잖아. 넌 남편을 버리고, 세 아이들은 모두 버리고 아직 고등학생인 아이까지 있는데."

"그래, 고등학생이고 열다섯 살이나 됐으니 내가 없어도 아주 잘 지낼 수 있지." 델리아가 대답했다. 두려움에 눈꺼풀이 뜨거워지며 눈물이 나올 것만 같았다. 델리아는 단호하게 덧붙였다. "사실, 내가 있을 때보다 더 잘 지낼 거야. 근데, 애들은 어때?"

"갈팡질팡하고 있지. 무슨 말이 듣고 싶어?" 엘리자가 대답했다.

"하지만 그래도 잘 지내지 않아?"

"신경은 쓰이니?" 엘리자가 물었다.

"그걸 말이라고!"

엘리자가 방에 익숙해지면서, 문장과 문단은 길어지며 속도는 느려지기 시작한다. 그러나 엘리자가 델리아를 나무라면서부터 속도는 다시 빨라진다. 델리아가 눈꺼풀에 뜨끈하게 맺힌 눈물을 느끼자 장면 구성은 짧은 문장과 문단으로 급변한다. 이제 독자는 감정에 빠지며 긴박감이 생긴다.

감정을 끌어올리기 위해 반드시 감탄사를 많이 쓸 필요는 없다. 문장과 문단을 짧게 쓰거나 서술 문장과 행동 문장을 조금 또는 전부 삭제하면 된다. 인물들 사이에 빠른 속도로 짤막한 대화가 오가도 된다. 너무 지나치지 않게 제대로 하면 상당한 효과를 볼 수 있다.

### 속도 조절 연습

부부인 메럴린과 로버트는 벼룩시장에 가는 중인데, 벼룩시장 가기는 둘의 취미 생활이다. 그러니까 최근까지는. 메럴린은 20년 동안 줄곧 해온 이 일에 싫증이 나서 최근에 정원 가꾸기를 시작했다. 현재 부부는 벼룩시장에서 누군가가 못 쓰겠다고 내놓은 물건들을 뒤적이고 있다. 그러나 메럴린이 그만 집에 가야겠다고 하자 갈등이 싹튼다. 메럴린이나 로버트의 시점으로 속도가 빠른 장면을 두 쪽 쓴 다음, 이 두 사람이 갈등을 헤쳐나가는 속도가 느린 장면을 한 쪽 쓰자.

## 속도 늦추기: 말이 느린 인물과 합리적 대화

앞에서 말했듯이 소설에서 흔히 나타나는 문제는 전개가 너무 느리다는 것이다. 그렇다고 전개가 너무 빠르면 숨을 고를 데가 없고 이야기가 조각난 느낌, 말하자면 인물들이 엉뚱한 데로 가버리는 느낌이 들기 십상이다. 인물과 장면이 모두 어설프게 느껴지면서 결국 소설 전체가 무너지고 만다. 대화문이 너무 많은 게 소설을 망치는 주요 원인은 아니지만, 이따금씩 작가가 인물들이 말만 주구장천 늘어놓으려 작정한 것으로 보이는 소설이 있다. 대화로 장면에 가속도를 붙이는 법을 배울 수 있듯이, 우리는 이야기 속도를 늦춰서 장면을 통제하는 법도 배울 수 있다.

그런데 대화가 이야기 속도를 높이는 장치인데 어떻게 속도를 늦출 수도 있는 걸까?

대화가 대개 액셀 효과를 내는 건 사실이다. 그러나 대화 장면 도중에 이야기가 산으로 가고 있어서 브레이크를 밟아야 할 경우가 있다. 이때 작가가 취할 수 있는 방법은 몇 가지다. 서술, 묘사, 배경으로 장면의 중요도를 조절하거나 말이 느린 인물을 무대에 등장시켜 모든 상황을 끼익 멈출 수 있다. 이 인물은 서두르지 않는다(지금부터 이 인물을 이름을 '해리'라고 하자).

장면에 등장한 인물 모두가 침을 튀기며 말을 하고 있고 분위기가 달아올랐지만 핵심이 이미 나왔으므로 속도를 늦추고 싶다면 해리를 활용하자. 그러면 독자는 물론이고 다른 인물들이 정신을 차릴 수 있다. 길고 장황한 말에 '에헴'이나 '에에'나 '있잖아' 등을 넣어 속도를 늦추자. 행동, 즉 느린 행동을 약간 덧붙여 해리가 대화가 오가는 중에 느릿느릿 돌아다니는 모습을 보여주자. 베란다에 앉아 낚시 이야기를 하는 친구의 말을 듣고 있는 늙은 남자를 그려보자. 그 남자가 바로 해리다.

대화를 사용해 장면이나 이야기의 속도를 늦추는 다른 방법은 인물들을 합리적인 대화로 끌어들이는 것이다. 이런 대화에서는 행동과 감정은 약하고 상황과 관련한 이성적인 논리가 더 강하다. 나는 행동과 감정이 약하다고 했지, 긴장감이 떨어진다고 하지 않았다! 긴장감은 느리든 빠르든 모든 대화 장면에 꼭 있어야 한다. 다만 갈등이나 문제의 지적인 측면에 중점을 둔 대화는 감정을 과장되게 드러내고 논쟁하는 대화보다는 더 느리고 조리 있게 전개된다.

예를 들어보자. 다음은 존 스타인벡의 『에덴의 동쪽East of Eden』의 한 대목이다. 동생인 찰스는 아버지 사이러스의 사랑을 받는 형 애덤을 미친 듯이 질투한다. 이 장면에서 찰스는 애덤에게 한바탕 분노를 터뜨리며 두들겨 팼다. 둘이서 싸우는 동안 장면은 아주 빠르게 전개되며, 애덤이 집으로 향하면서 약간 느려졌다가, 두 소년의 아버지가 찰스가 왜 형을 때렸는지 알아야겠다고 다그치며 다시 속도가 붙는다.

사이러스는 애덤에게 성큼성큼 다가가 사납게 팔을 움켜쥐었다. 그 기세에 애덤은 움찔하며 몸을 빼려고 했다. "거짓말 마라! 그 애가 왜 그랬지? 말다툼이라도 했어?"

"안 했어요."

사이러스는 애덤의 팔을 비틀었다. "말해라! 알아야겠다. 말해! 말해야 할 거다. 말하게 만들고 말 거야! 빌어먹을, 넌 항상 그 앨 보호하려고 하지! 내가 모를 줄 알았느냐? 내가 속고만 있을 줄 알았어? 그러니 말해라! 아니면 맹세코 밤새도록 밖에 세워둘 테다!"

애덤은 할 말을 찾아보려고 했다. "그 앤 아버지가 자길 사랑하지 않는다고 생각해요."

사이러스의 고조된 감정은 장면을 빠르게 전개한다. 감정이 고조된 인물은 어떤 행동을 할지 예측할 수 없기 때문이다. 그러나 애덤이 답을 하자 사이러스는 즉시 몸을 돌리고 말 한마디 없이 밖으로 나가버린다. 그리고 소년의 어머니가 둘째 아들의 행동을 이성적으로 설명하면서 장면의 속도가 느려진다.

> "그 앤 아버지가 자길 사랑하지 않는다고 생각하지. 하지만 넌 그 앨 사랑하잖니— 언제나 그랬어."
>
> 애덤은 어머니의 말에 대답하지 않았다.
>
> "그 앤 참 이상해. 진짜 어떤 앤지 알아야 해. 그러기 전까진 까칠하기가 이루 말할 수 없고, 화만 내는 아이 같지." 어머니는 조용히 말을 이었다. 어머니는 말을 멈추고 콜록거리더니 허리를 굽히고 기침을 했다. 한동안의 기침이 끝나자 뺨은 붉어졌고 기운이 빠진 듯했다. 어머니가 되풀이해서 말했다. "그 애가 진짜 어떤 애인지 알아줘야 한다. 그 앤 오랫동안 나에게 작은 선물을 줬단다. 설마 그 애가 눈여겨볼까 싶은 예쁜 것들 말이야. 하지만 그걸 직접 주진 않아. 내가 찾을 만한 곳에 슬쩍 숨겨두지. 그 애를 몇 시간이고 쳐다봐도, 자기가 숨겨뒀다는 내색은 조금도 하지 않을 거야. 그 애가 진짜 어떤 애인지 알아줘야 해."

앞에서 말한 대로 서술과 묘사, 배경을 대화 장면에 약간 덧붙이면 장면의 속도를 늦출 수 있다. 다음 장에서 애덤이 다시 나오는데 그는 찰스에게 얻어맞고 자리에 누워 몸을 회복하느라 나흘을 보낸 후다. 이 장면은 매우 짧지만, 대화가 있는데도 서술과 묘사, 배경으로 장면을 더 느리게 전개할 수 있다는 것을 보여준다.

기병대장과 푸른 제복을 입은 두 병장이 집에 들어와 애덤의 방으로 갔다. 타고 온 말들은 두 일병이 앞마당에서 붙잡고 있었다. 애덤은 침대에 누운 채 기병대 일병으로 등록했다. 병사 선언문에 서명을 하고, 아버지와 앨리스가 지켜보는 가운데 선서를 했다. 아버지의 눈은 눈물로 반짝였다.

병사들이 돌아간 후, 아버지는 오랫동안 애덤의 곁에 앉아 있었다. "내가 너를 기병대에 넣은 건 이유가 있어서다. 병영 생활은 오래 할 만한 게 못 돼. 그래도 기병대는 할 일이 있지. 그건 정말 확실하다. 인디언을 공격하게 됐으니 맘에 들 거다. 어떻게 알게 됐는지 말해줄 수는 없지만 전투가 벌어질 거다. 곧 벌어질 거야."

약간의 서술과 배경, 묘사가 어떻게 대화 장면을 좀 더 느리게 만드는지 보이는가? 앞의 장면에는 감정이 거의 없다. 아버지의 눈에서 반짝이는 눈물뿐이다. 그러나 그의 말은 사무적이다. 배경을 우선 보여주고 아버지가 왜 이런 일을 벌였는지 불완전한 설명만 해줄 뿐이다.

## 장면과 이야기를 통제하기 위해

대화 속도를 조절한다는 건 장면을 통제한다는 뜻이다. 그러면 장면이 작가의 손에서 벗어나지 않으며, 작가가 글을 쓰면서도 문제를 자각하지 못하는 지경에 이르지 않는다.

정확히 무엇 때문에 우리는 이야기에 대한 통제력을 잃고 결국 대화 속도마저 놓치게 되는 걸까?

통제력을 잃는 이유는 수없이 많지만, 이번에도 역시 그 사실을 자각하면 문제를 해결하기 쉬워진다. 물론 통제력 상실은 그 자체로 무의식적 행위다. 현실 속에서든 소설 속에서든 그게 바로 통제력 상실의 정의다. 통제력을 상실한다는 건 의식을 잃는다는 뜻이다. 소설을 쓰다가 통제력을 잃어 대화가 갑자기 걷잡을 수 없이 빨라지거나 괴로울 정도로 늘어지는 이유는 무엇일까?

우리는 흔히 우리가 쓰는 이야기와 자신과의 연관관계를 얕잡아보는 것 같다. 즉 소설을 만들어낸 인물들의 이야기로 여긴다. 어차피 소설은 허구가 아닌가?

그렇기도 하고 아니기도 하다.

대화가 인물을 우리가 의도하지 않았던 곳으로, 우리의 의도보다 더 빨리 데려간다면 주의해야 한다. 대부분의 작법서에서는 이런 상황이 생기면 길을 잃은 지점으로 되돌아가 바로 거기서 대화를 고치라고, 막힌 곳에서부터 다시 시작하라고 조언한다.

하지만 꼭 그래야 하는 건 아니다. 특정 지점에서 대화에 대한 통제력을 잃었다는 건 작가가 마침내 자유롭게 말하고 있다는 뜻이다(늘 말하고 싶었던 대상에게 늘 말하는 내용을). 이 말은 인물의 말이라기보다는 우리 작가의 말이다. 그러니 길을 잃은 지점으로 돌아가 대화를 고치면 결국 우리가 전혀 의도하지 않았던 내용이 될 것이다. 첫 직장에 들어간 젊은이의 이야기를 쓰고 있다고 생각했는데, 사실은 준비 없이 어른의 세계에 떠밀려 들어간 젊은이에 대해 쓰고 있었다는 것을 깨닫게 될지도 모른다. 이는 결국 누구에게도 말하지 않았던 자신의 이야기일지도 모른다. 이 점을 깨닫게 되면 선택의 여지가 생긴다. 실화인 자신의 이야기를 계속 좇아가든지, 아니면 길을 잃은 지점으로 되돌아가 처음 하고 싶었던 이야기에 맞게 대화를 고치든지. 두 번째 선택을 해도 좋지만, 어느 시기가 되면 실화도 써볼 생각을 해야 한다. 가장 진정성 있는 이야기이기 때문이다. 자신의 내면에서 꺼내달라고 외치는 이야기 말이다.

대화 장면에서 갑작스레 속도가 변한다면 거기에 개인적으로 신경 쓰이는 점이 있으니 좀 더 주의를 기울여야 한다는 표시일 수 있다. 가끔 대화 속도가 빨라지면서 통제력을 잃을 때가 있다. 그 이유는 당연히 현실 속에 존재하는 주제를 건드렸기 때문이다. 그러나 우리는 작업을 계속하며 현실적인 대화를 쓰지 못하고, 그 대화와 연결됐다는 '느낌' 때문에 불편해지고, 거기에서 벗어나려고 얼른 삼천포로 빠지게 된다. 여러 번 말하지만, 우리를 궤도에 다시 올려주는 건 자각이다.

흔히 일어나는 일은 아니지만 대화 장면의 속도가 느려져서 이야기가 축 처지는 이유 또한 마찬가지일 때가 있다. 즉, 인물의 대화에서 우리가 무의식적으로 다루고 싶은 개인적인 주제가 나타난 것이다. 이 주제에 빠져 속도가 늦춰진다. 다른 인물의 행동이나 주인공의 생각을 지나칠 정도로 많이 넣어 장면의 중요도를 높이기도 한다. 이런 작업에 몰두하다가 뒤늦게야 이게 원래 대화 주제와는 전혀 상관이 없다는 것을 깨닫는다.

우리에게는 늘 선택지가 있다. 삼천포로 계속 빠지며 어디까지 갈지 지켜볼 수도 있고, 아니면 현재 쓰고 있는 대화의 흐름을 중단하고 우리의 이야기는 나중을 위해 미룬 다음 글을 써나갈 수도 있다.

통제력에 집착하는 행위가 얼마나 그릇된 것인지, 우리는 늘 들어서 알고 있다. 그러나 어쩌면 글쓰기의 세계에서 대화를 통제하려는 노력, 궁극적으로는 이야기를 통제하려는 노력은 좋은 의미의 집착일 것이다. 가능하면 가장 진정성 있는 이야기를 쓰려고 노력하는 것이기 때문이다.

**장면을 통제할까, 말까?**

만약 대화 장면을 통제하지 못하고 있다는 것을 깨달았다면 다음 질문들에 답해보자. 그러면 원래 쓰려던 이야기로 돌아가 통제력을 되찾길 원하는지, 아니면 다른 이야기를 쓰고 싶은 건지 알 수 있다.

1. 대화 장면의 어디에서부터 길을 잃었는가?
2. 왜 대화 속도를 높였을까? 아니면 왜 늦춰서 이야기를 축 처지게 만들었을까?
3. 이야기를 원래 방향으로 이끌어가고 싶은가?
4. 인물의 대화가 이끌어가는 새로운 방향에 귀 기울여야 할까?
5. 원래 계획하지 않았던 대화의 흐름을 따라갈 정도로 인물을 신뢰하는가?
6. 원래 방향과 새로운 방향 중 어느 쪽이 더 진정성 있는 대화이며 더 진정성 있는 이야기가 될까?

7. 가장 진정성 있는 이야기를 하기 위해 원래 쓰려던 대화를 포기할 수 있는가?

자신이 쓴 소설에서 너무 느리거나 너무 빠르게 전개되는 장면들을 찾아 다시 쓰자. 서술과 행동을 약간 덧붙이거나 전부 빼서 중요도를 조절하고 나머지 장면들과 균형을 맞추자.

## 대화 속도가 적당한지 어떻게 알까?

대화의 속도가 잘 유지되고 있는지 어떻게 알 수 있을까? 소설을 다 쓸 때까지는 거의 알지 못한다. 소설 전체를 읽어봐야 어느 장면은 속도를 올려야 하고 어느 장면은 속도를 늦춰야 하는지, 어느 부분은 차분함을 유지하기 위해 배경을 좀 더 묘사해야 하고, 어느 부분은 숨 돌릴 틈이 있도록 서술을 약간 덧붙여야 하는지 알 수 있다.

작가는 대개 독자가 지치지도, 졸리지도 않도록 느린 장면과 빠른 장면을 골고루 교차 배열하고 싶어 한다. 잭 빅햄은 『장면과 구조Scene & Structure』에서 장면과 시퀄sequel 쓰는 법을 알려준다. 장면은 좀 더 빨리 전개되는 반면, 시퀄은 인물과 독자가 모두 숨을 돌려야 하는 부분이므로 극적인 특성이 떨어지기 마련이다. 엄격한 규칙은 없다. 물론 플롯을 전개하기 위해서 속도감 있는 장면이 두세 차례 연속으로 나와야 할 경우도 있을 것이다. 그러나 그렇게 할 때는 통제력을 잃지 않도록 자각하고 있어야 한다.

글을 쓰는 동안에는 속도 때문에 너무 걱정하지 말자. 그냥 이야기를 펼쳐놓자. 그런 다음 편집자의 모자를 쓰고 보라색이나 초록색 펜을 들고(이제 새로운 시대가 아닌가! 빨간 펜은 그만 쓰자) 이야기를 읽어 내려가며 속도를 높이거나 낮추고 싶은 곳에 표시하자. 다음은 대화 장면이 너무 느리거나 너무 빠르지 않은지 파악하기 위해 시점인물과 관련해 던져볼 수 있는 질문이다.

- 다른 인물들이 대답할 틈을 주지 않고 너무 빨리 말하고 있지는 않은가?
- 주제를 회피하면서 지금까지 전개된 이야기와 아무 상관없는 말을 장황하게 늘어놓지는 않은가?
- 생각만 지나치게 하면서 말은 부족하게 하지 않는가? 아니면 그 반대인가?
- 지문이나 사소한 행동이 너무 많아서 시점인물의 말이 뒤죽박죽 중심을 잃지 않았는가?
- 다른 인물과 상호작용하지 않고 혼자서 설교를 늘어놓고 있진 않은가?(작가 자신이 속도를 늦추기 위해 시점인물의 말을 길게 쓴 건지 모른다. 자신의 의도를 자각하고 시점인물의 말이 반드시 플롯을 전개하게 해야 한다)
- 다른 인물을 너무 세밀하게 관찰하거나 장소를 묘사하는 데 집중한 나머지 장면에 긴박감과 긴장감을 일으키는 대화가 없진 않은가?

• 작가 자신이 관찰한 내용과 설명을 장면에 억지로 넣은 탓에 시점인물과 다른 인물 사이에 오가는 대화의 흐름을 방해하고 있지는 않은가?

여러 요소를 지나치게 넣은 탓에 대화가 느리게 전개되고 있는 건지, 인물이 너무 머뭇거려서 대화가 제 속도를 내지 못하고 있는 건지 완벽하게 알 수는 없다. 그러나 앞의 질문들은 웬만큼 도움이 될 것이다. 그리고 언제나처럼 대화의 속도를 자각하는 것이야말로 이야기를 순조롭게 전개하는 비결이다.

대화를 브레이크이자 액셀로 여기면 이야기를 계속 통제할 수 있다. 그러면 고삐 풀린 말처럼 앞서 나가지도, 달팽이처럼 느릿느릿 나가지도 않을 것이다. 열심히 가속 페달을 밟아 대화를 앞으로 움직이는 것도, 제동을 걸어 속도를 늦추는 것도 작가의 몫이다. 모든 소설에는 그 나름의 리듬과 움직임이 있으며 대화 속도를 조절해 이야기 속도를 조절하면 독자는 편안한 승차감을 느낀다.

다음 장에서 다룰 내용은 이번 장과 긴밀히 연결되어 있다. 대화를 통제해 긴박감과 긴장감을 계속 넘치게 만들어 결국 독자가 처음부터 끝까지 계속 책장을 넘기게 하는 방법을 소개할 것이다.

### 실전 연습 01

이야기 속도를 조절하는 법을 연습해보자.

지금 쓰고 있는 소설의 한 장면만 중점적으로 살핀다. 이제 되도록 정직하게 다음 질문에 답한다.

- 이 장면은 속도가 느린가, 빠른가? 아니면 둘 다 아닌가?
- 전체 이야기와 관련해 이 장면의 속도를 어느 정도로 하고 싶은가?
- 이 장면을 그토록 느리게(또는 빠르게) 만드는 요인은 무엇인가?
- 이 장면에서 행동 및 서술과 비교해 대화를 얼마만큼 사용했는가?
- 대화를 사용해 이 장면의 속도를 얼마나 조절할 수 있을까?
- 이 장면의 앞뒤에 있는 장면은 속도가 느린가, 빠른가?
- 이 장면의 앞뒤에 있는 장면에서는 대화를 얼마나 사용했는가? 이 장면과 어울리는 흐름을 만들려면 둘 중 어느 장면에 대화를 더 넣어야 할까?

이제 원하는 속도대로 장면을 다시 쓴다.

대화로 이야기에 가속도 올리는 법을 연습해보자.

다음 세 가지 상황 중 하나를 고른다. 장면을 느리게 시작한 다음 대화를 이용해 가속도를 붙인다.

- 어느 부녀가 퇴근길 교통체증에 걸렸다. 딸은 라디오 채널을 돌리고 있고 아버지는 휴대폰으로 통화 중이다. 갑자기 휴대폰은 먹통이 되었고 딸이 좋아하는 라디오 채널은 신호가 잡히지 않는다. 둘은 대화를 나눠야 한다. 아버지나 딸의 시점으로 이 장면을 쓰거나 양쪽을 모두 시도해본다.
- 한 남녀가 연애를 하고 있는데, 지금까지는 육체적인 관계일 뿐이었다. 둘 중 한 사람이 관계가 다음 단계로 전개되어야 한다고 생각한다. 섹스보다 대화가 중심인 섹스 장면을 써보자.
- 서로 초면인 두 노숙자가 같은 고가도로 밑에서 밤을 보내게 되었다. 처음에는 서로를 못 본 척하지만 둘 중 한 사람이 말을 꺼내더니 멈출 줄을 모른다.

### 실전 연습 03

속도를 높이는 연습을 해보자.

앞에서 돌로레스와 엄마가 대화하는 장면으로 돌아가 돌로레스가 등장하는 장면을 속도감 있게 고쳐 쓴다. 장면을 전개하고 이야기를 나아가게 하는 데 도움이 된다면 서술이든 행동이든 덧붙여도 좋고 문장을 삭제해도 좋다.

### 실전 연습 04

속도를 늦추는 연습을 해보자.

스티브와 제니퍼는 사이좋은 부부다. 그러니까 대부분은. 제니퍼는 예민하고 꼼꼼해서 어디를 가든 반드시 정시에 도착해야 한다. 스티브는 반대다. 사람들이, 특히 아내가 왜 그렇게 늘 서두르는지 도무지 이해하지 못한다. 다음 장면에서는 스티브와 제니퍼의 대화만 보게 될 것이다. 장면이 대화뿐이면 빨리 전개된다. 여기서 할 일은 서술, 묘사, 공간, 행동을 여기저기 끼워 넣어 장면의 속도를 늦추는 것이다.

"난 갈 준비 다 됐어, 스티브."

"갈게."

"언제쯤?"

"금방이면 돼, 금방. 금방 갈게."

"4시 15분이야, 여보."

"응, 그거야 그렇지. 나도 좀 전에 시계를 봤거든."

"우리가 늦게 태우러 가면 엄마가 화내실 거야."

"맞아, 늘 그러시지, 암."

"스티브!"

"응?"

"서둘러!"

"다 됐어, 여보. 양말 좀 신고."

"나가서 차에 시동 걸고 있을게."

"차고 문 여는 거 잊지 마. 질식하면 안 되니까."

"오고 있어?"

"금방 내려갈게."

9장

# 대화와 갈등: 긴박감과 긴장감 조이기

좋은 소설을 쓰고 싶다면 너무 착해서는 안 된다.
착한 사람이 인물에게 문제를 일으키기란
너무 어려운 일이다.
소설은 갈등과 해결에 대한 것이다.
문제를 해결하는 인물에 대한 것이다. 심각할수록 좋다.

"하나씩 고르세요." 나는 소설 쓰기 수업에서 고무줄이 담긴 상자를 돌리며 지시했다.

모두 고무줄을 하나씩 갖게 되자 나는 "이제 여러분의 고무줄을 집어서 손가락으로 여러 번 잡아당겨 보세요"라고 말했다.

나는 내 고무줄을 집어 앞뒤로 그리고 좌우로 잡아당겼다. 교실의 학생들도 따라했다.

"이게 긴박감입니다. 이제 고무줄을 손가락에 끼우고 주변 사람을 겨냥하세요." 내가 말했다.

잠깐 시간이 걸렸지만 곧 모두가 고무줄로 가까이 있는 사람을 겨냥했다.

"긴박감이 상승했군요." 나는 내 앞에서 움츠리고 움찔대는 학생들에게 웃음을 지으며 말했다. "여러분이 쓰는 모든 대화 장면에서 무척 필요한 게 이겁니다."

고무줄 때문에 생긴 긴박감은 대화 장면에 있어야 하는 긴박감과 비교할 수 없을 만큼 약하다. 모든 대화 장면의 핵심에는 긴박감, 긴장감, 갈등이 있어야 한다. 그렇다고 등장인물들이 서로 고함을 지르고 화내며 싸우고 물건을 던지고 무기를 휘둘러야 한다는 뜻은 아니다. 절대 그렇지 않다. 물론 소설에 이런 긴박감과 갈등이 필요하다면 얼마든지 활용하자. 그러나 지금 이야기하는 긴박감과 긴장감, 갈등은 인물들 사이에 미묘한 의견 차이가 있는 상황에서부터 인물의 입에서 극도로 흥분된 말이 튀어나와 심각한 해를 끼칠 수 있는 상황에 이르기까지 매우 다양하다.

공포소설 작가 딘 R. 쿤츠는 자신이 본 초보 작가들의 원고 대부분에 그 무엇보다도 행동이 결핍되어 있다고 한 적이 있다. 나도 매번 그렇게 말해왔지만, 초보 작가들을 가르치면 가르칠수록 원고의 가장 큰 결점이 행동 결핍보다는 긴박감과 긴장감, 갈등의 부재라는 생각이 든다. 이 세 요소는 서로 다르지만 긴밀한 관계가 있어 한 덩어리로 볼 수 있다. 그 관계란 장면에 움직임을 일으킨다는 것이다. 이 세 요소가 빠진 대화문은 밋밋하고 평면적이며 지루하다. 그 어떤 작가도 지루함을 용납해서는 안 된다. 절대 안 된다. 단 한마디라도 그래서는 안 된다.

## 갈등 없는 이야기, 대화 없는 갈등은 없다

독자는 작가가 만든 인물을 통해 간접 경험을 한다. 그리하여 어떤 소설들은 인생의 중요한 결정을 내리게 할 만큼 독자의 삶에 강한 영향을 미친다. 『앵무새 죽이기』에 나오는 애티커스 핀치에게 영향받은 변호사가 얼마나 많겠는가? 『뷰티풀 마인드A Beautiful

Mind』의 존 내쉬에게 영감을 받은 수학자는? 『호밀밭의 파수꾼』의 주인공 홀든 콜필드 때문에 고등학교를 중퇴한 학생은 또 얼마나 많을까? 좋다, 그런 학생들은 없기를 바라자. 하지만 무슨 말인지 알 것이다.

작가는 인물에게 외적·내적 갈등을 심어주고 넘을 수 없는 장애물을 만듦으로써 독자가 책장을 넘기며 인물이 갈등을 풀어나가는 모습에 감동하게 한다. 갈등은 곧 이야기다. 그리고 그 갈등을 표현하는 수단이 대화다. 갈등이 없으면 이야기도 없다. 그리고 대화가 없으면 그 갈등을 표현할 수 없다. 내내 갈등에 대해 생각만 하는 인물이 나오는 소설이 과연 재미가 있을까? 그 누구와도 말하지 않고 문제를 해결한답시고 혼자 돌아다니는 인물은 어떤가?

대화 장면에서 시점인물의 주변 분위기가 달아오르면 정신적·언어적·신체적 갈등 중 한두 가지를 드러내거나 세 가지를 한꺼번에 드러낼 수 있다. 정신적 갈등은 인물들이 심리전을 벌이며 증오나 고뇌를 품는 것으로 드러난다. 언어적 갈등은 격앙되고 긴장된 말을 주고받는 것으로 드러난다. 신체적 갈등은 폭력을 행사하거나 섹스를 하는 것으로 드러난다. 갈등이 정점에 이르면 한 장면에서 세 가지 모두가 일어날 수 있다. 이 장에서는 말이 무기처럼 쓰이는 언어적 갈등에 주로 집중해보자.

### 긴박감 넘치는 대화 쓰기 연습

긴박감 넘치는 대화 쓰기를 연습하고 싶다면 인물을 갈등 상황에 넣고 두려움과 불안을 표현하게 한다. 다음 인물들이 대화하는 장면을 한두 쪽씩 써보자.

- 절벽 끝에서 싸우는 두 인물(말다툼이나 주먹다짐. 아니면 둘 다)
- 카드게임을 하는 네 인물
- 방에 페인트칠을 하는 두 인물

## 긴박감으로 시작하는 대화 장면

장면을 시작할 때, 특히 이야기를 시작할 때는 가능한 한 빨리 긴박감을 일으켜야 한다. 긴박감이야말로 독자를 순식간에 사로잡는 방편이기 때문이다. 인물은 갈등을 겪게 되어 있으므로 긴박감과 대화는 완벽한 조합이다. 조마조마한 대화 장면에서 인물들에게 곧바로 싸움을 붙이자. 그러면 장담하건대 독자는 흥미를 보일 것이다.

수전 케이가 쓴 『유령Phantom』의 시작 장면에서 작가는 시점인물(마들렌)이 아기를 낳는 모습을 보여주는데 평범한 아기가 아니다. 이 소설은 긴박감이 흐르는 서술로 시작되지만 마들렌이 아기를 처음 본 순간 두려움을 표현하자 그 말로 긴박감이 훨씬 고조된다. 다음 단락은 마들렌이 처음 공포를 표현한 뒤 망사르 신부가 엄마가 된 그녀를 안심시키는 장면이다.

"내 귀여운 딸아." 신부님이 정답게 말했다. "주님이 너를 버리셨다는 생각에 속아 넘어가지 마라. 인간으로서는 도무지 이런 비극을 이해할 수 없지만, 하느님이 목적 없이 창조하지 않으신다는 사실을 기억해주려무나."

나는 몸을 떨었다. "그거 아직 살아 있죠…… 그렇죠?"

신부님은 아랫입술 전체를 깨물고 슬픈 눈으로 요람을 힐끗 보며 고개를 끄덕였다.

"신부님." 나는 두려워서 머뭇거렸다. 말을 이으려고 용기를 죄다 짜내야 했다. "제가 안아주지 않으면…… 제가 젖을 먹이지 않으면……."

신부님은 단호히 고개를 저었다. "이 문제에 대한 교회의 입장은 분명하다, 마들렌. 네가 생각하는 건 살인이야."

"하지만 이런 경우엔 그게 자비일지도 몰라요."

신부님이 엄하게 말했다. "죄가 될 거다, 인간의 죄! 그런 사악한 생각은 머릿속에서 싹 지워버려라! 인간의 영혼을 구하는 게 네 의무야. 평범한 아기에게 하듯이, 먹이고 돌봐야 한다."

대화로 장면을 시작하기란 까다로운 작업이다. 이야기가 일어나는 배경에 대해 알려야 하고, 인물들이 말을 시작하면 그들이 어떤 사람인지도 알려야 하기 때문이다. 하지만 일단 그 모든 것이 갖춰지면 대화문은 자리를 박차고 날아올라 인물들 사이에 일어날 온갖 긴박감의 촉매제가 될 수 있다. 『유령』은 서술로 시작된다. 시점인물인 마들렌은 이제 막 기형아를 낳았고 당연히 혼란스러워한다.

어떤 장면이든 장면을 시작할 때는 인물의 의도를 곧장 밝혀야 한다. 이는 서술이나 행동이나 대화 중 어느 것으로도 할 수 있다. 이 장면에서 시점인물의 의도는 분명 기형아인 아기로부터 되도록 빨리 벗어나는 것이고, 머릿속에 곧바로 떠오른 유일한 방법은 '그것'을 방치해서 죽이는 것이다. 그녀가 생각을 말로 표현하자 곁에 있던 망사르 신부는 큰 충격을 받는다. 그녀가 자신이 어떤 아기를 낳았는지 깨달은 순간 이미 긴박감이 생겼지만, 망사르 신부가 그런 생각을 한 것 자체가 죄인 듯 비난하자 긴박감이 고조된다. 대화 장면에서 긴박감이 고조되면 독자는 사건이 일파만파로 퍼져나갈 것이라고 짐작한다.

## 긴박감에도 정도가 있다

소설의 대화 장면에서 긴박감이나 갈등이 일어나면 작가의 머릿속에는 그 즉시 치고받고 입씨름하는 등 긴장된 대화 단락에서 벌어질 수 있는 모든 상황이 떠오른다. 하지만 꼭 그런 상황을 꾸며야 하는 건 아니다. 긴박감에도 정도가 있다. 인물이 서로 고함을 질러댈 때보다 인물이 대화 중간에 입을 다물 때 긴박감이 훨씬 고조되기도 한다. '폭풍 전의 고요'라는 표현을 알지 않는가? 어떤 사람들은 폭발하기 직전에 섬뜩할 정도로 조용해진다.

인물들을 잘 안다면 그중 누가 이런 특성을 보일지도 알 것이다. 상황이 긴박해질수록 이런 인물은 더더욱 스트레스를 받으며 말이 점점 더 없어지다가 결국 폭발하고 만다. 대화에서 한 인물의 대화 속도를 올리면 상대적으로 다른 인물은 점점 말이 없어지는 것을 나타낼 수 있다. 즉, 이런 대조로 인물의 침묵을 강조할 수 있다. 뭔가를 강조하고 싶으면 가까이 있는 존재의 반대 성향을 드러내자.

인물이 몸싸움을 벌인 데다 목소리까지 높였다면 더는 긴박감을 오래 끌고 갈 수 없다. 그러므로 긴박감을 짧게 끊자. 불쾌한 예지만, 최근 샌프란시스코에서 개가 젊은 여자를 죽이는 데 고작 10분밖에 걸리지 않았다고 한다. 하루나 일주일에 비하면 10분은 짧게 느껴진다. 삶 전체에 비하면 10분은 얼마나 짧은가? 그리고 현실 속에서 이토록 긴박감 있는 사건을 겪게 되리라고 상상이라도 할 수 있는가? 솔직히, 더 끔찍한 상황은 없을 것만 같다. 그러나 비교해서 말하자면 소설에 이와 비슷한 장면을 쓰고 있을 경우 대화로든 묘사로든 시간을 끌어서는 안 된다. 최대한 속도를 높여 정점을 찍은 다음 가능하면 빨리 내려와야 한다. 스티븐 킹은 이따금씩 대화 장면 하나만 가지고도 여러 장에 걸쳐 긴박감을 일으키지만 사실 그건 스티븐 킹이니 가능한 일 아닌가.

이 작업을 되풀이할수록 시간을 얼마나 오래 끌어야 할지 알게 될 것이다. 가끔씩 자신의 마음을 들여다보며 인물과 똑같은 방식으로 장면을 '느끼기 위해' 노력하자. 긴박감이 너무 늘어진다고 '느껴지면' 아마 그 느낌이 맞을 것이다.

한편 행동을 배제해서도 안 된다. 이제까지 행동이 일어날 것처럼 분위기를 만들었다면 더더욱 그렇다. 그러므로 필요한 만큼 길게 장면을 구성하자.

## 갈등은 긴박감 넘치는 대화의 핵심

모든 대화 흐름의 중심에서 시점인물은 갈등을 느껴야 한다. 그러면 대개는 어떤 인물을 시점인물로 하면 좋을지 알 수 있다. 바로 그 장면에서 주된 갈등을 겪는 인물이다.

갈등은 외적인 것일 수도, 내적인 것일 수도 있지만 시점인물이 말할 때 독자가 반드시 긴박감을 느낄 수 있어야 한다. 이상적으로 보면 이 인물은 다른 인물에게 밖으로 표현할 수 없는 내적인 갈등을 겪고 있다. 그런 생각을 마음속에만 담아두려고 하지만 그럴 수 없을 때, 그것만으로도 긴박감이 생긴다.

하지만 장면에 긴박감이 필요하다는 이유로 인물이 서로에게 과장된 몸짓을 보이지 않도록 유의해야 한다. 내가 지도하는 학생들의 원고에서 그런 장면이 자주 눈에 띈다. 인물이 싸움을 위한 싸움을 벌인다.

앞에서 소설에는 언어적·신체적·정신적 갈등이 있다고 말했다. 가장 격렬한 갈등이 일어나는 장면에서 작가는 세 요소를 모두 사용한다. 신체적 갈등이 가장 나중에 나올 때가 많지만 가장 바람직한 순서란 없다. 정신병을 앓는 사람들 중 어떤 이들은 신체적 공격을 가한 다음 한참 동안 고래고래 소리를 지르며 피해자에게 욕을 퍼붓고 그의 생각을 혼란스럽게 한다. 그러나 두 인물 사이에서 일어나는 갈등이란 대개 생각을 혼란스럽게 만드는 대화로 시작해 신체적 공격으로 발전한다.

대화 중심에 있는 갈등을 선명하게 드러낼 필요는 없다. 인물이 말로든 주먹으로든 서로 다투거나 때릴 필요도 없다. 시점인물에게 위태로운 상황이 벌어지기만 하면 된다. 예를 들어 위험을 감수하거나 뭔가를 잃을 수도 있는 상황, 내적 고뇌나 위기나 풀어야 할 문제가 있는 상황, 다른 인물과 의견이 대립하는 상황, 결정할 문제가 있는 상황 등이다. 시점인물은 외적으로나 내적으로나, 또는 두 가지 측면 모두에서 고민할 수 있다.

내가 지도한 학생 중에는 대화 장면에, 심지어는 소설 전체에 갈등이 필요한 까닭을 이해하지 못할뿐더러 갈등을 불러일으키려 하지 않는 경우가 많았다. 독자의 관심을 끌고 마음을 사로잡을 소설을 쓰기 위해 힘들게 노력하고 싶은 생각이 없는 듯하다. 긴장감은 시선을 끄는 힘이 있으며 계속 이어지면 눈을 뗄 수가 없다. 그러니 우리는 모든 대화 장면에서 긴박감이 가장 고조되고 긴장감이 팽팽해지도록 여러 번 고쳐쓰기를 마다하지 않는 그런 작가가 되어야 한다. 그러고 싶지 않은가? 그렇다면 줄줄이 이어지는 갈등 속으로 인물들을 과감히 내던져야 한다.

하지만 인물에게 갈등을 일으키기를 거부하는 초보 작가를 꽤 자주 만난다. 어쩔 수 없이 갈등을 만들더라도 독자가 걱정스럽게 지켜볼 만한 갈등은 아니다. 이런 현상이 나타나는 이유는 작가가 인물에게 고통을 주거나 어떤 식으로든 상처를 입히지 않으려 하기 때문이다. 그런 작가는 근본적으로 착한 사람으로, 금세 해결할 수 있는 사소한 문제들만 있는 착한 이야기를 쓰고 싶어 한다. 나는 내가 가르치는 학생들에게 농담 삼아 좋은 소설을 쓰고 싶다면 너무 착해서는 안 된다고 말한다. 착한 사람이 인물에게 문제를 일으키기란 너무 어려운 일이다. 소설은 갈등과 해결에 대한 것이다. 문제를 해결하는 인물에 대한 것이다. 심각할수록 좋다. 인물이 갈등을 해결하기 위해 더 절박해질수록 독자는 소설에 더욱 빠져든다.

착한 작가가 되고 싶은가?

### 긴박감 자가 진단

직접 쓴 소설에서 대화로 끝나는 모든 장면을 살피고 긴박감이 최고치에 이르렀는지 보자. 그리고 다음 질문에 답해보자.

- 이 대화를 열린 결말로 마무리하면 어떨까?
- 시점인물의 입에서 마지막 서술이 나오고 있는가? 또는 마지막 대화가 시점인물에게 영향을 미치고 있는가?
- 마지막 대화는 긴박감을 피부로 느낄 만큼 감정을 고조하는가?
- 인물들의 견해가 충돌하고 있는 모습이 잘 드러나는가?
- 인물들의 대화가 주인공에게 위험을 초래하고 긴박감을 일으키는가?

## 긴박감을 높이는 몇 가지 방법

대화문을 통제할 줄 알게 되면(8장 참조) 긴박감을 마음대로 조였다 풀었다 할 수 있다. 그러니 무엇보다도 먼저 반드시 대화를 통제할 줄 알아야 한다. 통제력을 얻었다고 느껴진다면 대화 장면에서 긴박감을 높여줄 유용한 기법을 몇 가지 익혀보자.

### 침묵

앞서 말했듯이 대화가 전개되는 동안 긴박감을 보여주는 방법 중 한 가지는 시점인물이 이따금씩 잠시 대화에서 빠져나와 현재 상황과 자신의 느낌을 곰곰이 생각해보게 만드는 것이다. 어떤 이유로든 인물이 생각만 하고 말하지 않는 내용이 있으면 긴박감이 고조된다. 그 인물은 진심을 말하기 두려워하는가? 진심을 소리 내서 말하면 어떤 일이 벌어질까? 시점인물이 침묵을 지키는 동안에도 뭔가가 계속 벌어지고 있다는 것을 보여줘서 다른 인물들이 행동이든 대화든 자신의 역할을 하게 해야 한다. 앞에서 우리는 대조에 대해 이야기했다. 효과적인 방법이다. 다른 인물의 목소리가 커질수록, 다른 인물이 눈에 띄는 행동을 할수록, 시점인물의 침묵을 유지해 더 큰 긴박감을 일으킬 수 있다.

### 불안

불안하거나 두렵거나 초조하거나 흥분되거나 화가 나거나 순간적으로 제정신이 아닐 때 자신이 어떤 목소리를 내는지 아는가? 물론 자신이 대화할 때의 목소리와 행동이 어떤지 관찰하려면 우선 스스로 위와 같은 상태라는 걸 인정해야 한다. 대부분의 사람은 나머지는 인정해도 단 한 가지만은 하지 않으려 한다. 순간적인 상태라고 해도 제정신이 아니라는 사실을 누가 인정하고 싶겠는가? 분명 용감하기 그지없는 사람만이 할 수 있는 행동이다. 하지만 순간적인 광기는 불안과 두려움, 초조함, 흥분, 분노가 극에 달했을 때 나타나는 증상일 뿐이다. 그렇게 큰 문제가 아니다.

어쨌든 인간의 행동을 살펴보자. 인간의 행동이야말로 가장 현실적인 대화를 찾을 수 있는 곳이다. 퍼트리샤 콘웰의 『법의관 Postmortem』에 나오는 다음 장면을 보자. 마리노 형사는 최근에 동생이 살해당한 애비라는 여자와 면담하고 있고, 그동안 주인공 케이 스카페타 박사는 옆에 서 있다. 장면이 전개되며 애비의 불안이 어떻게 고조되는지 잘 살펴보자.

"동생을 마지막으로 본 게 언제입니까?"

"금요일 오후에요." 애비의 목소리가 높아졌다. 목이 메는 듯했다. "날 기차역까지 태워다줬어요." 애비의 눈에서 눈물이 솟구치고 있었다.

마리노는 뒷주머니에서 구겨진 손수건을 꺼내 애비에게 건넸다. "동생이 주말을 어디에서 보낼 계획이었는지, 혹시 짐작 가는 데라도 있습니까?"

"일한다고 했어요. 집에서 강의 준비를 한다고요. 제가 아는 한 특별한 계획은 없었어요. 헤나는 별로 사교적인 성격이 아니라 친구라고는 같이 일하는 교수 한두 명 정도였죠. 수업 준비할 게 많아서 식료품점은 토요일에 갈 거랬어요. 그게 다예요."

"거기가 어딥니까? 어느 가게입니까?"

"전 몰라요. 중요한 것도 아니에요. 거기 가지 않았으니까요. 좀 전에 여기 있던 다른 경찰이 나더러 부엌을 살펴봐 달라고 했어요. 식료품점에는 가지 않았더군요. 냉장고도 제가 나올 때처럼 텅 비어 있었어요. 아마 금요일 밤이었을 거예요. 다른 사건들처럼. 주말 내내 난 뉴욕에 있었고 그 앤 여기 있었죠. 언제나처럼 여기에."

잠시 아무도 말을 하지 않았다. 마리노는 알 수 없는 표정으로 거실을 둘러보았다. 애비는 손을 떨며 담뱃불을 붙이고 나를 보았다.

그녀가 말을 꺼내기도 전에 나는 무슨 질문을 할지 알 수 있었다.

"다른 사건과 똑같나요? 그 앨 보셨을 거 아니에요." 애비는 마음을 가라앉히려 애쓰며 머뭇거렸다. 그녀는 폭풍 전야와도 같았지만, 조용히 물었다. "그 자가 동생에게 무슨 짓을 했죠?"

나는 "밝은 곳에서 부검할 때까지는 드릴 말씀이 없습니다"라는 대답만 할 수 있을 따름이었다.

"맙소사, 그 앤 제 동생이라고요!" 애비가 외쳤다. "그 짐승이 무슨 짓을 했는지 알아야겠어요! 오, 이런! 고통스러워했을까요? 제발 그러지 않았다고 말씀해주세요……."

애비는 이 장면 끝에서 제정신을 잃는다. 당연한 일이다. 등장인물이 자신을 미칠 지경으로 몰아가는 상황에 처하게 되면 무조건 긴박감은 커진다. 그러므로 특히 미스터리소설이나 서스펜스

스릴러라면 인물을 연이어 긴박한 상황, 특히 다른 인물과 관련된 긴박한 상황에 넣고 대화로 불안을 표현하게 하자. 불안을 꾸준히 높이자.

**전략적 지문**

문장을 끊어 중간에 지문을 삽입하는 간단한 방법으로도 긴박감을 높일 수 있다.

> "당신을 찾으러 왔소." 그가 쉰 목소리로 속삭였다. "하지만 여기 있을 줄은 꿈에도 몰랐소."

이 문단과 다음 두 문단의 차이를 찾아보자.

> 그는 쉰 목소리로 속삭였다. "당신을 찾으러 왔지만, 여기 있을 줄은 꿈에도 몰랐소."

> "당신을 찾으러 왔지만, 여기 있을 줄은 꿈에도 몰랐소." 그는 쉰 목소리로 속삭였다.

차이를 알겠는가? 문단을 소리 내서 읽어보고 앞의 문단에는 있지만 뒤의 두 문단에는 없는 리듬이 어떻게 긴박감을 더해주는지 들어보자.

### 속도감

앞에서 이미 속도감을 조절하는 방법을 다루었으므로 여기에서는 대화 장면의 속도가 빨라지면 긴장이 고조된다는 것만 언급하겠다. 예를 들어 인물이 흥분한 상태인데 갑자기 말을 느리게 한다면 제정신을 아니라는 뜻일 수 있다. 반대 상황도 마찬가지다. 두서없이 말을 늘어놓던 인물이 갑자기 흥분하며 빠르게 말하기 시작한다면 역시 폭발 직전인 것이다. 긴박감은 높아진다. 물론 대화 속도가 급변할 때는 반드시 타당한 이유가 있어야 한다. 아무 이유 없이 속도를 높이거나 낮춰서는 안 된다.

### 긴장감

대화 장면에 긴장감을 만들면 긴박감은 저절로 높아진다. 긴장감을 만드는 방법은 독자가 머릿속으로 장차 일어날 사건이나 상황을 짐작할 수 있게 해주는 것이다.

다음은 아일린 굿지의 『장미 정원Garden of Lies』에 나오는 장면이다. 레이첼이 데이비드에게 자신이 원하는 대로 해주지 않으면 어떻게 할 건지 말하면서 긴박감이 고조되는 모습을 보자. 데이비드는 레이첼의 정부지만 의사이기도 하며, 레이첼은 자신이 가진 아이를 낙태해달라고 한다. 그러니까 두 사람의 아이를. 데이비드는 그녀가 미쳤으며 정신과 상담이 필요하다고 말한다.

"…… 당신에게 필요한 건 그거요, 레이첼. 맞아. 이번엔 정말 제정신이 아니야."

"그럴지도 모르죠. 그래도 변하는 건 없어요. 이 문제가 아직 우릴 붙잡고 있으니, 이거 아니면 저거예요." 레이첼이 말했다.

"무슨 뜻이오?" 데이비드는 의심스럽다는 듯 눈을 찌푸렸다.

"당신이 낙태를 해주지 않으면, 다른 데 가서 하진 않겠어요. 아기를 낳을 거예요."

"지금 협박하는 거요?"

"아뇨." 역시 진심이었다. "내가 할 수 있는 일이 뭔지 얘기해주는 거예요. 내가 선택할 수 있는 길이 뭔지. 당신 친구 켈러허에게 깔끔하게 인공중절 수술을 받는 건 선택 항목에 없어요."

물론 데이비드 입장에서 아기를 낳는 건 낙태와 다를 바가 없다. 더 나쁜 상황일 수도 있다. 그러면 레이첼은 어떻게 할 것인가? 데이비드는 어떤 반응을 보일 것인가? 이 소설의 작가는 앞으로 일어날 사건을 암시하는 긴장감 넘치는 대화 몇 줄로 독자를 사로잡는 데 성공한다. 소설 내내 이런 대화를 쓸 수 있다면 독자를 놓칠 일은 결코 없을 것이다. 단 한 순간도.

### 장면 끝내기

장면이 끝나는 부분에서 인물의 말로 독자가 책장을 넘길 수밖에 없는 긴박감을 만들 수 있다. 인물이 곧바로 불을 끄고 잠을 청하며 한 장章이 끝나더라도 상관없다. 비법은 열린 결말이다. 우리는 너무나 자주 장면이나 장이 끝날 때는 상황이 깔끔하게 마무리되어야 한다고 생각한다. 진실에서 멀리 떨어지는 건 용납하지 못한다. 그러나 정확히 이와 반대로 해야 한다. 문제를 해결되지 않은 상태로 놔두자. 문제가 많을수록 좋다.

또 시점인물이 긴박감을 고조하고 다른 인물이나 독자가 숨막힐 정도로 놀랄 만한 말을 했을 때, 반드시 다른 인물이 대답하게 할 필요도 없고 깔끔하게 마무리 지어줄 다른 요소를 넣을 필요도 없다. 장면 끝부분을 시점인물의 서술이나 시점인물에게 영향을 미칠 서술로 끝내자. 긴장감이 넘치고 무슨 일이 벌어질지 궁금해서 독자가 다음 장을 읽게 만드는 서술이어야 한다. 질문을 남겨도 효과가 좋다. 아니면 인물이 보인 반응만으로 끝내도 좋다.

현실 속에서 누군가 충격적인 말을 했는데 대답하는 사람이 없으면 그 말은 공중을 떠돌게 된다. 그러면 주변 사람들이 말과 반응으로 허공을 채우기 시작할 때보다 영향력과 파급력이 훨씬 크다.

리타 매 브라운은 『비너스 선망Venus Envy』에서 전문가다운 솜씨를 보여준다. 프래지어는 암에 걸렸다고 생각하고 입원하며 모두에게 자신이 동성애자라고 커밍아웃을 하지만 알고 보니 오진으로 암이 아니었다. 이제 프래지어는 커밍아웃 때문에 생긴 혼란에 대처하며 살아야 한다. 각 장에서 일어나는 사건은 알지 못하지만 작가가 각 장을 마무리할 때 쓴 대화를 살펴보자.

> "너랑은 도무지 말이 통하질 않는구나. 넌 우리 가족을 망가뜨릴 때까진 만족 못 할 거야. 왜 그러는데? 그렇게 괴짜가 되고 싶니?"

리비가 격분해서 외쳤다.

"동성애자가 어떤 사람인지 알아? 아무도 사랑하지 않는 사람이야. 바로 엄마 같은 사람! 엄만 사랑을 할 줄 몰라!"

프래지어는 수화기를 내동댕이쳤다. 고양이가 화들짝 놀랐다.

"…… 모든 인간에겐 대답해야 할 단 한 가지 질문이 있는지도 몰라."

열렬히 귀담아듣고 있던 카터가 끼어들었다.

"그게 뭔데?"

"살 것이냐, 죽을 것이냐."

프랭크는 한숨을 쉬었다.

"이 마을은 관장을 좀 받아야 해."

킴벌리가 떠난 뒤, 사라와 프래지어는 잠시 그대로 앉아 있었다.

"있잖아, 내가 죽었으면 다들 더 좋았을 거란 생각이 들어. 문제를 직면하는 것보단 나았을 거야. 아니, 내가 죽기를 바란다고 말하는 건 너무 지나치고. 내가 해고통지서를 받길 바라는 것 같아. 그럼 인생에서 사라질 수 있으니까."

이 작가는 분명히 장면 끝내기 기법의 효과를 알고 있다. 그래서 그토록 자주, 그토록 능숙하게 쓰는 것이다. 짐작컨대 이 작가는 독자가 책장을 계속 넘기도록, 긴장감을 만드는 긴박감 넘치는 대화를 쓰려고 각 장 끝부분에 상당히 공을 들인 것 같다. 또 뒤이어 다른 인물들의 반응을 보여주지 않은 점에 주목하자. 충격적인 말만 던지고 끝내버린다. 때로는 인물의 말이 허공에 메아리치게 남겨두기 어렵겠지만 긴장감과 긴박감을 만드는 데에는 효과가 몹시 좋다.

감정보다 극적인 효과와 긴박감과 긴장감을 더 많이 불러일으키는 게 있을까? 감정은 개인과 국가 사이에 전쟁을 일으키고, 사랑하는 사람들 사이에도 전쟁을 일으킨다. 다음 장에서는 독자의 감정을 이끌어낼 수 있도록 대화로 인물의 감정을 전달하는 방법을 살펴볼 것이다.

## 실전 연습 01

책장에 있는 소설을 하나 골라(이미 읽은 소설이면 더 좋다) 장면이나 장의 시작 부분을 자세히 살펴보자. 행동이 순조롭게 전개되고 인물들이 생생히 살아나도록 매력적인 대화를 쓰는 데 작가가 얼마나 공을 들였는가? 적어도 다섯 장면을 고르거나 각 장의 시작 부분을 다섯 군데 골라서, 독자를 그 장면이나 이야기 전체로 끌어당길 대화를 활용해 다시 써보자. 가능하면 갈등을 최고조로 끌어올리고 분노를 폭발시키자. 이 연습을 하면 얼마든지 독창적으로 생각할 수 있게 된다. 이제 자신이 쓰고 있는 소설을 훑어보고 대화를 활용해 좀 더 매혹적인 장면을 써보자.

## 실전 연습 02

다음은 갈등이 일어나는 상황이다. 각각 긴박감 넘치는 대화를 두 장면씩 쓰자.

- 한 인물이 다른 인물에게 비밀이 있는데 쓸데없는 잡담이나 하려고 한다.
- 한 인물이 직장에서 자신의 가치관과 충돌하는 일을 하도록 강요받고 있다. 이 인물이 상사와 대화를 나눈다.
- 한 남자가 자신의 애인과 절친한 친구가 잠자리를 같이 했다는 것을 알게 되었다. 이 남자와 그 친구는 술집에서 당구를 치는 중이다.

## 실전 연습 03

우리가 이 장에서 살펴본, 긴박감을 높이는 다섯 가지 기법을 각각 활용해 대화 장면을 한 쪽 쓰자.

- **침묵:** 인물에게 격렬한 감정을 불러일으키는 장면을 쓰자. 그 인물은 말을 꺼내도 되는지 자신이 없는데 주변 인물들은 수다를 떤다.
- **불안:** 인물이 너무 불안한 나머지 감정을 주체하지 못하는 장면을 쓰자. 그 인물이 불안한 까닭을 이야기할수록 불안이 커져간다.
- **전략적 지문:** 다음 문장들을 다시 쓰되 문장을 끊어 긴박감을 고조하자. 문장 중간에 지문을 넣는다.

  "일이 재미있어 보이지 않으면 그걸 잘해낼 수 있을지 모르겠단 말이야." 그가 말했다.

  그녀는 그를 바라보며 말했다. "당신을 사랑하지만 아직은 다시 누군가를 만날 준비가 안 됐어요."

  "당신이 재빨리 해치우면 그들은 찍소리도 못 들을 거야." 그녀가 말했다.

- **속도감:** 긴장감이 높아지는 상황 속에 인물을 집어넣고 인물이

점점 높아지는 긴장감에 따라 대화하게 하자.

- **긴장감:** 인물이 다른 인물에게 앞으로 일어날 일에 대해 어떻게 말해야 할지 고심하는 대화 장면을 써보자.

### 실전 연습 04

책장에 있는 소설을 하나 골라(이번에도 이미 읽은 소설이면 더 좋다) 장면과 각 장의 끝부분을 자세히 살펴보자. 긴장감과 긴박감이 넘치는 대화로 마무리하기 위해, 아니면 서술로 마무리하기 위해 작가가 얼마나 공을 들였는가? 마무리가 허술한 부분을 다섯 군데 이상 골라 다시 쓰되 각 장면을 충격적인 말 한마디로 마무리하자.

그러고 나서 자신이 쓴 소설의 장면 끝부분을 살펴보자. 독자를 놀라게 하고 계속 책장을 넘기게 할 말 한마디가 있는지 찾아보자.

10장

# 대화와 감정: 분위기로 가득한 장면

우리가 우리의 감정을 자각하든 안 하든,
우리는 다른 사람들에게 끊임없이 신호를 보낸다.
인물도 마찬가지다. 행동과 말로 감정을 표출한다.
감정은 오래 감출 수 없다.

"차라리 패스트푸드점에서 일하고 말지!" 나는 친구의 차에서 내리며 말했다. 당시 내가 하고 있던 편집 업무에 대해 열띤 토론을 벌인 후였다. 패스트푸드점은 문제가 아니란 걸 잘 알 것이다. 그게 핵심이 아니었다. 핵심은 기절할 정도로 피곤했고 화와 짜증이 치밀고 좌절감이 느꼈으며 그 일에 정이 뚝 떨어졌다는 것이었다. 감정이 얼마나 격앙되었던지 내가 한 말이 며칠 동안 머릿속을 맴돌았고 결국 나는 일을 그만두고 말았다.

격한 감정으로 다른 사람에게 말하거나 소리치거나 속삭인 말은 우리의 기억에 남는다. 다른 사람이 흥분해서 우리에게 말하거나 소리치거나 속삭인 말도 역시 기억에 남는다.

우리는 독자에게 기억될 만한 소설을 쓰고 싶어 한다. 잊을 수 없는 인물들을 만들고 싶어 한다. 그러려면 감정으로 가득한 대화를 써야 한다. 그 감정이 두려움이든, 슬픔이든, 기쁨이든, 분노든 상관없다. 중요한 점은 우리가 만들어낸 상황과 갈등에 인물이 감정적으로 반응하는지, 격렬한 감정이 실린 대화로 서로에게 자신의 느낌을 전하는지다. 격렬하고 격앙된 감정, 폭발할 듯한 감정이어야 한다. 감정이 강할수록 좋다.

감정을 만들어야지 신파를 만들면 안 된다. 둘은 다르다. 우리는 연속극을 쓰고 있는 게 아니다. 대화 장면에 감정이 드러나면 독자는 인물이 겪게 된 갈등에 관심을 보이고, 그 인물이 맞닥뜨린 문제에 대해 걱정하게 된다. 소설의 모든 대화는 제아무리 분량이 적어도 어떤 감정이든 전달해야 한다. 작가는 어떤 감정인지만 정하면 된다. 어떤 감정인지는 쓰고 있는 소설의 장르와 그 장면에서 인물들에게 벌어질 사건에 따라 달라진다.

감정이 실린 대화를 쓸 때 초보 작가는 실수를 많이 저지른다. 대개는 너무 열심히 노력한 탓이다. 예를 들어 다음과 같다.

- 인물들이 농담을 주고받으며 별 재미도 없는 농담에 배꼽이 빠져라 웃어댄다.
- 인물들이 함께 울고불고 한 나머지 지켜보던 독자가 '알았어, 알았으니까 그만 울고 넘어가'라고 생각하는 지경에 이른다.
- 인물들이 발가락이 부딪히거나 손톱이 깨진 정도의 일로 미친 듯이 화를 낸다.

지나치게 과장하며 부적절한 감정을 표출하는 인물을 만들게 되는 이유는 작가가 자기 자신의 감정에 이르지 못해 자연히 스스로도 부적절하게 행동하기 때문이다. 아니면 소설에서 강조하고 싶은 점이 있는데 그 방법이 극단적인 감정 표출이라고 생각하기 때문이다.

또 다른 극단도 흔히 보인다. 이번에는 감정을 억누르는 경우다.

- 한 여자가 불륜 때문이든 사고 때문이든 남편을 잃고 다음 날 밤 사교 모임에 가는데, 머릿속 주된 관심사는 크랜베리 오이 샐러드 조리법을 얻는 것이다.
- 한 여자가 무슨 소리를 듣고 두려움도 없이 야구 방망이를 쥐고는 강도와 맞붙으려고 캄캄한 지하실 계단을 뛰어 내려간다.
- 한 남자가 해고되었는데 집에 와서 아내에게 해고당하는 게 당연하다고 말한다. 화도 내지 않고 순순히 받아들인다.

감정을 부인하고 억누르는 인물들을 만드는 건 작가 스스로 감정을 부인하고 억누르기 때문이다.

나는 글쓰기 교사로서 이런 특성을 보이며 소설을 쓰려는 학생들을 도울 수가 없어 자주 좌절감을 느낀다. 나는 제대로 글을 쓰려면 심리치료가 필요하다고 농담을 하는데 사실 어느 정도는 진심이다. 치료를 받느냐 마느냐는 자신이 선택할 문제다.

이제 실용적인 방법 몇 가지를 알려주겠다. 분명 독자의 눈을 사로잡고 인물을 기억에 남게 하는 감정이 가득한 대화를 쓸 수 있을 것이다. 이번 장에서는 대표적인 감정 몇 가지를 골라 인물을 통해 그런 감정을 나타내는 데 대화를 어떻게 사용하면 되는지 살펴보려 한다. 그러나 우선 감정으로 소설의 분위기를 설정하는 방법부터 알아보자.

## 감정으로 분위기 설정하는 방법

“당신을 증오해!”, “살고 싶지 않아……”, “내가 이겼어!”, “꼼짝도 하지 마.”

모두 강한 표현이다. 실제로 현실 속에서 우리는 감정을 발산할 때 다양한 신체적 표현을 한다. 주먹으로 벽을 때리거나 이를 갈거나 손뼉을 친다. 신체적 표현은 아주 많다. 그러나 어느 시점에 이르면 자신에게나 다른 사람에게 말을 한다. 인물의 감정을 드러내는 매우 효과적인 방법은 말을 시키는 것이다. 속삭이든지 고함을 지르든지 소리 내서 말하게 하는 것이다. 행동과 서술을 함께 엮어서.

이는 만화가가 잘하는 일이다. 만화가는 만화 속 인물의 얼굴에 화났거나 슬프거나 행복하거나 겁에 질린 표정을 그린다. 만화 독자는 이 그림을 보며 인물이 어떤 기분인지 바로 알게 된다. 시나리오 작가들 역시 함께 작업할 실제 배우들이 있다. 관객은 찡그린 얼굴, 눈물, 웃음, 두려워서 동그랗게 뜬 눈을 보게 된다.

그러나 소설가는 이런 호사를 누릴 수가 없다. 우리의 유일한 도구는 말이며, 순간순간 독자가 인물의 감정을 알 수 있을 만한 말을 인물의 입에 넣어줘야 한다. 그러니 감정적 차원에서 독자와 소통하려면 먼저 우리의 인물과 소통해야 한다. 그리고 그렇게 하려면 반드시 인물들이 서로 소통해야 한다.

이 책은 인간의 감정을 다루는 심리치료서가 아니다. 그러나 삶의 속도를 늦추어 순간순간 자신의 감정을 느끼는 사람은 많지 않다. 그러나 우리가 우리의 감정을 자각하든 안 하든, 우리는 다른 사람들에게 끊임없이 신호를 보낸다. 인물도 마찬가지다. 다른 인물이 질문하지 않으면 기분이 어떤지 밝힐 수 없지만 행동과 말로 감정을 표출한다. 인물이 제아무리 감정을 숨기려 해도 알게 될 것이다. 감정은 오래 감출 수 없다.

화, 슬픔, 기쁨, 두려움은 기본적인 감정에 속한다. 물론 여기에서 파생된 하위감정이 오가기도 한다. 질투, 혼란, 좌절 등 이런 하위감정은 감정보다는 심리 상태에 더 가까우므로, 이 장에서는 기본적인 감정만 다루며 대화로 소설에 분위기를 설정하는 방법을 배워볼 것이다.

### 인물의 기분을 드러내고 싶을 때

인물의 기분이 어떤지 독자에게 알려주고 싶은가? 대화를 활용하자. 인물이 입을 열고 말을 하면 즉시 감정적 상태가 드러난다. 매우 강력하고 효과적인 방법이다. 다음 예시를 따라 대화로 인물의 감정을 나타내는 연습을 해보자. 모두 두 인물 이상이 연관된 상황이라 구체적인 감정을 보여주는 주된 수단으로 대화를 활용할 수 있다. 각 상황마다 대화 장면을 한 쪽씩 쓰자. 어떤 상황이든 필요한 대로 마음껏 수정하자.

- 주인공과 그의 절친한 친구가 각자 생각에 빠져 고속도로를 달리고 있다. 그런데 낡은 자동차가 주인공의 최신형 SUV의 옆면을 긁고 지나가더니 계속 질주한다. 화가 난 주인공의 입에서 가장 먼저 나오는 말은 무엇일까?

- 주인공과 그녀의 남자 친구가 고급 레스토랑에 저녁을 먹으러 왔다. 남자 친구가 이제 막 주인공에게 그녀를 더 이상 사랑하지 않으니 헤어지자고 말한 상태다. 주인공이 눈물을 흘리지 않고 말로 충격과 슬픔을 표현하게 하자.
- 주인공이 꿈꾸던 회사에 이제 막 합격했다. 무척 좋아하는 일을 하게 될 것이며, 생각보다 봉급도 많이 받게 될 것이다. 그는 곧 고용주가 될 사람의 사무실에 앉아 있다. 너무 신나서 감정을 주체하지 못한다. 그가 기분이 어떤지 불쑥 이야기한다.
- 주인공과 그녀의 남자 친구가 이른 아침부터 도보 여행을 하고 있었다. 이제 땅거미가 지는데 길을 잃었고 도저히 방향을 찾을 수 없다는 것을 깨달았다. 주인공이 갑자기 겁에 질리며 그 느낌을 소리 내서 표현한다.
- 주인공이 용서하지 못하는 아버지의 죽음을 알게 되었다. 주인공은 현재 정신과 진료실에 있는데 무덤덤하다. 정신과 의사가 아버지와 관련해 무엇이 가장 그리울지 묻자 갑자기 무감각한 느낌이 사라지고 할 이야기가 많아진다.

## 사랑: 인물은 두려움도 함께 느낀다

『매디슨 카운티의 다리』를 어떻게 생각하건 간에(무척 좋아하는 독자도 있지만 싫어하는 이도 많다. 개인적으로 나는 눈물 빼는 러브스토리라면 사족을 못 쓴다), 프란체스카 존슨와 로버트 킨케이드의 애정 장면에서는 독자의 마음을 뒤흔드는 대화를 볼 수 있다.

이 소설은 나흘 동안 한 여자의 삶에 스며들었다가 다시 빠져나오면서 그녀의 마음을 가져가고 자신의 일부를 그곳에 남겨둔 한 남자의 이야기다. 기본적으로 그런 내용이다. 물론 작가가 출판사 편집자에게 보낸 시놉시스는 이게 아닐지 몰라도 꽤 비슷할 것이다. 프란체스카는 로버트에게 왜 남편과 아이들을 버리고 그를 따라 아이오와의 시골 길을 가로질러 노을 속으로 사라질 수 없는지 설득한다. 그리고 다음과 같은 장면이 이어진다. 프란체스카의 말은 책임감에 대한 내용이다.

> 로버트 킨케이드는 말이 없었다. 길과 책임감, 죄책감 때문에 변하게 될 거라는 그녀의 말이 무슨 뜻인지 이해할 수 있었다. 어떤 면에서는 그녀가 옳았다. 로버트는 창밖을 내다보며 자기 자신과 싸웠다. 그녀의 감정을 이해하기 위해 싸웠다. 프란체스카가 울기 시작했다.
>
> 그 후 둘은 한참 동안 껴안고 있었다. 그리고 로버트가 속삭였다.
>
> "할 말이 있소. 단 한 가지요. 다시는 다른 누구에게도 하지 않을 말이니 당신이 기억해줬으면 좋겠소. 불확실함으로 가득한 이 우주에서 이런 확실한 감정은 딱 한 번 오는 거요. 몇 번을 다시 살더라도, 다시는 오지 않는 거요."

이 말에 여성 독자들은 넋을 잃고 황홀해한다. 이렇게 특별한 사람이 이런 고백을 하는데, 뭐든 내주지 않을 여자가 세상에 어디 있을까? 이토록 특별하게 생각해주는데?

하지만 이 말이 독자의 마음을 그렇게 뒤흔든 까닭은 구체적으로 무엇일까? 그리고 진정성과 현실감이 가득한 분위기로 사랑을 전하는 감성적인 대화를 쓰려면 어떻게 해야 할까?

사랑을 표현하는 장면을 쓰고 있거나 인물의 마음이 사랑으로 가득한 장면(대상이 사람이든, 동물이든, 공간이든)을 쓰고 있다고 해보자. 인물이 진부하거나 감상적이거나 허구라는 인상을 주지 않고 정말 살아 있는 듯 감정을 표현할 방법은 무엇일까?

앞의 『매디슨 카운티의 다리』의 장면이 독자를 사로잡는 이유 하나는 갈등과 해소가 모두 존재하기 때문이다. 두 사람은 가질 수 없는 것, 일어나서는 안 되는 일을 원한다. 그래서 둘 다 망설이고 있다. 두 사람 모두 마음속으로는 프란체스카가 그녀답게 '올바른' 선택을 하리란 걸 알고 있지만 말이다. 이 모든 사연이 짧은 장면에 담겨 있다. 그리고 우리는 로버트가 무슨 말을 하는지 확실히 알 수 있다. 우리도 그와 똑같은 마음을 느꼈으므로.

우리는 인간적으로 다른 사람과 친밀한 관계를 맺기 두려워한다. 사랑은 매우 친밀한 감정이다. 그러므로 두 인물이 사랑을 표현하는 장면을 쓸 때 반드시 기억할 점은 그 대화가 섹스로 이어지든 그렇지 않든, 인물이 두려움과 사랑을 동시에 느끼고 있다는 사실이다. 그 장면에 현실감을 불어넣으려면 한 인물 안에서 동시에 일어나는 그 두 감정을 모두 포착해야 한다. 두 인물 모두 그런 상태일 수도 있다. 섹스로 이어지는 장면일 경우 손바닥도 마주쳐야 소리가 나고 말싸움도 상대가 있어야 하는 법이기 때문이다.

그러면 어떻게 하면 될까? 길은 연습뿐이다. 작가가 사랑을 표현하는 장면을 편안하게 그릴수록 인물도 편안해한다. 어쩌면 효과적인 장면을 찾기 위해 인물을 수많은 장면과 다양한 공간에 넣어봐야 할지도 모른다. 사랑을 표현하는 장면에서 반드시 연인이 하룻밤을 보낼 필요는 없다. 우리가 추구하는 건 사랑이라는 감정이다. 부모와 자식 사이나 친구 사이에서도 남녀 사이에 오가는 낭만적인 감정만큼이나 쉽게 사랑이 오갈 수 있다. 오히려 남녀의 섹스 장면으로 건너뛰어 버리면 둘에게 드러나고 있던 사랑이라는 감정이 빠져나가 버리기도 한다. 정말로 두 인물의 애정 관계를 발전시키고 싶다면 여유를 갖고 두 사람이 가까워지며 나누는 대화를 통해 서서히 감정을 드러내자.

## 분노: 저마다 표현 방법이 다르다

분노라는 감정은 여러 방법으로 표현할 수 있다. 자신을 화나게 하는 것을 잘 살펴보자. 그러면 자신의 분노를 대화 장면에 현실감 있게 활용할 수 있다. 다른 사람들을 화나게 하는 건 무엇이며 어떤 식으로 표현하는지도 잘 살피자. 자신과는 매우 다르게 표현할 때가 많을 것이다.

마이클 도리스의 소설 『푸른 물결 위의 노란 뗏목A Yellow Raft in Blue Water』에 나오는 장면을 보자. 주인공인 소녀의 어머니는 10년 전에 소녀를 외할머니에게 맡기고 떠나버렸다. 소녀는 그 때문에 약간 화가 났다. 생각이 그다지 건실하지 못한 소녀의 어머니 역시 화를 낸다. 사람들은 화를 낼 때 비난하고 변명하고 진심이 아닌 말을 내뱉기도 한다. 말은 대개 생각 없이 쏟아져 나온다. 여기에서 시점인물인 레이오나는 그토록 오래전에 자신을 버린 어머니에게 비난을 퍼부을 기회를 마침내 이용하는 중이다.

딸 노릇이 새삼스러운 건 아니잖아, 라고 나는 내 자신을 옹호했다.

"연락하려고 했어요, 정말." 내가 말했다.

"정말이라고? 정말!" 엄마는 겉옷 장식띠를 팽팽하게 당겨 매듭을 지었다. "대단도 하구나. 난 여기에서 개처럼 시름시름 앓고 있는데, 넌 저 멀리……."

"베어포 레이크 스테이트 공원에서 일하고 있었어요."

"재미 좋았겠구나!" 엄마가 외쳤다. "공원에도 가시고."

"하지만 엄마가 먼저 우릴 버렸잖아요."

"맞아, 내 탓이지." 엄마는 고개를 돌려 데이턴을 보았다. "외할머니를 버린 게 나 때문이래. 암, 그렇고말고."

"너무 화내지 마. 마음이 가라앉으면 딸을 만나게 돼서 기쁠 거야." 데이턴이 대답했다.

"너한테 무슨 일이라도 생긴 줄 알았다!" 엄마가 나에게 꽥 소리쳤다. 그때까지 엄마가 한 말 중 최악이었다.

"웬 관심이죠?" 기운이 되살아났다. "엄만 샬린에게 약상자를 받으러 온 거지, 날 보러 온 건 아니었잖아요."

엄마는 멈칫했다. "그게 약이란 걸 어떻게 알았지?"

"그리고 엄만 줄곧 여기 있었죠. 20킬로미터도 안 되는 곳에 말이에요. 누가 누굴 버렸다는 건지!"

"앤 인정머리가 없어!" 엄마가 데이턴에게 호소했다. "내가 이렇게 아픈데, 상처 주는 말만 하다니."

"아빠한테도 그렇게 했지만 먹히지 않았잖아요." 나는 너무 화가 나서 사리분별을 할 정신이 없었다. "아프지도 않으면서."

물론 엄마는 아팠다. 입 밖으로 말을 뱉은 순간 알 수 있었다. 차가 멈춘 후 시시각각 내 머릿속 어딘가에 그 사실이 기록되고 있었다. 엄마는 기력이 없고 창백했다. 이마에 새로 잡힌 가느다란 주름들이 실처럼 눈썹 위에 뻗어 있었다. 뺨이 옴폭 들어갔지만 허리는 두꺼웠다.

"꼭 아빠 같구나. 말이든 뭐든 다." 엄마는 꽁꽁 얼어붙은 목소리로 나에게 말했다.

이 대화 장면이 효과를 발휘하는 까닭은 무척 생생하기 때문이다. 화가 난 사람들은 흔히 앞뒤가 안 맞는 말을 해서 생각의 흐름을 따라갈 수 없을 때가 많은데, 실은 생각의 흐름 자체가 없다. 사람들은 상대방에게 상처를 줄 수 있는 말과 자신의 입장을 변호할 수 있는 말이면 뭐든 내뱉는다. 그러면서 자신의 쓰라린 약점은 들키지 않으려 한다.

인물이 화를 낼 때는 대개 장면의 속도가 빨라진다. 문장과 문단을 좀 더 짧게 구성하고 서술을 줄이면 가능하다. 하지만 속도가 느린 장면 역시 화를 내는 데 효과가 있으며 훨씬 무시무시한 분위기를 연출할 수 있다. 곧 화가 폭발할 거란 징조이기 때문이다. 다음에 나올 두 번째 항목, '서서히 타오르는 분노'를 보자. 캐리는 화를 꾹 누르며 참고 있지만 장면이 이어지고 매트가 계속 입씨름을 하면 결국 화를 폭발시키며 비난을 쏟아부을 것이다.

비난은 어떻게 드러날까? "당신이 미워" 같은 말을 몸을 떨며 큰 소리로 할 수 있다. 아니면 같은 말을 굳은 몸으로 조용하고 냉담하게 할 수도 있다. 미움은 감정이 아니다. 심리 상태다. 화가 감정이다. 그리고 우리는 무수한 이유로 화를 내는데, 나는 다행히도 나이를 먹어갈수록 화를 덜 내게 된다는 사실을 알게 되었다. 우리 안에 있는 분노의 크기는 이를 어떻게 표현하는지, 원인에 어떻게 대처하는지, 자신을 위해 얼마나 애쓰는지에 달려 있다. 이런 까닭에 소설을 쓰기 전에 인물 개요를 작성하는 게 중요하다. 인물을 화나게 하는 요인이 무엇인지 알 정도로 인물들을 파악해야 하기 때문이다. 앞에서 말했듯이 사람마다 화를 내는 이유는 다르다. 알다시피 사람들은 종교나 정치를 화제로 잘 삼지 않는다. 그런 주제는 격렬한 감정을 불러일으키기 때문이다. 솔직히 나는 상대가 원하면 얼마든지 정치 이야기를 할 수 있으며 조금도 긴장하지 않을 것이다. 그러나 종교 이야기를 시작하면 목숨을 걸고 말할 것이다. 작가는 인물에 대해 바로 이런 점을 알아야 한다. 모든 면에서 그 인물을 화나게 하는 건 무엇인가? 무엇이 그를 좌절시키는가? 무엇이 짜증을 일으키는가? 잠시라도 통제력을 잃게 하는 내면의 분노는 왜 일어나는가?

이렇게 하면 인물의 내면을 파악하는 데 한걸음 다가설 수 있다. 그러나 인물의 외면도 파악해야 한다. 인물은 분노를 신체적,

언어적으로 어떻게 표현하는가? 어떤 사람들은 화가 나면 이상할 정도로 잠잠해진다. 또 어떤 사람들은 가까이 있는 아무에게나 즉시 화를 표출한다. 또 극히 일부이지만 어떤 이들은 화내는 법을 알고 그 화를 다른 사람 탓으로 돌리지 않으며 스스로 책임을 진다. 그리고 화가 나는 감정을 불편하게 여기며 자신이 화가 났다는 사실을 부인하는 사람도 많다.

인물은 어떠한가? 그 인물을 뚜껑이 열릴 만한 상황에 집어넣기 전에 알아둬야 한다. 지금부터 허구의 인물이 똑같은 상황에서 화를 표현하는 서로 다른 세 가지 방식을 살펴보자. 젊은 부부인 매트와 캐리는 가정의 보금자리가 될 첫 집을 사려고 저축을 하고 있다. 그런데 매트가 도박으로 저금을 날렸다는 사실을 캐리가 이제 막 알게 되었다.

• **현실 부정**

"담보대출 중개인이랑 내일 만나기로 한 거, 잊지 마." 캐리는 접시에 으깬 감자를 덜며 말했다.

"쓸데없는 짓이야. 이젠 돈이 없어." 매트가 맥 빠진 목소리로 말했다.

"그렇게 많은 돈을 도박으로 날렸을 리가 없어. 2만 달러가 넘었다고. 그럴 리 없어. 5년 동안 저축한 돈인데." 매트가 그랬을 리가 없었다. 술에 취해 죄다 써버렸다고 착각한 것이었다. 게다가 하룻밤에 어떻게 그 많은 돈을 다 인출할 수 있단 말인가? 캐리는 고개를 저었다. "불가능한 일이야, 그래서 그래. 전부 사라졌을 리가 없어. 그동안 모은 돈이 얼만데. 몇 년 간 봉급에서 꼬박꼬박 떼서 매주 적금을 부었잖아. 정말 필요한 물건도 못 사고. 그래, 당신이 도박을 좋아하는 건 알지만, 계산을 잘못했을 거야."

매트는 자리에 앉아 접시만 멍하니 바라보았다. 방 안 가득한 침묵에 귀가 먹먹했다.

• 서서히 타오르는 분노

"뭐라고?" 캐리는 으깬 감자를 접시에 덜었다. "내가 잘못 들은 거겠지."

매트는 고개를 푹 숙였다. "제대로 들은 거 맞아. 돈이 모두 없어졌어. 어느 주말에 라스베이거스로 출장 갔었잖아? 난 돈을 따고 있었는데…… 그날 밤 돈을 따면서 시작했는데, 그게, 정신 차리기도 전에—"

"나가." 캐리는 접시를 뚫어져라 노려보았다. "내가 밖으로 끌어내기 전에 당장 나가."

"뭐? 나가라니 무슨 말이야? 여긴 내 집이기도 해—"

"이젠 아니야." 캐리의 목소리는 자신의 귀에도 아득하게 들렸다. "이게 마지막이야. 내일 이혼 소송을 걸 거야. 다시는 나한테 이런 짓 못 하게 하겠어."

• 분노 폭발

"내일 담보대출 중개인이랑 만나기로 했어, 여보. 드디어 때가 된 거야. 드디어 성공이 코앞이야. 몇 년 동안 꼬박 돈을 모았는데.

정말 너무 신나서—"

"다 날렸어."

"뭐?" 캐리는 포크로 으깬 감자를 떠서 입으로 가져가다가 매트를 바라보았다. 포크를 접시에 달가닥 내려놓았다. "무슨 말이야? "다 날리다니?"

"돈 말이야. 라스베이거스에 출장 간 날 밤에. 처음엔 따고 있었어. 어떻게 된 일인지 모르겠어. 정신 차릴 틈도 없이—"

"뭐?" 캐리가 소리쳤다. "우리 돈, 2만 달러가 죄다 사라졌단 뜻이야?"

"그래, 맞아. 금방 알아듣네."

"맙소사! 안 돼! 당신 미쳤어? 어떻게 그럴 수 있어?" 캐리는 벌떡 일어서서 포크를 쥐고 남편을 내려다보며 포크를 머리 위로 올렸다.

매트는 캐리가 한때 사랑했던 멋쩍은 웃음을 지으며 그녀를 쳐다보았다. "이렇게 끝나는 거야? 우리 결혼 말이야. 날 포크로 찌르려고?"

캐리는 포크를 보고는 의자에 털썩 주저앉아 눈물을 쏟았다.

매트가 일어나 다가가서 캐리의 어깨에 손을 얹었다. "여보—"

"만지지 마!" 캐리가 매트의 손을 쳐내며 말했다.

"당신이 미워! 이런 패배자와 결혼했다는 게 믿기지 않아! 당신은 늘 패배자였어. 내가 깨닫지 못했을 뿐이지!" 이제 캐리는 고함을 지르고 있었다. "나가! 당장!" 캐리는 일어나서 매트에게 얼굴을 바싹 들이대며 말했다. "이 집에서, 내 인생에서 사라져!"

## 두려움: 긴박감이 사방에 넘친다

인물의 두려움을 보여줄 때도 역시 그 인물이 두려울 때 무슨 행동을 할지 알 수 있도록 그를 잘 파악해두어야 한다. 처음 비행기를 타던 날 친구들과 공항에 서 있던 기억이 난다. 나는 말을 할 수 없을 만큼 두려웠다. 두려움을 느낀 다른 상황에서는 끝없이 떠들어대던 걸 생각하면 우스운 일이었다. 즉, 반응은 상황에 따라 다르다. 인물의 두려움을 보여주는 대화를 쓸 때 한 가지는 반드시 있어야 한다. 바로 긴박감이다. 두려움은 두려움을 느끼는 인물뿐 아니라 그의 영향이 미치는 주변 인물 모두에게도 긴박감을 일으킨다.

미스터리소설 작가와 스릴러소설 작가는 인물의 두려움을 드러내는 달인이 되어야 한다. 독자가 기대하는 것이기 때문이다. 메리 히긴스 클라크는 가까운 곳이 두려움이 자리 잡은 소설을 무척 많이 썼다. 다음은 『비밀의 책While My Pretty One Sleeps』에 나오는 한 장면이다. 특히 대화 속도를 눈여겨보자.

> 샘의 쇼룸 문이 열렸다. 그녀는 얼른 들어가 등 뒤로 문을 닫았다. 쇼룸은 텅 비어 있었다.
>
> "삼촌!" 그녀가 공포에 휩싸여 소리쳤다. "샘 삼촌!"
>
> 샘이 내실에서 얼른 뛰어나왔다. "니브, 무슨 일이냐?"
>
> "삼촌, 누가 따라와요." 니브가 샘의 팔을 잡았다. "문단속 좀 해주세요, 제발."

샐이 니브를 빤히 바라보았다. "니브, 확실한 거냐?"

"네, 서너 번 봤어요, 그 사람."

그 어둡고 움푹 팬 두 눈과 창백한 피부. 니브는 얼굴에서 핏기가 쏙 빠지는 기분이 들었다. 니브가 속삭였다.

"삼촌, 누군지 알겠어요. 커피숍 직원이에요."

"왜 널 따라온단 말이냐?"

"몰라요." 니브는 샐을 보았다. "아니면 아버지의 말이 모두 맞을까요? 정말 니키 세페티가 절 죽이려는 걸까요?"

이 소설의 작가는 독자가 겁에 질린 인물을 머리에 떠올릴 수 있도록 대화와 행동을 엮는다. 장면을 다시 읽어보고 행동을 골라보자. 니브는 쇼룸으로 뛰어들고, 샐의 팔을 붙잡고, 얼굴에서 핏기가 사라진다. 니브는 이때 짧은 문장으로 말하는데 그러면 반드시 장면의 속도가 올라간다. 다음을 보자.

"누가 따라와요."

"문단속 좀 해주세요, 제발."

"누군지 알아요."

"정말 니키 스페티가 절 죽이려는 걸까요?"

두려움이라는 감정은 장면의 속도를 올리는 동시에 모든 것을 정지 상태로 만들어버린다. 즉 주인공의 말과 생각과 행동에 속도가 붙는 반면, 독자가 그 장면에서 벌어지는 일을 받아들이고 그게 뭐든 위험이 닥쳐오고 있다고 느끼면서 이야기는 잠시 그 자리에 멈춰버린다.

### 밋밋한 인물에게 감정을

자신의 소설에서 가장 밋밋하고 평면적인 느낌을 주는 인물을 고른다. 이 인물이 부족한 이유는 그가 소설에서 표현해야 하는 감정이 작가 입장에서 불편했기 때문일 수 있다.
이 인물을 한 장면에 자유롭게 풀어두자. 하고 싶은 말을 마음껏 쏟아내게 한다. 비명을 지르고, 물건을 던지고, 울고, 심지어 누군가를 죽이려고 해도 내버려둔다. 주도권을 온전히 넘기고 그가 살아 있는 듯 느껴지는지 본다. 도움이 좀 필요하다면, 다음 세 가지 상황을 바탕으로 그의 감정을 이끌어내자.

- 한 남자가 열 살짜리 아들을 데리고 리틀리그 경기에 참여했는데 심판이 오심을 한다.(분노)
- 남주인공이 여주인공을 사랑하게 되었다는 것을 이제 막 깨달았다. 둘은 함께 침대에 누워 있는데 그는 그 말을 여자에게 들려주고 싶어 한다. 감정이 고조된 상태다.(사랑)
- 전화벨이 울려 수화기를 들자 국세청 대리인이 신원을 밝히며 주인공 남자에게 회계 감사를 실시할 계획이라고 말한다. 그는 올해 소득세를 탈루했다.(두려움)

## 기쁨: 감정의 롤러코스터를 타는 듯

초보 작가에게 책을 출간하는 일이나 글을 발표하는 일은 큰 사건이다. 이 점에 이의를 제기할 작가는 없으리라 본다. 오랫동안 지켜보니 기뻐하는 반응도 각양각색이었다. 어떤 작가는 친구에게 이렇게 말했다. "지난주 『월간 애틀랜틱』에 내 소설이 실렸지 뭐야." 또 어떤 작가는 전화를 스물다섯 통 걸었고 모두에게 보여주려고 출간된 자기 소설을 가방에 넣고 돌아다녔다. 나는 신문 가판대의 잡지에 내 기고문이 실린 것을 보고는 그 잡지를 움켜쥐고 번쩍 들어서 미친 여자처럼 비명을 지르며 점원들 사이를 마구 뛰어다녔다.

기쁨은 두려움이나 분노와 마찬가지로 다양한 방식으로 드러난다. 평소에 내성적이고 말이 없는 인물은 잔잔한 만족감이 실린 말 몇 마디로 기쁨을 나눌 것이다. 그러나 좀 더 외향적인 인물은 비명을 지르고 소리치면서, 두 눈을 반짝이고 손을 마구 휘두르며 폴짝폴짝 뛸 것이다. 내가 잡지에 실린 내 기고문을 봤을 때처럼. 기쁨을 느낄 때 우리는 또 어떤 행동을 하는가?

감정이 잘 어우러진 예를 보자. 다음은 아이리스 레이너 다트의 소설 『해변Beaches』의 일부분이다. 한 장면에서 긍정적인 감정과 고통스러운 감정을 뒤섞어 감정의 롤러코스터를 타는 듯 격렬한 인상을 주면 특히 효과 만점이다. 이 소설의 작가는 단짝 친구인 씨씨와 버티가 놀라운 순간을 함께하는 이 대목에서 그 작업을 멋지게 해낸다. 버티에게는 무척 행복한 일이지만, 바로 그 일이 씨씨를 절망에 빠뜨린다.

둘은 또다시 아무 말 없이 한참을 걸었다. 그러다 이번에도 버티가 침묵을 깼다.

"씨씨, 나 해버렸어." 그녀가 말했다.

씨씨는 나중에 그 대화를 떠올리며, 버티가 그 말을 한 순간 버티가 누구와 무엇을 했는지 정확히 알 수 있었다고 회상했다. 하지만 당시 씨씨는 그 생각이 틀렸기를 간절히 바라고 있었다(하느님, 듣고 계신가요?).

"뭘 해?" 씨씨는 이렇게 물으며 걸음을 멈췄다.

"자버렸어, 존이랑."

씨씨는 말이 나오질 않았다. 농담이겠지. 버티는 금세 '농담이야, 씨씨. 설마 내 말 믿은 건 아니겠지?'라고 말할 것이다.

"어머나, 이런 식으로 불쑥 말해버릴 생각은 없었는데." 그러나 버티는 대신 이렇게 말했다. "자버렸다니— 정말 끔찍한 표현이야. 사실은 그렇지 않았으니까. 우린 사랑을 나눴어. 그러니까, 정말 사랑을 나눴다고. 그리고 내 또래 누군가와 했으면 그렇지 않았을 텐데, 정말 산뜻했어. 그는 매우 부드럽고 달콤했어. 근데 우스운 게 뭔지 말해줄까?"

"으응." 씨씨는 간신히 대답했다. 오, 맙소사. 물론 씨씨는 우스운 게 뭔지 알고 싶었다. 우스운 건 바로 이게 거짓말이라는 사실이겠지. 지금 씨씨가 상상하고 있는 것, 씨씨를 무기력하게 만드는 게 모두 진짜 일어난 일이 아니라는 사실이.

"우스운 건 죄책감이나 모멸감이 느껴지지 않는다는 거야. 그리고 그 사람을 사랑하는 감정은 조금도 없어. 처녀성을 준 남자와 처음으로 사랑에 빠지게 된다는 통설이 있잖아? 근데, 난 아니야. 그래서 정말 멋지단 생각이 들어."

하지만 난 사랑에 빠졌어! 씨씨는 마음속으로 외쳤다. 겉으로는 못 박힌 듯 제자리에 서서, 차마 버티를 보지 못하고 바다만 하염없이 바라보고 있었다. 아름다운 버티. 존 페리와 함께 있는.

"다른 사람에게는 절대 말 안 할 거야, 씨씨." 버티가 서둘러 덧붙였다. "하지만 부끄럽거나 당혹스럽진 않아. 그 사람은 정말 멋진 사람이고, 내 첫 경험이 그 사람과 함께여서 기쁘니까. 하지만 너에게는 말해주고 싶었어."

씨씨의 몸에 냉기가 돌았다. 씨씨는 숄을 가져올 걸 그랬다고 생각했다.

우리는 씨씨의 시점으로 보기 때문에, 이 대목에서 기쁨보다는 슬픔과 질투가 느껴진다. 그러나 버티는 자신이 겪은 일에 몹시 흥분한 상태다. 오랫동안 원해왔던 일을 하고 친구에게 신나게 들려준다. 대화를 통해 인물의 행복이나 감격을 나타낼 때는 감정을 전하는 감탄사에 의존해서는 안 된다. 앞 장면에는 감탄사가 하나도 없다. 이 대화는 독자가 버티가 가져온 소식을 들은 씨씨의 슬픔뿐 아니라 버티의 감격도 느낄 수 있는 방식으로 표현되고 있다. 버티의 시점에서는 흥미진진한 장면이지만 씨씨의 시점에서 보면 차마 입 밖으로 꺼낼 수 없는 슬픈 생각에 사로잡혀 있기 때문에 긴장감이 더 많이 느껴진다.

이 장면이 효과적인 까닭은 작가가 버티의 말과 씨씨의 생각을 교차해 행복과 슬픔을 동시에 느끼게 하기 때문이다.

## 슬픔: 신파로 빠지지 않도록

흔히 슬픔은 대화 장면에서 드러내기 가장 까다로운 감정인데 신파로 빠지기 십상이기 때문이다. 한번은 "인물이 울면 독자는 울 필요가 없다"라는 글을 읽었는데 맞는 이야기 같았다. 인물이 눈물을 흘리기 시작하면 왜 그런지 독자는 그 감정에 저항하고 싶어진다. 그러므로 인물의 슬픔을 눈물 이외의 다른 것으로 나타내려 노력해야 한다. 대화가 좋은 방법이다. 인물이 독자의 마음을 건드리되 신파로 빠지지 않고 자신의 삶에 일어난 일을 말할 수 있기 때문이다. 사실 실존 인물은(허구의 인물에 비해) 대부분 삶에 대한 느낌을 드러낼 때 눈물을 왈칵 쏟거나 격한 말을 던지거나 자신의 두려움을 인정하기보다는 감정을 억누르려는 경향이 있다. 타인에게 약한 모습을 보이고 싶지 않은 것이다.

래리 맥머트리의 『애정의 조건Terms of Endearment』의 다음 대목에서 주된 감정은 슬픔이다. 어린 소년인 토미와 테디는 엄마를 잃게 될 상황에 있다. 엄마는 암으로 죽어가고 있다. 두 소년은 각자 나름의 방식으로 강한 모습을 보이려 애쓰고 있다. 그러나 우리는 그들이 서로 이야기하는 모습에서 격렬한 슬픔을 느낄 수 있다.

테디는 정말로 참으려 했지만 어쩔 수가 없었다. 감정이 북받쳐 올라 입 밖으로 나왔다. "아, 정말 엄마가 안 죽었음 좋겠어요." 작고 쉰 목소리였다. "엄마가 집에 오면 좋겠어요."

토미는 아무 말도 하지 않았다.

(……)

"너희 둘 다 친구를 사귀어야 한다." 엠마가 말했다. "이렇게 돼서 미안하지만, 엄마도 어쩔 수가 없단다. 너희에게 길게 말할 수가 없어, 안 그럼 너무 흥분하게 될 테니. 다행히 우린 10여 년을 함께 살았고, 대화도 많이 했어. 많은 사람이 하는 것보다 훨씬 더. 친구를 사귀고 잘 대해주렴. 여자애들을 무서워하지도 말고."

"우린 여자애들이 무섭지 않아요. 왜 그렇게 생각하세요?" 토미가 말했다.

"나중엔 무서워질 거야." 엠마가 대답했다.

"그럴 리 없어요." 토미는 몹시 긴장하며 말했다.

둘이서 엄마를 껴안을 때, 테디는 무너져버렸고 토미는 여전히 뻣뻣했다.

"토미, 다정하게 대해주렴. 제발, 다정한 모습을 보여줘. 엄말 싫어하는 척하지 말고. 바보 같은 짓이야." 엠마가 말했다.

"전 엄마를 좋아해요." 토미는 어깨를 잔뜩 움츠리며 말했다.

"엄마도 알아, 하지만 지난 1, 2년간 넌 엄마를 미워하는 것처럼 굴었어." 엠마가 말했다. "네 형제자매들을 빼고, 세상 누구보다도 네가 이 엄말 사랑한다는 걸 알아. 그리고 엄만 너에 대한 생각이 바뀔 정도로 오래 버티지 못할 거야. 하지만 넌 오래 살 거고 1, 2

넌 후에 널 짜증나게 할 엄마가 없어지면 생각이 바뀌면서 기억이 나겠지. 엄마가 너에게 동화책을 많이 읽어주고, 밀크셰이크도 자주 만들어주고, 네가 정 잔디 깎기가 싫다고 하면 그냥 빈둥거리며 놀게 해줬던 걸 말이야."

두 소년 모두 눈을 다른 곳으로 돌렸다. 엄마의 목소리가 그토록 약해졌다니 충격이었다.

"그러니까, 이 엄마가 널 사랑했단 걸 기억하게 될 거야. 네 생각이 변했다고 엄마에게 말하고 싶지만 그렇게 할 수 없는 네 모습이 떠오르는구나. 그러니 네가 엄말 사랑하는 걸 이미 알고 있었다고, 지금 말해줄게. 네가 나중에 조금도 의심하지 않도록. 알겠니?"

"알겠어요." 토미는 다행이라는 듯 재빨리 말했다.

이 장면에서 우는 인물은 없고 오히려 분노가 약간 표현된다. 그러나 가슴 사무치게 슬픈 장면이다. 엄마는 죽어가고 있으며, 아들들과의 이 마지막 만남에서 그동안 완벽한 엄마이지 못했던 모든 순간을 만회하려 애쓰고 있기 때문이다. 가슴 저미는 진솔한 대화문이 있으면 인물들이 얼마나 슬픈지 나타내려고 눈물을 연출할 필요가 없다. 엄마가 아들에게 하는 이 말을 처음 읽었을 때 가슴이 얼마나 뭉클했는지 모른다. "그러니 네가 엄말 사랑하는 걸 이미 알고 있었다고, 지금 말해줄게. 네가 나중에 조금도 의심하지 않도록. 알겠니?" 얼마나 놀라운 사랑인가. 엄마는 아들이 직접 말할 수 없을 때조차 아들의 사랑을 간직한다. 이 사랑은 아들이 나중에 기회가 있을 때 직접 말하지 못했다며 죄책감과 수

치심을 느끼지 않도록 아들을 보호해줄 것이다. 이런 의미에서 이 대화 장면 하나에는 놀라운 사랑과 깊고 깊은 슬픔이 동시에 자리 잡고 있다. 독자도 감동에 사로잡혀 읽어나갈 것이다.

## 평온: 장면에 드러나는 또 다른 감정

마음이 평온한 인물을 그릴 때는 심리 상태도 보여줘야 하지만, 또한 삶에 크나큰 혼란과 스트레스를 일으킨 문제들을 해결했거나 해결하고 있는 인물의 차분한 감정도 보여줘야 한다. 이 인물을 긴박감 있는 대화 장면에 집어넣기란 무척 어렵다. 흔히 평온한 인물에게는 극적인 요소가 별로 없기 때문이다. 그리고 극적인 요소야말로 독자가 원하는 것이다.

팻 콘로이의 『사랑과 추억The Prince of Tides』에 나오는 다음 장면을 보자. 톰 윙고는 연인인 수전 로웬스타인(정신과 의사지만 그게 핵심은 아니다)에게 결국 아내에게 돌아가기로 결심했다고 말하고 있다. 그는 이 결정에 평온함을 느끼지만 수전의 기분은 그렇지 않다.

> 나는 와인을 들며 물었다. "오늘 밤엔 뭘 먹고 싶소, 수전?"
>
> 그녀는 나를 물끄러미 바라보다가 말했다. "오늘은 그야말로 역겨운 음식을 주문할 거예요. 당신이 나에게 영영 이별을 고하는 날 밤에 멋진 식사 따윈 하고 싶지 않아요."
>
> "난 사우스캐롤라이나로 돌아갈 거요, 수전." 나는 손을 뻗어 그

녀의 손을 꼭 잡았다. "그곳이 내가 속한 곳이오."

(……)

"어떻게 된 거죠?"

"도덕심이 이겼소." 내가 말했다. "난 당신과 새 출발을 하기 위해 아내와 아이들을 버릴 용기가 없소. 그냥 그럴 수가 없소. 날 용서해요, 수전. 내 마음은 세상 그 무엇보다도 당신을 원해요. 그러나 삶에 큰 변화가 일어나는 걸 두려워하는 마음도 있소. 그 마음이 더 강해요."

"날 사랑하잖아요." 그녀가 말했다.

"동시에 두 여자를 사랑하는 게 가능한 줄 몰랐소."

"하지만 샐리를 선택했고요."

"내가 살아온 날들을 존중하기로 한 거요. 내가 더 용감한 남자였다면, 다른 선택을 할 수도 있었겠지." 내가 대답했다.

(……)

"난 엉망진창인 상황을 바로잡기 위해 애써야 하오, 수전." 나는 그녀의 눈을 들여다보며 말했다. "성공할지 모르겠지만, 노력은 해야 하오."

(……)

"샐리에게 우리 얘기 했어요, 톰?"

"했소." 내가 말했다.

"날 이용한 거군요." 그녀가 말했다.

"그렇소, 당신을 이용한 거요, 수전. 하지만 어느새 당신을 사랑하게 돼버렸소." 내가 대답했다.

"날 많이 좋아했다면, 톰……."

"아니, 수전. 난 당신에게 마음을 빼앗겼소. 당신은 내 삶을 바꿔 버렸지. 다시 온전한 남자가 된 기분이오. 매력적인 남자. 남자다운 남자. 당신 덕분에 난 모든 문제를 직면할 수 있었고, 동생에게 도움이 된다는 생각도 할 수 있었소."

"이야기는 이렇게 끝나는 거군요." 그녀가 말했다.

"그런 것 같소, 수전." 내가 대답했다.

"그럼 우리의 마지막 밤을 완벽하게 보내요." 그녀는 내 손에 입을 맞춘 다음 내 손가락 하나하나에도 천천히 입을 맞췄다. 세찬 북풍에 건물이 흔들렸다.

이 장면의 긴박감은 톰과 수전이 서로 다른 입장에 있기 때문에 생긴다. 톰은 아내에게 돌아가려 하고, 수전은 힘겹게 그를 보내고 있다.

또한 긴박감의 일부는 톰이 마음이 둘로 나뉘었다는 것을 인정할 때 생긴다. 톰은 수전에게 마음이 쓰이고 그녀를 원하지만, 아내를 원하기도 한다. 그리고 자신이 도덕성 있는 사람이라는 것과 어마어마한 죄책감을 느끼지 않고 아내와 아이들을 버릴 수 없다는 것도 안다. 그 죄책감은 수전과의 관계에도 끔찍한 영향을 미칠 것이다.

이 장면에서 수전은 톰이 정말 그럴 생각인지 확인하며 말을 잇는다.

"당신이 나에게 영영 이별을 고하는 날 밤에."

"날 사랑하잖아요."

"하지만 샐리를 선택했고요."

"날 이용한 거군요."

"날 많이 좋아했다면, 톰……."

톰은 무엇을 잃게 될지 인정하면서도 자신의 결정이 옳다고 믿으며 수전의 말에 대답한다.

"그곳이 내가 속한 곳이오."

"도덕심이 이겼소."

"내가 살아온 날을 존중하기로 한 거요."

"엉망진창인 상황을 바로잡기 위해 애써야 하오."

이 대화는 모두 두 인물의 심경을 알려준다. 주인공 톰은 자신의 결정을 평온하게 받아들이지만 이 장면에 드러나는 또 다른 감정은 슬픔이다. 인물 모두 그 단어를 입 밖에 내지 않고 작가도 서술에서 그 단어를 쓰지 않는다. 그러나 서로 사랑하지만 함께할 수 없는 두 사람의 대화는 우리의 마음에 슬픔을 불러일으킨다.

## 연민: 극적인 효과와는 거리가 먼 감정

평온과 마찬가지로 연민이나 공감, 동정은 흔히 극적인 효과와는 거리가 무척 먼 감정이다. 그러므로 극적인 효과를 불러일으킬 방법을 찾아야 한다. 솔직히 출간 도서들 중에서 연민이 주된 감정인 부분을 찾기가 어려워서, 나는 연민으로는 극적인 효과를 낼 수 없을지도 모른다고 생각하게 되었다.

앤 타일러는 내가 참 좋아하는 작가다. 인물에게 온갖 감정을 불러일으키는 솜씨가 일품이기 때문인데, 미묘하면서도 덤덤하게 독자의 가슴을 울린다. 다음은 그녀의 소설 『종이시계Breathing Lesson』의 한 장면이다. 주인공 매기는 낯선 두 사람과 함께 병원 대기실에 앉아 있다. 한 여자와 작업복을 입은 남자다. 갑자기 근처 병실에서 환자에게 말하는 간호사의 목소리가 들린다.

"자, 플럼 씨, 이 소변통 가져가세요."

"무슨 통?"

"소변통이요."

"그게 뭔데?"

"소변 담는 통이에요."

"크게 좀 말해! 안 들려."

"소, 변, 통이라고 했잖아요. 집에 가져가세요. 소변을 받아오세요! 24시간 동안 채워서요! 소변통을 다시 가져오시라고요!"

매기의 맞은편에 앉은 그의 아내가 멋쩍은 듯 킥킥거렸다. 그 여자가 말했다. "저 양반은 귀가 아주 꽉 막혔다우. 목이 터져라 소리를 질러야 겨우 알아듣는다니까."

매기는 뭐라 대답할 말이 없어 웃으며 고개만 내저었다. 그런데 그 작업복을 입은 남자가 꿈틀거렸다. 그는 크고 털이 텁수룩한 주먹을 무릎에 올렸다. 그리고 목을 가다듬었다. "거 참, 우스운 일도 다 있군요. 나도 간호사의 목소리는 잘만 들리는데, 무슨 말을 하는지는 통 알아들을 수가 없네요."

매기의 눈에 눈물이 차올랐다. 매기는 잡지를 떨어뜨리고 휴지를 찾아 가방을 뒤적였다. 그 남자가 물었다. "아주머니! 괜찮아요?"

매기는 그의 친절함 때문에 눈물이 터졌다고 말할 수가 없었다. 전혀 그럴 것 같지 않은 외모에 숨어 있는 그 자상함 때문이라고 말할 수가 없었다.

매기는 이 남자가 모르는 사람인데도 연민을 발휘해 환자의 아내가 모욕감을 느끼지 않도록 간호사의 말이 들리지 않은 척하는 모습에 무척 감동한다. 여기에서 작업복을 입은 남자는 시점인물이 아니므로 우리는 그 인물의 내면에 있는 연민을 느낄 수 없다. 그러나 그의 말과 두려움에 가득한 매기의 반응에서 이를 분명히 느낄 수 있다. "나도 간호사의 목소리는 잘만 들리는데, 무슨 말을 하는지는 통 알아들을 수가 없네요"라는 한마디 덕분에.

때로는 많을 필요도 없다. 그냥 단 한마디면 된다.

대화로 분위기를 만들고 인물의 감정을 전하는 건 종이에 쓰인 이야기에 생명력을 주는 무척 효과적인 방법이다. 그냥 긴박감 있는 대화를 쓰는 일과 인물의 두려움이나 슬픔, 기쁨이 가득한 긴박감 있는 대화를 쓰는 일은 별개다. 이는 독자를 감동시켜 인물을 보며 감정을 느끼게 한다. 그리고 일단 이렇게 기반을 다져두면 그다음부터는 탄탄대로다. 독자는 마지막 쪽까지 함께할 것이다.

인물의 감정을 표현하는 법을 알게 되었으니 이제는 대부분의 사람과 다르게 말하는 인물을 탐구할 차례다. 인물의 말투가 현실감 있게 느껴지도록, 인물의 개성을 살리는 대화를 쓰려면 어떻게 해야 할까?

## 실전 연습 01

인물이 사랑을 표현하는 연습을 해보자.

다음 상황의 인물들은 누군가에게 사랑을 표현하고 싶어 하면서도 자신의 강렬한 감정을 두려워한다. 그 감정을 표현하는 것뿐 아니라 감정 자체를 두려워한다. 인물이 말을 좀 더듬어도 좋으니 한 쪽짜리 대화 장면을 써보자.

- 열여섯 살 칼의 아버지는 암 말기다. 칼은 아버지가 시한부라는 것을 알고 있다. 아버지가 나날이 쇠약해지는 모습을 곁에서 지켜보고 있다. 그날따라 어머니는 친구들과 저녁을 먹으러 나갔고, 칼만 아버지와 집에 단둘이 있다. 칼은 다락방에서 무엇을 찾다가 우연히 어린 시절 물건이 가득한 상자를 발견한다. 첫 야구 글러브와 낡은 낚시 도구 상자에다 칼과 아버지가 함께 찍은 사진 뭉치도 있다. 뒷마당에서 씨름을 하고, 나무에 오르고, 배를 타고 나간 모습이다. 아버지에 대한 사랑과 감사가 북받쳐 오른다. 훌륭한 아버지였다. 칼은 아버지에게 말을 하려고 위층으로 달려간다. 무슨 말이든 하고 싶다. 무슨 말을 할까?

- 간호사가 수전이 막 낳은 아기를 수전의 팔에 안겨주었다. 첫아이다. 수전은 밀려오는 감정을 주체하지 못한다. 아기에게 말을 하기 시작한다.

- 열두 살 엘리는 1년 넘게 마리사와 사귀고 있다. 최근에 마리사와 함께 있을 때면 마음이 유난히 따스해진다. 그리고 아무리 만나도 싫증이 나지 않는 것 같다. 엘리는 사랑에 빠져본 적이 없어서 기준이 없다. 어느 날 밤 둘이서 마리사의 집 현관에 앉아 있는데, 또다시 그 따뜻한 느낌이 가슴에 가득 차오른다. 버거울 정도다. 엘리가 마리사를 쳐다본다.

인물이 분노를 표현하는 연습을 해보자.

혹시 배신감을 느껴본 적이 있는가? 아니면 누군가를 배신해본 적이 있는가? 배신 때문에 한 인물이 다른 인물과 맞서는 대화 장면을 써보자. 배신자의 관점에서 두 쪽 쓴 다음, 똑같은 장면을 배신당한 사람의 관점에서 다시 쓴다.

인물이 두려움을 표현하는 연습을 해보자.

행동이 전개되면서 시점인물인 주인공의 두려움이 고조되는 대화 장면을 두 쪽 쓰자. 다른 인물이 주인공에게 새로운 정보를 주거나 직접적으로 위협할 수도 있다.

### 실전 연습 04

인물이 기쁨과 슬픔을 표현하는 연습을 해보자.

기쁨과 슬픔이 대조되는 세 쪽짜리 장면을 써보자. 우선 슬픈 인물의 시점에서 쓴 다음, 같은 장면을 행복한 인물의 시점에서 쓴다. 두 인물이 헤어지는 상황이거나 한 인물이 다른 인물에게 일자리를 주는 상황, 아니면 최근에 사망한 부모의 유언장에서 남매가 어떤 내용을 발견한 상황일 수도 있다.

### 실전 연습 05

인물이 평온을 표현하는 연습을 해보자.

인물이 평온을 느끼지만 여전히 긴장감이 감도는 한 쪽짜리 대화 장면을 써보자. 예를 들어 다음과 같다.

- 한 여자가 의사의 암 선고를 받아들였는데 여자의 가족들은 미친 듯이 야단을 떤다.
- 한 인물이 사형수 수감동에서 처형장으로 끌려간다.
- 한 인물이 야생에서 곰과 맞닥뜨린다.

### 실전 연습 06

인물이 연민을 표현하는 연습을 해보자.

두 인물이 말다툼을 하며 각자의 요점을 서로에게 전하려는 상황을 써보자. 둘은 대립하고 방어하지만 마침내 상대방이 주인공에게 연민을 불러일으키는 말을 한다. 주인공의 마음속으로 들어가 그 감정을 탐색한 다음 그의 반응을 정성들여 써보자.

11장

# 대화와 개성: 현실감 있는 말투

우리의 말투는 우리의 내면에서 나타난다.

앞서 2장에서 나는 혀 짧은 소리를 내는 해병과 사귄 적이 있다고 했다. 친구의 파티에서 그를 만난 순간 까무잡잡한 피부와 근육질 몸매에 끌렸는데 그가 이렇게 물었다.

"산택할래? 상택까지? 밖은 춥겠디만 내 외투 입어."

"좋아요……."

"혹시 뭐 사올 거 있는디 리터드한테 물어볼게."

아아악! 어쩜 이렇게 잘생긴 남자가 이렇게 끔찍한 소리를 낼 수 있지? 나는 극복하려 애썼지만 그가 휴가를 받아 우리 집 현관에 나타날 때면 어찌할 바를 몰랐다. 물론 지금 그 시절을 돌아보면 그런 점에 신경 썼다는 사실 때문에 마음이 무척 불편하다. 하지만 그때 나는 열일곱 살이었고 친구들에게 자랑할 완벽한 남자친구가 필요했다. 다시 말해 정말 인정하기 싫고 그 당시에는 몰랐지만, 그 남자에게 감정적으로 끌렸어도 혀 짧은 소리는 극복할 수 없었다. 소설에서도 말은 그만큼 중요하다. 인간관계나 사업 거래를 성사시킬 수도 깨뜨릴 수도 있으며, 인물을 얼마나 진지한 인물로 여길지 결정하는 데 틀림없이 영향을 미친다.

거의 모든 사람은 정상적으로 말한다. 물론 정상이라는 것이 존재한다면 말이다. 그러나 누군가 입을 열었는데 독특한 말이 튀어나올 때가 있다. 우리의 흥미를 잃게 할 수도, 흥미를 돋울 수도 있겠지만 그런 말투는 그 사람을 눈에 띄게 만든다. 1980년대 TV 드라마인 「못 말리는 유모The Nanny」에서 주인공은 콧소리가 섞인 목소리에다 웃음소리에도 콧소리가 넘쳤다. 끔찍할 정도였다. 주인공이 무슨 말을 하든지 시청자들은 목소리만 듣고도 웃음을 터뜨렸다.

인물의 특이한 말투는 작가라면 의식적으로 생각해봐야 할 문제다. 말투는 인물의 성격, 기질, 그리고 그가 추구하는 목표에 따라 달라져야 한다. 아무 이유 없이 말을 더듬거나 시속 150킬로미터로 떠들어서는 안 된다. 명심하자. 인물의 개성을 살려줄 도구를 찾는 것만이 대화 쓰기의 목표는 아니다. 우리는 소설의 주제를 전달하기 위해, 모든 게 응집되어 있고 통일되어 있는 이야기를 쓰고 있는 것이다.

인물을 다른 인물들과 구별해주는 동시에, 그가 어떤 사람인지 드러내며 그의 말하는 방식과 역할을 얼마나 강화해주는지 '보여주는' 말투를 몇 가지 살펴보자. 작가로서 우리가 해결해야 할 과제는 인쇄된 종이 위에 인물의 말을 '보여줄' 방법을 찾는 것이다. 때로는 단어와 문장을 일정 방식으로 체계화하면 된다. 또 특정한 방식으로 말하고 있다는 것을 알려줄 지문을 활용해야 할 때도 있다.

앞서 내 해병 남자 친구가 한 말, "혹시 뭐 사올 거 있는디 리터드한테 물어볼게"라는 문장을 예시로 삼아 살펴보자.

## 말을 더듬는 인물

"호, 호, 혹시 뭐 사, 사올 거 이, 있는지 리, 리처드한테 무, 물어볼게."

혀 짧은 소리도 문제지만 말을 더듬는 버릇도 대화에서는 문제가 된다. 현실에서라면 상대방이 단어를 입 밖으로 꺼내도록 도와주고 싶은 생각이 들 테니 듣기 괴로울 것이다.

이때 과장해서는 안 된다. 인물이 언어장애가 있으면 혀 짧은 소리나 말을 더듬는 문장을 한두 줄 끼워 넣어 이따금씩만 보여주어야 한다. 지나치게 쓰면 읽기가 괴로워진다. 또한 명심할 점은 언어장애가 있는 인물을 설정할 때는 반드시 이유가 있어야 한다는 것이다. 성격 묘사로는 부족하다. 결국에는 소설의 일부가 되도록 플롯과 관련이 있어야 한다.

## 말이 빠르고 많은 인물

"혹시뭐사올거있는지리처드한테물어볼게."

이런 대화는 이 인물이 말하는 속도를 보여준다. 이렇게 말하는 인물은 틈만 있으면 로켓처럼 돌진한다. 이런 인물이 소설의 주인공이라면 그의 말을 읽기 괴로울 수 있다. 또한 이런 대화는 속도뿐 아니라 이 인물이 말을 한꺼번에 쏟아낸다는 사실도 보여준다.

이 인물이 처음 등장했을 때 어떤 속도로 말하는지 묘사한 다음 그 후로 이따금씩만 언급해도 좋다. 그게 모든 언어 습관을 다루는 가장 효과적인 방법일 때가 있다. 독자에게 맨 처음이나 처음 몇 차례만 그 특성을 인지시킨 다음 그 후로는 이따금씩만 나타내는 것이다. 그러면 이런 말투가 이야기 전체를 장악하거나 읽기가 너무 힘들어 독자가 책을 내려놓는 일은 없을 것이다.

모든 언어 습관을 다룰 때 중요한 점은 이면에 도사리고 있는 진실이다. 혀짤배기나 말더듬이처럼 신체적인 원인이 있을 수도 있다. 물론 이런 장애는 어린 시절 받은 큰 상처 때문에 생기는 경우도 많아서 치료를 통해 바로잡을 수 있기는 하다.

그러나 대부분의 경우 우리의 말투는 우리의 내면에서 비롯된다. 개인적으로 나는 말이 빠르고 많은 인물에 대해서는 할 말이 있다. 내게 자주 튀어나오는 버릇이기 때문이다. 천천히 말하려고 신경 쓰지 않으면 나는 로켓처럼 돌진해버린다. 무슨 말을 하든지 내가 하는 말에 잔뜩 흥분해버린다. 옆 사람이 천천히 말하라고 해도 소용이 없다. 그래봤자 오래가지 않는다.

나는 말만 빨리 하지는 않는다. 몸도 빠르다. 머리 회전도 빠르다. 운전도 빨리 한다. 좀 더 빨리 잠들 수 있는 방법을 알게 되면 그렇게 할 것이다. 늘 뭔가를 놓치고 있는 게 아닌지 걱정스럽기 때문이다. 인물에게 독특한 언어 습관을 설정할 때는 그 인물의 성격 전체를 염두에 두어야 한다.

## 말이 느린 인물

"혹시…… 뭐…… 사올 거…… 있는지…… 리처드한테…… 물어볼게."

로켓처럼 돌진하는 인물과 정반대다. 내 절친한 친구는 말을 느리게 하는데 그 친구의 성격 자체가 그렇기 때문이다. 그 친구는 천천히 움직이고 천천히 생각하고 운전은 또 얼마나 천천히 하는지, 가끔 그 친구의 차를 타면 내 성격에 괴로울 때가 많다.

인물의 느린 언어 습관을 나타내줄 다른 방법이 있을까? 창의력을 발휘하자. 이 장 마지막에 나오는 실전 연습은 이런 언어 습관을 창의적으로 다루고 대화 장면에서 각 특성을 어떻게 '보여줄지' 생각할 기회가 될 것이다.

말이 느린 인물은 서두르지도 않고 말이든 행동이든 빨리 하지 않는다. 이런 인물의 말은 서술로 묘사해서 그의 느린 속도를 나타낼 수 있다.

수가 두서없이 이 이야기 저 이야기 늘어놓는 동안 내 수프가 식어버렸다. "있잖아……." "너…… 왜…… 수프……." 수가 식당을 두리번거렸다. "안 먹는 거야?"

## 아기처럼 말하는 인물

"혹시." ―삐익삐익― "상점에서 사올 거 있는지 리처드한테 물어볼게." ―키득키득.

이 인물은 높은 목소리로 말하며 아직 어른이 안 된 척하는데 실은 다 큰 어른이다. 이 인물은 세상을 어른스럽지 않은 눈으로 바라본다. 이 인물의 말은 마음속에 자리 잡은 불안정한 곳에서 나온다. 삐익삐익 고음이나 갈라진 소리를 내기도 하는데 이 점은 이 인물의 목소리를 '보여줄' 방법 중 하나다. 말투에서는 소리를 직접 '보여줄' 수 없으므로 이번에도 역시 창의력을 발휘해 이 인물의 목소리를 어떤 식으로 '들려줄지' 생각해야 한다.

## 낮은 목소리를 내는 인물

그가 말을 할 때마다 베이스드럼의 몸통에 들어간 것만 같았다. 텅 빈 듯 깊은 소리였다.

베이스드럼 같은 목소리를 내는 인물이 있다. 이 언어 습관 역시 말이 나오는 '방식'보다는 소리와 더 관련이 있으므로 실제 대화에서 이를 '보여주기'보다는 소리를 묘사해야 한다.

때로는 뉴스 앵커 같은 유명한 사람을 예로 들면 독자가 인물의 말투를 짐작하는 데 도움이 된다.

## 신중하게 말하는 인물

"혹시…… 뭐 사올 거 있는지." 그는 잠시 멈췄다가 말을 잇는다. "리처드에게…… 물어볼게."

이렇게 매우 신중하고 조리 있게 말하며 자신의 말을 끊임없이 저울질하는 인물이 있다.

그렇게 하는 이유는 아주 많다. 이미지를 신경 쓰느라 다른 사람들에게 잘 보이고 싶어서 단어를 일일이 고르는 것일 수 있다. 또는 다른 사람들 위에 군림하고 싶고 상황을 자신에게 유리한 쪽으로 조종하려고 모든 말을 계산하는 것일 수 있다. 아니면 그저 겁이 많고 위험을 일으킬 말을 하지 않으려는 것일 수도 있다.

이런 인물은 깊이 생각에 잠긴 다음 말을 꺼낸다. 인물의 언어 습관에 어떤 동기가 숨어 있는지 알 수 있도록 인물의 머릿속으로 들어가자. 그렇게 하면 이 인물이 무슨 말을 어떻게 할지 결정하는 데 도움이 된다.

언어 습관은 인물의 언어에서 늘 나타나는 특징일 수 있지만 인물이 처한 상황 때문에 순간적이고 일시적으로 나타나는 것일 수도 있다.

## 고수처럼 말하는 인물

"혹시……."

이 인물은 고수다. 고수는 말을 결코 많이 하지 않으며 말을 하더라도 단답형이다. 아니면 툴툴거린다. 또는 문장을 끝맺지 않는다. "혹시……." 말꼬리를 흐리기도 한다. "혹시…… 뭐 사올 거…… 리처드한데……." 흔히 고수는 상대방에게 말을 하고 싶어 하지 않으므로 늘 이해할 수는 없다. 고수와의 대화는 이런 식일 수도 있다.

"어이, 조, 잘 지내나?"
"음."
"일 좀 많이 했나?"
"그럼." (또는 고개만 끄덕인다)
"가족들은 어때? 준이랑, 애들은?"
"좋지."
"올해 휴가 계획 있어? 가족들이랑 어디 갈 건데?"
"캠핑."

단답형 대답 말고도 이 인물의 특징을 나타내는 다른 방법도 찾아야 한다. 옷과 동작과 태도 등이 있다. 이 인물은 자기 자신에 대해 할 말이 별로 많지 않은 사람이다.

## 툭하면 사죄하는 인물

"미안해."

이 인물은 기본적으로 살아 있는 것을 미안해한다. 대화 주제가 무엇이든 미안하다고 말한다. 이런 대화는 쓰기 쉬운데 일정 간격으로 "미안해"라는 말만 끼워 넣어 특징을 보여주면 되기 때문이다. 뭐든 다 미안해하는 인물이므로 대개는 수치심에 사로잡혀 있고 눈에 띄기를 싫어한다. 자신의 모습이 안 보였으면 좋겠다고 생각해서 목소리를 낮게 유지하고 우물우물 말할 때가 많을 수도 있다. 서술로 이런 특징을 나타내거나 창의력을 발휘해 이 인물의 말은 작은 글씨로 표현해도 좋다. 이 인물은 다른 인물들과의 대화에서 쉽게 조종당하며 눈앞에 벌어진 일이 제 탓이라고 생각한다.

## 방어하는 인물

자기 자신이나 누군가를 무조건 방어하는 인물과 대화해본 적이 있는가? 이는 그 인물의 어조에서 드러난다. 그는 늘 공격받는다고 느끼며 그다음에 있을지 모를 공격에 대비하려 늘 준비 태세를 갖추고 있다. 이 인물의 사고방식을 이해하고 싶은가? 모두가 자신에게 맞서면서 책임을 전가하고 순식간에 무너뜨릴 수 있도록 자신의 갑옷에 뚫린 빈틈을 찾으려 혈안이 되어 있다면 기분이 어떨지 상상해보자. 이 인물은 다음 돌격에 대비해 방어에 신경 쓰느라 거의 얼굴을 찡그리고 있다. 언어적 공격을 피한 경험이 많고 말다툼에 익숙하므로 몹시 기민하다. 대화 중에는 재빨리 대답하며 다른 사람들을 따돌리는 게 목표다.

> "혹시—"
>
> "아니, 절대 아니야." 얼은 잽싸게 대답했다. "난 아무것도 몰라. 내가 어떻게 거기 다녀왔겠어?" 목소리가 높아지며 날카로워졌다. 얼은 덧붙였다. "혹시 뭐 사올 거 있는지 리처드에게 물어볼게."

여기에서 얼은 혹시 공격일지 모르는 것을 피한 다음 얼른 화제를 바꾼다. 이 인물에게는 다른 인물들의 접근을 막을 전략이 많다.

## 산만하게 말하는 인물

> "리처드한테 물어볼게. 뭐 사올 거 있는지 말이야."

이 인물은 문장을 쪼개서 말한다. 주의가 산만하며 실은 현재 나누는 대화에 대해 생각하고 있지 않을 수 있다. 어쩌면 전혀 다른 대화 주제를 생각하고 있을 수도 있다. 또는 수많은 다른 대화 주제에 대해.

산만하게 말하는 인물은 말을 빙빙 돌린다. 초점이 없어서 이 인물의 말을 끼워 맞추려면 머릿속으로 재주를 넘어야 한다. 이런 유형의 인물은 널을 뛰듯 두서없이 말한다. 흔히 주의력결핍 장애가 있는 사람들은 천재들이 사회적 환경에서 그러하듯 문장의 단편만을 말한다. 약이나 술에 중독된 인물도 머릿속에 떠오른 아무 생각이나 불쑥불쑥 말한다. 무시무시한 두려움에 사로잡힌 인물도 이런 식으로 말한다.

이 인물은 생각을 마무리 지은 다음 대답을 기다리지 않고 다음 주제로 훌쩍 뛰어넘어 버리기도 한다. 이 점은 터무니없는 말을 하는 사람의 특징이다. 대화 중에 주제에서 벗어난 엉뚱한 말을 하는 것이다. 그래서 자신 및 자신의 생각과도 단절되어 있으며 대개는 주변 인물들과 이성적인 방식으로 조화를 이루지 못한다. 그러므로 앞뒤가 맞지 않은 말을 보여줌으로써 그의 일관성 없는 생각을 나타내야 한다.

"혹시 리처드한테, 있잖아, 난 너랑 나랑 사귀어야 한다고 생각하던 중이었어—리처드가 여기 있는지조차 모르겠는 걸, 상점에 갈 건데, 그래, 혹시 필요한 게 있으려나." 이 인물은 다른 인물이 이해할 수 없을 정도로 자주 화제를 전환한다. 이 인물을 활용하면 소설 속의 다른 인물을 모두 쩔쩔매게 만들 수 있다. 또한 다른 인물이 말로 뭔가에 이루려고 애쓸 때 이용할 수 있다. 즉 이 인물이 불쑥 끼어들어 다른 인물이 전혀 의도하지 않았던 아예 새로운 방향으로 대화를 바꿔버리는 것이다. 그렇게 되면 산만하게 말하는 인물은 새로운 화제에 집중하거나 그 자리에서 아예 벗어나게 될 것이다.

## 특정 부류의 말투를 쓰는 인물

"요, 혹시, 사올 거 있는지 없는지, 리처드에게 물어볼게."

이 언어 습관은 효과를 내기 무척 어렵다. 어떤 인물에게든 지나치게 사용하면 읽기가 점점 버거워진다. 장편소설의 경우에는 등장하는 부분도 많을 것이다. 물론 이를 잘 다루는 작가도 가끔 있다. 앨리스 워커의 『더 컬러 퍼플The Color Purple』은 이야기가 무척 매혹적이라 이런 언어 습관이 문제가 되지 않는다. 그러나 이와 같은 매혹적인 소설을 쓸 수 없다면 엄두를 내지 않는 게 좋다.

특정 부류의 말투를 다루는 가장 좋은 방법은 외국어나 속어 몇 마디를 대화 여기저기에 흩뿌리는 것이다. 예를 들어 힙합을 좋아하는 화자라면 그 말투에 현실감을 불어넣기 위해 이따금씩 '요'를 집어넣으면 된다. 그러나 진짜 힙합 가수의 말투와 똑같이 쓰면 안 된다. 읽기에 너무 따분하기 때문이다.

특정 부류의 말투를 드러내기 위해 인물의 국적이나 배경을 나타내는 말을 써야 할 때도 있다.

다시 말하지만 너무 지나치게 쓰지는 말자. 미묘한 차이를 가끔씩 보여주는 것만으로도 그 인물의 배경을 떠올리게 할 수 있다.

## 큰 소리로 말하는 인물

"혹시 뭐 사올 거 있는지 리처드에게 물어볼게!"

존 어빙의 소설 『오웬 미니를 위한 기도A Prayer for Owen Meany』의 주인공은 대포처럼 큰 목소리로 말한다.

"그 사람들이 나한테 한 짓을 신경 쓸 줄 알아?" 오웬이 외쳤다. 툭 튀어나온 구동축을 자그마한 발로 쾅쾅 밟아댔다.

"나에게 산사태를 불러온다 한들 신경이나 쓸 것 같아?" 오웬이 소리쳤다.

"난 언제쯤 나갈 수 있지? 학교나 교회나 에이티프론트가 빼고는 집 밖으로 나가본 적이 없어!" 오웬은 큰 소리로 말했다.

"네 엄마가 날 해변에 데려다주지 않으면, 난 마을 밖으로 갈 수가 없어! 그리고 산에도 가본 적이 없지! 기차도 한 번 못 타봤어! 내가 기차 타는 걸 좋아하리란 생각 안 해봤지? 산에 올라가는 것도?" 그는 고래고래 고함을 질렀다.

이 소설의 작가는 이런 식으로 글씨체에 변화를 준다. 매우 효과적일뿐더러 특정 부류의 말투를 쓰는 경우와는 달리 읽기 편해서 독자를 짜증나게 하지도 않는다. 소리만 클 뿐이다. 독자에게 오웬이 말하고 있음을 알려주는, 얼마나 유쾌한 묘사 장치인가!

## 거칠게 말하는 인물

"혹시 뭐 사올 거 있는지, 그 풋내기 리처드한테 물어보지."

이 인물은 그 질문을 하며 리처드의 어깨를 주먹으로 한 대 칠지 모른다. 그는 터프가이고 그 점이 목소리에서도 느껴진다. 그는 다른 인물을 쥐락펴락하기를 좋아하고, 신체적으로든 언어적으로든 그 힘을 사용할 줄 안다.

이런 인물의 내면에 들어가 생각하려면 터프가이라는 가면을 쓰고 말해야 한다. 그의 목소리에는 날카로운 느낌이 있다. 그는 늘 주도권을 쥐어야 하고 대부분의 말이 지시다. 즉 다른 이들에게 뭘 어떻게 하라고 이야기한다. 이 점이 그의 목표, 즉 다른 인물들과의 관계에서 그가 목표로 여기는 것이다.

이 인물의 거친 성격은 좀 더 간접적으로 드러낼 수도 있다. 잭 빅햄은 『장면과 구조』에서 거칠게 말하는 인물이 주인공의 적대자가 되었을 때(대개는 그렇다) 특히 유용하게 쓸 수 있는 비법을 알려준다.

장면을 구성하는 장치로 어긋나는 대화를 과감히 써보자. 어긋나는 대화란 갈등이 명백히 드러나지 않은 소설 속 대화라고 정의할 수 있는데, 이때 적대자는 진짜 문제가 뭔지 알지 못하거나 주인공이 하는 말에 일부러 반응을 보이지 않는다. 어긋나는 대화나 적대자의 무반응은 주인공과 독자에게 반발심을 일으킨다. 그런 상황에서 주인공은 상대방이 저항한다고 느끼므로 더 격렬하게 맞선다. 적대자가 직접적인 반응을 보이지 않으면 주인공은 더 맹렬히 싸운다.

이 장에서 다루지 않은 다른 말투를 생각해낼 수도 있을 것이다. 그래도 좋다. 창의력을 발휘해 독자를 질리게 하지도, 진부하지도 않은 방식으로 독특한 말투를 보여주자. 독특한 말투는 인물의 개성을 살리는 데 도움이 된다. 그래서 그 인물이 등장할 때마다 독자가 알아볼 수 있다. 독특한 말투는 인물을 다른 인물과 구별해주고 돋보이게 해준다. 인물에게 특별한 역할을 맡기고 싶다면, 그 인물을 돋보이게 하고 싶다면, 눈에 띄는 말투를 설정하자.

다음 장에서는 대화가 목표를 이룰 수 있도록 몇 가지 실용적인 방법을 살펴보겠다. 그 목표란 독자의 눈길을 끌고 관심을 사로잡는 것이다.

### 여러 가지 말투를 조합하자

모든 말투를 보여주는 네 쪽짜리 파티 장면을 쓰되, 참석한 손님 각각이 적어도 한 가지 말투를 쓰게 한다. 한 인물이 여러 가지 말투를 쓰게 하면 재미있을 것이다. 예를 들어 거친 말투와 느린 말투를 조합해보자. 그러면 천천히 말하는 터프가이가 탄생한다. 중요한 점은 자신 있게 활용할 수 있을 때까지 각 말투를 창의적으로 실험해보는 것이다.

말투에서 기억해야 할 핵심은 소설의 주제 및 인물의 동기와 관련이 있어야 한다는 것이다. 각 말투로 다음 인물이 말하는 대화 장면을 한두 쪽씩 쓰되, 대화가 소설의 주제 및 인물의 동기와 어떻게 연결되는지 보여주자.

- 말을 더듬는다: 새로 얻은 텔레마케팅 일을 잘하고 싶은 남자
- 말이 빠르고 많다: 노인 복지관에서 강의하는 여자
- 말이 느리다: 빠르게 전개되는 게임쇼에 출연한 남자
- 아기처럼 말한다: 자동차 대리점에 들어가 새 차를 사면서 진지한 인상을 주려 애쓰는 여자
- 낮은 목소리를 낸다: 레스토랑에서 스피드데이트를 하는 키가 작은 남자
- 신중하게 말한다: 현금 서랍에서 돈이 없어진 상황에서 상사에게 자꾸 말을 끊기는 여자
- 고수처럼 말한다: 진짜 첫 데이트를 하러 나온 남자
- 툭하면 사죄한다: 번화가에서 시간이 몇 시냐는 질문을 받은 여자
- 방어하듯 말한다: 엄지손가락이 잘려 응급실에 온 남자
- 산만하게 말한다: 속도위반 딱지를 끊지 않으려 변명하는 여자
- 특정 부류의 말투를 쓴다: 딸의 결혼식에 참석한 나이든 비트족이나 히피족
- 큰 소리로 말한다: 새로 사귄 여자 친구를 따라 교회에 갔는데 왜

목소리를 낮춰야 하는지 이해하지 못하는 남자

- **거칠게 말한다:** 애완견이 차에 치인 여자를 도우려고 가던 길을 멈춘 남자

12장

# 대화와 내용: 흔히 저지르는 실수

서로에게 맞장구만 치는 인물들은 지루하다.
쓸데없는 이야기만 나누는 인물들도 지루하다.
생생한 대화는 어떤 것과도 비교할 수 없을 만큼
소설을 찬란하게 빛낸다.

"존, 스티브 소개해줄게." 폴이 말했다.

"안녕, 스티브." 존이 훈계하며 손을 내밀어 스티브의 손을 잡고 흔들었다.

"안녕, 존. 만나서 반가워." 스티브도 존의 손을 잡고 흔들었다.

존은 스티브의 고향이 어딘지 궁금했다. 존이 물었다.

"고향이 어디니, 스티브?"

"원래는 알래스카야, 존. 하지만 지금은 몬태나에 살아." 스티브가 연설했다.

"정말이야? 알래스카에 삼촌이 사는데! 우리 삼촌 아니?" 존이 외쳤다.

오류투성이 대화다. 누구나 찾을 수 있을 것이다. 어렸을 때 숲 그림을 살펴보며 거기 숨은 동물들을 찾던 기억이 떠오른다. 그때는 동물을 모두 찾으면 우리가 똑똑해서 그런 줄 알았지만 지금 생각하니 모두 눈에 잘 띄는 모습이었다. 코끼리는 대개 나무에 거꾸로 매달려 있었는데 몸통으로 알아볼 수 있었다. 또 물속에 숨은 얼룩말은 줄무늬 덕분에 찾을 수 있었다. 어쨌든 앞의 글에 눈에 확 띄는 여러 실수를 숨겨두었는데 아마 아무 어려움 없이 찾을 수 있을 것이다.

지금부터 작가들이 흔히 저지르는 실수를 하나씩 다룰 것이다. 재능이 몹시 뛰어난 작가들 중에도 이런 실수를 저지르면서 전혀 자각하지 못하는 이들이 있다. 이런 실수는 우리가 모르는 사이에 우리의 문체에 미묘하게 숨어든다. 실수를 저지르고 있다는 것을 알지 못하면 바로잡을 수도 없다. 이 장의 목표는 대화를 약화하는 구체적 요인을 파악하고 실수를 저지르지 않도록 경계하는 것이다.

## 이름을 자꾸 불러야 할까?

1960년대에 존과 마샤라는 부부가 등장하는 우스운 촌극이 있었다. 원래 누가 공연을 했는지도 기억나지 않지만 이런 식으로 전개되었다.

"존."

"마샤."

"존!"

"마샤!"

"조오오오온……"

"마아아아샤……"

"존?"

"마샤?"

이런 대화가 지겹도록 반복된다. 지금은 바보 같아 보이지만 당시에는 실력 있는 희극 배우들이 공연해서 꽤 재미있었다.

하지만 우리가 쓴 소설이 이렇다면 별로 재미있지 않을 것이다. 바보 같아 보인다는 말이 나온 김에 물어보자. 이런 상황이 벌어지면 누가 바보 같아 보일까? 작가도 물론 그렇겠지만 인물들은 더욱 그렇다.

"론, 지난 밤에 파티 있었다며?"

"아, 그래? 캐런, 무슨 얘기 들었는데?"

"론, 네가 술에 취했단 얘기 들었어."

"술에 취해? 캐런, 날 잘 알잖아."

"내가? 그런 줄 알았지, 론. 이젠 잘 모르겠어."

"캐런, 난 술을 마시지도 않았어. 그러니까, 많이는 말이야."

주절주절, 주절주절. 두 사람 사이에 얼마든지 오갈 수 있는 이 대화에는 호칭이 없는 게 낫다. 이 장면에는 긴박감이 약간 있다. 감정도 있어서 이 두 사람에게 어떤 일이 벌어질지 궁금해지기도 한다. 그러나 이렇게 이름을 자꾸 불러대면 부자연스럽게 들려서 대화가 망가지고 만다.

현실 속에서 남편이든 자녀든 자매든 누군가에게 말을 할 때 우리는 호칭을 얼마나 자주 부르는가? 사람들의 대화를 들어보자. 글속의 대화는 실제 대화를 반영해야 한다. 우리는 서로에게 이렇게 말하지 않는다. 연속극에서도 이렇게 하지 않는다. 그렇다 하더라도 소설을 연속극처럼 만들고 싶은가?

물론 모든 규칙에는 예외가 있다. 존 그리샴의 소설 『가스실』에서 그 탁월한 예시를 볼 수 있다. 아이비 형사는 샘 케이홀이 다섯 살 난 쌍둥이 형제가 있는 사무실을 폭파한 범인이라고, 아니면 적어도 그럴 가능성이 있다고 생각한다. 다음은 둘 사이에 오가는 대화의 일부다.

> "정말로, 정말로, 슬픈 일이오, 샘. 알다시피 크레이머 씨에겐 조시와 존이라는 어린 아들 둘이 있었소. 운 나쁘게도 그 아이들은 폭탄이 터졌을 때 아빠와 함께 사무실에 있었지."
>
> 샘은 깊게 숨을 쉬며 아이비를 보았다. 나머지 얘기도 어서 해달라고, 샘의 눈이 말하고 있었다.
>
> "그리고 귀엽기 짝이 없던 다섯 살짜리 쌍둥이 형제는 산산조각 나고 말았소, 샘. 지옥보다 끔찍한 죽음이었소, 샘."
>
> 샘은 천천히 고개를 숙였다. 턱이 가슴에 닿을 듯 말 듯했다. 기운이 쭉 빠졌다. 살인, 그것도 두 사람이다. 변호사, 재판, 판사, 배심원, 교도소 등 모든 게 한꺼번에 밀려왔다. 그는 눈을 감았다.
>
> "애들 아빠는 운이 좋았는지도 모르겠소. 수술을 받고 지금 병원에 있으니. 어린아이들은 집에서 장례를 치를 예정이라오. 정말 비

극이 따로 없지, 샘. 폭탄에 대해 아는 거 있지 않소, 샘?"

"아니오. 변호사를 만나고 싶습니다."

"그러시겠지."

아이비 형사는 천천히 일어나서 방을 나갔다.

이 장면이 예외인 까닭은 아이비 형사가 샘의 이름을 효과 장치로 사용하기 때문이다. 권력이 있는 쪽은 형사며, 그는 이 장면에서 그 권력을 한껏 사용하고 있다. 아이비 형사는 샘의 죄를 알고 있다는 것을 알려주고 싶어 하는데, 샘의 이름을 이렇게 여러 번 부르면서 곧 처벌받게 되리라는 것을 암시한다. 그러나 대개의 경우 이렇게 이름을 자꾸 부르면 대화 장면이 매우 부자연스러워진다.

혹시 대화 장면에 이런 실수를 저질렀다면 왜 그랬는지 생각을 해보자. 어쩌면 인물들이 매우 격렬한 대화를 주고받고 있다는 것을 보여주기 위해서였을 것이다. 우리는 인물이 서로의 이름을 부르면 이 대화가 중요해 보이고 독자의 주의를 불러일으킬 것이라고 생각한다. 문제는 여러 번 반복하다 보면 정반대의 효과가 나타난다는 것이다. 소설의 모든 대화 장면이 너무 허위처럼 들리며 힘을 잃어버린다.

또 다른 이유로 대화할 때 인물의 특징을 드러내기 위해서였을 수도 있다. 13장에서 소개하겠지만 인물의 대화에 지문을 넣는 방법은 많다. 그러나 호칭은 여기에 해당되지 않는다.

초고를 쓰고 나면 빨간 펜(진짜 '빨간' 펜이 필요하다)을 들고 원고를 읽어 내려가며 직접적인 호칭 두어 개만 빼고, 즉 자연스럽게 쓰인 것만 남겨두고 모두 지우자. 그럼 인물들은 좀 더 지적인 사람처럼 말하게 해준 작가에게 고마워할 것이다.

## 형용사, 부사, 지문을 남발하지 말자

조지프의 얼굴은 300와트짜리 전구를 뒤덮은 전등갓에 물들어 번득이는 붉은색으로 변해갔다. 그는 돌로레스를 쏘아보았다. 맹렬히 "나가!"라고 말했다.

'격렬하게' 아니면 '매섭게'라고 해도 문제는 같다. 여기서 중요한 건 조지프가 화가 나서 얼굴이 붉어지고 있으며 상대방을 노려보고 있다는 것을 우리가 이미 알고 있다는 점이다. 그의 기분이 좋다고 생각할 독자가 있을까? 여기서 작가는 꼭 '맹렬히'라는 단어를 써야 했을까?

형용사나 부사를 덧붙이면 부자연스러운 단어가 쓰일 때가 많고 우스꽝스러운 인상을 줄 수가 있다. '맹렬히'라니? 작가가 대화에 공을 들여 원하는 만큼의 감정과 강렬함을 전달할 수만 있다면 '상냥하게', '유유히', '부지런히'처럼 자주 쓰는 형용사나 부사를 굳이 쓸 필요가 없다.

작가로서 우리가 할 일은 말을 정확하게 전달하는 것이다. 때로는 두 조력자가 필요하다. 바로 서술과 행동이다. 행동은 늘 효과 만점이다. 인물이 화가 난 경우 접시를 던지거나 주먹으로 벽을 치는 행동을 하는 게 '맹렬히' 말했다고 쓰는 것보다 훨씬 낫다. 기분이 좋다면 '기쁘게' 대신에 그가 다른 인물을 와락 껴안거나 번쩍 들어 올리거나 그 주변을 빙빙 도는 게 낫다.

앤 타일러의 『꿈꾸는 여행자The Accidental Tourist』에 나오는 다음 대화를 보자. 서술적 행동 두어 줄을 제시해 인물이 어떤 심정으로 말하고 있는지 보여준다.

> "어렸을 때 말이에요." 뮤리엘이 말했다.
>
> "난 개도 싫었고, 동물이란 동물은 죄다 싫었어요. 내 마음을 읽을 수 있다고 생각했거든요. 부모님이 생일 선물로 강아지 한 마리를 줬는데, 그 강아진, 뭐랄까, 목을 빳빳이 세우곤 했어요. 어떤 모습인지 알죠? 고개를 빳빳이 세우고 동그란 눈동자를 반짝거리며 날 빤히 바라보는 거예요. 그래서 난 외쳤죠. '제발! 강아지를 치워 줘! 저렇게 빤히 쳐다보는 건 견딜 수가 없어!'"
>
> 뮤리엘의 목소리는 사방으로 울려 퍼졌다. 삐익, 하고 높아지다가 어느새 낮아져 걸걸하게 으르렁거렸다.
>
> "가족들은 그 강아지를 데려가야 했죠. 옆집 소년에게 줘버리고 나에겐 다른 선물을 줬어요. 미용실에 데려가 파마를 해준 거예요. 이 일이 마음에 늘 남아 있어요."

여기서 서술 두 문장은 뮤리엘이 어떻게 말하고 있는지 보여주기에 충분하다. 그녀가 '삑삑거리며'나 '으르렁거리듯이' 말한다고 쓰는 것보다 훨씬 낫다.

딘 R. 쿤츠가 『베스트셀러 소설 쓰는 법How to Write Best-Selling Fiction』에서 한 말을 보자.

> 출간된 소설들 중에서 툭하면 대화문에 겉만 그럴듯한 지문을 계속 집어넣는 작가들을 볼 수 있다. 내게 그 작가들의 명단은 절대 보내지 않길 바란다. 그런 지문을 자주 쓰면 책을 출간할 수 없다고 말하는 게 아니다. 다만 지문 남용은 작가가 아마추어거나 언어의 음악적 특성을 올바로 이해할 섬세함이 부족하다는 표시란 걸 말해주고 싶다. 서투른 지문으로 가득한 책은 늘 쏟아져 나온다. 당연한 이야기다. 책을 출간했다고 해서 모두 훌륭한 작가는 아니니까.

독자는 바보가 아니다. 인물이 어떤 사람이고 어떤 일을 겪고 있는지 분명히 알려주면 독자는 인물이 말할 때 말투까지 듣는다. 매번 끼어들어 동사와 부사를 덧붙여 인물이 어떤 감정으로 말을 하고 있는지 설명하면 대화의 흐름이 끊길 수도 있다.

혹시 대화문에 형용사나 부사를 쓰는 버릇이 있다면 배우가 그러하듯 인물의 내면으로 파고드는 작업에 열성을 다해야 한다. 스스로에게 질문해보자. "이 장면에서 내 동기는 무엇인가? 이 말을 할 때 내 기분은 어떤가? 지금 당장 가장 하고 싶은 일은 무엇인가?" 그런 다음 형용사나 부사가 없는, 강렬한 대화문을 쓰자. 그 대화문은 스스로 알릴 것이다.

"새러, 내가 잘못 들은 거지?" 나는 방아쇠에 손가락을 걸고 총을 내 왼쪽 관자놀이에 댔다. 왼쪽이든 오른쪽이든, 그게 무슨 상관일까. "날 다시는 보고 싶지 않다고, 정말 그렇게 말한 거야?"

이 인물이 이 말을 어떻게 하는지 작가가 꼭 말해야 할까?

## 리듬이 끊긴 대화

두 명 이상의 인물이 나누는 대화에는 리듬이 있다. 주거니 받거니 한다. 아니 적어도 그래야 한다. 물론 그 정도는 인물의 성격과 인물이 무엇을 원하느냐에 따라 달라진다. 작가는 인물이 장면 속에서 이루고 싶은 게 무엇인지 완벽히 파악해야 한다. 달리 말하면 시점인물이 원하는 것을 분명히 밝혀두어야 한다. 그러면 리듬은 어떻게 만들 수 있을까?

장면의 리듬은 우리가 다른 장에서 살펴본 수많은 요인으로 생긴다. 대화와 행동과 서술을 엮음으로써, 장면의 배경을 설정하고 곳곳에 언급함으로써, 인물을 내적으로나 외적으로 꾸준히 발전시킴으로써 등등.

그러기 위해서는 기본적으로 리듬을 이끌 대화를 설정하고 인물의 모든 말이 다른 인물이 앞서 한 말에 반응하게 해야 한다. 당구 게임과 무척 비슷하다. 게임이 모두 끝나면 다음 사람들을 위해 공을 모아줘야 한다.

현실 속의 대화는 리듬이 분명하지 않지만 소설 속의 대화는 현실에서 나누는 대화의 핵심을 포착한 것이므로 리듬이 있어도 괜찮다. 우리는 예술품을 창조하고 있는 것이다. 재미도 느끼면서.

다음 장면에서 존과 스티브는 존에게 돈을 빌린 랜디를 찾아간다. 존은 빌려준 돈을 받으려 한다. 첫 번째 문장과 마지막 문장 사이에는 단절이 있다.

"일하러 몇 시까지 돌아가야 하지?" 존이 물었다.

"이봐, 자네가 돈이 없단 건 알아. 귀가 닳도록 들었어. 돈이 있다고 생각해서 찾아온 게 아니야. 빚을 졌으니까 온 거지. 이제 모두 200달러가 된 것 같은데."

존은 작은 탁자에서 꽃병을 들어 올렸다.

"흠, 전당포에서 50달러 주고 이걸 살 형편은 되는군. 이봐, 수가 그러는데 어제 저녁에 둘이 외식했다며? 와인 한 병만 해도 45달러야. 누군가에겐—"

"여기에서 나가자. 내 생각엔—" 스티브는 초조하게 주변을 두리번거렸다.

"입 다물어!" 존이 명령했다. "여기까지 와놓고선."

존은 흥미로운 눈으로 랜디를 바라보았다.

"여기 온 목적을 달성해야지."

"아홉 시야. 난 두 번째 교대조야."

뭐라고? 아홉 시라니? 랜디는 무슨 말을 하고 있는 걸까? 아, 그렇지! 존이 일하러 몇 시까지 돌아가야 하는지 물었었다. 열 문장도 더 앞에서.

명백한 단절이다. 아주 중요한 이유가 없는 한, 모든 대화는 앞의 대화와 이어져야 한다. 대화가 이어지지 않는다는 건 인물이 화제를 바꿔 산만해진 탓이거나 작가가 대화의 갈피를 잡지 못한 탓이다.

후자는 아니길 바란다.

## 대화가 언제나 최선일까?

대화는 배경 지식, 세부 사항, 묘사 등을 전하는 가장 효과적이고 흥미로운 방법이다. 그래서 우리는 가능하면 언제든 대화를 활용하려고 한다. 그러나 자제력을 잃으면 안 된다. 중요한 건 독자를 지루하게 만들지 않는 것과 이웃, 가족, 직장 동료처럼 인물의 말에 현실감을 불어넣는 것이다.

대화가 배경을 알리는 최고의 방법이 '아닌' 경우도 있다. 예를 들어보자. 시점인물인 조지의 숙모 모드는 매년 여름휴가 때면 늘 그랬듯이 이번에도 보름 동안 조지와 그의 아내 캐럴과 함께 보낼 예정이다. 작가는 모드 숙모의 방문이 조지와 캐럴에게 무슨 의미인지 독자에게 정확히 알려주고 싶다. 이 방문이 결코 유쾌한 소식이 아니라는 것을 독자가 이해하도록 배경을 설명해야 한다. 조지는 막 우편함을 확인하러 갔다가 모드 숙모가 보낸 편지를 발견했다. 조지는 편지를 읽으며 집으로 들어간다.

“저, 캐럴. 모드 숙모가 8월에 또 오시겠다는군. 아이오와에 사시는 숙모 알지? 저녁 먹을 때면 늘 틀니를 빠뜨리고, 윌리스 삼촌이랑 결혼해서 1998년에 삼촌이 돌아가시기 전까지 함께 사셨던 숙모 말이야. 그해가 맞을 거야. 기억나? 이모는 달리는 기차처럼 재잘거리면서, 당신이 코를 골기 시작했는데도 눈치 못 채시잖아. 체크 무늬 홈드레스를 입으시고 말이야. 파란색과 빨간색—”

뭐가 잘못되었는지 쉽게 알 수 있다. 모드 숙모가 여름마다 온다면 캐럴은 이 모든 정보를 이미 알고 있을 것이다. 독자에게 알리기 위해 조지가 이런 말을 할 필요는 없다. 이 경우에는 서술을 통해 전달하거나 독자가 당장 모든 사실을 알 필요가 없으면 모드 숙모가 도착했을 때 행동으로 알려주는 편이 낫다.

인물은 다른 인물이나 독자를 위해서가 아니라 스스로 필요해서 말을 해야 한다. 장면의 목표에 따라 조지는 별별 생각을 하며 우편함에서 걸어올 수도 있고, 그 생각이 ‘실제’ 대화 장면으로 이어질 수도 있다.

캐럴이 모드 숙모의 방문을 싫어하기 때문에 캐럴에게 말할 방법을 찾을 때까지 편지를 숨기는 게 조지의 목표라고 해보자.

캐럴이 물었다.

“우편물 있었어?”

“별거 없었어.”

사실이었다. 지금까지는 괜찮았다. 거짓말을 안 해도 됐으니까.

조지는 부엌 식탁에 전단지 뭉치를 내려놓으며 편지를 일단 전단지 밑에 쑤셔 넣었다. 모드 숙모에게서 편지가 왔다는 사실을 캐럴이 알게 되면 유쾌한 상황이 벌어지진 않을 테니, 당장은 피하고 싶었다. 조지는 숙모를 받아들일지 말지 결정할 수 있었지만, 캐럴은 숙모가 오는 걸 두려워했다. 여름마다 되풀이되는 숙모의 방문을 캐럴이 왜 싫어하는지, 정확한 이유를 알 수가 없었다. 숙모가 저녁 먹을 때 음식에 틀니를 빠뜨리기 때문인지, 아니면 달리는 기차처럼 종일 재잘대기 때문인지.

"이건 뭐야?"

캐럴이 전단지 뭉치 밑에서 봉투를 끄집어내며 말했다.

"어, 아무것도 아니야."

조지는 캐럴의 손에서 편지를 낚아챘다. 캐럴은 모드 숙모의 드레스에 진절머리가 났을지도 모른다. 빨간색 드레스도 있고 파란색 드레스도 있었다.

"모드 숙모는 아니겠지!"

캐럴이 외쳤다.

훨씬 자연스럽지 않은가? 전부 대화로 이루어진 건 아니지만 역시 효과적인 대화 장면이다. 아내에게 편지를 숨기려 했다는 사실에 비춰볼 때 조지가 정말 했을 법한 생각이고, 독자는 필요한 정보를 모두 얻게 되기 때문이다(그 정보가 모두 필요하다면). 어떤 정보가 필요한지는 플롯에 따라, 인물의 목표가 무엇이냐에 따라 결정된다.

## 연설은 지루하다

현실에서 어떤 사람이 어떤 주제에 대해 끊임없이 이야기하고, 이야기하고, 또 이야기한다면 기분이 어떨까? 제아무리 관심 있는 주제라고 해도 다른 사람이 늘어놓는 연설은 대개 오래 듣고 있을 수도 없고 듣고 싶지도 않다. 물론 강의 같은 것을 들으러 간 게 아니라면 말이다. 강의는 '당연히' 연설에 속한다.

마찬가지로 인물이 연설을 늘어놓는 대화문을 써서는 안 된다. 이는 초보 작가들의 대화문에서 꽤 자주 보이는 특징이다. 인물은 특정 주제에 대해 할 말이 많고 작가는 한두 쪽, 아니면 세 쪽에 걸쳐 그 인물이 주절주절 말하게 놔둔다. 바람직하지 않다. 영화에서도 좀처럼 먹히지 않는 방법인데 인쇄된 종이 위에서야 말할 것도 없다. 말을 장황하게 늘어놓으면 듣는 사람은 대개 지루해한다. 이렇게 연설하는 사람들은 방 안에 있는 다른 사람들이 그 주제에 대해 할 말이 있거나 생각이나 의견이 있으리라고는 꿈에도 생각하지 못한다.

물론 예외도 있다. 주로 성격이 원래 그래서 연설을 할 때다. 그러나 알아둘 점이 있다. 이런 인물은 독자의 애정을 받지 못한다. 연설은 적게 나올수록 좋고 타당한 목표에 따라 그 자리에 있어야 한다. 그렇지 않으면 연설을 한 인물뿐 아니라 작가마저 부적절한 존재로 보일 것이다.

### 일부러 형편없이 써보기

형편없는 소설을 써보고 싶다는 생각을 한 적 있는가? 매년 최악의 소설을 뽑는 창작 경연 대회가 있다는 것을 알고 있는가? 재미 삼아 형편없는 대화 장면을 써보자. 전력을 다해 최대한 청승맞고 진부하며 바보 같은 장면을 쓰자. 지금 쓰고 있는 소설의 한 대목을 가져와 대화를 엉망진창으로 만들어도 좋다. 그런 다음 다시 그 장면으로 돌아가 진정성이 빛나도록 공들여 수정하자.

## 하품이 나오는 지루한 대화

다음 단락은 플롯을 전개하거나 인물을 발전시키거나 이야기에 긴장을 일으키는 데 아무런 기능도 하지 못한다.

> "조, 여긴 샐리야."
>
> 샐리는 손을 내밀었다. "안녕, 조."
>
> "안녕, 샐리." 조가 손을 잡고 흔들며 말했다.
>
> "만나서 반가워." 샐리가 말했다.
>
> "나도." 조가 말했다.

재미가 없어도 너무 없다. 이런 장면이 계속되면 독자의 고통이 심해질 것이다.

"이 근처에 사니?" 샐리가 물었다.

"여기에서 3킬로미터쯤 떨어진 곳이야. 중심가 건너편." 조가 대답했다.

샐리가 웃음을 지었다. "아, 그렇구나. 거기 사는 친구가 있어."

"친구 이름이 뭔데?"

누가 궁금할까? 이 장면에는 강도나 나오거나 하늘에서 비행기가 떨어져야 한다. 아니면 샐리가 옷을 벗든지. 뭐든 도움이 될 것이다.

대화문은 인물이 서로에게 할 만한 모든 말을 나열하지 말고, 장면의 핵심을 포착하려 애써야 한다. 현실에서는 이런 잡담을 늘어놓기는 하지만 말이다.

하품이 나오는 지루한 대화는 인물을 한 장소에서 다른 장소로 옮길 때 흔히 나타난다. 다음 장면에서 엄마는 축구 연습을 하러 가는 아들을 차로 태워다주는 중이다.

"집에서 나오기 전에 숙제 다 했니?"

"네네."

"콜턴 선생님 수업에 낼 보고서는 어쨌니? 다 했어?"

"네."

"집에 가는 길엔 슈퍼에 들러야겠다. 달걀이랑 우유를 사야 해."

"제 게임기에 넣을 배터리도요."

"아, 그래야지. 잊어버리지 않게 말해줄래?"

"네네."

"연습할 때 그 애가 아직도 널 괴롭히던?"

"아니에요."

괴롭히건 말건. 이 장면을 읽으니 다른 게 아니라 내 게임기에 새 배터리를 넣어야 한다는 생각만 떠오른다. 이 글은 더 읽고 싶지가 않다.

소설을 출간하고 싶다면(당연히 그럴 것이다) 하품이 나오는 대화를 써서는 안 된다. 독자에게 이런 고통을 안겨서는 안 된다. 스토리텔링은 갈등과 해결이 핵심이다. 이 점이 대화만큼이나 잘 어울리는 곳은 없다. 서로에게 맞장구만 치는 인물들은 지루하다. 쓸데없는 이야기만 나누는 인물들도 지루하다.

생생한 대화는 어떤 것과도 비교할 수 없을 만큼 소설을 찬란하게 빛낸다. 모든 장면, 모든 대화는 반드시 생생해야 한다. 독자가 열렬한 팬이 될 만한 대화를.

다음은 인물들이 첫인사를 나누는 장면인데, 하품이 나오고 따분할 수 있는 장면이 어떻게 변신할 수 있는지 보여주는 예시다. 켄 키지가 쓴 매우 유명한 소설 『뻐꾸기 둥지 위로 날아간 새 One Flew Over the Cuckoo's Nest』의 한 대목이다.

이 장면에서 우리는 주인공인 R. P. 맥머피를 처음 만나게 되는데 그는 좀 전에 정신병원 입원 허가를 받은 상태다. 이야기는 관찰자인 조연의 입을 통해 나온다.

맥머피는 그저 병실에 들어가고 다른 인물들은 자신의 이름을 말할 수도 있었겠지만, 여기서 맥머피는 극적으로 한바탕 법석을 떨며 등장하고 다른 인물들은 이에 반응하면서 자신을 알린다.

> "어이, 친구들, 내 이름은 맥머피요. R. P. 맥머피. 도박에 미친 멍청이랍니다." 그는 윙크를 하고 노래 한 소절을 부른다. "…… 난 카드만 봤다 하면 돈을…… 냅다…… 내놓고 말지." 그러고는 또다시 껄껄 웃어젖힌다.
>
> 그는 카드 게임을 하는 사람들에게 다가가, 굵디굵은 손가락으로 한 급성환자의 카드패를 슬쩍 건드리고는 눈을 가늘게 뜨며 고개를 젓는다.
>
> "고렇지, 이게 내가 여기 온 이유죠. 게임하러 모인 여러분에게 재미를 선사하기 위해서 말입니다. 펜들턴 교화 농장에는 날 재밌게 해줄 놈들이 다 떠나고 없다오. 그래서 이동을 요청한 거죠. 새로운 활력이 필요해서. 아니, 이 친구가 카드 쥐고 있는 꼴 좀 보슈. 동네 사람들한테 죄다 보여줄 작정이시구먼! 양털 손질 하던 실력으로 한 수 가르쳐 드리리다."
>
> 체스윅은 카드를 모았다. 이 빨간 머리 남자가 손을 내밀어 체스윅에게 악수를 청한다.
>
> "안녕하시오, 친구. 무슨 게임이요? 피노클?"

이 장면, 이 인물은 절대 하품을 하게 만들지 않는다. 그리고 독자는 맥머피가 다음에 어떤 행동을 할지 고대하게 된다.

## 대화에서 문법은 완벽하지 않아도 된다

"조지프, 우린 다른 사람들을 만나봐야 할 것 같아." 재닛은 숨을 죽이며 접시에 담긴 당근을 뒤적거렸다.

"우리가 다른 사람들을 만나봐야 할 것 같다고? 나랑 헤어지길 원한다는 뜻이야?"

"그래, 난 그렇게 생각하고 있어. 우린 서로 맞지 않는 것 같으니 다른 사람들과 데이트를 해야 한다고 생각해."

조지프는 혼란스러운 표정이었다. "나는 이해할 수가 없어. 어제만 해도 나랑 여생을 함께하고 싶은 것 같다고 말했잖아."

"생각이 바뀌었어. 여자들은 그럴 때가 있어."

"그래? 그럼 나한테 반지를 돌려줄 수 있겠네. 내가 아직 영수증을 간직하고 있으니 환불이 가능할 거야."

소설의 여타 요소보다 대화에서만큼은 문법을 완벽하게 쓸 필요가 없다. 혹시 자신이 쓴 대화문이 '딱딱'하거나 '형식적'으로 느껴진다는 말을 들어봤다면, 그 말은 곧 실제 대화와 달리 너무 완벽하게 글을 쓰고 있다는 뜻이다.

앞의 글은 문제가 명백하다. 인물들이 너무 격식을 차려 대화하고 있다. 분명히 밝혀두건대, 역사상 어느 시기에는 이런 식으로 대화를 했다. 그러나 소설이 그런 특정 시기를 배경으로 하지 않는다면, 그리고 독자의 비웃음을 사고 싶지 않다면, 산뜻한 대화문을 써야 한다. 다시 해보자.

"조, 우리 다른 사람들을 좀 만나보자."

재닛은 숨을 죽이며 접시에 담긴 당근을 뒤적였다.

"뭐? 무슨 소리야? 헤어지자고?"

"그럴 수도. 잘 모르겠어. 그러니까, 음, 서로에게 정착하기 전에 다른 사람들도 만나보는 게 좋을 것 같아. 그래서 그래."

조지프는 혼란스러운 표정이었다. "이해가 안 돼. 어제만 해도 앞으로 평생 나랑 함께하고 싶다더니."

"그래, 실은 생각이 달라졌어. 여자들은 그러잖아."

"아, 맞아, 그러시겠지. 그럼 반지 좀 빼줄래? 영수증도 있으니 환불받으면 되겠네."

이제 약간 나아졌다. 너무 딱딱하거나 형식적이지 않고, 완벽하지도 않다.

딱딱한 대화문을 쓰고 있다는 의심이 들면 큰 소리로 읽어보자. 실제 대화처럼 들리는지 살펴보자. 그리고 늘 그렇듯이, 인물을 잘 파악해둘수록 딱딱한 대화문을 쓸 확률이 줄어든다.

## 반복은 군더더기일 뿐

인물들이 대화할 때 서술이나 행동으로 정보를 반복해서 알려줄 필요는 없다. 한 번이면 충분하다. 이는 흔히 보이는 문제이기도 하거니와 나도 무심코 저지르는 실수다.

랜디는 우유를 사러 가게에 가기로 했다. 그래서 조이스에게 외쳤다.

"나 우유 사러 가게에 갈 거야!"

불필요한 말이다. 대화의 시작을 알리기 위한 게 아니라면 왜 이런 문제가 생기는지 확실히 알 수가 없다. 대화에는 도입부가 필요 없다. 그냥 불쑥 끼어드는 편이 낫다. 자신도 모르는 사이에 이런 실수를 저지를 수 있으니 고쳐쓰기 단계에서 이런 문제가 없는지 주의 깊게 살펴보자.

신경 쓸 게 많아도 너무 많구나 싶을 것이다. 압박감을 느끼지는 말자. 나는 소설가로 성장하면서 내가 어떤 실수를 저지르고 있는지 하나씩 배워갔다. 실제로 글을 쓰고 있는 동안이나, 완벽하게 쓰려고 스스로를 닦달하는 중에는 이 모든 것을 생각할 겨를이 없다. 이는 좌뇌와 관련된 문제라서 글을 쓰는 동안 이 문제를 생각하면 창의력이 마비되고 만다. 새로운 기술을 습득할 때는 현재 저지르고 있을지 모르는 잘못을 계속 염두에 둘 수 없다.

2년 전에 강습을 받으며 오토바이 타는 법을 배웠다. 강사는 교관처럼 줄곧 고함을 질러대며 우리가 생명에 위험한 실수를 저지른다고 욕을 퍼부었다. 예를 들어 우리가 서로의 앞길을 방해하고, 너무 급하게 모퉁이를 돌고, 다음 모퉁이를 보지 않고 땅만 보고 있다는 것이다. 나는 얼른 강습을 끝내고 감시당하지 않고 오토바이를 타고 싶어서 견딜 수가 없었다. 강습이 끝난 뒤 나는 오토바이를 쿵 떨어뜨리며 언덕을 오르는 동시에 급커브를 틀었다. 한번은 너무 급히 출발해 아파트 앞에 있는 덤불 속으로 우당탕탕 처박혔지만 균형을 잃지 않았고 무척 의기양양하게 길을 내달렸다. 누군가 내게 오토바이를 쿵쿵 떨어뜨리지 않으면 모험을 해본 게 아니라고 말했다.

그냥 글을 쓰자. 모험을 해보자. 실수를 저지르게 될 것이다. 그렇게 배우기 마련이다.

13장에서는 늘어진 대화의 끝부분을 깔끔하게 매듭짓는 법을 다룰 것이다. 대화에 생생함과 박진감을 더할 수 있도록, 대화문을 단단히 동여맬 수 있는 간단한 방법이 많이 있다.

### 설득력 없는 장면 고쳐쓰기

자신이 쓴 소설에서 설득력 없는 장면을 골라 이 장에서 배운 내용에 따라 다듬어보자. 요약하자면 다음과 같다.

1. 호칭을 되도록 뺀다.
2. 인물이 어떤 느낌으로 말하고 있는지를 묘사하는 형용사와 부사를 모두 뺀다.
3. 모든 대화는 앞뒤 대화와 연결되어야 한다. 물론 주의력결핍장애가 있거나 취해서 앞뒤가 전혀 안 맞는 얘기만 늘어놓는 인물이 있는 경우는 예외다.
4. 정보가 너무 많아 서술에 분배하면 좀 더 효과적일 만한 대화를 찾아낸다. 대화 장면을 점검할 때는 가혹할 정도로 솔직해지자. 그래야만 인물이 독자에게 정보를 주기 위해서가 아니라 스스로 필요해서 말을 할 수 있다.

5. 최악의 실수는 독자를 지루하게 만드는 것이다. 모든 대화를 샅샅이 살펴 긴박감과 긴장감을 높이고 갈등을 고조하자.
6. 모든 대화 단락을 최대한 자연스럽고 거리낌 없이 쓰자. 지나치게 꼼꼼한 인물이 아닌 이상 간결한 구문과 말줄임표, 적절한 속어를 쓰고 다른 사람의 말을 자르고 끼어들게 만들자.
7. 어떤 정보를 서술이나 행동으로 이미 밝혔다면 대화에서 그 정보를 되풀이하고 싶은 유혹을 뿌리치자.

### 실전 연습 01

다음 대목에는 호칭이 너무 많다. 호칭을 대부분 삭제하고 다른 수단을 이용해서 자연스럽게 읽히도록 고쳐 쓰자.

"나 가게에 갈 거야, 엘런. 필요한 거 있어?"

"전화기 옆에 메모지와 연필이 있어, 톰. 거기 적어볼게."

"엘런, 테디가 들를지 모르니 초코 우유를 좀 사놔야겠어."

"톰, 좋은 생각이야." 엘런은 그 항목을 추가했다.

"오, 그리고 톰, 우유랑 같이 먹을 오레오 쿠키도 살까?"

"그럼 너무 초콜릿만 먹게 되잖아, 엘런. 대신 버터크림 쿠키를 사자."

"톰, 그래, 버터크림 쿠키." 엘런은 버터크림 쿠키라고 적었다.

"있잖아, 엘런, 설탕이 다 떨어졌는지 봐야 하지 않을까? 지난번에 봤을 땐 얼마 안 남았던데."

"얼른 가서 살펴봐, 톰. 난 여기에서 목록을 만들고 있을게."

### 실전 연습 02

다음 대화에는 인물이 어떤 감정인지 설명하는 형용사와 부사가 여러 개 들어 있다. 분명하고 강렬한 대화문으로 고쳐 쓰자.

"우리 하와이 가자!" 커티스가 뒷문으로 들어와 서류가방을 내던지며 흥분해서 말했다. "부장님이 부서 직원 중 두 명을 보내주기로 했는데—"

"난 하와이 싫어." 패티는 지친 듯이 대답했다.

"하와이가 싫다고?!" 커티스는 깜짝 놀라 말했다. "어떻게 하와이를 싫어할 수가 있어?"

"그거야 쉽지. 너무 덥잖아." 패티는 거듭 말했다.

"너무 덥다고?" 커티스는 격렬하게 되풀이했다. "그럼 어때? 아니, 거긴 하와이야. 더운 게 당연하다고."

"그냥 왜 싫은지 얘기한 것뿐이야." 패티는 당황한 듯이 중얼거렸다.

"믿을 수 없어." 커티스는 부엌 의자에 털썩 주저앉으며 날카롭게 외쳤다. "하와이로 공짜 여행을 갈 수 있는데, 가기 싫다니."

"가기 싫다고는 안 했어. 당신이 밖에서 스노클링 같은 걸 할 동안, 난 호텔 방에 앉아서 막대 아이스크림을 먹으면 되니까." 패티는 반항하듯 주장했다.

"아, 그럼 가겠다고?" 커티는 머뭇거리며 물었다.

"아마도." 패티는 체념한 듯이 대답했다.

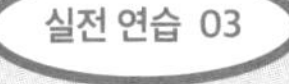

다음 대화에서 인물은 몇 차례 단절을 겪는다. 인물이 서로에게 직접적으로 대답하도록 수정하자.

"엄마, 아빠가 회의하러 어느 쪽으로 가셨는지 알아요? 4번가로 가셨나요?"

"쓰레기통 좀 비워줄래?" 엄마는 이렇게 말하며 부엌을 거쳐 거실로 나갔다.

전화벨이 울렸고, 엄마가 수화기를 들었다. 엄마가 말했다.

"아뇨, 그이가 그럴 리가요. 천만에요." 엄마는 수화기를 내려놓고 잠시 생각에 잠겼다. "저녁 먹기 전에 슈퍼에 다녀와야겠다."

"과일 시리얼도 사 오실래요? 다 떨어졌어요."

"그이가 그랬을지도 몰라." 엄마는 핸드백을 쥐며 말했다.

"저녁 먹은 후에 알아봐야겠어."

정보가 작위적인 느낌을 주지 않고 자연스럽게 독자에게 전달되도록 다음 대화를 고쳐보자.

레이첼은 식탁 건너편에 있는 팸 쪽으로 몸을 기울였다. "새러 있잖아, 해고될 거래." 레이첼은 듣는 사람이 없는지 주변을 살피며 말했다.

"오, 정말?" 팸은 입에 가득 찬 파스트라미 사이로 말했다.

"그래, 알잖아, 만날 휴가를 길게 쓰고 전화기만 붙들고 있는 거. 정신지체아인 아들 얘기를 하는데, 난 그 앨 만나본 적도 없어. 항상 그 애가 잘 지내는지 확인해봐야 한다고 하잖아. 저번에 퇴근하고 새러를 집까지 태워줬다가, 새러의 집 본 거 기억나? 도시 저쪽에 있는 엄청 크고 낡은 2층짜리 주택 말이야. 새러가 차에서 내리며 한 말 기억나지?"

"그럼."

"뒤채에서 산다고 했잖아. 근데 우리가 골목길을 통해 뒤쪽으로 차를 몰고 가보니까 뒤채 따윈 없었잖아. 기억나?"

"그런 것 같아." 팸은 냅킨으로 입을 닦았다.

"매일 똑같은 옷만 입고 출근하고, 구두는 다 낡아빠졌고, 스타킹도 안 신잖아."

"그렇지."

"머리카락도 원래 그 색이 아닌 것 같지 않아? 그 빨간 머리 말이야. 새러는 살도 좀 빼야 돼. 그렇게 안내 데스크에 있으면 우리 회사 이미지에도 안 좋아."

이 장면은 차라리 새러를 장면에 직접 등장시키는 게 나을 것 같다. 그러면 훨씬 직접적으로 새러를 묘사할 수 있다.

다음 장면에서 시점인물은 확고한 의견이 있는 어떤 문제에 대해 연설을 하고 있다. 그 문제란 바로 남자다. 이 인물의 관점에서 장면을 다시 쓰되, 다른 인물들이 말을 자르며 끼어들게 하고 시점인물의 생각과 행동도 집어넣자.

"남자란 말이지, 늘 섹스만 생각하는 존재야. 늘 그 생각만 한다니까. 최근에 인터넷에서 만난 남자들이랑 데이트를 해봤는데, 매번 똑같더라고. 남자들은 왜 그걸 갖고 그렇게 야단일까? 그냥 편안하게, 그러니까 여자를 알아갈 수는 없어? 남자들한테 질렸어. 다시는 데이트 따위 안 할 거야. 스트레스도 너무 심해. 밀고 당기기도 해야 되고 진짜 내 모습도 숨겨야 해. 혹시라도 내가 똑똑하다거나, 승진이라든지 남자 말고 다른 것에 관심이 많다는 걸 알게 되면 혹시 떠나버릴지도 모르니 말이야. 왜 남자들은 1인자가 되지 못해 안달이지? 내가 늙은 하녀 노릇을 하게 될지도 모른단 생각은 하기도 싫어. 난 정말 남자를 찾고 싶은데, 너무 어려워. 참, 또 있어. 남자들은 모두 자존심이란 게 있어서, 여자가 더 잘난 걸 참지 못해. 정말 미치겠다니까. 내가 뭘 잘하는지 얘기할 수 있을지는 몰라도 약간 깎아내리면서 말해야 돼. 상대 남자가 내가 자기보다 정말로 더 잘하는 게 있다고 생각하면 안 되니까 말이야."

## 실전 연습 06

다음 대화 장면을 긴박감과 긴장감, 갈등이 생기도록 고쳐 쓰자. 그리하여 문제가 터질 것만 같은 위기감 때문에 읽는 재미가 생기도록 만들자. 라일이나 앨리스의 시점 중 하나를 사용해도 좋다. 한 가지 더, 상상력을 이용하자.

라일은 베란다에 나와 팝콘을 먹고 있는 앨리스에게 다가갔다.

"무슨 생각 해?" 라일이 물었다.

앨리스는 웃음을 지었다. "정말 알고 싶어?"

라일은 고개를 끄덕였다.

"내일 해야 할 일들. 빨래, 장보기, 집 청소, 화단에 물주기……."

"으흠." 라일은 생각에 잠긴 채 팝콘을 우적우적 씹어 먹었다. 라일은 길 건너편을 가리키며 물었다. "농협에서 새로 산 차 봤어?"

"응, 거기서 취급하는 품목처럼 녹색이던데."

"그렇지, 사실, 녹색은 좋은 색깔이야."

어쩌면 이 두 사람은 앨리스가 암에 걸린 것을 화제에 올리지 않으려 애쓰고 있는 걸 수도 있다. 또는 결혼 생활이 무덤덤해서 특별히 할 말이 없을지도 모른다. 아니면 이 대화를 깜짝 놀랄 방향으로 끌고 갈 수도 있다. 상상력을 마음껏 펼쳐보자.

다음은 방금 충돌 사고를 당한 두 운전자가 나누는 대화치고는 너무 형식적이다. 어떻게 고치면 좋을지 살펴보자.

팻은 한숨을 쉬며, 다른 운전자의 얼굴을 보러 차에서 내렸다. "자동차가 충돌한 것 같습니다. 실례지만 운전면허증과 자동차등록증을 보여주시겠습니까?"

"이건 제 남자 친구의 자동차예요. 절 죽이려 들 거예요. 제 차선으로 들어온 이유가 뭔지요?" 금발의 여자가 말했다.

"전 제 차선을 달리고 있었습니다. 오토바이가 당신 앞으로 끼어들자 이쪽으로 방향을 틀었잖습니까."

"전 방향을 틀지 않았어요. 전 운전할 줄 알아요. 제 남자 친구가 절 죽일 거예요. 전 꼼짝 없이 죽었다고요."

"죽은 목숨이라고 생각하다니 유감입니다만, 보험증서를 보여주셔야겠습니다."

"제가 보험도 들지 않았다고 생각하시나 보군요. 가져다드리죠. 잠시만 기다리세요. 그쪽도 보험증서를 보여주셔야 해요."

"전 보험을 들지 않았습니다."

13장

# 대화 정리: 구두점과 지문 그리고……

오랫동안 대화문을 읽어왔다고 해서
쓰는 법도 저절로 알게 되는 건 아니다.

한번은 어느 변호사의 전화를 받았다. 그의 고객이 소설을 썼는데 문법, 구두점, 문장 구조 때문에 '약간의 도움'이 필요하다고 했다.

변호사는 "속도가 빠른 추리소설입니다만, 지금 수준에서 봐줄 만한 편집자는 없는 것 같습니다"라고 말했다. 그의 고객 중에 작가 톰 클랜시도 있다는 말에, 나는 그가 자신이 하는 말의 의미를 알고 있으리라 생각했다. 그런 게 아니라면 그 고객의 원고가 괜찮다고 진심으로 믿는다는 뜻이었다.

원고를 받아보니 변호사의 말이 무슨 뜻인지 알 수 있었다. 그의 말이 전적으로 옳았다. 매우 훌륭한 소설이었지만 문법, 구두점, 문장 구조가 형편없었다. 대부분 대화 장면에서였다.

오랫동안 수많은 작가의 수많은 소설을 다뤄왔지만, 문자 언어를 탁월하게 전달하면서도 대화문 쓰는 기술 때문에 휘청거리는 작가를 만나면 매번 놀라게 된다. 나도 모르게, 그들이 다른 작가의 소설을 무척 오랫동안 읽어왔으므로 매끄럽게 읽히는 대화의 형식도 저절로 터득했으리라 생각했던 모양이다.

하지만 실은 그렇지가 않다. 오랫동안 대화문을 읽어왔다고 해서 쓰는 법도 저절로 알게 되는 건 아니다. 혹시 소설가가 되고 싶다면 자기 자신을 위해 할 수 있는 가장 중요한 일은 대화 쓰는 기술을 배우는 것이다. 지문을 어디에 넣어야 하는지, 가장 자연스럽게 들리는 대화는 어떻게 쓰는 건지, 대화를 어떤 구두점으로 마무리할지 등등. 대화문 쓰기를 두려워하는 작가의 경우 그 두려움의 이면에는 이 사소한 지식을 모른다는 자괴감이 숨어 있다. 기법에 정통하게 되면 자유로운 마음으로 글을 쓸 수 있다. 또한 이런 기법을 잘 안다고 해서 소설 판매가 보장되진 않지만 편집자의 선택을 받는 일에는 좀 더 가까워질 것이다.

지금부터 다룰 내용은 능숙한 작가로 보이게 하는 대화를 쓰는 데 큰 도움이 될 것이다.

## 리듬을 만드는 구두점 찍기

모든 소설에는 그 나름의 리듬이 있으며, 이 리듬의 많은 부분, 어쩌면 거의 모든 부분은 구두점에서 비롯된다. 어색한 위치에 찍힌 쉼표는 문장에 혼란을 일으키며 때로는 장면 전체를 혼란에 빠뜨린다.

대화 쓰기의 실기를 익히려면 그 무엇보다도 구두점 찍는 법을 알아야 한다. 이를 알아야 인물의 목소리를 현실감 있게 만들고, 대화의 속도를 가장 효과적으로 조절할 수 있다. 이야기의 핵심이 잘 드러나도록 독특한 리듬을 만드는 것이다.

기초부터 살펴보자.

첫째, 모든 대화 부분의 처음과 끝에는 큰따옴표를 쓴다.

> "이젠 갈 준비가 됐어." 조니가 일어서며 말했다.
>
> 조니가 일어섰다. "이젠 갈 준비가 됐어."
>
> "이젠 준비된 것 같아." 조니가 일어서며 말했다. "가자."

둘째, 인물이 말꼬리를 흐릴 때는 말줄임표를 쓴다.

> 조니는 머뭇거리며 일어섰다. "이젠, 갈 준비가 됐어……."

셋째, 중간에 말이 중단되었거나 말을 자른 인물이 있을 때는 줄표를 쓴다.

> 조니는 일어섰다. "이젠 갈 준비가 됐어—"
>
> "내 생각은 달라." 칼은 조니 앞으로 가서 문을 막아섰다.

쉼표와 마침표, 줄임표, 줄표가 따옴표 안에서 어느 자리에 있는지 보자. 물음표와 느낌표도 마찬가지다.

느낌표에 대해 특별히 할 말이 있다. 초보 작가는 흔히 대화 장면에서 신나는 분위기를 연출할 때 느낌표에 의존한다. 그러나 이는 목발에 의지하는 것과 마찬가지다. 느낌표는 인물이 몹시 흥분했을 때만 가끔 써야 효과 만점이다. 그런 경우가 아니라면 말로 분위기를 연출하는 게 낫다. 흥분이나 불안, 분노의 강도를 확실히 보여주는 대화문을 쓰자.

## 문단에 대화 끼워 넣는 법

초보 작가들은 문단에 대화를 끼워 넣는 것을 어려워한다. 하지만 무척 간단하다. 의식적으로 생각하기만 하면 된다. 기본 '규칙'이 딱 하나 있다. 모든 인물은 저마다 한 문단씩을 차지한다는 것이다. 문단은 행동이나 서술, 인물의 생각, 대화로 이루어진다. 한 인물과 관련된 모든 게 한 문단에 나타난다.

> "그럼 대체 어떻게 문을 따고 들어가겠다는 거야?" 톰은 댄의 바보 같은 계획을 오래 참고 들어줄 수가 없었다.
>
> 댄이 웃음을 지었다. "열쇠가게에 전화하면 돼." 댄은 휴대폰을 꺼냈다.

## '말했다'라는 지문 대신에 행동을

초보 작가는 늘 내게 어떻게 하면 모든 대화의 끝에 '말했다'라고 쓰지 않을 수 있는지 묻는다. 화자를 밝히고 싶은데 그 표현 말고는 달리 어떻게 해야 좋은지 알 수가 없다는 것이다.

당연히 화자를 밝혀야 한다. 지문이 없으면 독자는 짜증나게도 앞으로 거슬러 올라가 마지막으로 말한 사람이 누구인지 확인한 다음 다시 읽어 내려와야 한다. 누가 무슨 말을 했는지 판단하기 위해 대화를 한마디씩 자세히 보면서 말이다. 독자가 소설을 읽느라 진을 빼게 만들어서는 안 된다.

물론 '말했다'를 대신할 표현은 많다. 중얼거렸다, 속삭였다, 외쳤다, 설명했다, 떠올렸다, 정정했다, 호통 쳤다, 코웃음 쳤다……. 모두 써도 좋다. 훈계했다, 반복했다, 추론했다 같은 표현은 절대 사용해서는 안 된다.

그러나 화자를 밝히는 가장 좋은 방법은 이런 동사를 쓰는 게 아니다. 행동으로 알려주는 게 가장 좋다. 시점인물이 화자인 경우에는 대화 장면에 그의 생각을 집어넣어 화자를 밝히면 된다. 앤 타일러의 『바너비 스토리』에 나오는 다음 장면이 좋은 예시다. 마틴은 시점인물인 바너비를 태우려고 도로경계석에 트럭을 세운 참이다.

> 마틴이 경적을 빵 울렸다. 나는 너무 놀라 혼이 빠질 뻔했다.
>
> "그러지마, 알았어?" 나는 조수석 문을 열며 말했다. "그냥 '이봐' 하고 부르면 될걸."
>
> "무슨 일이야?" 마틴이 물었다. 시동은 이미 꺼져 있었다. "크리스마스트리 다듬어주기로 했잖아."
>
> "앨포드 할머니가 돌아가셨어." 내가 말했다.
>
> "설마!"
>
> 이렇게 불쑥 내뱉고 싶진 않았는데. 나는 자리에 앉아 문을 닫았

다. "심장마비였대." 내가 말했다.

"이런, 빌어먹을." 마틴은 이렇게 말하고 다시 시동을 걸었다. 그러나 조의를 표하듯 아주 천천히 차를 몰았다. 폴스가에 이르렀을 때 마틴이 말했다. "내가 참 좋아하는 고객이었는데."

이 장면에서는 대화가 나오는 부분에서 화자가 매우 분명하게 드러난다. 출간된 소설을 비평하기란 곤란한 일이고 더더구나 타일러처럼 훌륭한 작가가 쓴 글이라면 말할 것도 없지만, 사실 앞 장면에서는 '말했다'라는 표현이 필요 없다. 인물의 행동이 화자를 알려주기 때문이다. 화자를 알리기 위해 행동이 든 문장을 활용하면 '말했다'라는 표현은 전혀 필요가 없다.

## 부적절한 지문이란?

초보 작가는 인물의 '말'에 고개를 끄덕이고, 기침을 하고, 웃음을 터뜨린다는 등의 문장을 덧붙이는데 사실 말이 안 된다. 인물은 '말할' 뿐이다. 물론 '말하다'는 여러 가지로 변형할 수 있다. 중얼거리다, 우물대다, 속삭이다, 외치다, 으르렁거리다, 애원하다, 끙끙거리다 등등. 모두 말하는 방식이므로 쓸모가 있다. 이런 동사는 대화 문장에 붙여 쓸 수 있으며 또 그래야 한다. 감정을 살리는 데다, 인물이 말하면서 어떤 행동을 하는지 독자가 상상할 수 있기 때문이다. 그러나 인물은 어떤 '말'을 하며 고개를 끄덕이거나 기침하거나 웃을 수는 없다.

예를 들어 다음과 같은 말은 괜찮다. "그는 고개를 끄덕이며 (또는 기침을 하거나 웃으며) '막 나가려는 참이었어' 하고 말했다." 그러나 다음은 안 된다. "그는 '막 나가려는 참이었어'라고 고개를 끄덕였다." 작가들은 이 세 가지 외에도 수많은 동사를 쓴다. 히죽거렸다, 훌쩍거렸다, 웃음을 지었다 등 아주 많다. 대개는 말을 하는 인물의 신체적 반응을 보여주고 싶기 때문이다. 취지는 좋다. 다만 문장을 따로 쓰거나 말과 관련된 동사에 덧붙여 써야 한다.

## 지문의 위치는 중요하다

대화의 지문은 위치에 따라 기능이 강화되거나 약화된다. 바람직한 리듬이 있는 대화를 쓰기 위해서는 이 점을 알아두어야 한다.

대화 문장에서 지문의 효과가 가장 약한 위치는 맨 앞이다. "제인이 말했다. '당신만 괜찮으면 나 그 일 해보고 싶어.'"

다음으로 괜찮은 위치는 문장 중간이다. "'나 그 일 해보고 싶어.' 제인이 말했다. '당신만 괜찮으면.'" 이렇게 중간에 지문을 넣으면 흐름이 끊어지며 리듬이 바뀐다.

항상 그런 건 아니지만 대개의 경우 지문의 가장 좋은 위치는 문장 맨 끝이다. "'당신만 괜찮으면 나 그 일 해보고 싶어.' 제인이 말했다."

그러나 줄줄이 이어지는 대화 문장 맨 끝에 지문을 넣는 건 대개 실수라고 볼 수 있다. 더 좋은 방법을 모르는 초보 작가의 일반적인 특징이다. "'당신만 괜찮으면 나 그 일 해보고 싶어. 예전에도 했으니까 다시 할 수 있을 것 같아. 적어도 시도는 해볼래.' 제인이 말했다."

올바로 고쳐 쓰려면 어떻게 해야 할까? 인물의 말에서 문장이 여러 개 이어지면 반드시 첫 번째 문장 끝에 지문을 넣어야 한다. "'당신만 괜찮으면 나 그 일 해보고 싶어.' 제인이 말했다. '예전에도 했으니까 다시 할 수 있을 것 같아. 적어도 시도는 해볼래.'"

앞의 문장들을 모두 소리 내서 읽어보면 리듬의 차이를 느낄 수 있고, 효과가 있거나 없는 까닭을 알 수 있을 것이다. 지문의 위치는 대화 장면 전반에 효과를 미치므로 중요하다.

## 전화로 주고받는 대화 쓰는 법

전화로 주고받는 대화를 쓸 때 많은 작가가 저지르는 가장 큰 실수는 한쪽 편에서만, 그러니까 시점인물의 편에서만 상황을 알리는 것이다. 그러나 시점인물의 머릿속으로 들어가 보면 그는 자신의 목소리는 물론이고 통화 중인 상대편의 목소리도 듣고 있다. 그러므로 시점인물과 함께 상대편의 목소리도 대화에 넣어야 한다.

앤 타일러의 『꿈꾸는 여행자』에 나오는 다음 장면을 보자.

> "뮤리엘이에요." 그 여자가 말했다.
>
> "뮤리엘?" 그가 말했다.

"뮤리엘 프리쳇이요."

"아, 네." 그는 대답하면서도 누구인지 통 알 수가 없었다.

"동물병원에서 만났잖아요?" 여자가 말했다. "댁의 개와 사이좋게 지낸 사람이에요."

"아, 동물병원!"

전화로 주고받는 대화를 쓰는 일은 약간 까다롭다. 대부분 행동이 아니라 입에서 나온 말로 이루어지기 때문이다. 그나마 휴대전화로 통화하는 상황에서는 행동을 집어넣기가 더 쉽다. 인물이 휴대폰을 들고 라켓볼을 하거나 맞은편 그네에 앉은 동료 곡예사에게 날아갈 수 있다. 그러므로 인물이 한자리에 가만히 앉아 말만 하는 정적인 휴대전화 통화 장면은 변명할 거리가 없다.

## 유머가 넘치는 대화

대화문에 유머를 쓸 줄 아는 작가가 있는가 하면, 할 줄 모르는 작가도 있다. 우리가 전자에 속하는지 알 수 있는 가장 좋은 방법은 우리가 쓴 작품을 다른 사람들 앞에서 읽거나, 읽어보라고 주는 것이다. 그러면 어떻게 될까? 다른 사람들이 웃음을 터뜨린다면 재미난 대화를 쓰는 데 성공한 것이다. 아무도 웃지 않는다면 진지한 대화를 쓰는 데 매진하는 편이 낫다. 큰 웃음을 터뜨리는 유머는 가장 영리한 작가라도 쓰기 어려운 것이다. 놀랍게도 나는 데이브 배리(퓰리처상을 수상한 유일한 코믹작가)가 유머 쓰기가

'힘든 일'이라고 말했다는 이야기를 들었다. 데이브 배리라니! 누구보다도 익살맞은 작가가 말이다!

유머가 넘치는 대화는 희극적인 인물, 예를 들어 사기꾼이나 시어머니, 미친 이웃, 말 못하는 악당과 같은 인물에게 쓰면 가장 좋다. 유머가 넘치는 대화는 무거운 이야기를 가볍게 해주고 긴박한 장면이 지나간 후 독자가 숨을 돌릴 수 있게 해준다.

자신이 익살맞은 작가가 아닌 것 같다는 생각이 든다면 필요할 때 가끔씩만 쓸 수 있도록 유머 넘치는 대화 쓰는 법을 익히자. 어떤 작가들은 주변 세상을 둘러보기만 해도 유머가 튀어나오는 것 같다. 그런 작가가 아니라면 처음부터 끝까지 웃음이 터지는 유머소설은 쓰지 못할 것이다. 그러나 이따금씩 재미난 대화를 끼워 넣으면 독자의 관심을 붙잡는 데 큰 도움이 된다. 유머는 독자를 유혹한다. 독자는 인물들이 재미난 말을 한번 했다면 또다시 할 가능성이 높다는 사실을 안다. 그래서 작가가 예상치 못한 말로 다시 웃음을 주기를 기다리며 그 순간이 언제 올지 지켜본다.

**유머와 독창성이 넘치는 한마디**

한 여성이 늦은 밤에 대도시 중심가를 걷고 있다. 갑자기 소년 세 명이 접근해 여자의 핸드백을 움켜쥔다. 여자는 달아나는 소년들에게 뭐라고 외친다. 뭐라고 외쳤을까? 다음의 인물마다 한마디씩 써보자. 독창성을 최대한 발휘하자. 목표는 독자를 놀라게 하는 것이다.

- 근교에서 온 어머니
- 매춘부
- 여성 사업가
- 비밀 수사관
- 할머니
- 여장 남자

## 침묵의 중요성

우리는 인물이 장면마다 다른 인물들에게 하고 싶은 말을 죄다 털어놓으면 이야기가 전개된다고 착각하는 경향이 있다. 이 점에 대해 한마디 해주고 싶다. 이는 대부분의 사람이 하는 평범한 행동이 아니므로 인물에게도 평범한 행동이 아니다.

우리는 아이에서 어른이 되어가면서 입을 다물고 속마음을 터놓지 않아야 한다는 사실을 배운다. 순수함을 잃는다는 뜻이므로 안타까운 생각이 들기도 하지만, 우리는 마음속 이야기를 들려줄 때 어떤 사람은 믿을 수 있고 어떤 사람은 믿을 수 없는지 알게 된다. 인물에게 현실감을 주고 싶다면 현실 속의 사람들과 똑같이 침묵하게 해야 한다. 물론 늘 예외는 있다. 그 누구도 믿지 않아서 말을 거의 하지 않는 인물, 어리석게도 모든 사람을 믿으며 만나는 사람 모두에게 속마음을 다 털어놓는 인물이다.

실제로 이런 행동을 하는 사람이 있으면 다른 사람들은 대개 불편해한다. 따라서 인물이 이런 행동을 하면 독자도 불편해한다. 그러므로 대화 장면에서 마음과 영혼을 탈탈 털어 보여주는 문제에 대해, 대부분의 인물은 옷을 입은 채 물에 첨벙 뛰어들 게 아니라 발가락만 물에 담가야 한다. 그게 훨씬 현실적일 뿐 아니라 긴장감을 만드는 데에도 큰 도움이 된다. 인물이 자기 자신에 대한 말을 아껴 앞으로 알아갈 여지를 많이 남겨두면 독자는 그 나머지를 알고 싶어 계속 책장을 넘긴다.

노련한 작가가 되려면 평생 연습해야 하듯이, 모든 면에서 효과적이고 독자와 교감하는 대화문을 쓰게 되기까지 수년이 걸린다. 이 장에 나온 기법을 대화문에 많이 적용할수록 독자는 대화를 더욱 진지하게 받아들일 것이다.

다음 장에서는 대화문을 쓸 때 알아두면 좋을 실용적인 지침을 몇 가지 알아볼 것이다. 대화 쓰기는 무척 직관적인 작업이지만 분명 하면 좋은 것과 하면 안 되는 것이 있다. 이 지침을 지키면 좀 더 진정성 있는 대화를 쓸 수 있다.

## 실전 연습 01

모든 대화 장면에는 그 나름의 리듬이 있으며, 그 리듬의 일부는 구두점에서 비롯된다. 마침표, 쉼표, 느낌표 등 구두점은 미묘한 차이를 만들며 대화를 날아오르게 할 수도, 가라앉게 할 수도 있다.

다음 장면에 최상의 리듬이 생기도록 구두점을 찍어보자.

- 나는 언제나 널 사랑했어 그녀가 말했다 그리고 이제부터는 마음대로 표현할 거야
- 그는 손을 높이 들고 흔들며 외쳤다 이봐 돈 이쪽이야
- 그렇게 어리석은 말은 처음 듣는다 하지만 바로 그때 존이 끼어들었다
- 조심해 그가 경고했다 엄지손가락 잘리고 싶지 않으면
- 내가 원하는 게 뭐라고 생각해 그녀는 둘 사이의 간격을 메우며 물었다
- 얼마든지 그렇게 할게 하지만 말꼬리가 흐려졌고 나는 말을 끝마칠 수 없단 걸 알았다
- 저쪽이야 그녀는 손가락으로 그 자동차 뒤쪽을 가리켰다
- 당신은 뭐든 다 안다고 생각하지 그녀는 고함쳤다 하지만 실은 눈곱만큼도 몰라

## 실전 연습 02

다음 문단을 세 부분으로 나누어보자.

"하지만 난 아직 집에 갈 준비가 안 됐어." 제니퍼는 집을 쌩 지나쳐 계속 걸음을 옮기며 말했다. 발걸음이 빨라졌다. 리사는 뒤따라왔지만 따라잡기가 버거웠다. "9시까지 집에 돌아가지 않으면 부모님이 화내실 텐데?" 전에도 이런 적이 있었고 리사는 제니퍼의 아빠가 고래고래 고함을 질렀던 걸 기억하고 있었다. "화내면 누가 무섭대?" 제니퍼는 속도를 약간 늦췄다. "이건 내 인생이야. 내 방식대로 살아야겠어."

## 실전 연습 03

'말했다'라는 단어를 쓰지 말고 세 인물이 등장한 대화 장면을 두 쪽 써보자. 행동과 생각은 활용해도 좋지만 '말했다'라는 단어는 쓰면 안 된다.

## 실전 연습 04

다음 문장을 잘 살펴보고 문법이 맞으면 'O', 틀리면 'X'라고 쓰자.

1. 그는 "맞아, 어쨌든 경기하러 가야겠어"라고 말하며 고개를 끄덕였다.

2. "저기, 브렌다." 그는 능글맞게 말했다. "퇴근 후에 술 한잔 어때?"

3. "내가 그 말에 대답할 거라고 생각하는 건 아니죠?"라며 그녀는 웃음을 지었다.

4. "난 못 해." 브렌다는 웃음을 터뜨렸다. "알고도 그런 짓을 하는 것처럼 보일지도 몰라."

5. "난 못 해." 그녀는 웃음을 터뜨리며 말했다. "알고도 그런 짓을 하는 것처럼 보일지도 몰라."

[정답: 1번-X('고개를 끄덕였다' 다음에 마침표를 찍어야 한다), 2번-O, 3번-X('라며'를 생략하고 삽입문을 독립된 문장으로 쓰거나 '라고 말하며 그녀는 웃음을 지었다'로 바꿔야 한다), 4번-O, 5번-O]

지문을 어느 위치에 넣었는지 신경 쓰며 직접 쓴 소설을 읽는다. 지문을 행동이나 생각으로 되도록 많이 바꿔본다. '말했다'라는 표현을 써야 한다면 대개 대화의 첫 줄 끝에 넣자. 물론 다른 위치에 넣고 싶을 때도 있을 것이다. 행동이나 생각 대신 '말했다'를 쓴 경우가 많으면 더욱 그렇다.

전화로 주고받는 대화를 한 쪽 쓴다. 위기를 만들되 시점인물이 뭔가를 얻거나 잃을 상황이어야 한다. 양쪽의 대화가 모두 들려야 한다.

'여보세요'와 '끊을게'는 모두 생략하자.

### 실전 연습 07

두 노부인이 둘 중 누가 양로원에 새로 들어온 헨리라는 신사에게 가야 할지를 두고 갈등을 겪는 대화 장면을 두 쪽 쓰자. 이 연습의 목표는 익살맞은 장면을 쓰는 것이다. 이 상황이 그다지 마음에 와닿지 않으면 다른 상황을 생각해낸다.

### 실전 연습 08

침묵의 중요성을 이해하기 위한 연습을 해보자.

온라인 데이트 사이트에서 만난 두 인물이 커피숍에서 첫 데이트를 하는 중이다. 둘은 분명 서로에게 끌리고 있지만, 둘 다 관계에 안 좋은 영향을 미칠 성장 환경의 비밀이 있다. 두 쪽짜리 장면을 두 번 쓰자. 각 인물의 시점에서 한 번씩 쓰는 것이다. 인물들이 대화를 하며 서서히 자신을 드러내는 데 집중한다. 관계가 진전되는 것을 되도록 자연스럽게 보여주어야 한다.

14장

# 대화 쓰기 지침: 해도 되는 것과 하면 안 되는 것

‘아는 게 힘’이란 말은 사실이다.

"이게 소설의 규칙입니다." 나는 그날 밤의 강의를 마치며 쾌활하게 말했다.

"규칙이라니요?" 어떤 학생이 목소리를 높였다. "규칙이라니, 무슨 말씀이세요? 농담하시는 거죠?"

"어, 아뇨, 꼭 그런 건 아니지만."

"그냥 넘어가죠."

"저기, 사실은 규칙이 아니에요." 나는 내 학생의 저녁을 망쳐버렸다는 끔찍한 기분을 느끼며 물러섰다. 글을 쓰는 학생들의 기를 꺾기란 정말 싫은 일이었다. 그 무엇보다도 하고 싶지 않은 일이었다. "알다시피, 이건 길가에 있는 정지 표지판이나 양보 표지판 같은 거예요."

"말도 안 돼요. 미친 듯이 글을 쓰고 있는데 정지하거나 양보하고 싶은 사람이 어디 있나요? 정말 진지하게 좋은 작품을 쓰고 있을 때 말입니다." 그는 핵심을 찔렀다.

"좋아요, 그건 정지 표지판이나 양보 표지판이 아니에요. 하지만 뭐랄까, 음. 우리가 뭘 하고 있는지 안다는 인상을 줄 몇 가지 지침이라고 하죠."

그는 마침내 받아들였다.

사실 나는 누구보다도 '규칙'을 싫어한다. 하지만 그보다는 내가 무엇을 하고 있는지 모르는 것처럼 보이는 게 더 싫다. 사실 나는 규칙에 따르는 것보다 얼간이로 보이는 게 더 끔찍하다고 생각한다. 적어도 나에게는 그렇다. 그래서 나는 그 무엇보다도 이미지를 관리하기 위해 소설의 '규칙'을 더욱 열심히 배운 것 같다. 이미지가 그다지 중요한 게 아니더라도 우리는 때로 그렇다는 환상에 사로잡힌다.

이 장에서는 '규칙'이 아닌, 소설 쓰기의 과정을 좀 더 이해할 수 있도록 몇몇 지침을 소개하고자 한다. '아는 게 힘'이란 말은 사실이다. 지금부터 가장 훌륭한 소설을 쓰기 위한 몇 가지 주의사항을 살펴볼 것이다.

원래 지침을 다룰 때는 해야 하는 것부터 시작하기 마련이지만 이 경우에는 해서는 안 되는 것부터 이야기하려고 한다. 긍정적인 내용, 즉 해도 되는 것으로 마무리할 수 있기 때문이다.

## 대화를 쓸 때 해서는 안 되는 것

**너무 애쓰지 말 것**

최근에 나는 연예인들이 새로 맡은 TV 쇼를 띄우려고 애를 쓰는데도 호응을 전혀 얻지 못하기도 한다는 사실을 알게 되었다. 톱스타가 진행을 맡아도 실패할 수 있는 모양이었다. 왜 그런지 내 나름대로 추측해봤다. 그건 사람들이 새 TV 쇼가 시작할 때마다 마음속으로 '저 연예인은 왜 자연스러운 모습을 보여주지 않을까? 지나치게 애쓰는 바람에 하는 말마다 작위적으로 느껴지잖아'라고 생각했기 때문이다. 그 쇼가 폐지되어도 내게는 놀랄 일이 아니다. 시작했을 때부터 알고 있었으니까.

그럼 작가가 대화문을 쓰려고 너무 열심히 노력하면 어떻게 될까? 모든 것을 다 보여주고 만다. 그렇기 때문에 아무 감동이 없다. 실패한 TV 쇼에서 볼 수 있듯이, 작가가 너무 열심히 노력하면 대화문은 인위적이고 부자연스럽게 느껴지기 쉽다.

좋다. 이제 우리는 해서는 안 되는 일이 무엇인지 알게 되었다. 하지만 안 하려면 어떻게 해야 할까? 대화문을 쓸 때 애쓰지 않을 방법은 무엇일까?

간단하다. 편안한 마음으로 인물의 내면에 들어간다. 그 인물이 되어 마음 깊은 곳에서 대화가 우러나게 하면 된다. 물론 대화 장면에는 인물이 적어도 두 명 이상이므로 약간은 정신분열증 환자처럼 보일 것이다. 그러나 누가 작가에게 미쳤다고 말하겠는가? 작가는 인물을 창조한 사람이기에 그 인물의 마음 깊은 곳에서부터 말할 수 있어야 한다. 그러나 인물이 싫고 받아들이고 싶지 않을 때면 우리는 그에게서 거리를 두게 된다. 그 결과는 억지스럽고 부자연스러운 대화로 나타난다. 이 말이 어떤 면에서는 정신분석학처럼 들릴 수 있겠지만 그래서 더더욱 사실이다.

**인물이나 독자를 배신하지 말 것**

형편없는 대화를 쓰면 인물과 독자 모두를 배신하는 셈이다. 어떻게 그럴 수 있을까? 인물이 절대 하지 않을 말을 하면 그렇게 된다. 작가가 인물의 진짜 모습을 그대로 나타내지 않는다면 인물을 배신한 셈이 된다. 또한 성실하게 글을 쓰지 않았으므로 독자를 배신한 것이다.

작가로서 우리는 인물이 자신의 이야기를 하게 해야 한다. 물론 한편으로 이는 우리 '작가의' 이야기이기도 하다. 하지만 우리는 다양한 역할을 하도록 인물들을 만들었다. 그러므로 인물의 존엄성을 존중하고, 우리가 원하는 말을 하게 함으로써 우리 뜻대로 이용해서는 안 된다.

인물을 배신하고 이용하는 행위란 이런 것이다.

- 인물의 성격상 금세 잊고 말 문제에 강한 감정을 표출하게 한다.
- 인물이 전혀 관심 없는 문제에 대해 주절주절 떠들게 만든다.
- 인물이 절대 말하지 않을 정보를 잔뜩 말하게 한다. 이야기의 배경을 독자에게 알리고 싶기 때문이다.
- 인물이 절대 말하지 않을 묘사를 잔뜩 말하게 한다. 다른 인물들 또는 이야기가 일어나는 공간을 독자에게 알리기 위해서다.
- 인물의 원래 모습과 어울리지 않는 목소리를 느닷없이 내게 한다.
- 인물을 이용해 개인적인 의견을 주장한다. 이는 다음에 나올 '하면 안 되는 항목'에 속한다.

### 인물의 입을 빌려 개인적인 주장을 내세우지 말 것

나는 사형제도와 아동학대, 초콜릿에 대해서는 감정이 격해진다. 종교적 근본주의자, 체중 감량도 마찬가지다. 운전자 폭행 사건도 그렇다. 그러나 시도 때도 없이 인물이 이런 문제에 대해 말한다면 대체 나는 어떤 작가가 되어버릴까? 소설은 균형감을 잃어버릴 것이고, 분명 균형감 있는 인물을 만들어내지도 못할 것이다.

사실 소설에 내 개인적인 불만과 관심사를 전혀 넣지 않았다고 말한다면 거짓일 것이다. 개인적 관심사를 냉담하게 대하며 그 문제를 전혀 글로 옮기지 않는 작가는 내가 알기로 없다. 우리는 우리에게 중요한 주제에 대해서, 우리가 큰 관심을 갖고 있는 문제에 대해서 쓴다. 당연한 일이다. 그러나 인물에게도 그 나름의 개인적 관심사가 있고 인물 자신의 목소리로 그 문제에 대해 생각과 느낌을 표현해야 현실감이 살아난다.

예를 들어보자. 나는 우연히 사형제도를 다루는 소설을 쓰게 되었다. 인물은 모두 서로 다른 지역 출신이며, 철학적인 주장을 할 때는 내 주장이 아니라 '그들의' 주장을 하고 있다. 주인공 중 한 명은 내가 도무지 존경할 수 없는 특성이 많이 있어서 가끔은 그녀가 나오는 장면을 쓰기가 싫다. 그녀는 나를 화나게 하는 말들을 하지만 나는 그녀가 필요하다. 그녀는 사형제도와 관련해 반대 측(내 입장과 반대된다는 뜻이다)을 대표하는 인물이다. 나는 이 주제를 두고 인물들이 논쟁을 벌이기를 바라는데 그녀는 소설 속 논쟁의 촉매가 되어준다.

### 너무 매력적이거나 영리하게 보이려 하지 말 것

이 항목은 '너무 애쓰지 말 것' 항목과 일맥상통한다. 인물이 입을 열 때마다 유쾌하거나 재미있거나 영리한 말만 해야 한다고 생각하는 작가는 다른 사람들을 끊임없이 웃기려고 애쓰는 현실 속의 사람과 비슷하다. 조금만 지나면 그런 사람은 성가신 존재가 된다. 인물이 독자에게 성가신 존재가 되기를 절대 바라지 않을 것이다. 좋은 현상이 아니다.

너무 매력적이거나 영리하게 보이려고 애쓰는 건지 아닌지 어떻게 알 수 있을까? 이는 별개의 영역이다. 현실 속 사람들도 그런 특성을 자각하지 못하는데 작가들이 알 수 있을지 모르겠다. 그저 이런 실수를 저지를 수 있다는 것을 인식하고 주의하면 그것으로 충분하다. 인물들이 늘 다함께 웃음을 터뜨리고 있다면 위험 신호다. 혹시 '그가 웃음을 터뜨렸다', '그녀가 깔깔거렸다', '그는 낄낄 웃었다', '그들은 모두 폭소를 터뜨렸다', '그들은 박장대소했다'와 같은 표현을 계속 쓰고 있다면 이 실수를 저지르고 있는 것이다. 과장보다는 절제가 낫다. 인물의 개성을 잔뜩 쏟아붓는 것보다는 은근슬쩍 보여주는 편이 더 낫다.

### 장면을 대화 중심으로 구성하지 말 것

나는 장면의 80퍼센트에서 90퍼센트를 대화로 채운 초보 작가의 글을 자주 본다(책을 출간하지 않은 작가다. 여기서 매우 중요한 부분이다) 그러나 대화 쓰기에 재능이 출중하거나 대화가 특히 효과를 발휘할 특별한 소설을 쓰고 있는 게 아니라면, 장면의 대부분을 대화로만 채우면 결코 좋은 소설이 되지 못한다.

대화는 플롯을 전개하고, 인물의 성격을 알려주며, 배경 지식을 전달하고, 다른 인물을 묘사하며, 긴박감과 긴장감을 만드는 수단이다. 모두 우리가 지금까지 이 책에서 다룬 내용이다. 그러나 대화는 목표에 이르는 수단일 뿐이지 목표 자체는 아니다.

플롯이 이끄는 소설에서는 사건이 이야기를 전개하고, 인물이 이끄는 소설에서는 주인공의 내적 변화가 이야기를 전개한다. 대화는 인물들을 엮는 수단일 뿐이다. 인물이 외적으로나 내적으로, 또는 이 두 가지 측면 모두에서 '움직일' 수 있도록 말이다.

장면을 대화 중심으로 구성하면 대화 쓰기의 달인이 아닌 이상 인물이 사방에서 사건과 다른 인물에 대해 떠들어대기만 하므로 행동과 서술이 약해지고 만다. 그리고 모든 인물이 말만 하기 때문에 얄팍한 사람들로 전락한다. 생각하지도 행동하지도 않고 입만 나불대는 존재로. 허풍만 떨어대는 현실 속 사람을 우리가 어떻게 생각하는지는 잘 알 것이다.

소설에는 입체감이 있어야 하고, 행동과 서술 '그리고' 대화가 있어야 한다. 물론 예외는 있다. 행동과 서술이 장면을 장악할 때가 있듯이 대화가 장면을 장악하는 경우도 있다. 당연히 그래야 한다. 그러나 그래봤자 예외일 뿐이다. 대부분의 경우에는 모든 장면마다 이 세 요소를 함께 엮어 넣어야 한다. 입체감 있는 장면에서 대화는 서술에 영향을 주고 서술은 행동에 영향을 주며, 행동은 다시 대화에 영향을 준다. 대부분은 이 세 요소가 모두 필요하므로 다양한 방식으로 조합해서 쓰면 된다.

### 완벽하지 않다고 걱정하지 말 것

대화문은 소설의 여러 요소 중에서도 '올바로' 쓰고 있는지 크게 걱정하지 않아도 되는 요소다. 문법과 문장 구조를 말하는 것이다. 소설의 다른 요소에 비해 대화문은 문법과 문장 구조가 좀 더 허술해도 된다. 실제 사람들의 대화처럼 생생해야 하기 때문이다. 우리는 불완전한 문장, 짧은 한두 마디 말, 속어, 사투리 등으로 이야기를 한다. 대부분의 사람은 다른 사람들과 어울릴 때 자신의 말이 어떻게 들릴지, 말을 어떻게 끝맺을지 신경 쓰지 않는다. 소설 속 인물도 마찬가지다. 이 문제로 초초해하는 사람은 작가뿐이다.

대화문에서 완벽한 문장이란 없다. 있다고 해도 물에 빠진 인물이 "도와주세요!"라고 말하거나 어떤 인물이 섹스하기 싫을 때 "싫어"라고 말하는 정도다. 그렇게 간단하다. 다음 한 가지만 마음에 새겨두어도 마음이 편안해지며 다시는 대화 쓰기를 두려워하지 않게 될 것이다. 대화는 그냥 사람들이 하는 말이라는 사실이다.

완벽한 대화를 쓰고 싶은 욕심을 버리면 좀 더 진정성 있는 대화를 쓸 수 있다. 인물이 마음속에 있는 진심을 자신답게 말할 수 있기 때문이다. 요즘에는 호흡을 이야기하는 사람이 많은데, 우리가 대화문을 쓸 때 인물과 함께 호흡하기만 해도 작가로서 초조함이 줄어들지 않을까 하는 생각이 종종 든다. 한번 시도해볼 만하다.

완벽한 대화를 쓰고 싶은 생각이 들면 다음을 기억하자.

- 인물은 인간이므로 결코 완벽하지 않다.
- 인물은 지금 하고 있는 말을 작가만큼이나 열심히 생각하지 않는다.
- 인물은 할 말이 있다. 그러므로 뭐라고 쓸까 머리 아프게 생각하지 말고 인물에게 귀를 기울여보자.
- 우리도 완벽하게 말하지 못하는데 왜 인물은 그래야 한다고 생각하는가?
- 누구를 감동시키려는 것인가?

## 대화를 쓸 때 해야 하는 것

이제 대화를 쓸 때 해서는 안 되는 일을 거의 모두 알게 되었다. 그렇다면 대화를 쓸 때 해야 하는 일은 뭘까? 효과적인 대화문을 쓰려면 어떻게 해야 할까?

**엿듣고 싶을 만한 대화를 쓸 것**

이는 글쓰기 교사인 개리 프로보스트가 한 말이다. "어떤 대화를 넣고 어떤 대화를 넣으면 안 되는지 절대 규칙이란 없다. 그러나 전반적으로 적용할 수 있는 유용한 기준은 다음과 같다. 낯선 사람이 주변에 있다면 그가 이 대화를 엿듣고 싶어 할까? 대답이 '아니요'라면 그 대화를 넣지 말고 '네'라는 답이 나오면 넣자." 고개를 끄덕이지 않을 수 없는 조언이다. 이 점을 염두에 두고 우리가 쓴 모든 소설을 살펴보면 하품이 나오는 대화를 꽤 많이 지우게 될 것이다.

나는 가끔 종이와 연필을 들고 나가 식당에 앉아서 글을 쓴다. 근처에 다른 손님들이 있는데 흥미로운 이야기를 나누고 있으면 그쪽으로 정신이 팔린다. 그냥 집중이 안 된다. 한번은 실제 범죄 사건을 다루는 작가 앤 룰이 공포작가 존 솔과의 친분에 대해 하는 이야기를 들었다. 두 사람이 함께 밖에서 점심을 먹을 때면 누가 누구를 어떤 무기로 죽였는지가 대화의 주된 화제인데 주변 사람들이 별별 표정으로 둘을 바라본다고 말했다.

여기서 기억해야 할 질문은 이것이다. 소설 속 인물들이 나누는 대화를 엿듣고 싶어 할 사람이 있을까? 그렇든 그렇지 않든 그 이유는 무엇인가?

**인물(특히 조연)을 잘 파악할 것**

인물을 잘 알아야만 마음을 울리는 대화를 쓸 수 있다. 그렇지 않으면 나무토막 인형이 말하는 느낌이 들고, 모든 인물의 말투가 똑같아진다. 바로 작가의 말투다. 어느 작법서에서 읽은 내용인데, 소설 속 이야기가 어디에서 일어나도 상관없는 것이라면 배경은 아무것도 담을 수 없다. 배경은 이야기와 복잡하게 얽혀 있기 때문이다. 대화도 마찬가지다. 대화가 어떤 인물이 말하든 상관없는 것이라면 이는 즉 작가가 인물을 알지 못한다는 뜻이다.

데이먼 나이트는 『단편소설 쓰기의 모든 것Creating Short Fiction』에서 이 주제와 관련된 유용한 조언을 했다.

> 소설 속에서 벌어지는 대화는 실제 대화와 비슷해야 하지만 말을 더듬거나, 되풀이해 말하는 등 여러 소소한 문제는 걸러내야 한다. 사람들이 대화하는 소리를 들어보자. 누구든 똑같이 말하는 사람은 없다. 어떤 말투를 쓰고 어떤 단어를 선택하고 어떤 내용을 말하고 어떤 태도로 말하는지를 보면 그가 어디서 자랐는지, 어떤 교육을 받았는지, 무슨 일을 하는지, 어떤 사회적 계급에 속해 있는지 등을 전부 알 수 있다. 자신이 지어낸 인물이 누군지, 어디 출신인지, 어떤 사람인지 안다면 그 인물이 무슨 말을 해야 하고 어떤 식으로 말해야 하는지를 당연히 직관적으로 알 수 있다. 소설 속 인물들이 '자신의 배역에 맞게' 말하지 않는다면 그건 작가가 그들을 충분히 이해하지 못하고 있거나, 사람들이 실제로 말하는 양식을 일상 속에서 귀 기울여 들어본 적이 많지 않은 것이다.

우리는 흔히 주인공, 적대자, 조연 한두 명에 대해서는 인물 개요를 작성하고 특별한 노력을 기울인다. 그러나 주역뿐 아니라 다른 인물이 말할 때도 이야기 전체에 감동이 퍼지도록 나머지 인물들에 대해서도 알아야 한다. 대화를 말하는 인물을 잘 모르면 그 대화가 진실인지 거짓인지 어떻게 알 수 있단 말인가?

2년 전부터 나는 소설에 등장하는 모든 인물의 1인칭 시점 자기소개서를 쓰기 시작했다. 그러면 그들이 나에게 자신의 목소리로 자신이 어떤 사람인지 말해준다. 생각해보면 사실 몇 쪽에 걸친 대화라고 할 수 있는데, 내가 그들에게 말할 기회를 줬기 때문에 가능한 일이다. 덕분에 그동안 온갖 방법으로 시도했을 때와 비교할 수 없을 만큼 인물의 마음속을 깊이 들여다볼 수 있었다. 그동안은 글쓰기 교사들이 인물을 파악할 때 쓰라고 준 서식에 맞춰 어마어마한 질문 목록에 답하느라 고생했다. 그 모든 질문에 답하며 빈칸을 채우느라 진이 빠져서 막상 글을 쓸 때가 되면 열정이 바닥나버리곤 했다. 그래서 나는 인물 자기소개서의 옹호자가 되었는데 주인공이라면 특히 그렇다. 1인칭으로 글을 쓰면 주인공의 머릿속에 어쩔 수 없이 들어가게 되기 때문이다.

**대화 속도를 조절할 것**

모든 소설에는 리듬이 있고, 우리는 이야기가 잘 전개되도록 리듬을 살려야 한다. 8장에서 배웠듯 대화를 이용하면 장면의 속도를 올리거나 늦출 수 있다. 이 방법을 잘 쓰면 대화가 행동, 서술과 어우러지면서 우리가 하려는 이야기에 맞는 흐름이 생긴다. 예를 들어 모험소설의 경우 대화는 행동과 서술만큼이나 빠르다. 행동이 지나치게 빨라졌을 때는 예외인데 그럴 때는 극적이지 않은 대화를 써서 그 장면의 속도를 약간 늦출 수 있다. 로맨스소설이라면 대개 대화를 통해 이야기를 들려주는데 이 경우 이야기가 순조롭게 전개된다.

빠르게 전개되는 행동 장면을 쓴다면 지금 어떤 상황이 벌어졌는지 나타낼 수 있도록 인물들의 대화 장면을 넣어야 한다. 소설에 필요한 요소가 무엇이든 대화가 속도감에 어떤 영향을 미치는지 충분히 알고 있어야 한다. 그래야 필요에 따라 액셀과 브레이크를 쓸 수 있다. 대화 속도를 조절하면 대화의 기능이 강화된다. 전체 리듬에 영향을 미쳐 독자가 소설을 술술 읽어나갈 수 있게 해주기 때문이다.

### 효율적인 대화를 쓸 것

효율적인 대화란 목표점이 있으며 이야기를 앞으로 전개하는 대화를 말한다. 목표가 있는 대화인 것이다. 대화는 제 기능을 해야 함은 물론, 때로는 많은 기능을 한꺼번에 해야 한다. 그런데 대화를 쓰면서 어떻게 그 많은 기능을 인식할 수가 있을까?

이 질문에 대한 답은 '생각하지 말자'다. 어떤 생각도 하지 말자. 우리는 머리가 아니라 가슴에서 나오는 대화를 써야 한다. 이 방법을 빨리 터득할수록 더 능숙하게 대화를 쓸 수 있다.

어쩌면 이렇게 투덜거릴 수 있겠다. "아니, 지금까지 대화를 쓰는 동안 생각해야 할 수백 가지 유의 사항을 얘기했으면서! 이 책 첫 쪽부터 온통 그 내용이었다고. 그런데 이제 '생각하지 말자'고? 제정신일까?"

사실 앞서 다룬 모든 건 우리의 두 번째 본성이 되도록 반드시 익혀야 한다. 그러나 적용할 때는 그 생각을 하지 말아야 한다. 2년 전 오토바이 타는 법을 배웠을 때 나는 처음 몇 달 동안은 '규칙'만 생각했다. 이제는 그 규칙을 잘 알고 있으므로 절대 생각하지 않는다. 생각할 '필요'가 없다. 그냥 내 일부가 되었다.

물론 이 책에서 다룬 새로운 내용이 자꾸 떠오르겠지만 결국에는 생각을 버리고 대화 쓰기 과정에 몰두해야 한다. 오토바이 타기처럼 생각하자. 몸에 익힌 다음 생각을 떨쳐버리면 된다. 규칙이 몸에 익었는지 아닌지 알 수 있는 방법은 하나다. 오토바이가 아직도 덜컹거린다면 다 익히지 못한 것이다. 부드럽게 달린다면 규칙을 생각하지 않았기 때문이다. 그리고 그 결과 효율적인 대화가 나온다. 진정성 있는 대화, 긴장감 넘치는 대화, 목표가 있는 대화가.

**인물의 여정을 존중할 것**

인물은 어디론가 가고 있다. 작가가 생각해둔 목적지가 있겠지만, 지금 그는 행복하게 자신의 길을 가고 있다. 작가의 원래 계획이 무엇이든 조금도 신경 쓰지 않고 말이다. 다시 말하지만 자연스러운 이야기를 쓰고 싶으면 인물을 존중하고 그의 내적, 외적 여정과 복잡하게 뒤얽힌 말을 할 수 있게 해야 한다. 그 여정이 바로 소설이 된다.

물론 인물의 여정을 존중하려면 그게 뭔지 알아야 한다. 글을 쓰기 전에 반드시 시간을 들여 인물의 여정에 대해 깊이 생각하자. 그러면 그가 말을 하게 되었을 때 자신이 어디로 가는지 알고 지혜롭고 성실하게 그 여정을 이야기할 수 있을 것이다. 예를 들어 3장에서 우리는 『앵무새 죽이기』에 나오는 애티커스 핀치의 대화를 살펴보았다. 그는 자신이 가야 할 길을 제대로 인식하고 소설 시작부터 인종차별주의에 반대하는 인물로 나온다. 그 길을 얼마나 자각하고 있는지가 그의 대화에서 나타난다. 그가 말한 부분을 한 번 더 살펴보자.

그 죄의 증거란 무엇일까요? 한 인간인 톰 로빈슨입니다. 그녀는 톰 로빈슨을 곁에서 없애버려야 했습니다. 톰 로빈슨은 그녀가 저지른 짓을 매일 떠올리게 하는 존재였습니다. 그녀는 무슨 짓을 했을까요? 흑인을 유혹했습니다."

핀치에게는 이르러야 할 목적지가 있고, 소설이 전개되는 내내 그 목적지를 향해 꾸준히 나아가고 있다는 게 그의 대화에서 나타난다. 설교를 늘어놓지도 않는다. 이야기가 끝날 때 그가 이르게 될 목적지와 마을 전체에 일으킬 변화를 소리 높여 말할 뿐이다. 이게 영향력 있는 대화가 할 수 있는 일이며, 이 때문에 대화를 쓸 때 인물의 여정은 반드시 존중해야 한다.

**본질을 추구할 것**

딘 R. 쿤츠는 『베스트셀러 소설 쓰는 법』에서 이렇게 말한다.

많은 작가가 소설이 현실의 거울이어야 한다고 생각한다. 잘못된 생각이다. 사실 소설은 현실을 '걸러' 핵심만 독자에게 제시하는 일종의 체와 같다. 대화만큼 이 점이 잘 나타나는 부분은 없다. 현실 속 대화는 간접적이고 두루뭉술한 말과 예의로 가득 차 있다. 소설에서 인물들은 말을 할 때 곧장 핵심으로 들어가야 한다.

모든 대화 장면에는 본질이 있으며, 작가는 바로 그것을 재창조할 책임이 있다. 작가의 목표는 소설 전체와 관련이 있으며 현재 장면에서 중요한 의미가 있는 대화만 쓰되 반드시 진정성 있게 쓰는 것이다. 모든 대화에는 가치 있는 정보가 있다. 그런 정보를 부각시키고 싶으면 그 본질을 어지럽히는, 관련 없는 단어는 모두 삭제해야 한다.

내 개인적인 생각으로는 대부분의 작가가 단어를 너무 많이 쓰는 것 같다. 지금보다 짧게 쓰면 더 좋은 글이 나올 것이다. 내가 가르친 학생 중 75퍼센트가량은 글쓰기 과제에 분량 제한이 있는 데에 어김없이 반발했다. 과장이 아니다. 그들은 분량 제한이 글쓰기를 가르쳐주고 단어 하나하나를 의미 있게 만들어줄 선물이란 걸 몰랐다. 어떤 학생들은 마음을 열고 정해진 분량으로 글 쓰는 법을 터득하고 난 뒤에 실력이 크게 늘기도 했다. 배운 내용을 활용해 자신이 쓴 모든 장면에서 본질을 발견했기 때문이다.

소설의 대화에서 본질을 찾는 습관을 들이려면 인물이 해야만 하는 말, 즉 없으면 독자가 이야기를 따라갈 수 없을 말을 찾을 때까지 말을 샅샅이 뒤지는 것이다. 장담컨대 그런 말은 매우 적을 것이다. 아, 물론 인물의 성격을 묘사하고 긴장감을 일으키고 긴박감을 높여줄 말이 필요하다. 하지만 본질을 발견하려면 이런 말들도 소설의 주제와 잘 엮어야 한다. 모든 장면에 나오는 모든 말을 어떤 식으로든 큰 그림과 이어야 한다.

소설의 장면을 쓸 때마다 대화의 본질이 무엇인지 늘 미리 파악해둘 필요는 없다. 그러나 이를 찾아내고 군더더기를 모두 삭제해 본질을 부각하겠다는 의도는 있어야 한다. 그러면 결국 생각한 대로 될 것이다. 본질을 찾아내고 본질 이외의 모든 것을 제

거할 때까지 만족하지 않으려는 자발적인 노력이 무엇보다도 중요하다.

지금까지 대화를 쓸 때 중요한 점을 놓치지 않게 해줄 지침들을 살펴보았다. 그럼 이제 이 장 시작 부분에서 말한, 내 학생이 언급한 미친 듯이 글을 쓰는 상태에 대해 이야기해보자. 소설의 초고를 쓸 때는 지침을 떠올리며 잘 따르고 있는지 걱정하거나 문체, 분위기, 형식 등의 옳고 그름을 생각하지 않아도 된다. 그러나 초고를 다 쓰고 좌뇌를 사용하는 교정 단계에 들어가면, 이런 지침은 원고의 수준을 판단하는 실질적인 기준이 되어 도움을 줄 것이다.

마지막 장에서는 독자와의 관계를 살펴보려고 한다. 이는 우리가 인물과 맺는 관계 다음으로 중요하다. 대화가 독자에게 어떤 영향을 미치는지 알면, 본질을 전달하고 때로는 삶을 바꿔버릴 정도로 독자와 교감하는 대화를 쓸 수 있다는 사실에 더더욱 신이 날 것이다.

**나만의 지침 만들기**

자신만의 소설 쓰기 지침을 만들자. 속도에 영향을 미친다고 느끼는 대화의 문제, 인물의 신뢰성, 플롯의 전개 등을 고려하자.

## 실전 연습 01

장면을 쓰기 전에 인물의 본래 모습을 속속들이 파악하고 싶다면 다음 연습이 도움이 될 것이다.

- 대화를 쓸 때 인물이 쓸 것 같은 모자를 쓴다(이 연습을 위해 밖에 나가 모자를 몇 개 사와도 좋다).
- 인물이 들을 것 같은 음악을 틀어둔다.
- 인물과 인상이 비슷한 인물이 나오는 영화를 빌려와서 글을 쓰기 직전에 본다.
- 펌프에 마중물을 붓는 차원에서, 글을 쓰기 전에 소설에 나오는 다른 인물들에게 인물의 목소리로 이메일 다섯 통을 보낸다.
- 인물과 외모가 비슷한 사람의 사진을 잡지에서 오려낸 다음 대화를 쓰는 동안 가까운 곳에 붙여둔다.

## 실전 연습 02

소설에서 인물을 배신했다고 할 만한 대화를 쓰는 게 무슨 의미인지 생각해보자. 이는 결국 자신이 인물을 얼마나 잘 알고 있는지 드러낼 것이다. 각 인물마다 한 문단씩 쓰자. 문단마다 인물의 기본 성격과 그를 배신할 주제를 적는다.

## 실전 연습 03

다음 주제 중 하나를 고르거나 모두를 선택해 인물이 주장을 내세우는 대화 한 문단과 그냥 의견을 이야기하는 대화 한 문단을 쓰자(물론 성격이 원래 그래서 주장을 곧잘 내세우는 인물도 있는데, 그런 경우라면 괜찮다. 그러나 이런 인물은 대개 독자에게 큰 존경을 받지는 못한다). 제시된 주제가 마음에 들지 않으면 다른 주제를 생각해낸다.

• 낙태 • 환경 • 안락사 • 노숙자 • 전쟁 • 아동학대

너무 매력적이거나 영리하게 보이려 애쓰고 있는지 어떻게 알 수 있을까? 다음 연습이 도움이 될 것이다. 의심되는 대화를 놓고 다음 질문에 최대한 솔직하게 대답해보자.

- 대화가 인물의 진심처럼 들리는가?
- 인물이 이 장면에서 너무 자주, 너무 격렬하게 웃은 탓에 상황이 너무 가벼워지지는 않았나?
- 대화가 꼭 필요한 것인가? 아니면 독자를 즐겁게 해주려고 그냥 끼워 넣은 것인가?
- 인물의 유머 감각을 잘 파악하고 있으며 소설의 모든 장면에 적용하고 있는가?
- 인물의 유머 감각을 좀 더 은근히 보여줄 방법이 있을까?

### 실전 연습 05

대화만으로 이루어진 장면 한 쪽을 쓰되, 한 인물이 돈 때문에 다른 인물과 겪는 갈등을 보여주자. 그런 다음 똑같은 장면을 대화, 서술, 행동을 활용해 다시 쓰되 처음에는 한 인물의 관점에서, 다음에는 다른 인물의 관점에서 쓰자. 이 연습의 목표는 장면에 대화만 있을 때와 달리 행동과 서술이 어우러지면 어떤 효과가 생기는지 알아보는 것이다.

### 실전 연습 06

대화 쓰기 지침을 전혀 생각하지 말고 대화 한 쪽을 쓰자. 인물을 새로 생각해내도 좋고 지금까지 써둔 소설에서 한 명 데려와도 좋다. 목표는 생각 없이 그냥 막 쓰는 것이다. 이 인물은 뒤늦게 후회할 말이라도 좋으니 머릿속에 떠오르는 아무 말이나 해야 한다. 하기 싫으면 구두점도 찍지 말자. 이 연습만 충분히 자주 해도 마음이 자유로워져 결국 대화 쓰기를 두려워하지 않게 될 것이다.

### 실전 연습 07

메모장과 연필을 들고 공원이나 쇼핑몰 같은 공공장소에 앉아 관심이 생기는 대화가 들릴 때까지 사람들이 하는 말에 귀를 기울여보자. 그런 일이 일어나지 않으면(아무 의미 없는 말을 하는 사람이 많다), 의미 없는 대화 하나를 선택해 근처에 있는 사람들의 머리털을 곤두세울 만한 대화로 바꿔보자.

### 실전 연습 08

지금 쓰고 있는 소설의 모든 인물에 대해 1인칭 시점의 자기소개서를 쓰자. 소설을 쓰는 중이 아니라면 지금 쓰기 시작하자. 쓰고 싶은 소설의 인물에 대해 1인칭 시점의 자기소개서 세 편을 쓰자. 그 인물이 마음에 드는지 아닌지는 중요하지 않다. 그냥 자기소개서를 쓰고 어떤 일이 벌어지는지 보자.

### 실전 연습 09

대화 속도를 조절하는 연습을 하자. 다음 상황에 따라 대화 장면을 각각 한 쪽씩 쓴다.

빠른 속도

- 파티에 참석한 세 친구
- 난폭운전 중인 두 자동차 도둑
- 쇼핑몰에 간 두 여자 친구

느린 속도

- 수도원에 있는 두 수도승
- 산길을 걷는 두 도보여행자
- 심리치료 상담실에 있는 치료사와 환자

### 실전 연습 10

효율적인 대화를 쓰자. 실험 삼아 아무런 생각도 하지 말고 대화 한 쪽을 쓴다. 지금 쓰고 있는 소설에서 인물을 데려와도 좋고, 그냥 아무 배경 없이 대화를 써도 좋다. 지침을 어기고 있는 것이므로 배경은 중요하지 않다.

### 실전 연습 11

최근에 읽은 소설에서 인물 다섯 명을 골라 주인공의 여정을 존중해준 대화를 찾아보라. 적대자의 여정을 존중해준 대화라도 좋다. 적대자도 계획과 목표가 있기 때문이다. 그가 어떤 사람이고 소설에서 추구하는 목표가 무엇인지 나타내는 대화여야 한다. 직접 쓴 소설 속 인물을 대상으로 연습한다면 훨씬 좋다. 소설에서 그 인물이 어떤 사람인지 분명히 드러내는 대화를 선택하자.

### 실전 연습 12

최근에 본 영화나 읽은 소설에 나온 인물, 아니면 실제로 만난 사람을 한 명 골라 그에게 몹시 중요한 문제에 대한 대화를 한 쪽 써보자. 그리고 인물의 열정과 주제를 보여주는 본질만 남겨두고 나머지는 삭제한다.

15장

# 대화와 교감: 변화를 일으키는 대화

소설의 대화는 독자와 소통하는 데 큰 도움이 된다.
사실 소설 쓰기란 그게 전부가 아닐까?

우리는 작가로서 자기 자신만을 위해 글을 써야 한다고 얼마나 많이 말해왔는가? 다른 사람이 아니라 자신을 기쁘게 해야 한다고 말이다. 가족도, 친구도, 동료도, 지인도, 적도 아니다. 자기 자신과 백지만 있을 뿐이다.

이 말은 어느 만큼은 사실이다. 진실성을 추구하려면 우리 안에 살고 있는 진실을 바탕으로 글을 써야 한다.

그러나 섬세한 균형감이 필요하다. 자기 자신에게 진실해지는 데 몰두하고 다른 사람들을 기쁘게 해주는 데는 신경 쓰지 않으면 이기적인 작가가 되고 그러면 독자를 따돌리게 된다. 독자가 이를 느끼지 못하리라 생각하면 안 된다.

이기적인 작가는 이미 너무 많다 이러다 연설이 될지 모르므로, 앞서 내가 하지 말라고 한 바로 그 행동을 스스로 하지 않도록 이 점에 대해 장황하게 이야기를 늘어놓지는 않겠다.

이 장에서는 소설의 대화를 통해 독자의 욕구를 충족시키고, 독자를 이야기에 몰입하게 만드는 방법을 이야기해보겠다. 내가 늘 좋아하는 성경 구절은 "…… 누구든지 크고자 하는 자는 너희를 섬기는 자가 되고"(마태복음 20장 26절)다. 나는 위대함과 섬김이 밀접하게 연결되어 있다고 생각한다. 소설을 쓸 때마다 독자를 배려하는 법을 터득하면 독자에게 힘을 주고 그의 삶을 바꿔준다는 측면에서 우리는 소설로 독자를 섬길 수 있다. 내게는 이게 소설 쓰기의 전부다.

열정과 진정성 있는 인물의 대화는 독자의 삶을 정말로 바꿀 수 있다. 삶을 바꾸는 것, 이것이야말로 많은 작가가 글을 쓸 때 생각하는 목표가 아닌가? 물론 어떤 작가들, 어쩌면 거의 모든 작가는 글을 써서 돈을 벌고 싶어 하는지도 모른다. 또 그중 일부는 명성까지 바랄지 모른다. 우리는 친구과 친지, 그리고 낯모르는 독자를 즐겁게 해주려고 글을 쓴다. 그러나 마음 깊은 곳을 들여다보면 이런 생각이 있을 것이다. 허구의 인물을 표현해서 누군가의 삶에 변화를 일으킬 수 있다면 정말 멋지지 않을까.

나는 그런 변화를 경험했다. 내 삶을 바꾸고 나를 더 나은 사람, 좀 더 애정이 넘치는 사람으로 만들어준 대화를 마음만 먹으면 얼마든지 생각해낼 수 있다. 그러나 지금은 일단 한 가지가 뚜렷하게 기억나는데, 이 책의 앞에서 이미 언급한 부분이다. 바로 래리 맥머트리의 『애정의 조건』에서 엠마가 죽어가며 아들들에게 한 말이다.

"그러니까, 이 엄마가 널 사랑했단 걸 기억하게 될 거야. 네 생각이 변했다고 엄마에게 말하고 싶지만 그렇게 할 수 없는 네 모습이 떠오르는구나. 그러니 네가 엄말 사랑하는 걸 이미 알고 있었다고, 지금 말해줄게. 네가 나중에 조금도 의심하지 않도록. 알겠니?"

이 짧은 순간에 엠마는 아들 토미에게 이 말을 선물로 주면서 내게 잊지 못할 인물이 되었다. 토미는 심술을 부리고 마음을 닫아버린다. 엄마가 죽어가고 있다는 사실에 화를 낸다. 엠마는 그 모든 것을 마음에 담아두지 않고 엄마로서 아들의 행동과 닫힌 마음 너머에 숨은 진심을 알고 있다고, 엄마를 깊이 사랑하지만 지금은 그 사실을 잊고 있으며 나중에 기억해내리란 것을 알고 있다고 말해준다.

나는 엠마의 말을 기억해두었다가, 지금은 장성한 내 아들이 나에게 마음을 닫고 다가오지 않으려 할 때 그대로 들려줬다. "네가 엄말 사랑한단 걸 알아." 나는 몇 번이고 아들에게 말했다. "네가 엄말 사랑한단 걸 알아." 이는 현재 우리의 관계에서 내가 아들에게 줄 수 있는 선물이다.

이 이야기를 들려준 까닭은 우리도 독자가 기억할 만한, 어쩌면 영원히 간직할 만한 대화를 쓸 수 있다는 것을 말하기 위해서다. 바로 그 말이 이 마지막 장에서 내가 남기고 싶은 내용이다. 독자와 교감하고 독자의 마음에 아로새겨질 대화를 써서 독자를 섬길 수 있다고 격려하고 싶다. 그럴 수 있는 방법이 몇 가지 있다.

## 독자에게 즐거움을 주자

작가인 내 어머니는 특히 아이들을 즐겁게 해주기를 무척 좋아해서 우스꽝스러운 이야기를 쓰곤 했다. 비뚤한 집에 사는 남자의 이야기가 기억난다. 그 남자는 집을 찾아와 천장이나 벽에서 소리치는 사람들과 담소를 나누곤 했다. 어머니는 맛깔 나는 대화의 달인이어서 아이들은 끊임없이 웃음을 터뜨렸다. 어머니는 우스꽝스러운 인물로 아이들의 마음을 사로잡고 몇 시간이나 즐겁게 해주었다.

그러다가 1960년대 후반과 1970년대 초반에 기이한 현상이 나타났다. 모든 소설이 그랬지만 아동소설에 특히 이 현상이 심각하게 나타났다. 아동소설은 오랫동안 연재하던 잡지에서 사라지기 시작했다. 이와 함께 편집자들이 작가들에게 이야기에 '교훈'이 들어간 소설을 써달라고 주문하기 시작했다. 교훈은 아이의 건강에 관련된 것이든 도덕적 덕목에 대한 것이든 상관없었다. 다만 편집자들은 말하는 동물이 등장하는 이야기나 비뚤한 집 이야기는 더 이상 원하지 않았다. 그로 인해 내 어머니의 마음속에 있던 무언가가 죽어버렸고 다시는 그것을 되찾을 수 없었다.

개인적으로는 소설이 메시지를 추구하는 방향으로 움직이게 되어서 반갑다. 그러나 동시에 나는 소설이 즐거움을 줄 수 있고 또 줘야 한다고 믿는다. 노련한 작가는 메시지를 전하는 동시에 즐거움을 준다. 독자를 섬기기 위해 내가 제안하고 싶은 방법 한

가지는 재미있는 대화를 쓰는 것이다. 혁신적인 아이디어처럼 보이지는 않겠지만, 편집자들이 여전히 재미있으면서도 무언가 내용이 있는 소설을 원한다는 점을 생각해보면 괜찮은 아이디어다.

소설이 아무런 메시지를 전달하지 못하면 독자는 소설을 읽은 후에 전혀 변하지 않는다. 소설이 재미를 주지 못하면 우리가 그 속은 담은 메시지를 발견할 수 있을 때까지 독자가 소설을 오래 붙들고 있지 않을 테니 결과는 마찬가지다. 변화가 전혀 일어나지 않는다.

우리가 대화를 쓰는 목표 중 하나는 독자를 즐겁게 만드는 것이어야 한다. 깔깔대고 울고 성장하고 생각하고 미소 짓고 기억하고 느끼고 숨죽이고 두 손을 꼭 쥐고 발을 구르게 할 대화로 독자를 붙잡아야 한다. 다시 말해 어떻게든 독자를 '움직이게' 하자. 독자가 즐거움을 느낀다면 마음을 편히 갖고 작가가 대화를 통해 전달하려는 진실에 마음을 열 것이다.

얼마 전 한 TV 토크쇼에서 배우 숀 펜이 했던 말에 동감한다. 그는 관객이 혼자라고 느끼며 영화관을 떠난다면 그 영화는 메시지 전달에 실패한 것이라고 말했다. 소설을 다 읽고 내려놓는 독자에게도 똑같이 적용되는 이야기다.

독자

가장 최근에 쓴 소설을 유심히 살펴보자. 독자를 염두에 두고 썼는가?

- 이 소설은 독자를 즐겁게 해주는가?
- 이 소설은 독자에게 새로운 것을 알려주는가?
- 이 소설은 독자를 놀라게 하는가?
- 이 소설은 독자를 인정하는가?
- 이 소설은 독자에게 어떤 감정을 불러일으키는가?
- 이 소설은 독자에게 도전하는가?
- 이 소설은 독자를 독려하는가?

## 독자에게 새로운 것을 알려주자

교육이 작가의 주된 임무라고 생각하지는 않지만 독자가 인물의 대화에 사로잡히면 분명 뭔가를 배우게 된다. 인물의 타국 생활이나 교도소 생활이 독자가 경험해보지 못한 것이라면 인물은 뭔가를 배우게 된다.

나는 『뻐꾸기 둥지 위로 날아간 새』를 읽고 굉장한 감명을 받았는데, 정신병원에서의 삶이 어떤지 전혀 몰랐기 때문이다. 이 작가의 소설은 무척 낯선 공간에서 기이한 인물들이 나누는 생생한 대화로 가득하다. 간호사 래치트가 하는 말이든 어느 환자가 하는 말이든 상관없이, 나는 전혀 모르는 이 공간에 흠뻑 빠져 책장을 최대한 빨리 넘겼다. 이 소설에는 교육적인 서술이 많이 있지만 나를 사로잡은 건 대화였다. 인물들의 일상생활이 어떤지 제대로 알려준 것이 바로 대화였기 때문이다.

『포이즌우드 바이블』과 『벌들의 비밀 생활』을 읽었을 때도 마찬가지였다. 이 소설들의 대화는 낯선 공간을 지면 위로 생생하게 부각시킨다. 대화가 곧 사람이기 때문이다.

대화는 낯선 문화나 장소뿐만이 아니라 인간관계에 대해서도 독자에게 새로운 점을 알려줄 수 있다. 소설 속의 많은 인물이 독자와는 매우 다른 방식으로 인간관계를 맺기 때문이다. 독자는 소설을 통해 말다툼을 하거나 사랑을 나누거나 감정을 전하는 방법이 여러 가지 있다는 사실을 알게 된다.

인물의 대화는 다른 시대의 역사적 배경에 대해서도 독자에게 새로운 지식을 줄 수 있다. 지루한 서술로만 구성된 역사책을 읽을 때보다 두 병사가 나누는 대화를 통해 미국 남북전쟁에 대해 더 많은 것을 배울 수 있다면 얼마나 재미있겠는가!

## 독자를 놀라게 하자

독자는 반전을 무척 좋아한다. 인물들이 서로 똑같은 말만 주야장천 해대면 독자는 하품을 한다. 한번은 주인공이 여러 인물에게 많은 말을 해야 한다고 생각하는 작가와 작업한 적이 있다. 그 작가는 레스토랑 장면을 연달아 4개 썼다. 주인공은 자리에 앉아 탁자 맞은편의 다른 인물에게 속이야기를 쏟아내는데 매번 다른 레스토랑이다. 장소는 다르지만 인물이 말한 내용은 똑같았다.

생각해보니 이런 상황을 이용해 독자를 놀라게 할 수도 있다. 어떻게 하면 될까? 인물이 똑같은 상황에 대해 서로 다른 인물에게 서로 다른 이야기를 하면 된다. 그러면 이 인물이 얼마나 심각한 거짓말쟁이인지 드러나 독자를 놀랠 것이다.

주인공이 자기 자신도 놀랄 말을 할 수도 있다. 아니면 다른 인물이 모두를 놀랠 말을 했는데 그에 대한 주인공의 대답이 또 한 번 놀라움을 줄 때도 있다. 예측할 수 없는 대화야말로 우리가 찾는 것이다.

인물이 눈앞에 벌어진 사건을 말로 되풀이하기만 하는 행동 장면을 쓰는 성향이 있지 않은지 주의하자. 독자가 어떤 일이 벌어졌는지 이미 알고 있으므로 인물이 새로운 정보를 주는 게 아닌 이상 다음 장면으로 넘어가야 한다. 가끔은 행동 장면 이후에 시점인물이 감정적으로 또 정신적으로 그 사건에 대응해야 할 때가 있다. 그러므로 그렇게 할 수 있도록 극적이지 않은 대화 장면을 써야 한다. 그러나 그때도 인물은 독자가 예상하지 못한 대화로 대응해야 한다. 성격과 어울리지 않는 반응을 해야 한다는 뜻은 아니다. 그러나 인물은 다른 인물에게 자신의 느낌과 생각을 이야기하면서 전에는 몰랐던 스스로의 모습을 알게 되거나, 자기 자신도 이해하지 못했던 감정을 나누게 될 수도 있다. 이런 요소로 대화 장면을 구성하면 독자를 놀라게 하면서 마음을 계속 사로잡을 수 있다.

## 독자를 인정하자

독자를 인정하면 그의 마음을 얻을 수 있다. 평생의 독자가 된다. 그렇다. 독자가 애초에 소설을 읽는 이유 중 하나는 자신이 옳다고 인정받고 싶기 때문이다. 때로 무의식적으로 일어나는 일이지만, 인물이 다른 인물들(특히 심술궂은 어머니나 시어머니)에게 늘 상냥하지만은 않은, 인간적인 감정과 생각을 드러내면 독자는 그 인물을 껴안으며 이 모든 이야기를 받아들이기도 한다.

독자는 때로는 난폭해지고, 때로는 잘못된 대상에게 애정을 쏟고, 때로는 뜬금없이 슬퍼지는 이 묘한 감정과 생각이 자신만 겪는 것으로 착각한다. 그러다가 인물이 자동차에 앉아 남편과 이야기를 나누며 남편의 절친한 친구와 사랑에 빠졌다고 고백하면…… 독자는 감정을 이입한다.

대화를 통해 독자를 인정한다는 건 독자가 정상적인 사람으로 가득한 이 세상에서 비정상적인 사람이 된 기분을 느낄 때 그래도 괜찮다고 말해주는 대화다. 인물이 그런 대화를 말하면 독자는 그 인물과 교감하면서 그를 결코 잊을 수 없는 인물로 간직한다. 그리고 아주 오랫동안, 어쩌면 평생 기억할 교훈을 얻는다.

독자를 인정하는 대화는 독자에게 혼자가 아님을, 인간이라는 커다란 가족 안에 있음을 깨우쳐준다. 숀 펜이 말했듯 바로 이 점이 작가인 우리가 추구해야 할 목표다.

삶에 벌어진 생생한 상황에 생생한 감정을 느끼는 생생한 인물들을 창조해내면 독자는 마치 자신에게 일어난 일인 듯 우리가 쓴 이야기에 심취한다. 이게 소설의 성공을 가늠하는 척도다. 독자는 감정이입을 하며 인물들에게 빠진 나머지 기쁨과 분노, 슬픔, 두려움은 물론 인물이 기쁜 일과 슬픈 일을 헤쳐나가며 느끼는 온갖 감정을 함께 느낀다.

독자가 인물의 이야기를 기억해주기를 바란다면 감정을 불러일으켜야 한다. 자신의 삶을 생각해보자. 머릿속에 뚜렷이 떠오르는 순간은 강렬한 감정을 느낀 순간일 것이다. 그 감정이 무엇인지는 상관없다. 감정은 우리를 현재에 몰입하게 해준다. 소설 속 대화를 통해 독자가 과거에 있었던 실제 대화나 의미 있던 존재를 떠올린다면 독자에게 또 하나의 잊을 수 없는 순간을 만들어주는 셈이다. 즉, 어떤 의미에서 독자가 인물을 통해 간접적으로나마 다시 한번 과거의 경험을 하도록 독자의 삶을 재창조하는 셈이다.

이는 본질이 담긴 대화를 써야 하는 또 하나의 이유다. 현실에서 우리는 아무 의미 없는 말을 하기도 하지만, 인물이 그러면 독자는 그에게 마음을 쏟지 않는다. 대화에는 정말 중요한 내용이 있어야 한다. 그래야만 독자의 마음이 흔들리기 시작하고, 자신도 모르는 사이에 소설에 빠져들어 모든 상황에 반응하게 된다.

메시지를 전하는 대화를 쓸 때 우리가 추구해야 할 목표가 바로 이것이다. 독자를 사로잡는 것, 그리하여 독자가 인물이 느끼는 그대로 느끼게 하는 것이다.

## 독자에게 도전하자

인물이 대화하며 서로에게 도전하듯이 독자 역시 도전을 받는다. 한 인물이 다른 인물에게 결투를 신청하면 독자는 아드레날린이 솟구치는 느낌을 받는다. 그러나 이는 외적인 도전이다. 내적으로도 독자의 변화시키도록 도전해야 한다. 즉, 독자가 삶을 새로운 눈으로 바라보게 해야 한다. 작가는 독자가 옛 사고방식을 뛰어넘고, 자신과 어울리지 않는다고 믿었던 것들을 초월하길 바란다. 인물이 서로 대화를 나누며 그렇게 하면 독자도 할 수 있다.

인물을 정신과 진료실에 앉혀두라는 말이 아니다. 우리가 마음을 다해 중요한 대화, 즉 본질이 있고 뭔가 내용이 있는 대화를 쓴다면 독자는 도전을 받게 된다. 어떻게 그러지 않을 수 있겠는가? 어느 인물이 다른 인물에게 뭔가를 깨우쳐주면 독자 역시 자신의 삶에 똑같은 질문을 던져보지 않을까?

독자에게 도전하는 일은 장르소설보다는 순수소설과 대중소설을 쓰는 작가가 할 일이다. 그러나 장르소설에서도 시점인물이 극복해야 하는 장애물이 있으니 독자 역시 자신의 삶에서 똑같은 장애물을 극복하라는 도전을 받게 된다.

## 독자를 독려하자

마지막으로 우리는 독자가 최상의 삶, 가장 자기다운 삶, 자랑스러워할 수 있는 삶을 살도록 독려해야 한다. 대화가 그 일을 할 수 있다. 우리는 인물이 그런 삶을 살게 하려고 대화를 쓰기 때문이다. 인물은 대화를 하다가 결국에는 그 만남에서 힘을 얻는다.

친구든 친지든 원수든, 누군가와 대화를 하고 나서 좌절감을 느끼거나 극심한 피로감을 느낀 적이 있는가? 그렇다면 이유는 그 사람과 대화를 하며 힘을 다 써버린 탓이다. 마찬가지로 친구든 친지든 원수든 누군가와 대화를 했는데, 그 대화에서 자신만의 진실이 있음을, 성실하게 살아가고 있음을, 자기다움을 포기하지 않았음을 깨달으며 힘을 얻은 적이 있는가? 인물이 스스로 되기를 바라는 모습에 걸맞게 대화를 쓰면, 독자 역시 어느 인물이 지쳤고 어느 인물이 힘을 얻었는지 분간할 수 있다. 그리고 그 과정에서 다른 사람과의 대화에서도 자기다움을 유지할 수 있는 법을 터득할 수 있다. 인물은 우리가 창조한 소설 속에서 성장해나가며 독자에게도 이를 가르쳐줄 수 있다.

이렇듯 소설의 대화는 여러 면에서 독자와 소통하는 데 큰 도움이 된다. 사실 소설 쓰기란 그게 전부가 아닐까? 우리는 인물을 창조하고 그들의 대화를 만들고 영혼에 숨을 불어넣어 주면서 그들을 알고 사랑하게 된다. 나라 반대편에서, 어쩌면 지구 반대편에서 우리를 알지 못하는 사람이 우리가 쓴 소설을 집어 든다면 그는 우리가 쓴 대화를 통해 우리와 똑같은 방식으로 인물을 알게 된다. 그렇게 우리는 작가로서 이 지구에 세계적인 의식을 만드는 데 기여하는 것이다.

거창한 이야기처럼 들린다. 사실이 그렇다. 그래서 효과적이고 진정성 있고 영향력 있는 대화, 독자의 기억에 남으며 평생 간직될, 그런 교감을 일으키는 대화를 쓰기로 마음먹는 게 무척 중요하다. 작가는 독자의 삶에 영향을 미치고, 그들의 여정을 제시하며, 삶의 여정에서 힘을 북돋아주고 감동을 줄 수 있다.

누구나 이런 대화를 쓸 수 있다.

# '대화' 핵심 점검

1. 소설에 어울리는 목소리를 찾아냈는가? 대화가 인물에게 잘 어울리며 진정성 있게 들리는가?
2. 두려움을 없애기 위해 알고 있는 모든 방법을 동원했는가? 인물의 대화가 그의 마음 깊은 곳에서 우러나오는가?
3. 소설의 유형에 맞는 대화문이 무엇인지 알게 되었는가? 그 대화문이 자신이 쓰고 있는 장르소설이나 순수소설, 대중소설에 어울리는가?
4. 소설의 모든 대화 장면이 플롯을 전개하는가?
5. 서술과 행동, 그리고 인물의 자아성찰이 들어 있는 대화로 입체감을 만들고 있는가?
6. 대화에 각 장면의 본질이 들어 있는가? 대화가 인물의 목표를 중심으로 하고 있는가?
7. 대화에 배경의 세부 사항이 조금이라도 들어 있는가?
8. 인물과 사건에 따라 대화 속도를 올리거나 늦추며 조절하고 있는가?

9. 대화 장면이 긴박감과 긴장감으로 가득한가?
10. 대화에서 인물의 감정이 뚜렷이 나타나는가?
11. 인물의 기이한 말투에 타당한 이유가 있는가? 그 인물에 어울리는 말투인가?
12. 대화를 쓸 때 저지르는 가장 흔한 실수가 무엇인지 알고 있는가?
13. 대화에 구두점이 올바로 찍혀 있고 장면마다 자연스러운 리듬감이 느껴지는가?
14. 독자와 교감할 수 있는 효과적인 대화 쓰기의 지침을 지키고 있는가?
15. 자신이 쓴 소설에 독자의 삶을 변화시킬 대화가 있는가?

**소설쓰기의 모든 것 4**
**대화**

초판 1쇄 발행 2011년 12월 15일
초판 3쇄 발행 2016년 3월 10일
개정판 1쇄 발행 2018년 11월 26일

지은이 글로리아 켐튼
옮긴이 김율희
펴낸이 김한청

편집 원경은, 이한경, 차언조
디자인 이민영
마케팅 최원준, 최지애, 김선근
펴낸곳 도서출판 다른

**출판등록** 2004년 9월 2일 제2013-000194호
**주소** 서울시 마포구 동교로27길 3-12 N빌딩 2층
**전화** 02-3143-6478 **팩스** 02-3143-6479 **이메일** khc15968@hanmail.net
**블로그** blog.naver.com/darun_pub **페이스북** /darunpublishers

ISBN 979-11-5633-216-9 04800
ISBN 979-11-5633-212-1 (세트)

* 잘못된 책은 구입하신 곳에서 바꿔 드립니다.
* 이 책은 저작권법에 의해 보호를 받는 저작물이므로, 서면을 통한 출판권자의 허락 없이 내용의 전부 혹은 일부를 사용할 수 없습니다.
* 이 도서의 국립중앙도서관 출판시도서목록(CIP)은 서지정보유통지원시스템 홈페이지(http://seoji.nl.go.kr)와 국가자료공동목록시스템(http://www.nl.go.kr/kolisnet)에서 이용하실 수 있습니다. (CIP제어번호:2018036253)